练习生
LIAN XI SHENG

萝卜兔子 著
LUOBO TUZI

北京燕山出版社

图书在版编目（CIP）数据

练习生 / 萝卜兔子著 . — 北京：北京燕山出版社，
2021.12（2022.2重印）
ISBN 978-7-5402-6211-2

Ⅰ.①练… Ⅱ.①萝… Ⅲ.①长篇小说 – 中国 – 当代
Ⅳ.① I247.5

中国版本图书馆CIP数据核字（2021）第 201245 号

练习生

作　　者：萝卜兔子
选题策划：欣欣向爱
出品人：余　言　一　航
合作发行：航一文化
出版统筹：康天毅
责任编辑：刘占凤　张金彪
特约编辑：年　年
插图绘制：卡　弗　米　昂　洛　笙
封面设计：林晓青　小茜设计 Minqian Designstudio QQ:310094911
版式设计：方凤娇
出版发行：北京燕山出版社有限公司
地　　址：北京市丰台区东铁匠营苇子坑138号C座
邮政编码：100079
发行电话：（010）65240430
印　　刷：北京盛通印刷股份有限公司
开　　本：710mm×1000mm　1/16
印　　张：17.75
字　　数：320千字
版　　次：2021年12月第1版
印　　次：2022年2月第2次印刷
书　　号：ISBN 978-7-5402-6211-2
定　　价：49.80元

C O N T E N T S 目 录

目 录 CONTENTS

第一章　回国

航站楼接机口。

周围人来人往，一个高个子、穿 Polo 衫的中年男人脚步匆匆地赶来。

他一只手攥着电话贴在耳边，一只手抬起，低头看时间。

电话里，在视频平台做节目制片人的好友还在唠叨："老韦，你那儿年轻小孩儿多。这次不管怎么样，我都跟你开口了，你一定得帮我。"

韦光阔维持接听电话的姿势，站定，喘着气，抬眸看向接机口，嘴里说道："行，我看看学校里有没有合适的，有合适的给你打电话。"

好友道："要好看的，有没有签公司，有没有出道，是不是素人都无所谓，好看就行。最近这些娱乐公司，炒冷饭炒得也太过火了，前两个月才上过其他选秀，马上又安排继续上选秀，就那么几张脸，我是观众我都要看腻了。"

韦光阔始终注视接机口的通道，闻言不多说，就应下道："我知道了。"

好友道："你干吗呢？大喘气，还心不在焉的。"

韦光阔道："先不说了，我在机场接人。"

好友道："那行吧，你忙，回头再联系，我的事你可千万别忘了。"

韦光阔道："不会。"

挂了电话，韦光阔的眼睛一眨不眨地盯着接机口的通道，周围熙熙攘攘的，全是人声。

忽然，一行人推着行李箱从通道口涌出。

韦光阔立刻定睛，仔细搜寻。

交错的身影，滚动的轮子声还有说话声，韦光阔瞪得眼珠子都要凸出来了，也没见到人，心里忍不住念叨：这个臭小子，怎么还不出来，不知道他亲舅舅等着吗？

正想着，一道身影从通道口走了出来。

那是个个子很高的年轻男人，穿白T恤、黑裤子，背着一个单肩包，最简单的装束，干干净净。

他低头在看手机，垂眸敛目，身前推着行李车，车上是两个大箱子。

走出通道口，年轻男人才抬眸，一眼和韦光阔对上，立刻露出个明亮的笑意，抬手挥了挥喊道："舅舅！"

普通不过的一声招呼，引得男生周围、接机口等候区的众人频频侧目，甚至还有倒抽气的声音，连带着几声惊叹。

这几声惊叹就在韦光阔附近，他听到了，眉头一蹙，抬了抬下巴，以一副特有面子的骄傲脸，迎向了自己的大外甥。

舅甥俩一碰头，江湛就从推车后走出来，抬起胳膊，给了韦光阔一个亲人间才有的拥抱说："舅舅。"

韦光阔鼻子发酸，说："臭小子。"

江湛笑着说："想我了没？"

韦光阔说："不想。"

已经是晚上九点，从机场到市区至少得一个半小时。车子上了高架，韦光阔边开车边说道："真不住我那儿？"

江湛坐在副驾位置，侧头，高架外不远处的幢幢树影飞速地在他眼底掠过。

江湛打了个哈欠，以随意的口气回应道："是啊，不跟大龄单身汉住。"

韦光阔乐了，凶巴巴道："行，随你。"

凶完了，韦光阔开始唠叨："房子都帮你打扫干净了，一些日用品也帮你买了，你今天回去，早点休息，明天九点之前起来，年轻人，不要总想着睡懒觉，再一觉睡到中午，早饭都不吃。"

江湛应道："知道了。"

韦光阔又道："明天周末，我没课，也没事，你过来一起吃个午饭。"

江湛应道："嗯，好。"

韦光阔问道："喝酒吗？"

江湛乐了，转头道："喝啊，你现在让我喝酒了？"

韦光阔"哼"了一声道："你又不是十七八岁，都二十五了，有什么不能喝的，刚好我那边有瓶好酒，明天开了，就当欢迎你回家。"

江湛笑了笑，点头道："够意思。"

韦光阔轻"哼"，余光往身旁一扫，心里却五味杂陈。

他这外甥，是他看着长大的，从小就喜欢。没办法，长得好、性格好，开朗外向还会说话，这种孩子，没人不喜欢。

可惜——命不好。

江家富了很多年，因为遇上点儿行业里的危机，江湛的父亲做错了决定，导致满盘皆输，公司直接破产了。

那时候江湛多大？印象里已经考上了大学。

如果一切都不曾变，以江家的条件，江湛妥妥的富二代，上的又是国内名校，未来出国留学，毕业回国接手家业一点问题都没有。

可江家一夜没落，江湛的父亲同年死于意外，江湛的母亲又在他大三的时候查出了癌症，一年前病逝于温哥华……

唉。想起这些事，韦光阔心底只剩下唏嘘和哀叹。

好在，一切都过去了，会越来越好的。

韦光阔对这个外甥很有信心，江湛性格那么好，自身条件又不错，那几年都熬过来了，以后的路只会越来越平坦。

江湛住在老新村，房子是家里的老宅，一直没办产权，江家破产的时候，也没被拿去抵债。因为是老房子，基本没怎么住过，房子里没多少关于家的回忆。江湛不怎么在意，这么多年，最难的时候都熬过来了，母亲也不用再忍受病痛的折磨，一年前平静安详地离开，他不需要感怀什么。

回国，是一个全新的开始。江湛只想往前看，并不想回头。至于以后做什么，要不要找工作，江湛也没多想。他暂时不缺钱，手里也有赚钱的活儿，生活不再紧促，回国后没必要勒得太紧，先走一步看一步。

倒是韦光阔提了一嘴："你要是想工作，暂时没合适的，我可以给你安排一下，来我们学校做辅导员。"

江湛道："别了吧，我这辈子算是在学校待够了。"

韦光阔道："臭小子。"

江湛不急，韦光阔也没办法，他算是看出来了，这外甥不急归不急，散漫归散漫，自己的生活倒是打理得井井有条。

早睡早起，跑步健身，看电影逛街打球，每一天都有安排。韦光阔于是也不管了，随他。但是韦光阔并不知道，自己的外甥从回国的那天晚上开始，就没有闲过。

王泡泡想开大飞机：P！在不在！

P图：？

王泡泡想开大飞机：前线"站姐"又有机场图啦，还是老价格吗？

P图：嗯，老价格。

王泡泡想开大飞机：图我传你了，你邮箱收一下，我这些图挺急的，晚上就要，你

能赶一赶吗？

江湛坐在笔记本前，看到了王泡泡的留言，暂时没回，点开了邮箱的附件。

没错，江湛是个P图的，圈内人称P神——

没有他P不了的图，没有他搞不定的渣像素。

无论被拍的明星在照片里是个什么矬样，只要他P，永远是神级颜值、神级图风。

论坛甚至有个说法：每次看到绝美画风的站子图，我都忍不住要怀疑，是不是P神的手笔。

还有另外一个说法：P神的图？你开玩笑吧，你家站子有钱吗，能出钱请得起P神？他多贵你知道吗？

虽然他这几年人在国外，明明也不看电视剧，更不关注明星，可娱乐圈的新动态基本一清二楚。没办法，修图的人和粉圈之间，只差一根网线的距离。

江湛回国之前的一段时间没上网，没接活儿，回国后开了电脑，一堆单子。

这会儿王泡泡发了图过来，他习惯性地还是先看原图。照片解压，江湛拿起手边的水杯。放大的原图赫然静立在屏幕中央，江湛抬眸。照片中央那张熟悉的面孔，没有任何预兆，乍然出现在眼前，江湛握着水杯的手一顿，目光一动不动地盯着屏幕。

几秒后，他放下水杯，关掉照片，点开和王泡泡的对话框。

P图：我收回刚刚的话。

王泡泡想开大飞机：哈？

P图：不是老价格，十倍。

王泡泡想开大飞机：大大大哥，你怎怎怎么突然涨价了？

P图：没涨。

王泡泡想开大飞机：？

P图：其他艺人的片子还是老价格。

王泡泡想开大飞机：我理解一下。你的意思是说，其他艺人都是原价，除了姚玉非？

P图：是。

王泡泡想开大飞机：为什么？

P图：丑拒。

王泡泡想开大飞机：……

王泡泡这个ID以前是某个明星的"站姐"，因为有钱又有闲，没少找江湛P图。那明星被曝出轨家暴之后，王泡泡就粉转黑了，但没退圈，转而开始负责给江湛对接订单。

要P什么图，接什么单子，钱怎么结算，都是王泡泡在跟人谈，江湛就负责P图。

这会儿，江湛甩出"丑拒"两个字，王泡泡差点儿没反应过来。

丑？

姚玉非还丑？

他是这几年内选秀节目里出来的长得最帅的好吗！

但王泡泡没跟江湛争辩，又是十倍价格，又是丑拒，估计是这单不想接。

不想接就不想接嘛，又没强迫你。

王泡泡回过来一个点头表示理解的表情包，转身去给客户回复。

王泡泡想开大飞机：亲，不好意思呢亲，P神手里的单子太多啦，最近也没有什么时间，这单接不了呢，真是不好意思。

"呵。"兰印辉冷"哧"一声，放下手机。

他心里想道：自己也是脑抽了，公司、摄影师、朋友里，多的是会修图、懂修图的，他脑抽了拿个小号捧着钱去找人修？

又一想，这能怪他？还不是姚玉非要求多。

原片出来，这里不满意，那里不满意，明明P完了大家都觉得挺不错的照片，到了他手里，硬是要打回来重新P。

重新P了，还是不满意，竟然说没P出他想要的气质。

问他什么气质，可以拿其他明星的照片举例，他自己又说不出个所以然来。破事儿这么多，兰印辉想想就来气。

边生气边往舞蹈练习室走。到了练习室，却没看到有人在练舞。

姚玉非刚下飞机回公司，或许是累了，正盘腿坐在地上，弓着背，手里捧着手机，眼睛一眨不眨地盯着屏幕，也不动，似乎在出神。

兰印辉特意放轻脚步走过去，想瞧瞧他在看什么，靠近后，弯腰垂眸，定睛看屏幕，愣了下。

姚玉非对着出神的，是张男人的照片？

"这谁？！"

姚玉非吓了一跳，也不知道心虚什么，巴掌大的脸"唰"的一下白了，抬起头的时候，手机直接被兰印辉一把抓了过去。

兰印辉直起身，拿着手机低头又看了一眼，这才发现照片是放大的。

原图的视角有点儿远，但拍得也算清楚，照片上是个穿白T恤男人，推着行李车，背着单肩包，眸光清澈，神情明亮，长得还很帅。

兰印辉扬了扬眉，举起手机，对着姚玉非，用询问的语气说："谁啊，都看出神了？"

姚玉非皱眉，抬手夺手机并说道："没谁，还给我。"

兰印辉避开他的手，以探究的神情说："以前认识的人，同学、朋友？"

姚玉非不答，准备要抢。

兰印辉看他脸色不对，想到了什么，怔了怔，眼底闪过惊讶道："不会是你之前闹掰的那个哥哥吧？"

兰印辉一句话，姚玉非脸色更差，他脱口而出："跟你有关系吗！"

兰印辉皱眉。

姚玉非做练习生的时候有个关系很好的哥哥，他是知道的。

那还是很多年前，公司才成立，签约的练习生跟山里的竹子一样，好的好，差的差，参差不齐。

姚玉非在那么多练习生里，不拔尖，也不差。

就是有钱。

他应该算是练习生里条件最好的那几个之一，穿的衣服、鞋子全是牌子，护肤品全套，间或还用一些奢侈品。跟那些口袋里穷得叮当响的年轻小孩儿比起来，姚玉非的日子十分滋润。

或许就是滋润得惹眼，遭人妒忌。没多久，公司里就传出姚玉非在外面认了个哥哥，他的钱都是那个哥哥给的。

兰印辉那时候忙着公司发展，根本没多在意，还是姚玉非突然爆红后，才想起这事儿。

本来认个哥哥，没什么大不了的，然而公司为了立"人设"，给姚玉非捏造了不少假背景、假经历，兰印辉怕姚玉非身边亲近的人会揭他老底儿，特意提醒姚玉非，姚玉非却说他和那个哥哥已经闹掰了。

闹掰了？

闹掰了就闹掰了。

兰印辉很快便把这些小事抛到了脑后。

直到此刻。

兰印辉有点好笑，尤其是看到姚玉非这副炸毛的样子。他晃了晃手里的手机，问姚玉非："不是早掰了，还盯着人家的照片干什么？"

姚玉非吼完了一嗓子，人也冷静了些，只是脸色依旧不好道："没盯，以前的同学群里有人发的，我刚好看到而已。"

最好是这样。兰印辉没说什么，手机抛还回去，换了话题问："舞练得怎么样？"

姚玉非接住手机说："扒完了。"

兰印辉神情如常，好像刚刚什么都没有发生般说："今天练好，明天、后天都没通告，可以休息一下。"

姚玉非说："好。"

兰印辉说完就走，舞蹈教室恢复了静谧。

姚玉非吐了口气，抬手擦了擦脸上的汗，重新盘腿坐下来。滑屏解锁，手机屏幕上依旧是刚刚那张机场照。

姚玉非没撒谎，他不是故意翻出江湛的照片盯着看的，的确是随意点开一个微信群看到的。那是个高中校友群，群里都是当年跟他同级的高中校友。有个人突然在群里发了一张照片，"艾特"全员，问："这是江湛吧？"

炸出了一群人。

姚玉非看到"艾特"，点进群里，自然看到了那张照片。

"艾特"全员询问的那人没说错，是江湛，就是他。背着单肩包、推着行李车，一看就是在机场。

而看到照片的刹那，姚玉非心中一跳，第一反应就是：他回国了？

翻看群里的聊天记录，果然，照片是在国内机场的接机口拍到的。拍到照片的人也是三中的校友，虽然和江湛不是同级，当年也见识了三中几大校草的风采，因此他认识江湛，江湛不认识他。那个校友在机场无意间看到江湛，偷偷拍了这张照片，发在一个校友群里，一经传播，又被这个群里的某个同学转发了过来。

此刻，高中班级群的聊天页面还在不停地翻页。

"啊，湛哥回国了？不是传闻他定居国外了吗？"

"有吗，没有吧，我怎么不知道。"

"有啊，肯定有，当年不是有同学在温哥华遇到他的吗？"

"还有这事儿，我都不知道。"

"问宋佑啊，他以前跟江湛那么熟。"

"@宋佑。"

三中，江湛、宋佑……

姚玉非捏着手机，看着屏幕，似是回想到什么，蹙眉咬牙，退出了微信。

过去的事儿早就过去了，江湛回不回来，和他又有什么关系。反正，他们永远不会再见了。

就在姚玉非退出群聊的下一秒，一条消息蹦出来，再次让校友群炸锅。

"江湛回国了？"

"？？？你谁？备注名都没改？"

"柏天衡。"

"！！！"

"柏大佬竟然在群里？谁拉的？！"

江湛回国之后连P一周的图，眼都花了，他在线调侃王泡泡，说她这个经纪人跟无情的资本家有一拼。

王泡泡想开大飞机：我一个P图师的经纪人，趴在娱乐圈的底层，拿我跟资本家比，你真的太抬举我了。

王泡泡想开大飞机：这不能怪我，最近几年娱乐圈的明星一茬又一茬，走红的速度比流水线生产还快，那么多"爱豆"和"站子"，这个要P那个也要P，活儿当然多。

王泡泡想开大飞机：听说星光视频那边马上又有选秀综艺了。

江湛不管什么星光视频，P完手里最后一张图，关电脑休息。

刚在客厅沙发上躺下，手机振了振，是韦光阔的电话。

江湛接起来，说道："舅？"

韦光阔问道："有空吗现在？"

江湛说道："我又没事，当然有空了。怎么了？"

韦光阔道："你来我这里一趟。"

江湛问道："现在？"

韦光阔道："现在。"

江湛不知道韦光阔那边怎么了，听口气好像有正事。

他坐地铁去韦光阔家，进门才发现韦光阔这边还有其他人。

那人看着比韦光阔稍微年轻一些，四十出头，梳着蓝粉色的大背头，披着爱马仕的长巾，穿金戴银喷香水。嗯，还很壮，猛男的那种壮。

男人原本跷着二郎腿，一脸冷漠地面朝门口坐着，韦光阔去开门的时候一点反应都没有，然而等江湛进了门……

男人一下子站了起来，表情都变了，先是惊艳，进而大喜，审视的目光夹杂着震惊。

江湛一脸问号。

韦光阔"咔"的一声关上门，让江湛先进来，又转头朝沙发旁那个男人道："坐回去，淡定点儿。"

齐萌内心想道：淡定不了！

齐萌就是韦光阔那位在视频平台做制片的好友，原名齐孟，自称齐萌，猛男壮汉的外表下却有个嘤嘤嘤萌妹的灵魂。

齐萌前几天就给韦光阔打过电话，他们平台准备自制一档选秀综艺，缺人，要韦光阔在艺术学院里给挑几个合适的学生。

这忙韦光阔帮了，学生也介绍了，结果送到平台面试，一个都不合格。用齐萌的话，几个男生，好看也是好看的，可你们那儿是艺术学院啊，考进去的学生怎么能只是超过普通颜值的好看？绝色有没有？绝色懂不懂？

韦光阔直言："不懂，艺术学院招学生看的是综合实力，又不只是看脸，我这里没有绝色，你要绝色找别人去。"

齐萌都已经舰着脸找上韦光阔，连艺术学院的在校生都不放过了，还能去哪里找？

这不，昨天团队开会，大领导甩他一脸面试者的资料，把他批得体无完肤，齐萌气得半死，转头就来找韦光阔哭诉。

边哭边颤抖着他壮硕的肌肉道："老韦，你就说，这次这个推荐，你对我没有保留的是吧？"

韦光阔这么多年，每次看到齐萌的哭相就头疼，无奈道："没有，没有，绝对没有。"

齐萌哭唧唧地说："顶级颜值的没有，长得好看的也没有？"

韦光阔道："我觉得合适的都介绍给你了，不信你自己去学……"话没说完，脑子里突然闪过一张面孔，顿住了。

齐萌是个人精，立刻抓住了这个细节，问："有！是不是？"

韦光阔皱眉。

齐萌伸出他半条腿粗的胳膊，拽住韦光阔的衣领说："老韦！"

韦光阔犹豫着。

齐萌拽着他的衣领开始摇道："韦哥！"

韦光阔的脑浆差点儿被晃出来，连忙拍开齐萌的手说："有，是有一个。"

齐萌睁大眼睛，一脸期待。

韦光阔犹豫地说："不过……他不是圈内的。"

齐萌道："素人没问题啊。"

韦光阔沉吟道："年纪也不算小，有二十五了。"

齐萌道："二十五算什么！"

韦光阔道："刚回国。"

齐萌反问道："这是问题吗？"

韦光阔道："他自己不一定愿意。"

齐萌道："愿不愿意的，先见了再说啊！"

就这样，江湛被韦光阔叫到了家里。

江湛进门见了齐萌，正纳闷这是该叫叔叔还是该叫阿姨，齐萌就抬起手捂住了脑门儿，一副眩晕的样子，躺倒在沙发靠背上，闭着眼睛喃喃道："我的天，我的天。"

江湛道："好吧，这是位叔，看到他喉结了。"

韦光阔一脸惨不忍睹地站在一旁，示意江湛去沙发那儿坐。

江湛往里走，眼神里询问韦光阔。

韦光阔用眼神回答：马上你就知道了。

结果江湛刚坐下，那位叔叔一个鲤鱼打挺坐了起来，隔着茶几，倾身面朝江湛，一脸严肃地说："自我介绍一下，我是视频平台星光视频的综艺节目制片人，齐萌。"

江湛有点诧异，综艺节目制片人？他舅特意喊他过来，见制片人？

江湛点头道："您好。"

齐萌一眨不眨地盯着他，满脸严肃地说："小伙子，有没有想过当明星？"

江湛一愣，实话实说："没有。"

齐萌道："那我现在问你，有机会让你当明星，你想当吗？"

江湛笑着说："不想。"

齐萌道："当明星能让大家认识你。"

江湛大大方方道："我不想被认识。"

齐萌道："你还会有粉丝，天天追着你尖叫喊'哥哥'拿你当偶像的那种。"

江湛坦率道："我也不缺粉丝。"

齐萌循循善诱道："那你缺什么？"

江湛道："我好像……"

齐萌道："嗯？"

江湛笑着说："什么也不缺。"

齐萌差点儿心梗。

放眼这个世道，竟然还有人不想当明星？身价不菲的"白富美"都在往娱乐圈挤好吗！

齐萌带着目的来，又一眼相中韦光阔的外甥，自然是用尽办法想把人捞过来。

他太急了，本身没有恶意，韦光阔怕他弄巧成拙，便替他对江湛说明了选秀的事。

说完又解释道："最近几年选秀很多，一些公司花钱培养了练习生，不想砸在手里，就一遍遍参加选秀硬捧，齐萌他们团队也发现了这个问题，就想要新面孔，我本来介绍了学院里的学生，但都不合适，才想到你。"

这些江湛都明白，这两年他 P 的图，同样的人，今天在这个组合，过两个月就可能到了另外一个组合。

但问题是……

江湛道："这是选秀，我不会唱歌，也不会跳舞。"

韦光阔正要开口，齐萌脱口而出道："可是你有脸啊！顶级颜值，坐着就能出道！"

江湛从小长得好看，没少被人夸，上了学被喊"校草"，出门在外总有注目礼，自然知道自己这张脸挺招摇的。

但"顶级颜值""坐着就能出道"这样的评价，还是来自一名制片人，就显得有些夸张了。

但齐萌不觉得自己在夸大，他为自己辩解道："你一定要相信电视人、节目人的眼光，长得有点好看、普通好看、特别好看、顶级好看，我们都是能分辨的，好看的人里面还要看气质，有没有眼缘，就是大众俗称的观众缘，我们也是能分辨的。"

"我齐萌从业二十多年，我说你能红，你就是能红！"

在韦光阔家里，江湛和齐萌交换了电话号码。

江湛依旧没有答应，齐萌不死心，但也没有继续紧逼，这可是好友的外甥，又是长得好看的男孩，得呵护，得耐心。

齐萌坐了没多久就走了，他是制片人，一年365天，没有休假，没有闲暇。临走前站在大门外，他拼命朝韦光阔挤眼睛道："哥，亲哥，求你了，你再帮我劝劝！"

韦光阔觉得头疼，把人请走后，他也没劝。江湛什么脾气，他这个舅舅很清楚，劝了没用。

江湛捏着齐萌的名片在手里转了转，出了会儿神，忽然道："当明星也没他说的那么好吧。"

韦光阔气定神闲，他这么多年在艺术学院做教授，看得最清楚，分析道："把做明星当成一个职业，当然有好处，也有坏处。"

江湛示意手里的名片说："舅舅怎么看？"

韦光阔道："我说了不算，你自己决定。"

江湛笑了笑。明星的那些好处，他其实无所谓。

他年少时家境优渥，什么都不缺，应有尽有，心性从小养得好，名利对他没什么诱惑。

但人生大起大落，公司破产，父母相继去世，江湛始终觉得，后半生还长，他不能浑浑噩噩下去。回国，就是想有个新开始。找个普通工作是个新开始。自己开店或者创业是个新开始。以素人的身份参加选秀，何尝不是个新开始？再说了，他什么都不会，面试能不能过都不一定。试试呗。当天晚上，江湛微信上问齐萌："在哪儿报名？"

两天后。

江湛坐地铁到星光视频大楼，他先在前台登记，拿到一个临时出入的吊牌。没一会儿，齐萌也到了。一如既往的大背头，不过颜色换了，今天是酒红色。齐萌还特意冲江湛指了指自己的脑袋说："托你的福，这叫'红运当头'。"江湛瞄那一脑袋红色头发，感觉很像个鸡冠。

齐萌带江湛去坐电梯，面试间在二十二层。一路上去，齐萌的嘴巴没有停过："下个月节目就要开始录制了，今天是最后一场面试，你好好把握机会。

"也别太紧张，正常发挥就好。面试组一般对素人的要求不会太高，有特色、能让人记住、有观众缘就能拿高分。

"我是相信你的，也相信自己的眼光，你肯定可以，没问题。

"要喝水吗？等会儿等的时间可能会有点儿长，你别干等，记得喝水，润润嗓子。

"饿不饿？我让助理去给你拿点吃的。"

…………

"叮"的一声到达二十二楼。

这是江湛第一次进视频平台的办公大楼，也是第一次候场等待面试。工作人员给江湛发了面试的号牌，让他去候场间等待，齐萌为了避嫌，刚到二十二楼就闪人了。

江湛拿到号牌往候场间走的时候，齐萌才再次出现，叮嘱他："今天人有点儿多，你耐心等等。"

江湛点头。

齐萌拍拍他的肩膀道："加油。"

江湛侧头，笑了笑说："谢谢。"

这是个完全礼貌的微笑，带着几分温和，眼尾略弯，眸光清澈明亮。

齐萌被这个笑容震惊到，捏拳抿唇，表情陶醉地说："对，对，就这样，等会儿面试，要是遇到不懂的，或者不知道怎么回答的，你就笑。"

江湛又笑了一下，是个忍俊不禁的笑意。他心里想道：笑笑就能过面试，那这选秀节目的面试也太容易了。心里又一想：这位齐叔叔可能是在活跃气氛，跟他开玩笑。

进了候场间，地方大，人多。选秀面试候场的地方不只有椅子和水，还有各种乐器、用来练舞的大镜子。

江湛进去的时候，候场间里有人跳舞，有人练歌，有人弹奏乐器，还有人在聊天说笑。江湛独自从一侧前门走进，脑袋上还扣着顶帽子，随意找了把椅子坐下，没引起任何人的注意。

坐下后，他摸出手机，点开了音乐软件。耳机才塞上，背后有人拍了拍他的肩膀。江湛略微直起身，侧头，鸭舌帽挡住了对方的视线。

那人问："你哪个公司的？"

江湛道："还没签。"

那人道："哇，素人啊。"

江湛道："嗯。"

对话到此结束。

江湛能感觉出来，气氛微妙，竞争激烈。

也正常，按照齐萌的话，今天是最后一场面试，下个月节目就要开始录制了，面试名额想必没剩下多少，人又多，能留下的凤毛麟角。

江湛这时候反而不紧张了，他一个素人，又没公司，什么都不会，面试都是临时的，他要是面试不通过，完全合情合理。还是那句话：试试呗。

抱着这种心态，江湛也不关注候场间的其他人，就坐着边听歌边等。周围的谈论声时不时地会传到他耳边，他或者不听，或者顺便一听。忽然，他在嘈杂声和音乐声中听到了一个熟悉的名字。

"姚玉非也参加这个综艺了？"

"他来做什么？"

"当导师啊。"

"啊！"

"想不到吧，以前和他在同一个公司当他师兄的，现在在参加选秀，他一个做师弟的，给人当导师，指导别人。"

"谁让人家红了，别眼热。"

帽檐下，江湛的表情没有任何变化。仿佛刚刚听到的全是空气。

《极限偶像》下月录制，今天是最后一次遴选面试。

天兰文化这次依旧没少送人过来，无论如何，公司那批人里，至少得再爆红一个，光一个姚玉非怎么够？

为此，今天这最后一次面试，兰印辉也来了，他得盯着公司那几个，别临场给他掉链子。到二十二层一看，今天面试的人还真不少。

他站在候场间的窗外，视线落往室内，搜寻到自家公司那几人。还成，都在对着镜子做准备，还算上心。

看那几个都没掉链子，兰印辉就没进去，两手插着兜站在窗外。刚好有人从候场间走出来，兰印辉下意识地侧头扫了一眼，不知道是哪个公司的，就看到对方衣服上贴的牌号名帖——165 江湛。

兰印辉没在意，收回视线，那个叫"江湛"的向他这边走，也没看兰印辉，经过的时候，抬手摘掉帽子，捋了一把头发，重新扣上帽子，走了过去。

整个过程只有两秒，快到如果不留神，什么都发现不了。偏偏兰印辉是个眼睛极其毒辣的经纪人。他在那人摘掉帽子的瞬间，就用余光看清了对方的面孔，恍然中，仅用半秒，就将这张脸和不久前姚玉非手机屏幕上的那张面孔，重合到了一起。

兰印辉不可思议地转头，江湛已经走了过去。

兰印辉盯着那背影，一脸震惊。

那是姚玉非那什么所谓的哥哥？

不是说在国外吗？

不是说是圈外人吗？

他怎么在星光视频的大楼？

身上还贴了面试的名帖？

兰印辉本能地就要追，走了两步，脚步一顿，往反方向快速走去，拐入大楼的安全通道，走进楼梯间，飞速摸出手机，拨了一个电话。

电话一通，他就道："你那个哥哥，就前几天照片上那个，是不是叫江湛？"

电话里一片静默，过了一会儿，姚玉非的声音才传过来，他似有几分不满，口气有点儿硬道："我那天都说了，我没故意翻照片看，你怎么又问？"

兰印辉现在没工夫和他吵，直接道："我看到他了。"

姚玉非一顿说："在哪儿？"

兰印辉靠着楼梯扶手道："星光视频大楼。"

姚玉非问道："他怎么在那儿？"

兰印辉道："我正要问你。"

兰印辉是个做事雷厉风行的人，效率极高，非常不喜欢姚玉非这么磨磨叽叽。

他直接道："你当初跟他闹掰，没留下什么把柄吧？"

姚玉非道："……没有。"

兰印辉问道："他刚回国？"

姚玉非道："好像是。"

兰印辉问道："回来之后找过你吗？"

姚玉非道："没有。"

兰印辉道："最好没有。"

说完挂了电话。

兰印辉想得很简单，这个江湛，如果和姚玉非闹掰后互不相关，那最好。怕就怕他记仇，私下里会有小动作。

兰印辉倾向于前者。可问题是……太巧了。

姚玉非要在《极限偶像》做导师，这个叫江湛的刚好来面试做练习生。

怎么会这么巧？

兰印辉不得不多想，他也没时间再打电话细问姚玉非，就姚玉非的性格，不问不说，问了也只说几句，等搞明白过去那些前情恩怨，这边面试都结束了。

兰印辉直接找了星光视频这边的一个熟人。对方刚好就在《极限偶像》的节目组，地位不低，也刚好负责今天的面试。趁空把人叫出来，兰印辉问对方："那个165号江湛是什么来头？"

对方翻了翻手机里的资料，说："素人，没公司。"

兰印辉问道："谁塞进来的？"

对方查了查资料备注说："哦，齐制片介绍的。"

齐萌？

兰印辉脑子转得飞快，齐萌他不熟，但齐萌和他面前这位倒是有点儿不和，两人虽然在同一家公司，但分属不同的势力派系。江湛又刚好是齐萌介绍的……

兰印辉心一横，问面前那人："能帮我把这个165号淘汰掉吗？"

对方皱着眉说："怎么了？你们是对家？"

兰印辉含糊道："嗯，以前有点儿纠葛。"

对方虽然和齐萌不和，但这毕竟是公司的一个大项目，今天又是最后一场面试，很多人都盯着，齐萌今天就塞过来这么一个……

兰印辉道："既然是素人，唱、跳恐怕都不行吧。"又道："我们家姚玉非这次当导师，后面录制还有很多地方可以配合的。"

互帮互惠，暗示得十分明显，对方想了想说："看看吧，要是实力不行，淘汰的理由很充分……"

对方点到为止。

兰印辉笑了笑说："谢了，算我欠你个人情。"

对方道："好说。"

兰印辉做事果决，在姚玉非身上又倾注了非常多的期望，这次给他争取到《极限偶像》的导师，就是想让他再跃一个层次。毕竟偶像团体出道，唱跳歌手的背景很难甩脱，而国内的环境又决定了唱跳偶像不会有太长远的发展，想要长红，就得蜕变。《极限偶像》的导师，是逐渐蜕变的关键一步。这个节骨眼上，不容许半点儿差错。那个什么江湛，这次就算他倒霉吧。

兰印辉处理好，想了想，给姚玉非发了条消息："没事了。"

然而两个小时之后，兰印辉收到了节目组那位熟人的消息："人情就算了吧，下次我请你吃饭。"

兰印辉问道："怎么了？"

对方道："淘汰不了！这是个宝！"

面试从早上八点开始，四位面试官争分夺秒地筛选最后能参加节目的练习生人选。说实话，毫无新意，选得眼花，头疼。

这里面很多都是娱乐公司送来的，如今大大小小的娱乐公司那么多，不少练习生唱跳训练长达一年到两年之久，无论是从台风、舞蹈还是唱歌，都没有太大差距。

那一张张脸从面前闪过，给人留不下任何印象，看到最后，大男孩儿们就跟都长着一张脸似的。偶尔有几个不太一样的面孔，面试官看了才能有点儿精神。可大家几乎都化妆，有的还是大浓妆，面试官评分的时候暗自都嘀咕，这到底是气质的关系，还是妆容的关系。

直到，他们等来了 165 号，江湛。

看到资料的时候，几个面试官也都看到了备注。

哦，这是齐制片送选的人，再看照片，哟，小伙子这几寸的证件照拍得挺精神。

趁着人还没进来，几个面试官中途休息了片刻，顺便聊了聊。

"齐制片前几天不是还在楼下号嗓子，说节目要完吗？"

"那是前几天，你没看他今天的'鸡冠'都染红了吗？"

"哟，看来有戏。"

"这个 165 号什么来头？"

"不知道，早上问他，说是艺术学院的老师推荐的，纯素人。"

"二十五岁了啊。"

"嗯，二十五岁出道，是有点儿大了。"

"哎，人来了。"

面试间很大，因为是正式地公开选人，有摄影，有录像，还有灯光。几个面试官老师就坐在灯光设备后一排长桌后，灯光焦距的地方，就是选手的固定站位。又因为灯光设备摆放位置的关系，几个面试老师看不到门口，面试的选手走到灯光前，他们才能看清。

江湛亦是如此，进门的时候，没人看他，走到整个室内最亮的那处，众人的视线才聚焦到他身上。

江湛一时不适应光线，眯了眯眼，帽子也没摘。听到有人提醒一声"帽子"，他才摘掉。

然后——

从灯光到录制到摄影，再到面试，所有的老师全部都精神了。

"咔咔咔"的拍照声停都没停，录制的摄像师直接端着设备凑过去，上来就是一个"咯血"的大特写，面试官低头，重新扫视简历。

江湛第一次参加这种面试，以为所有选手都是这个待遇，没多想。

他在灯光前站了几秒，见没人开口，决定先简单地自我介绍一下，再清唱自己事先准备的歌，忽然一顿——不对，没话筒。

他看向身前不远处坐的几位面试老师。没话筒就直接说？但齐萌之前教过他，说面试是需要话筒的，拿到话筒再说话。

所以，现在……江湛扫视面前，没说话，微吊眉峰，露出一个疑惑的神情，看看面试官，又看看凑在自己面前的镜头。

江湛并不知道，这是个专业设备，录制的画面不只端着设备的人能看到，连接设备的监控器也同样能看到。而面试官侧前方，某个打光设备后，就有一架监控器，监控器的屏幕上，江湛不久前的微表情一帧一帧地记录得一清二楚。

看到监控器的面试官说："齐萌！你哪里挖来的宝贝！"

几个面试官都惊了，纷纷对视，对视了好几秒，几人才重新看向灯光汇聚的地方。

其中一人拿起话筒说："江湛？"

这个时候才有人想起来把选手的话筒递给了江湛，江湛接过话筒，举到唇边，说："是。"又道："要先自我介绍吗？"

面试官 A 道："不用不用，我们先问你一点儿问题。"

江湛道："好。"

他并不紧张，就是太多的灯光打过来，他眼睛有点儿难受，还很热。

面试官 B 问道："没签公司？"

江湛道："没有。"

"二十五？虚岁吗？"

"不，整岁。"

"之前有接触过娱乐圈或者选秀之类的综艺？"

江湛摇头说："没有。"如果 P 图算的话。想到 P 图，他唇角轻轻牵动。

他这一笑，全场又惊了。

江湛的五官，简单形容，就是好看，精确一点儿，就是个适合屏幕的脸。他脸窄、下巴尖，下颌有棱角，这令他的长相不至于过分阴柔，反而带了几分凌厉，眉骨形状饱满、眉毛浓密，鼻梁挺直，年轻男性的气质凸显，眼睛很漂亮，眸光清澈干净，少年感足，二十五岁，看着亦十分年轻。不仅如此，头身比完美，脸小，头也不大，而头型足够包住脸，腰短腿长，肩膀不宽。

镜头是个灾星，总在丑化人类，明星也不能免俗，因此无论圈内圈外都公认，明星现实里永远比镜头前好看。所以要想当明星，普通好看是不够的，最好是精确到黄金比例的身材和无可挑剔的完美颜值，才有可能撑得住镜头。

而江湛，他撑住了镜头。

他刚刚那一笑，眸光澈亮，气质尽显，像所有女孩年轻时幻想中的邻家哥哥。

灵，实在太灵了。

可怕的是，他这还是素颜。

二十五岁的圈外人，素颜，什么都没做，笑一笑，众人就已经挪不开眼了。

等他握着话筒清唱："河边的风，在吹着头发飘动，牵着你的手，一阵莫名感动……"

面试官想道：感动！捡到个宝！我们才是真感动！

唱完后，面试官没有就这首歌多点评，所有的话题全部围绕在江湛本人的身上。

面试官问道："你今年二十五岁，之前没接触过这个圈子，能说说你之前都在做什么吗？"

江湛道："在国外，因为家人生病，一直在照顾家人，也没正经做过什么工作，最近才回国。"

面试官问道："才回国？那你学校是国外上的？"

江湛道："国内。"

面试官问道："考过大学吗？我看你学历一栏没有填，本科毕业？"

江湛道："是。"

面试官问道："哪所大学？"

江湛道："A大。"

面试官吃惊道："什么？！"

江湛道："A大。"

面试官问道："本科？"

江湛道："嗯。"

面试官问道："高考考进去的？"

江湛道："是。"

面试官问道："你多少分？"

江湛想了想说："具体不记得了，就记得我是那年的理科第一。"

所有人震惊得无法呼吸！

怕江湛吹牛，面试官里当场有人掏手机出来搜索。

关键词：A省理科江湛。

搜索的词条里，第一条赫然是"××××年，A省理科状元，江湛"。

这下大家更精神了，问道："你A大的，出国怎么也没找个工作？"

江湛刚刚有提过，对方再问，他便重复了一遍："家人病重，我一直在照顾。"

面试官问道："这样啊，你大学念完了吗？"

江湛道："念完了。"

面试官问道："学的什么？"

江湛道："金融。"

面试官道："怎么会想起来参加选秀，哦对，介绍来的。"

"你觉得你的A大名校背景是你参加选秀面试的一个大优势吗？"

这个问题又把江湛给问笑了。他想了想道："文凭和选秀没什么关系吧，我的优势，不是脸吗？"

不错，有梗。

面试官道："但你也得知道，选秀要唱还要跳，这两方面，你好像都不会吧？"

江湛没被这个问题问住，反而自如地回了一句："不会可以学。"

面试官问道："要是别人一学就会，你怎么学都不会呢？"

江湛从容地回道："有这种可能，我尽量对得起自己的文凭。"

灵！太灵了！

长得好，镜头感好，文凭高，毫不怯场，思路清晰，对答的话里还能有梗。

这是个宝！

齐萌到底从哪儿挖来的！

面试官们当场给了四个10分，全票通过，这里面自然包括了兰印辉的那个熟人。

人情就算了吧，人情再大能大过节目？

兰印辉可没这个面子。

江湛从面试间出来，回味了一下，觉得这面试挺简单的，唱首歌，聊了几句，就过了。

想了想，心里感叹道：其实还是命好，命好才有这么帅的脸。

谢谢爸妈。

江湛重新扣上帽子。

齐萌这时候再次出现，他脑袋上的"红冠"有点儿冲天的迹象，脸色也十分红润，看起来心情极好。

他直夸江湛说："表现得不错。"

江湛对自己的顺利通过还有点儿没消化过来，问："选秀只看脸？"

齐萌道："当然不只是这样，关键还是镜头前的感觉。"

江湛脱口而出道："镜头前的感觉不都是玄学吗？"

齐萌愣了一下说："连这你都知道？"

江湛顿了顿，他当然不知道，都是王泡泡这个前"站姐"告诉他的，声称明星会不会红、什么时候红、怎么红、用哪个姿势红，都是玄学。

齐萌没在意，接着道："你今天表现得真的很好，颜值、气质在线，对答自如，还有梗，我都不知道你原来是A大毕业的。我就记得老韦有个亲戚的孩子当年考了第一，原来就是你啊。捡到宝了，捡到宝了，真的捡到宝了。"

江湛这趟面试就是等的时间长了些，面试过程非常顺利。

齐萌亲自送他下楼，肉眼可见对他非常重视。

他告诉江湛，手机保持畅通，随时联络，后续星光视频这边可能会提前有点儿安排。

有点儿安排？

江湛猜测应该和签约公司有关。他本来想先回去问问韦光阔，想了想，觉得有些事情还是先说清楚。

江湛道："才面试，我现在就是抓瞎，很多事不清楚。如果是签约公司，我可能需要谨慎地想一想。"

又直接问："参加选秀，是一定需要有公司吗？"

齐萌这么多年在业内，保持清醒地做节目，咋咋呼呼与人相处，被别人忽悠，也忽悠别人，遇到新人，基本一哄一个准。

江湛他很看好，又是韦光阔的亲外甥，他没想过忽悠，真要到谈艺人合约的地步，肯定是好好地谈。他就是惊讶江湛看得这么透彻，半点儿没被面试结果忽悠过去，脑子这么清醒，真不愧是名校毕业的。

齐萌拍拍江湛的肩膀说："放心，不会忽悠你。你是老韦家的孩子，老韦和我这么熟，我能忽悠你？你今天回去，好好休息，唱歌跳舞什么的，让你舅舅给你找人先练一练。有什么事，我会第一时间联系你。选秀的问题你也别担心，签公司未必是坏事，你舅舅也会帮你参考，不至于让你吃亏。"

说着说着，两人到了一楼。

江湛去前台还临时吊牌，齐萌刚好接到一个电话。

"淘汰？"齐萌看了眼江湛的方向，压低声音，走向一旁，"为什么？都已经面试通过了！这是个宝，你们不都认可了吗！"

电话那头也在急，道："我也不知道啊，说是高层直接下的通知，现在领导还在争取，往上面探口风，问问具体是怎么回事。"

又道："我觉得你也最好问问江湛，他是不是得罪了谁，一个素人，既然之前没接触过这个圈子，怎么会惊动上头的高层。"

天兰文化在今天的面试通过了两个人，这个结果兰印辉还算满意，他下午还有事，没在星光视频大厦多逗留，驱车离开。

路上，他给公司合伙人打了个电话，问："搞定了？"

合伙人道："嗯，星光视频高层出面，应该是行了。"

兰印辉"哧"了一声道："要不是为了姚玉非，也不用动这么大的关系。"

提起姚玉非，兰印辉问："姚玉非有没有说什么？"

合伙人道："说什么？他今天休假，没来公司。"

兰印辉这才想起来，他有点儿不放心，说："知道我为什么想把那个165号踢走吗？前几天我在舞蹈房，看到姚玉非盯着照片一直看，我不知道他是怎么想的，就怕他脑抽，感情用事，不好好工作，什么哥哥弟弟的，又不是亲兄弟，什么能比现在的事业重要？"

合伙人问道："他不会拎不清吧？"

兰印辉吊了吊眉梢，一脸冷漠地说："谁知道。"

兰印辉说错了，姚玉非没有感情用事。

他就是觉得愧疚，对不起江湛。尤其是兰印辉发来的那句"没事了"。他们这边没事，就等于江湛那边有事。至于江湛回国后为什么突然参加选秀，姚玉非都来不及深想，更没工夫去打听。他就是觉得，自己必须做点儿什么。

他是了解公司和兰印辉的，兰印辉要做点儿什么，一定能做成。

江湛既然参加选秀，有关系吗？背景呢？后台？

姚玉非是希望有的，韦光阔是艺术学院的教授，肯定有关系，可想起江家的败落，江湛又是才回国……

姚玉非纠结迟疑半晌，忽然拿起手机，紧紧地攥在手中。他点开联系人，翻到了某个号码，久久地没有动。

这个人，他有点儿怕，也不熟，就以前高中的关系来看，这人应该是看他非常不爽的。但几年前，也是这人让他在选秀上翻了身，将一个重要的机遇送给了他……

姚玉非这么多年，始终不明白那人当初为什么会帮他。

或许是看在老同学的情谊上？

姚玉非很多年没有想起高中时代了，捏着手机迟疑的这一刻，他脑海里走马观花掠过很多过往。

忽然，一个画面定格住：

是高二的教室，最后一排。

教室里吵吵嚷嚷，各种打闹，江湛趴在桌上打瞌睡，一个男生从后门走进来，目不斜视，手里抓着件校服。走到江湛身后，也不知道男生怎么想的，直接将校服往江湛脑袋上一丢。

江湛睡得沉，什么反应都没有，脑袋上盖着校服，反而睡得更安稳了。

那个丢校服的男生走回座位坐下，旁边凑过来一个男生，嘻嘻哈哈道："他没醒，你要不再扔本书？照着脑袋那种。"

男生掀了掀眼皮子，手里转着笔，漫不经心地说："你试试？！"

那句"你试试"，姚玉非后来品味了很久。

是怂恿？让那个男生去吵醒江湛。

抑或是，警告？

很早以前，姚玉非觉得对方一定是怂恿，可现在——

姚玉非按下了那个号码，将手机放到了耳边。

嘟……嘟……嘟……嘟……

"什么事？"低沉、漫不经心的嗓音一响起，姚玉非心头一紧。

这么多年，老样子，还是怕。

可现在不是怕的时候，姚玉非收拢心神道："柏、柏天衡……"

电话那头很静，柏天衡的声音带着几分冷地回道："说。"

姚玉非道："江湛，回来了。"

电话那头顿了顿，柏天衡说："重点。"

姚玉非觉得自己昏头了，平常兰印辉说他为人处世很差，他还不相信，现在是信了，连话都不会好好说。

姚玉非克制着自己的无措，努力组织语句道："是这样的，我有个综艺……"

话刚开了个头，电话那头直接换了人，柏天衡的经纪人笑得客气说："什么综艺，有什么你和我说。"

姚玉非道："……我不是找你们帮忙。"顿了顿，"不是，是要帮忙，但不是帮我，是江湛。"

姚玉非是真怕柏天衡，这人高中的时候他就怕，后来同在娱乐圈，柏天衡地位天然高，气场又强，他什么都不是，就更怕了。

打这个电话，他真的是鼓足了勇气，不为自己，就为了江湛，可如果柏天衡根本不搭理他……姚玉非豁出去了，不管电话那头是谁，径直道："我参加的那档综艺，江湛今天去试镜了，有人要动关系淘汰他，我没办法，想问问你能不能看在以前同学的情谊上，帮帮忙，所以才打的这个电话。"

姚玉非一鼓作气地说完，词穷了。

电话那头没有动静。

姚玉非小心翼翼地说："还……有人吗？"

柏天衡的声音乍然在耳边响起："哪个综艺？"

姚玉非道："《极限偶像》，星光视频的。"

柏天衡道："知道了。"

电话挂断。

保姆车上，柏天衡挂了电话之后，沉默地看向车外。

助理在后排，经纪人在副驾，车子平稳地驶离，后视镜里，机场航站楼越来越远。

柏天衡出了会儿神，这才重新拿起手机，拨了个号。

电话那头有点儿惊讶道："天衡？"

柏天衡问道："听说你们公司最近有个节目，叫《极限偶像》？"

前排的经纪人忽然回头看了一眼。

电话那头道："啊，是啊，怎么了？"又道："不是还邀请过你当大导师吗？你又不来，你的经纪人说你没空。"

柏天衡道："我正要跟你说，现在有空了。"

经纪人一脸诧异。

电话那头惊讶道："啊？！"

柏天衡语调随意，视线还注视着窗外，完全没有一点儿玩笑的意思说："别啊了，合同和节目流程一起发过来。"

对方犹豫着说："柏总，你喝酒了？醉了？"

柏天衡不理这茬，继续说："还有练习生名单，一起发过来，我听说你们今天还有一场面试，把面试名单也一起发过来，我先看看。"

电话那头没有说话。

柏天衡道："这样吧，我刚好才下飞机，这会儿有空，去你那儿坐坐。"

电话那头终于反应过来，是满嘴质疑人生的口吻道："呃嗯，行啊，好啊……嗯，我泡好茶，等你过来。"

这次电话挂掉后，副驾的经纪人终于没憋住。

"柏总，"经纪人情绪稳定的时候都是喊的"天衡"，一般只有在崩溃和崩溃之前会这么喊，"能问问吗？你这是为了姚玉非，还是那个什么江？"

柏天衡脸不红，心不跳道："我是那种会为了同学，参加综艺的人吗？"

经纪人道："不是。"

柏天衡躺回去道："当然是为了事业的发展，为了在转型之前，多一点儿综艺节目的经验，为将来的幕后工作奠定基础。"

经纪人很无语。

你能说人话吗？

齐萌都蒙了，说刷就刷，高层手这么长？！

他没惊动江湛，人模狗样地将人送走，奔回楼上。

二十二层，面试还在继续，即将收尾，齐萌杀回来，瞪红了眼睛说："领导呢？"

同事道："刚好，正要跟你说，大领导让把所有的资料收集起来，送到楼上，说是大导师定了。"

齐萌一愣道："谁？白寒，他签了？"

同事忙着手里的活儿说："白寒？不是吧，白寒拒了啊。"

齐萌问道："那是谁？"顿了顿，想起自己要问什么，连忙拐了回来，"不是，江湛好好的，大家都觉得是个宝，怎么就被刷了？"

提到这个，同事也很无语，耸肩道："今天最后一天面试，变动真的特别大，又是上面打电话让刷人，又是说送资料上去，连今天面试不过的所有选手的资料都要送，又提示说大导师定好了。"

齐萌问道："怎么回事？"

同事道："谁知道，反正上面说了算。一个电话，领导都要捧着本本上去开会。"

齐萌想了想，立刻拔腿去找领导。

能保住江湛的，现在只有领导了。虽然不知道上层为什么一定要刷掉江湛，但如果大领导能跟上面好好说，再认真地夸一夸，总还有机会。

结果领导早上楼了。

齐萌想到：我哭给你们看！

齐萌是真的做好嗝屁的准备了，上层为刀，他是肉，想怎么切就怎么切。

结果领导下来之后直夸齐萌："那个165号，A大那个，你是哪儿找的，太灵了，肖总看完面试视频和硬照资料，夸了半天。"

齐萌反应不过来道："啊？不是说刷了吗？"

领导道："哦，肖总点名保住了。"

齐萌道："我爱肖总！"

领导道："别了吧，肖总有妻有女，不想被你爱。"

齐萌道："领导，我也爱你！"

领导道："你滚吧。"

齐萌道："对了，大导师定的谁？你见过了？"

领导道："嗯，见了。"

齐萌问道："谁啊？"

领导道："现在不能说，才定，还没签合同，而且按照节目剧本，大导师是谁要保密，对其他几个小导师都要保密，所以按照正常流程，录制那天才会知道。"

要等到录制那天？连节目组团队也要保密？

这么神秘，到底是谁啊？

无论是谁，能保下江湛就足够惊喜。

齐萌特意给韦光阔发消息，恭喜他江湛选定。

韦光阔不愧是老江湖，想了想说："江湛没背景，又扎眼，没成谁的绊脚石？"

齐萌道："不瞒你说，为了江湛，我都给高层献身了。"

韦光阔道："要点儿脸吧。"

不过江湛又是被刷又是被保，还都是高层手笔，太叫人疑惑了。

节目组团队为此特意八卦了好久，直言江湛背后肯定有人。

直到领导松口，给了一个符合逻辑的说法：大导师劝的，说A大学子，祖国栋梁，一个人就能拉高节目组的整体学历水平。

节目组众人内心想道：所以，是学历拯救人生？

领导内心想道：呵呵。

人家柏天衡柏大佬的原话明明是："人家都是拜高考状元，沾文曲星喜气，你们倒好，直接刷掉，敢刷高考状元，不怕节目收视率掉到冰点？回头再蝴蝶效应，直接团队解散，公司倒闭？"

柏天衡，一个他开口超过十个字，你就想跪的男人。

江湛面试通过之后，就拿到了齐萌给的选手节目引导说明。

《极限偶像》总共播放十二期，总录制时间为三到四个月，全部选手100名，节目期间练习生全部住宿，外出需要所在的经纪公司提前报备，理由合理、节目组准许之后方可离开。其间不允许有任何其他登台通告，禁止解约退赛。

节目整体表现形式为偶像团队的打造，对唱、跳、形均有要求，录制期间要求练习生有个人小才艺，小才艺包括但不限于唱歌、跳舞、脱口秀、表演、配音。

生活区除卫生间等私密场合之外，全天24小时不间断录制，练习生需要注意言行。

禁止抱团，禁止任何语言、肢体的挑衅，对抗，打斗，需要配合节目组的合理安排，违者视同违约。

江湛浏览说明书，仿佛一个全新的世界在等待他。

因为正式录制在一个月后，韦光阔特意给江湛找了声乐、形体、舞台、舞蹈方面的老师。

韦光阔道："既然参加，就要认真，不给自己留遗憾。"

江湛认可这话。

他开始轮番上各种课，日程满满，不再有时间上网，特意戳了王泡泡，推掉最近的单子。

王泡泡想开大飞机：终于，我们P神还是要走向婚姻生活。

江湛无语：……

王泡泡想开大飞机：你进洞房之前，能最后再P几份图吗，不是单子，我个人的请求。

王泡泡想开大飞机：当然，亲兄弟，明算账，钱不会少的。

P图：我免费给你P，你能少点儿戏？

王泡泡想开大飞机：能能能！文件发你，你收一下。

江湛的电脑太旧了，老房子的网也不太好，偶尔收邮件有点儿卡，他等了一会儿，趁有时间才问。

P图：最近有新人红？你又爬谁的墙了？

王泡泡想开大飞机：不是新人！是我男神。

P图：家暴出轨那个？

王泡泡想开大飞机：……我咬你啊！是柏天衡！柏天衡！浪了一年没有通告、没有影视剧都能帅炸天的我男神！

王泡泡想开大飞机：说出来你都要不信，他前几天不声不响落地机场，刚好遇上一拨粉丝和"站姐"等"爱豆"，那些人自家"爱豆"都不等了，直接当场"爬墙"追柏天衡。

王泡泡想开大飞机：男神就是男神，哪儿是那些小"爱豆"能比的？

江湛看着对话框里"柏天衡"三个字，再看王泡泡这些话，差点儿要不认识"柏天衡"这个名字了。

柏天衡的墙你们都爬？

当年在三中，柏风纪委员可是差点儿把那些爬围墙的拽断腿。

P图：他"人设"不错。

王泡泡想开大飞机：什么"人设"啦，我男神那么真实。

电脑右下角提示新邮件，江湛点进邮箱，下载附件解压。

行吧，选秀之前最后给这位真实的柏男神好好P个图。

好歹也是老同学嘛，争取P出水平，P出风采。

原图在屏幕上铺陈开。

屏幕上的这位，戴着宽檐的帽子、戴着连脖子都能遮住的口罩，整个脸连耳朵都没露出来，浑身上下唯一露出的皮肤只有胳膊和手。

怎么P？从何P？

翻开其他图，也是一样，柏影帝似乎早有准备，半点儿空子都没留给摄像头。

P图：？？？

王泡泡想开大飞机：？？？

P图：这图没露脸，怎么P？

王泡泡想开大飞机：所以，这是个只有你能P的图，谁让你是P神呢。

江湛懂了，这是让他嫁接一个原脸过去。

P图：行吧，试试看。

王泡泡想开大飞机：唉，可惜，一年没公开露面，没新照，只能用以前的老照片了。

江湛已经开始P了，重新P个头，其实不难，他技术摆在那里，关键还是要自然，不留痕迹。

前几年，江湛也P过不少柏天衡在各种场合的原图，没办法，谁让他红，粉丝多，照片也多。

而给柏天衡P图和给其他艺人P图，还不太一样。江湛每次P柏天衡，对着他的照片，就好像隔着大洋彼岸，在关注他的发展和事业。好像这么多年，就算远离故土，与曾经生活的城市隔了十万八千里，离柏天衡的距离，却没有那么远。

P得多了，江湛不但知道柏天衡的动态情况，还知道他拍了什么影视剧、拿了什么奖。进而知道，柏天衡这几年在国内混得非常好。

他们比起来，仿若云泥。

偶尔江湛被生活所累，觉得阴暗压抑的时候，会主动在互联网上搜搜柏天衡，还关注了柏天衡的照片墙和微博。

毕竟以前认识的人，无论是同学还是朋友，都没有联系了，只有柏天衡，以这种奇妙的形式，与自己的生活有了联结。

一年多前，母亲在温哥华病逝，没多久，王泡泡接了个单子，是柏天衡的影视剧剧照。

"事业粉"觉得从片方到宣方都是垃圾水平，拍得太差，都不想认，站子自己花钱直接请人重P。

巧的是，柏天衡在剧里披麻戴孝，一身缟素。

江湛因为母亲去世的时候十分安详平静，后续又要料理丧葬，杂事太多，一滴眼泪都没掉过。

看到柏天衡的剧照，没控制住，突然就崩溃了。

那一单或许是P图者和原图情景、心境相通的缘故，成果非常完美。

柏天衡的所有个站同时发图，"艾特"剧组宣发，直接教片方做人。

圈中早有名气的P神，再次一P成名，王泡泡自此打开门路，开始与一些艺人的官方工作室合作。

那也是江湛最后一次P柏天衡。

那之后，江湛休整，接单量递减，人还在国外；柏天衡不再有公开的通告，前线"站姐"连张照片都拍不到，没多久，网传柏天衡有息影打算。

现在，此时此刻，预备役练习生江湛，对着电脑，翻开自己的照片存档图库，给柏天衡找头。

江湛想道：一年不喂粉丝饼，别家"爱豆"的粉丝临时"爬墙"都不给喂，还要他一张照片一张照片地找头。柏天衡，你自己说，你是人吗？

终于，江湛P完。

成果图有头，也有脸。

他的素材都是从以前的老图里抠的，抠得十分不容易，要配合机场的意境，要配合肢体语言。

结果王泡泡当场把图打了回来。

王泡泡想开大飞机：P神，一年多前，你给柏天衡P披麻戴孝的剧照，都能P出神图，为什么现在你不行了？

P图：我觉得还行。

王泡泡想开大飞机：不，不行。

P图：哪里不行？

王泡泡想开大飞机：怪我，没跟你解释。就是，整个脸的感觉吧。以前让你P他，很多都是通告图、宣传照，机场照的话，比较少，跟过机场的都说，柏天衡的机场照特别秀。

P图：怎么个秀法？

王泡泡想开大飞机：我说了，你不要拉黑我。

P图：尽量。

王泡泡想开大飞机：厌世的清雅，冷漠的高贵，傲然的温柔，轻蔑的俊逸，他的眼神里，有雾，有雨，还有风。

柏天衡粉丝的滤镜是体育老师给装的？

P图：我消化一下。

王泡泡想开大飞机：大佬辛苦了。

江湛没工夫吐，继续翻图找头。

反正他是搞不懂，褒义词和贬义词是怎么被一个"的"字连成词组的。

直到他体会了一下"厌世""冷漠""傲然""轻蔑"。

等等，这个气质的话……

江湛退出接单图存档，点了另外一个名为"高中"的文档。

他在文档里翻出一张照片：柏天衡穿着蓝白条的校服，扭头看过来，唇角紧抿，微微蹙眉，眼神里有不耐，还有别的什么。

就这个头了。

这一次，P完发过去，王泡泡没当场退图，也没吭声。过了一会儿，王泡泡炸起来。

王泡泡想开大飞机：P神！你还是当年的P！！！P无不胜！P界王者！！！

当天晚上，柏天衡某个粉丝几十万的微博站子，挂上了九宫格机场照。

照片一半是原图，一半是加了滤镜、P出脸的成果图。

附言：P神在的一日，我们柏粉就有饼舔！冲鸭！

热评：我的妈呀！这完全看不出一点儿痕迹！太像拍的了！P神简直P出了我们柏的灵魂！

热评：时隔一年后，P与柏的再次同台。

热评：P在哪里，柏就在哪里！

热评：P一定很喜欢柏，喜欢到灵魂深处的那种，才能P得这么神！我不管，一定是这样！

热评：一年前神图，一年后再次神图，完了完了，我要嗑这对了，我是不是晕头了，一定是我们柏一年没出来，没饼舔的缘故，快来个人打醒我！

"老板要去参加《极限偶像》？"

"嘘，行程已经定了，现在还在保密阶段。"

"为什么参加？"

"因为休了一年，终于休息够了？"

"@居老板。"

办公室门外，居家谢关掉了群聊，一脸冷漠。

你们问我？我问谁？

不只公司里的人问，和公司这边有联系的"大粉头"也在问："前几天回国，柏在机场被拍到，是因为有了新行程？终于恢复工作了？"

呵，谁知道。别问他，他只是个弱小无助的经纪人。

他发了个冷漠脸表情。

冷漠完了，居经纪敲开了面前的办公室大门。

柏天衡道："进来。"

居家谢推开门。

柏天衡坐在桌后，桌上笔记本半合，没什么神态，人往后一靠。

柏天衡问道："合同签了？"

居家谢道："签了，明天会发大导师流程过来。"

柏天衡道："把行程空出来。"

居家谢忍了几天，终于没忍住问："空什么行程？准备息影转幕后的行程？"

柏天衡看向他。

居家谢一脸的不痛快。

这不怪他，说息影的人，休了一年，逐渐淡出公众视野和银幕，还为此去国外进修了不少影视相关的课程，结果回国刚落地，说接综艺就接综艺，让人一点儿准备都没有。

这是事先说好的息影转幕后？

做大佬也要有点儿诚信的好不啦！

关键是，因为面前这位柏总、柏影帝、柏大佬、柏老板转型的决定，居家谢花了半年的时间一点点调整，以前的艺人团队基本都解散了，现在的公司，完全就是一家影视公司的结构。

录节目，上综艺？随行的助理、保姆、保镖都辞了好吗！

居家谢在心里提醒自己：冷静，一定要冷静。

柏天衡淡定得很，躺在椅背上，睥睨了居家谢一眼说："你很不满？"

居家谢拿出自己早就准备好的本本和笔笔，"唰"地摊开，"啪"地拔出笔帽道："你是老板，你说了算。"

柏天衡道："这季度的奖金给你三倍。"

柏天衡道："年末奖一辆车。"

居大经纪这么多年，跟过的老板很多，跟了柏天衡之后，才知道什么叫出手阔绰。

在三倍季度奖金和新车的吸引下，居家谢选择了"顺从"。

他收起了自己的本本和笔笔，还有自己从进门开始就显露的一身怨气，挂上微笑，开始聊正事儿，说："《极限偶像》接得有点儿急，合同发过来我看了，律师那边也看了，没问题，就签了。不过流程还得去接洽几次，看有没有不适合的，他们给的台本我之后也会仔细看几遍。"

居家谢接着道："节目录制在下个月十一号，地方有点儿远，节目方安排了酒店。你如果住不惯，我就让人把离那边最近的房子打扫出来，车子来回接送，也还算方便。"

居家谢道："除此之外，我会把随行团队再组建起来，公司还要再招点儿人。还有你最近得保持体形，开始瘦身，还有跳舞。"

居家谢最后道："暂时就这么多。哦，对了，《极限偶像》这种选秀，有内定的出道位是肯定的，我会提前问清楚，你做大导师的时候也好有个着重点。"

居家谢是专业的经纪人，他负责工作，柏天衡可以放一百二十万个心。

有了新综艺，居家谢要重新忙起来，没坐一会儿就走了。

走之前忽然问了一个问题："老板，你和那个姚玉非，很熟吗？"

柏天衡懒散地看了他一眼。

居家谢道："我就是再确认一下。"

柏天衡有点儿好笑，问道："在你看来，我和他很熟？"

居家谢认真解释道："这也合理吧，姚玉非长得挺讨人喜欢的。"

剩下那句话居家谢没敢说：关键是，你们还是老同学。

柏天衡没就这个话题再多说半个字，只朝门口瞄了一眼，口吻依旧不紧不慢道："三倍奖金还是算了。"

居家谢问道："什么？"

柏天衡道："新车……"

居家谢拔腿闪人，一刻都不多留，"嘭"的一声关上门，把清静还给了老板，保住了自己的新车。

柏天衡扬了扬眉，轻哧。

当年在三中，他最讨厌的就是姚玉非，看到就觉得讨人嫌。尤其是那一副乖乖样，也不知道是本来就如此，还是装的。

偏偏有人喜欢，还护得很。

柏天衡不想还好，想到就气：初级评定就把这个瞎了似的人淘汰。

第二章　重逢

江湛练了一段时间唱歌，知道什么是嗓子发声，什么是丹田发声。

形体、跳舞也学了一些，还重新剪了头发，买了些新衣服。

韦光阔见他回国后的新生活终于有了一个明确的目标，还这么认真，心里十分宽慰。

其间江湛还去星光视频，和其他参加选秀的练习生一起，开了几个会。

会议没什么，主要就是节目录制之前的动员和说明。

齐萌也登门几次，和韦光阔聊了聊江湛以后的发展，还特意提到，星光视频下面有个娱乐公司，也是这次《极限偶像》的制作方之一。

江湛如果签这家，等于是星光视频的亲儿子，会得到特殊关照。

韦光阔知道齐萌说的那家公司，都没跟江湛商量，哈哈一笑，委婉地拒绝了："想什么呢，说不定两三期之后，就要刷了回来找工作了，还签什么公司。"

齐萌道："又不是真的拿到出道位才能出道，你外甥条件那么好，以后当然是去拍戏，唱跳艺人能走多远。"

韦光阔深知所有的好处都是明码标价的，拒绝道："看看吧，先看看，别着急，以后的路还长。"

于是，江湛以素人练习生的身份参与节目，最终只签了节目合约。

次月，《极限偶像》迎来第一场录制：初级评定。

《极限偶像》的录制舞台和录制的主要场所都是最新搭造的。

在西郊山脚下，是六个大小不一样的厂房。

距离录制地点车程半个小时的某公寓大楼，会成为这次的集体住宿点。

按照流程，11号录初级评定；13号宿舍区集合，录制；15～20号，封闭训练；22号、23号，第二次、第三次录制，前三次录制内容会剪辑成第一期。

27号，也就是周六，星光视频的视频平台会播放《极限偶像》第一期，同时打开点赞通道。

当夜以及后续三天的数据，会决定后面录制过程中的镜头和剪辑重点。

可以说，除了早就内定好的出道位，对其他所有人来说，这次的选秀都是极其残酷的。

尤其是今天的首轮录制，化妆间里就已经是满满的火药味。

没办法，这还没住进集体宿舍，来的不只练习生，还有经纪人，个别选手小有名气，助理也跟了过来。熙熙攘攘一大群人。

江湛没公司，纯素人，韦光阔要送他，他没让，一个人来了，来了之后就等化妆。

结果刚在镜子前坐下，他左右两边的位置也换了人。

这两人明显是同家公司的，一起来的，刚坐下就各凑一边，把江湛夹在中间，旁若无人地你一言我一语聊起天。

"姚哥当评委，你说我们初级评定，等级能高一点儿吗？"

"难说。"

"啊？姚哥这么冷酷无情吗？"

"还有其他导师，不能包庇吧。"

"有什么不能的，他当年选秀，不也是柏天衡做嘉宾，待定区保的他，淘汰的另外一个吗？"

"不一样，我们和姚哥一家公司，得避嫌。"

"什么不一样！真说起来，姚哥和柏……"左右看看，没敢说全名，"不是说他们两个以前就认识吗？"

"乱传的吧。"

"怎么乱传？公司里一个带队姐姐说的！说他们以前是高中同学。"

"我还听说呢，说柏……以前上学的时候，和我们姚哥关系可好了。后来选秀的时候，看姚哥坐待定区快淘汰了，特意来做嘉宾保姚哥。"

"哇哦！"

气定神闲"吃了个瓜"的江湛心里感叹道：哇哦！

化妆师在帮江湛弄头发。江湛看着镜子里，有点儿出神。

他、柏天衡、姚玉非，都是三中的。他是从三中的初中部直升上来的，柏天衡是考过来的，姚玉非是转学进来的。三人高一分别在不同的班，高二分到了一个班。

姚玉非那时候年纪比他们都小，个子不高，人也怯怯的，又是江湛小学班主任的孩子，江湛对他一直很关照。

至于柏天衡……

用当年班里其他同学的话，柏天衡和江湛，关系太迷了，有时候关系好，有时候关系差，前脚还在一起打球，后脚就斗上了。

这其实都是青春期的"锅"。

青春期的男孩儿好的时候能打球，一句两句不和，自然就翻脸了。

柏天衡当年脾气很不好，脸臭得很，江湛外向好动，两人能玩到一起，但也经常斗嘴不合。

外加柏天衡那时候不知道抽了什么风，总看姚玉非不爽，江湛没少为此跟他闹不愉快。

后来，柏天衡被一个导演看中，出演了一部电影，高三的时候直接考了电影学院，江湛成绩好，上了 A 大，两人高考后没交集，就再没见过。

再后来，江湛大二的时候，江家破产了……

"闭眼。"化妆师最后给江湛把眼妆再弄了下。

江湛闭上眼睛，思绪被打断，回过神。

他身边那两人没再聊了，盯着化妆师弄造型，十分挑剔。"眼线再帮我画下吧，不够深邃。""眼影会不会太浅了？够吗？不够吧。"

"好了。"江湛的化妆师搞定。

江湛睁开了眼睛。

除了小时候的学校文艺会演，这是他第一次化妆，感觉太奇怪了。

再看镜子里，也不太适应，总感觉不像自己——脸型轮廓更加分明，五官更为立体。

仔细看，其实也没变，脸还是那张脸，但化了个妆，弄了个造型后，气质更为凸显。

江湛看着镜子里，慢慢站了起来。

他一站起来，旁边那两人齐刷刷地转过脖子仰视，边仰视边瞪眼。

"你，你哪家公司的？"

江湛低头，看右边那人道："没公司。"

左边的倒抽气道："素人啊？！"

江湛点头，没说什么，化完妆让开了位置，从随身的包里取出名帖，在左腰的位置贴上。

名帖是长方形的，深蓝色，没有编号，有名字，一般如果有公司，名字上方还会有公司的名字，江湛没公司，名帖就只有一个名字。

他贴名帖的时候，刚刚那两人还扭脖子过来看，好像不相信他是个素人，看到他的名帖上没公司，纷纷倒抽气。

节目组哪里找来的素人，这外形、气质太惊人了吧！

这场初级评定，选手的流程是这样：

化妆完后，候场，候场的时候要交手机，被叫到的个人/组合准备，正式录制先进入 A 区。

A 区会有 A、B、C、D、F 五个等级的名帖，各人按照自己的实际情况选取等级，贴在身上。

贴完之后，进入 B 区，B 区有一个通道，通道出来之后的 C 区，也就是今天的录制现场和舞台。

站到 C 区的舞台上表演后，四位导师会现场评级，给出一个综合的成绩，拿到综合成绩后，选手坐到导师的后方。

而后方是一个三角形阶梯座位区，从上到下分为 A、B、C、D、F 五个区域，A 最上，F 最下，选手依照成绩选择对应区域自由落座，而顶端还有一个单独的最强王者之位，得到 A 的选手，谁有胆子坐谁坐。

江湛到候场区的时候，录制已经开始，据说已经有不下三四个组合，超过二十人进去了。

候场区刚好就有监控屏，候场区的选手可以边等边看前面人的表现和评分。

到这个时候，选手也终于知道了今天的评选导师有哪几位。

单郝、童刃言、戎贝贝和姚玉非。

三男一女，这几人，混娱乐圈的谁不知道？

江湛来之前只知道姚玉非是导师，这还是面试候场的时候顺耳听来的，其他导师有谁，他根本不清楚，因为齐萌说需要对选手保密。

江湛也是运气好，人在国外，P 图的手艺在国内，接触了粉圈，自然就接触了半个娱乐圈。

这四位导师，他刚好都知道。

单郝：音乐制作人、歌手，红了至少二十年。今年四十多岁，以专业在圈内出名，不少影视剧的主题曲都是他作词、作曲。

童刃言：组合出道，单飞后转型影视圈，如今兼顾影视、歌唱事业，有自己的音乐公司，半年前刚举办了一轮世界巡回演唱会，大获好评。

戎贝贝：95 后新花，选秀出道，长相甜美，是近期被力捧的唱跳艺人，舞蹈经过专业训练。

姚玉非：唱跳艺人，选秀出道，资源、流量均不缺，是很多综艺以及大型晚会的固定嘉宾。

当然，江湛知道得还更多一些，基本都是王泡泡告诉他的。

比如戎贝贝虽然很年轻，但对自己和对别人的要求都极高。

比如童刃言现在的主要事业虽然是演戏，但对音乐十分热爱，这几年没少参加选秀节目，点评以狠辣著称，尤其是一些用词，非常让人心惊肉跳。

比如单郝，看着凶，其实人很好，也很有耐心，对新人和错误都很包容。

至于姚玉非，江湛不需要听别人怎么评价他，知道他什么样。

江湛在候场区坐下后，就有人过来收手机。

他把手机和随身的一个包都上交的时候，大屏幕上刚好放到几个导师的初评：三个F。

候场间哗然。

"明明跳得很好啊。"

"划水了吧。"

"感觉他们非常用劲地想表现，没注意配合。"

"你刚刚看到戎贝贝的表情了吗？她皱眉了。"

"还有姚玉非。"

"哇，太吓人了，太吓人了，他们自评是B啊，直接从B落到F，太狠了！"

江湛心里想道：玄学，都是玄学。

一个半小时之后。节目组工作人员道："独角兽娱乐的五个人。"

"唰"的一声，坐在江湛侧后方的一排五人抖着腿站了起来。

"还有江湛，你们准备准备，进A区。"

进入A区，就开始正式录制。

独角兽娱乐的五个人先进，然后是江湛。

江湛这次又等了足足一刻钟，一刻钟之后，A区的门打开，工作人员示意他进去。

江湛走进去。

房间不小，装修风格如同一个空间站，白蓝色调，顶部还有一排排灯管，一面白墙前矗立着高高的A、B、C、D、F五个字母，没有摄像师，也没有其他工作人员，只有摄像机安在固定的几个位置。

江湛一进去，就看到了桌子和桌子上的等级帖，他走过去，视线扫过，没怎么犹豫，挑了D，贴在左腰的名帖旁边。

贴完之后，江湛抬头，对着桌子上镜头正朝自己的摄像机笑了笑说："人要有自信。"

说完这句，他就抬起视线。

A区里什么都没有，独角兽娱乐的那五个人刚刚在里面足足待了十五分钟，到底都干吗了。

江湛左看看，右看看，没事干。

房间里又什么都没有，只有桌子和一排硕大的字母。

江湛走到字母旁，看了看 F，摇头，横跨一步，看了看 D，摇头，"我其实不想选你的"，到 C 跟前，"我长这么大，就没得过 C"，继续走到 B 面前，"兄弟，你跟我也是无缘的"，A，点头。

江湛做完这些，耸耸肩，似乎有点儿无奈，刚好一个摄像头扭过头，他看向黑洞洞的摄像镜头，笑着说："给你们多一点儿素材，记得都剪辑进去。"

摄像头静静地定在那里，过了两秒，点头。

江湛道："乖。"

这次，他等了更久。

半个小时后，门终于开了。有工作人员站在门口的角落里，示意江湛出来。

江湛走出来，才发现那是齐萌。

齐萌边示意他往某个方向走边低声道："别紧张，加油。"

"谢谢。"

江湛顺着通道一路往前，速度不快不慢，拐过一个小弯后，终于，他看到了舞台。

江湛深呼吸，暗自鼓劲：没问题，你行的。

他抬头，走出通道，走上舞台。

几束灯光正对着舞台，照进江湛眼底，就在他走上台期间，导师背后的阶梯座位区，导师席上，一片哗然。

"哇——"

单郝、童刃言不敢相信地对视，姚玉非惊讶地微微睁大眼睛，戎贝贝整个人往后倾倒，抬手捂嘴。

江湛走到舞台中央，常规操作：和导师打招呼，再自我介绍。

童刃言，前几场嘴毒得恨不得被选手撕了的导师，率先拿起话筒，扫过戎贝贝，扫过身后，再转回头，开口道："你表演之前，我先问你个问题。"

江湛站在台上，适应着灯光，人很沉着。

他看向童刃言，点头。

童刃言忍俊不禁道："你有女朋友吗？没有的话……"说着转头看向戎贝贝，"方便和我们这位加个微信吗？"

背后的座位席一通起哄声夹杂着口哨。

还有人扬声大喊："给她！"

戎贝贝脸都红了。

江湛这么多年，在各种场合被人要过微信，舞台上还是第一次。

他有点儿诧异，心里想到综艺的录制果然松散许多，这都可以。

不过……

江湛道："我没有微信。"

众人：？

童刃言笑得眼睛都眯了起来，挖坑道："你是为了拒绝我们贝贝老师，故意这么说的吗？"

江湛拒绝人的时候向来认真，也不拿这个开玩笑，诚实道："不是，没装软件，也不用。"

单郝猜到什么，继续说："以前在国外吧？"

江湛道："是的，刚回国。"

戎贝贝恢复神情，脸还是红的说："行了行了，别拿我开玩笑了。"

童刃言憋着笑说："我知道，我懂的，微信可以下台要。"

戎贝贝生气地说："童老师，你够啦！"

录制厅一片欢声笑语。

童刃言一秒变脸，控场能力满分，瞬时又严肃起来说："好的，请准备。"

演播厅安静下来。

在众人的注视下，江湛举起话筒，清唱了一首《到不了》。

长睫半掩，起调缓而低沉："你眼睛会笑，弯成一座桥……"

评委、选手被这清澈的开嗓惊艳到。

童刃言和单郝对视一眼，戎贝贝惊讶地注视台上，姚玉非表情克制而沉静。

终点却是我

永远到不了

感觉你来到

是风的呼啸

思念像苦药

竟如此难熬

每分

每秒

我找不到

我到不了

你所谓的将来的美好

我什么都不要

知不知道

若你懂我

这一秒

我想看到

我在寻找

那所谓的

爱情的美好

我紧紧地依靠

紧紧守牢

不敢漏掉

一丝一毫

愿你看到

江湛的嗓音很干净，音域也宽，声音的质感很透彻，能听出来没用多少演唱技巧。

而开嗓第一句，就描绘出一双弯弯的笑眼。

可惜，这是个永远抵达不了的人。思念的煎熬，每分每秒，所有的美好，都像风的呼啸。

选秀舞台、灯光、服装、舞蹈、伴奏，乃至垫音，都可以修饰演出，让舞台表现更具吸引力。

但江湛一个技巧也没用。

他用最干净的声音唱了这样一首质朴的情歌。

不仅如此，这首歌的情景代入、感染力、渲染力、完成度，均无可挑剔。

选手区一点儿动静都没有，所有人都安静地听着这首清唱，感受这"所谓的、爱情的美好"。

一曲罢，评委席带头开始鼓掌。

童刃言举起话筒到唇边，声音低沉道："我很挑剔，但是，你的这首歌，非常完满。"

选手区一阵惊呼，能让嘴毒得跟抹了鹤顶红一样的童刃言夸一句"完美"，这怕不是要 A？

单郝道："很好听，你的嗓音非常干净，也很饱满。"

连着被导师夸，江湛虽然也高兴，但他没高兴得太早。

其他已经初评完的选手都坐在评委席身后，看不到四位评委的表情，江湛在台上，面对评委，看得一清二楚。

童刃言认可了，没错，单郝也夸了，是这样，但姚玉非和戎贝贝还都没开口。

而四位导师的定位也非常清晰，童刃言和单郝，是声乐导师，姚玉非和戎贝贝，是舞蹈导师。

以江湛不久前在候场区看的几场初评的经验，在这个舞台上，光会唱歌是没用的，还得会跳舞。

果然，戎贝贝看着台上的江湛说："你能选择清唱，不让配乐修饰你的声音，说明你对你的这首歌非常自信。"

　　戎贝贝接着道："但我可不可以这么认为，你唱了这首歌，还是首慢歌，没有跳舞，是因为你跳得不好，或者说，你不会跳舞？"

　　姚玉非从江湛上台开始一直没有说话，他的神情始终克制冷静，此刻也才举起话筒，缓缓道："可以试着跳一段。"

　　戎贝贝点头道："对，跳一段吧。"

　　童刃言鼓励道："你可以随便跳，让我们看看。"

　　江湛的舞台形象实在太好了，他站在台上，所有人都挪不开眼。

　　大家其实都猜到，他选择清唱，可能就没准备跳舞。

　　江湛正要说话，姚玉非打断他，率先道："在这个舞台上，不会跳舞，是不行的。"

　　戎贝贝在旁边点头。

　　姚玉非道："只会唱歌，不会跳舞，你的评级不会很高。"

　　戎贝贝道："你自评是 D。"

　　姚玉非道："是我，我只会给你打 F。"

　　江湛道："所以，现在我能说话了吗？"

　　忽然，现场的配乐老师给了一段《到不了》的前奏。

　　江湛没争辩，走到舞台边，一边卷袖子一边对着话筒道："流行舞我前段时间练了一下，跳得还不太好。就用刚刚那首歌的配乐，给大家跳一段民族舞吧。"

　　姚玉非表情一顿，他会跳舞？

　　戎贝贝惊讶地说："你会民族舞？学过吗？"

　　江湛已经卷好袖子，又脱掉鞋子、袜子，摆在舞台下，他光着脚重新走回舞台中央，回答道："小时候学了三四年，有点儿底子。"

　　童刃言眼含期待道："嗯，不错。"

　　姚玉非没说话，低头看手里的评分表，掩去神色。

　　现场音乐老师重新给了个前奏，江湛在舞台上站定，站定前，他的目光掠过评委席，上台后第一次正儿八经地看向了姚玉非。

　　姚玉非刚好抬眸，与他视线对上，暗暗一个激灵。

　　江湛不动声色地收回视线。

　　他和姚玉非同样很久没见过了，姚玉非这人，如果可能，最好一辈子都不要再有交集。

　　不只因为他们有过一段短暂的、不太愉快的过往，也因为，江湛了解他。

　　姚玉非刚刚露怯，还有点儿急，他显然不知道后面还有个民族舞，评价的那番话，明显是想给他低分，也想暗示其他导师，不能给高分。

江湛不去深想这番举动背后的动机。

但姚玉非，他怕是老毛病又犯了，又开始不老实了。

江湛这支民族舞跳得中规中矩，没有多惊艳，但也至少证明他会跳舞，且音感不错，四肢协调。

评委席非常满意，开始讨论评级。

这个时候，现场是没有导师的麦声的，但江湛耳目一向好，站在台上听得很清楚。

四人在争辩。

戎贝贝说："我觉得可以是 C 或者 B。"

童刃言道："C 低了。"

单郝道："同意，至少 B，我觉得可以是 A。"

姚玉非道："我赞成贝贝姐。"

童刃言道："你们跳舞的都这么不看好他吗？要我说，他该是 A+，形象这么好，太突出了，男团不看脸，女粉丝怎么喊'哥哥'。"

戎贝贝反问道："组合看中的是均衡实力，之前评分 B 以上的，都是唱跳俱佳，给他 A，怎么服众？"

姚玉非道："同意。"

童刃言问道："谈不拢了？"

单郝问道："要不再看看？"

四人对视，默契地看向舞台。

戎贝贝举起话筒说："我们这边暂时还没统一，需要你再展现一下，你还有什么要介绍的吗？别的特长什么的。"

江湛心想：P 图算不算。

江湛刚要说话，这时，原本低头看着手里资料表的童刃言忽然拿起话筒抬头瞪眼问道："你 A 大的？"

江湛心想：行吧，这个话题是过不去了。

江湛道："是。"

戎贝贝诧异道："是我知道的那个 A 大？"

单郝开始念资料表上的履历资料说："毕业于 A 大金融系。是 ×× 年，A 省，理科高考状元。"

话音落地，全场惊呼。

高考状元、名校毕业生为什么有这个身高、这个脸，还出现在这里？！

还让不让其他选手活了？

评委席后的阶梯座位区，传来各种款型的哀号。

"我感觉我不配坐在这里。"

"我要回家！"

"现在的学霸也太恐怖了吧！"

"别拦我！我要去给状元穿鞋！"

"要什么 A！给他 SSS！给他 MVP！"

…………

背后的动静实在太大了，评委席的几位都纷纷转头。

童刃言对其他三人道："看到了吗，学霸的魅力。"

又玩笑道："你们敢给 C 吗？我有点儿不敢。"

戎贝贝接梗道："给他 S 吧，单独安排一个座位，吊在我们头顶，俯视我们这群平凡的学渣。"

单郝道："好了，节目不录了，回家回家。"

姚玉非没说话，笑笑，有点儿心不在焉。

他的余光看向舞台。

只是过了几年而已，他怎么差点儿忘了？

江湛，他永远是最优秀的。

但姚玉非真的觉得自己没办法。兰印辉一直盯着他，知道江湛面试没被刷掉后，一直有所怀疑。姚玉非知道自己不能给超过 D 之上的评分，否则兰印辉和他没完。姚玉非暗暗咬牙，沉着脸色，拿起桌上的笔，最终还是在导师的个人单独评分上，给了江湛一个 D。

戎贝贝就坐在他身旁，也拿起笔，瞄了一眼他的评分，没多言，在江湛的评定后打了 C+。

最终，江湛被评为 B。

童刃言实在喜欢江湛，没忍心亲口给出结果，单郝做了这个"坏人"。他告诉台上的江湛："你的个人条件，无论是外形、嗓子，还是观众缘、镜头感，都非常好。但这是选秀舞台，这个舞台，拼的就是唱跳和综合实力。在你之前，拿到 A 的都是非常强的选手，给你 B，是告诉你，你得到了认可，没有拿到 A，是因为你还有很多地方需要努力。加油。"

单郝这番言词非常恳切，选手区响起掌声。

江湛站在台上，脚掌心触及着冰凉的舞台台面，脚下是凉的，心却是热的。他把这次的选秀，当作一个打开全新生活的尝试，不算多挂在心上，"普通认真"，"普通努力"。甚至在今天之前，他都觉得自己和这个行业格格不入，可能没几天就要被刷掉，该干嘛干嘛。直到这一刻，他才有种真实的感觉。

感觉自己脚下踏着的这个舞台是真实的，他没有格格不入，反而被看好，被看中。他以素人的身份拿到了 B，是目前整个阶梯座位区最好的个人练习生成绩。

舞台和灯光、认可和荣耀都是真实的。

而当江湛换了等级贴纸，走到舞台边，拎起自己的鞋，走向阶梯选手区的时候，他突然有种奇妙的感觉。

从现在开始，这似乎不再只是一次小小的尝试了。

拾级而上，他正迈入了一个全新的世界。在这个世界里，一张张面孔都是陌生的、鲜活的。他们注视他，观察他，欢迎他，甚至是靠近他。

江湛走到 B 区，忽然被一个男生一把拉住，对方格外热情，指着自己旁边的空位示意道："坐我旁边，我旁边刚好空一个。"

江湛看向男生，微笑着说："好啊。"

录制才进行到三分之一。整个阶梯座位席也才坐了三十几人，其中 A 区和 B 区的人最少，最上面 A 区的十一个座位，只有两人。

拉江湛坐下的大男生外向又热情，还特别主动，江湛坐下后，男生就伸手过来，自我介绍道："你好，我叫费海，独角兽娱乐的。"

"江湛。"

两人握了个手。

台下的表演和初评还在继续。

虽然没阶梯座位席什么事，但座位席的选手都是有镜头的，身上的领夹麦克风一直在收音，等于一言一行全在镜头下，不方便过多交流。

于是两人握完手，继续安静地看着后面的评级。这也是江湛第一次在现场看其他练习生的表演。不得不说，抛开颜值和舞台眼缘等玄学，经过系统训练的练习生，多少都有点实力。就他后面的这三个组合，每个成员都会唱歌、跳舞，舞台表现力也都可圈可点。就是评级都不算高。三个组合十个人，一个 A，两个 B，两个 C，剩下的都是 D。

江湛也是有了比较，才察觉出不对。论舞台表现和唱跳，这些人都比他强，可评级基本都比他低。

为什么？

就因为他长得好看，合导师的眼缘？

阶梯选手席由低到高，视野开阔，舞台上有什么表现，坐在上面的人全都看得清楚。江湛能发现的事，其他人自然也发现了。不免有人低声议论——

"刚刚的学霸是 B，这几个表现不比学霸差吧，怎么连个 A 都没有？"

"我也觉得。"

"为什么？"

"不知道。"

镜头在，麦在，这都是说得客气的。

随着初评的进行，不客气的声音跟着冒了出来。

"啊？楚闵都是C？为什么不是B或者A？"

"楚闵能比学霸差吗？差在哪里，高考成绩？"

这动静声有点儿大，评委席的导师没听到，选手区的不少人都听到了，纷纷转头。

费海"唰"地扭头，皱眉看向下面C区说这话的男生。学霸怎么了？高考成绩惹你了？！

他撇撇嘴，胳膊碰了碰身旁的江湛，用安慰的口气道："别理他。"

江湛摇摇头，本来就不在意这些话。他算发现了，这种选秀的评级，本身就是带着极强的主观性，并没有一个标准的评判。练习生们不服气正常，导师也没有错。

随着节目的录制，几十家娱乐公司的百来个练习生一一登台亮相。别说是四位边看边评分的导师，座位席上的练习生都看花了眼。其间录制暂停了两次，中场各休息了三十分钟，然后便一直录制到深夜。

晚上十一点多，所有的表演和学员评级终于结束。导师席起立转身，给所有选手鼓掌。一百个练习生跟着全体起立。

四位导师分别说了鼓励的话，又要求所有人在接下来的比赛中，要更加刻苦，更加努力，因为选秀舞台和淘汰都是残酷的。

而就在这个时候，演播厅内的灯光忽然全部熄灭。舞台暗了，评委席暗了，连选手席都黑漆漆的。

厅内一片惊呼。

"怎么回事？"

"停电跳闸了？"

节目组导演的声音忽然响彻整个演播厅："下面，让我们欢迎，《极限偶像》的又一位导师。"

此话一出，演播厅内顿时沸反盈天。

"导师？"

"谁？"

"我的天啊，还有，也太磨人了吧！"

"这要是来的导师嘴巴比童刃言还毒，我这日子还过不过了？"

"怎么还有导师没出场？这瞒得也太狠了！"

忽然，舞台后方，正对评委席、练习生席位的地方，敞开了一道门。

大束的舞美灯光下，一道身影从门内走出。

那人一步步走上舞台，因为逆光，看不清容貌，只看到高挑的身形，还有袖口下方一粒闪着光的袖扣。

谁？

学员们盯着舞台。

戎贝贝和姚玉非私下里讨论起来。

戎贝贝问道："你知道？"

姚玉非摇头。

戎贝贝道："肯定是个重量级导师。"

刚说完，灯光乍然亮起——

白衬衫、黑西裤，简单的装束，却有一张能让全场尖叫的面孔。

柏天衡。

竟然是柏天衡？！

练习生席位直接就疯了，评委席也是一脸惊讶。要知道柏天衡近一年没有任何产出，无剧、无影、无综艺，圈内外都传他准备转型了。他会出现在今天的初评现场，真是把所有人都吓了一跳。

更吓人的是，柏天衡一走上舞台，既没有先打招呼，也没说任何废话，而是举起手里的一沓卡片，淡定地向所有人宣布："现在开始，逆转评分。"

以为评级已经结束的所有练习生们：……

还没完？

怎么回事？

真的假的？开玩笑的吧！

费海一脸震惊地看向江湛，反问道："我是在做梦吗？"

江湛很想回答他，可惜他也怀疑，自己这会儿是不是在做梦。

柏天衡。他怎么也在？

一个旧相识，就当是巧合，再来一个认识的，江湛都要怀疑，《极限偶像》是不是被当年的三中承包了。

而时隔多年，忽然见到柏天衡本人，江湛更多的是一种物是人非的恍惚感。

仔细算算，高中毕业后，也有七八年没再见过了。

舞台上从容淡定的柏天衡，与记忆中穿着校服、脸臭臭的男生，除了相似的五官，从外形到气质完全重合不到一起。

江湛一时没品出再见柏天衡是个什么感觉，就觉得意外和惊讶，愣愣地看着舞台。

周围的其他练习生早疯了。

"是柏天衡啊啊啊啊啊啊！"

"节目组太能下血本了！"

"这是假的选秀综艺吧！我一定是做梦！"

连费海都在回神后扭成一棵海草。

他抓着江湛的胳膊说："柏天衡！那是柏天衡啊啊啊啊啊！"

江湛还算淡定道："我知道。"

费海瞪圆了眼睛说："告诉我！你怎么能这么淡定啊！！！"

江湛道："可能因为……我是个刷题无数的学霸？"

费海道："哦，对。"毕竟常言说得好，当了学霸就是牛。

而真正牛的那个，此刻正站在舞台上，从容淡定地接受尖叫和惊呼的全面洗礼。

因为他是柏天衡——没有单郝圈内从业时间久，没有童刃言出道早，甚至和姚玉非差不多大，却拥有极其可怕的流量和影视实绩。

他一出道演的就是名导大制作，不满二十岁就拿到了三金之一里的最佳新人，后续资源又多又猛，二十五岁不到的时候便已是圈中顶流，且实力傲人，斩获三金。

不仅如此，他的背景也很惊人，姑父是第五代大导，叔叔是国内第一代文化经纪人，半个家族几乎都在娱乐圈。

关键是，两年多前那个引领国内选秀新风向的标志性女团综艺《PICK C》，就是柏天衡做的全民发起人。

今天，此时此刻，谁能想到，他会站在《极限偶像》的舞台上。

别说练习生们，几位导师都惊讶不已。

单郝问道："节目组花了什么血本能把他请回来？"

童刃言道："我还想大导师是谁，怎么是他？我一直以为他还在国外。"

戎贝贝道："天啊。"

姚玉非既克制又沉静，却还是藏不住眼底的风暴。他只是打了一个电话，柏天衡怎么就来了？还做了导师？

他为什么会来？因为江湛？

姚玉非心里第一个反应就是这个，又很快否认掉。

不太可能。毕竟他一直觉得江湛和柏天衡的关系并没有那么好。柏天衡看在当年的同学的分上，走个关系不让江湛被刷掉，这有可能。为了江湛来节目里当导师？这怎么可能。

但姚玉非心里一百万个不确定。说是不可能，潜意识里又觉得很有可能。矛盾中，他的心情微妙地复杂起来，克制着才没回头去看选手席上的江湛。

这时候，舞台上的柏天衡示意安静。他依旧没有废话，用强大的气场控制住全场，淡定地继续道："现在，我来宣布需要逆转评分的练习生名单。"

练习生席位很快安静下来，大家注视着舞台。

柏天衡扫视评委席，又看向选手区，气场强大，语调平缓，开场白简洁而有力，说："刚刚你们所有的表演，我都在后台看过了。你们现在的等级，是四位导师评定的综合结果，而逆转，是我个人的眼光和决定。"

"这样的裁决等同一言堂，不一定对。但我，作为今天的大导师，拥有这项权利。你们中的某些人，会从高等级，落到低等级。同样，你们中的一些人，会从低等级，逆袭走上高位。"

没人想到还有等级逆转。是个意外、惊吓，也是惊喜。氛围骤然间再次紧张起来。

柏天衡举起手里的逆转卡道："现在，我来宣布，第一个逆转等级的练习生。"

没有任何停顿，柏天衡说："外星人文化，楚闵。"

选手区传来小小的惊呼。

评委席的童刃言低声道："楚闵是 C。"

单郝道："往上 A、B，往下 D、F，一半一半。"

戎贝贝道："怎么还有逆转？搞得我现在比选手都紧张。"

姚玉非没说什么，抬眸看向舞台，克制着神情，却消化不了心底的复杂。

阶梯座位席上，坐在 C 区的楚闵在众人的注视中走了下来，走上舞台。

楚闵整个人都是晕的，脑子还有点眩晕。他也茫然，自己被逆转评分，到底是往上升等级，还是往下掉？而迎着舞台走向柏天衡的时候，他何止眩晕，都不知道自己是怎么走到柏大导师面前的，就觉得膝盖软脚软，头重脚轻。

走到柏天衡面前，才想起什么，用力地鞠了一躬。

柏天衡淡定地看着他，很有综艺氛围地问："看评分之前，可以先猜猜看。"

叫楚闵的男生站在柏天衡面前，一点儿气势都没有，乖顺得像个小鸡崽子。

"小鸡崽子"疯狂摇头道："我不知道。"

柏天衡看着他，手里除了一沓逆转卡，连台本都没有，表现自如道："你的自评是 B，导师评级是 C，比你预期低一个档次。现在再让你自评一下你今天的表现，你给自己打多少？"

楚闵搔搔头道："应该也是……C 吧。"

柏天衡勾了勾唇角说："导师评级是 C，你也觉得自己是 C，那我喊你上来干什么？"

楚闵转头看了一眼评委席，犹豫道："我觉得几位导师，评得没错。"

柏天衡笑了笑，看了评委席一眼，以漫不经心的口吻道："哦，你的意思是，我这第一张逆转卡，给错人了？"

"哇——哦！"现场一片惊呼声。

柏大导师实力展现强大气场，几句话就已经把自己在整个节目中大导师的形象勾勒得一清二楚。而那副漫不经心中透着隐隐强势的样子，实在是太帅了。

童刃言拿起话筒开始和单郝唱双簧。

童刃言道："这个柏大导师看着好凶哦，我好怕怕哦。"

单郝道："幸好我是导师，不是参赛的练习生，还好还好。"

童刃言又把话题抛给了戎贝贝："贝贝老师，柏天衡帅，还是江湛帅？"

戎贝贝话筒拿了一半就想扔出去。

童刃言回答了自己抛出的问题，笑着说："那还是柏天衡帅吧，他是大导师，他不帅谁帅。"

说着转头道："哎，江湛，等会儿录制结束，别忘了注册个微信，加上贝贝。"

江湛忽然被点到，有点儿莫名。

不等他反应，童刃言又很快回过头，冲姚玉非说道："小姚老师，我记得当年你选秀的时候，柏导在你那个节目里当了嘉宾吧。"

并不想这么被提及的姚玉非说："……嗯，是的。"

童刃言感慨道："哇，时间好快，一转眼你都从选手变导师了，而柏大导师还没有退休。"

"柏天衡退休"其实是个梗，当初还上过热搜，童刃言这么说显然没有恶意，只是开玩笑，为活跃现场气氛，增加节目效果。

柏天衡当然明白这些，没把童刃言的玩笑当回事。

但童刃言还是好死不死地戳到了他一个痛点。

这个痛点当场被戳中，不做点儿什么，柏天衡就不是柏天衡了。

"微信？"

柏天衡站在台上，扫过选手席位区，遥遥看了一眼 B 区的某个位置，半是玩笑半是意味深长地说道："我也没有江湛的微信，记得把我的微信一起加上。"

柏天衡这话，粗粗一听，是个玩笑，仔细一听，还是玩笑。

可同一句玩笑话，不同的人说会有不同的效果。

童刃言开玩笑说要加江湛微信，大家都觉得是在逗哏，跟着乐呵乐呵，换成柏天衡，完全是另外一个效果。演播厅里全炸了。

"我也要加！"

"我也要、我也要！我弟明年高考，刚好拜一下学霸沾沾光。"

"还有我！我也想加！"

"节目组还我手机！我要加微信！"

戎贝贝很懂梗地扭头道："怎么也得是我排第一吧！"

完全没想到还有这么一段的节目组完全跟不上了。

等等，我们不是选秀节目吗，微信这个梗是怎么搞出来的。

而这个时候，舞台上的柏天衡，阶梯选手席的江湛，隔着大半个舞台和选手区，遥遥对视了一眼。

江湛体会不出具体是个什么感觉，一方面觉得柏天衡刚刚那话有点儿荒唐，另一方面，多年不见再次重逢的恍惚感和陌生感，因为这句加微信的玩笑话，出乎意料地变淡了。

江湛好笑地抿唇心想：柏天衡这是当着百十号人的面，跟自己打招呼呢？

台上，柏天衡将整个节目拉回正轨。

他将逆转卡递给楚闵。

厅内又静了。

楚闵接过，低着头，一点点打开，等看到卡片里的字母，他一脸不敢相信地瞪眼。

柏天衡当场宣布道："楚闵，B。"

其他选手道："啊！"

逆袭了！

楚闵激动得不能自己，仿佛重新得到了认可，他奔回阶梯座位区，同公司同组合的其他几个男孩儿全都围过来恭喜他。

柏天衡淡定地总结道："楚闵的唱跳很好，个人节目和舞台表现都很突出，所以我的第一张逆转卡给了他。"

掌声响起，其他四位导师对此没有异议。

接下来，柏天衡又相继送出了十张逆转卡。

有人从高等级往下掉，有人从低等级逆袭。

最后，只剩下一张逆转卡，也是第十二张逆转卡。

全场屏息。

谁都知道，这是最后的机会。

无论这张逆转卡，是代表着等级从高到低，还是从低到高，至少这意味着，这都是最后一个名额。

只剩下一个人。

戎贝贝道："好紧张，比我自己比赛都紧张。"

单郝道："有点儿期待。"压轴的，一般都是最劲爆的。

柏天衡拿着手里的逆转卡，扫视阶梯座位席。

全场安静。

忽然，柏天衡的目光定格在某个方向，脱口而出道："江湛。"

"江湛，请到台上来。"

人只要活得够久，真是什么都可能发生。

以前在三中，江湛做班委，负责午间休息时间的班级纪律，柏天衡每次搞事，都是他对柏天衡说："你到讲台上去，一个人趴着睡。"

现在好了，风水轮流转，转到柏天衡喊他上台了。

江湛走下阶梯。

周围传来鼓励声："学霸加油！"

也有非议。

"掉级了吧？"

"就是啊，不能光凭脸好看就稳拿 B 吧。"

"不会升 A 吧？现在坐 A 区的可都是高手。"

江湛没管那些非议，径直走上舞台。拉近的距离，透亮的灯光，越是走近，舞台上这位老同学的面孔越是清楚。柏天衡没怎么变，维持了年少时的样子，五官立体，剑眉星目，气场极强，退去高中时期最后那点儿稚嫩后，人看起来更为挺拔，又因为神情内敛许多，气质沉稳了不少。他没有像其他导师那样穿造型出挑的舞台服装，就是简单的白衬衫和黑西裤，正因如此，宽肩窄腰大长腿的身形优势完全展露，往舞台上一站，完全就是在场所有人的焦点。

江湛心想：奇了怪了，以前没觉得柏天衡有这么帅。

更奇的是，或许真的是这么多年都有关注柏天衡动向的缘故，前不久又给他 P 过机场照片，在江湛眼里，此刻的柏天衡并不陌生，之前那点儿久别重逢的恍惚感，也很快消失了。

越是走近，越把眼前的人看清，江湛越是有种"不久前才见，今天又见到"的错觉。

反观柏天衡，神情自若，眸光淡定，看他的眼神表情和看之前十一名拿到逆转卡的练习生没什么不同。

在江湛走到面前后，柏天衡甚至没说话，直接递出逆转卡。

江湛顿了顿，看了看卡，伸手。

一张卡，两只手，一边是柏天衡，一边是江湛。

然后，江湛捏着卡，没拉动。

这要换了其他导师，江湛最多觉得疑惑，导师怎么不松手。换成柏天衡，江湛只觉得"配方"过分熟悉。柏天衡高三的时候，因为拍戏和考电影学院的关系，上课都是一阵一阵的，功课落下很多。每次考完试订正卷子，十次有六七次都是拿江湛的卷子抄正确答案。抄完了，递还卷子，都要来几次不松手。

江湛一开始拽不动卷子，还出声叫他松手，后来次数多了，江湛也懒得开口了，直接拉卷子，卷子扯破了就扔回去，让柏天衡给他粘。

柏天衡每次都臭着脸给他粘，粘得一脸嫌弃，粘完了把卷子扔回来，还要说一句："没我，你可怎么办。"

当年的江湛很无语。

此刻的江湛想道：柏大导师，你毕竟已经不是当年的小学鸡了，松手吧！逆转卡扯断了，我还能扔你脸上让你继续给我粘吗？

江湛还能怎么办，只能淡定从容，面带淡笑，假装什么都不知道地再次扯了扯。好在这一次，柏天衡松手了。

江湛顺利拿到逆转卡。

他一拿到卡，评委席的童刃言便道："最后一张逆转卡，肯定很劲爆。"

柏天衡身为大导师，站在舞台上，拥有绝对的控场权。

他道："升级，就是 A，降级，C、D、E、F，都有可能。童老师说要劲爆，是觉得答案肯定在 A 与 F 之间？"

单郝举起话筒，跟着皮了一下说："最后一张逆转卡，不劲爆有什么意思，压轴不都是用来劲爆的吗？"

柏天衡挖坑道："那单郝老师先猜，是 A，还是 F？"

单郝反应很快地说："我不猜。"柏天衡的坑他才不跳，谁知道下面有没有老虎夹子等着。

柏天衡问道："童老师呢？"

童刃言道："你问我？你问江湛。"

童刃言和单郝，都是以前酒桌上被柏天衡坑过的，最怕他挖坑，一跳保准满脸血。这二人也是跳坑跳出惨痛的经验，跳出直觉了，柏天衡 A/F 的选择一丢出来，两人谁都不接，童刃言甚至直接把球踢给了江湛本人。

是 A，还是 F，你自己的等级，你自己猜吧。

于是全场所有人都看向了江湛，包括柏天衡。

江湛没想到会是这样。

这问题还真不好答。

A，凭什么？他有什么实力？

F，降级这么多，丢脸的成绩。

怎么都不好选，进退两难。这么多人看着，答得不好，也丢人。

如果一定要他回答……

江湛道："我觉得是 B。"

柏天衡眉峰一挑，说了刚刚对楚闵说的类似的一句话："等级不变，我让你上台好玩？"

江湛反应很快，跟着就道："可能吧？也许需要逆转的名额只有十一个，多了一张卡，就……随便填着玩玩？"

这机智的回答逗笑众人。

童刃言一脸深意地和单郝对视：江湛可以啊，柏天衡挖的坑都能躲过去。

柏天衡看着江湛，认真地看了几眼，抬起手腕，看了看时间，意有所指道："现在是凌晨，早点儿录完大家都能早点儿回家睡觉。"

江湛说："不是 B？"

柏天衡勾起唇角说："当然不是。"

江湛迟疑了。

不是 B，不可能是 A，只能是降级，难道真是 F？

看来要丢脸了。

江湛这人面上看着随性，骨子里其实有点儿傲，就算不是最好，也不能做最差。评级评个 F，还是以后会播出来给几亿人看的那种，实在丢人。

当然，真要给他 F，他也接受，更不会觉得这是老同学故意给个 F，让他下不来台。不至于，柏天衡从来不是这种人。

江湛低头，打开逆转卡，鲜红的字母一点点落入眼底。

他手腕倏地一顿。

柏天衡道："能者多劳，你多辛苦一下，再往上爬几步吧。"

轰然声四起。

"A！是 A！"

"我的天！黑马呀！"

"太牛了，大导师都认可他！"

江湛看着卡片上的字母，完全没想到他竟然会从 B 逆转到 A。

B 已经是童刃言他们因为过分看好他，给他的一个超高评价了，柏天衡竟然直接给他升到 A？这是节目组的安排？还是说，柏天衡在后台看了他的演出，真的觉得他可以拿 A？又或者，这纯粹是一个友情加分？江湛站在舞台上，被手里这个鲜红的 A 闪了眼，心里七上八下的，自己都不太确定了。

这时，柏天衡在一众的惊叹中，在质疑声响起前，不容置喙地再次开口。

"我刚刚就说过，这是我个人的眼光和决定，不一定完全正确，但我作为大导师，拥有这个权利。

"我个人认为，江湛的舞台表现，完全可以上 A。"

大导师都这么说了，就算有异议，谁又会直接说出来。

恰在这个时候，有人大喊一声："凭什么！"

柏天衡作为大导师刚解释完，这边就是一声"凭什么"，质疑的态度不言而喻。

现场从导师到练习生，所有人都循声扭头。

江湛耳目好，一眼锁定。

柏天衡早用余光看到了江湛望着的方向，但他没直接看过去，只是淡定地抬眸，视线转向三角形阶梯座位席，平静地扫视，口吻听不出喜怒道："谁喊的？"

全场安静。

"我。"一个男生举起手。

柏天衡这才看过去。那是个染着一头紫发的男生，穿着嘻哈风，有点儿酷。他身处 F 区，举着手，一脸的不服气，从人群中站出来。他叫蒋大舟，不久前刚刚上台，从柏天衡手里接过逆转卡，直接从 C 掉到了 F。

他会出声，很多人惊讶，但不意外。处在蒋大舟的立场，从 C 掉到 F 的他，当然没办法接受唱跳算不上俱佳的江湛拿到的逆转卡是升级，而不是降级。

童刃言举起话筒，直接问蒋大舟："你不服气？"

蒋大舟道："是。"

童刃言口吻犀利地说："因为你认定江湛会被降级，结果没有？"

蒋大舟道："是。"

童刃言问道："为什么你认定他会降级？"

蒋大舟犹豫着，没说话。

现场这么多其他练习生，很多人能力都比他强，都没开口。他开口了，是一时冲动，结果该有的胆子没跟着续上。

蒋大舟有所顾虑，吞吞吐吐。

戎贝贝鼓励道："没关系，你既然举手站出来，有什么想法就说。你说了，我们听听，看有没有道理。"

蒋大舟还在迟疑。

柏天衡丢出两个字："说吧。"

谁都看得出来，这个舞台上，身为大导师的柏天衡气场最强。他都不用废话，就轻松撬开了蒋大舟的嘴巴。

蒋大舟瘪了瘪嘴，抬起视线，看向柏天衡身边的江湛，不满道："我觉得，我们这里不是高考综艺，不用看谁是不是学霸来评级。"

众人齐道："啊！"

"这也太敢说了！"

"他觉得导师给江湛评 B 是因为这个？"

"不是吧，我觉得脸是主要的。"

"所以江湛清唱的那首歌，在场很多人都不认可？"

"承认吧，纯比实力，江湛本来就没那么强，他不该拿 B，更何况是 A。"

这个初级评定的录制厅其实不大，人虽然多，但都知道今天是录制现场，没人敢在镜头下、收音的麦前乱说话。

没人乱说话，就导致说出来的那些话，基本都能被听得一清二楚。

在这些议论声中，蒋大舟的胆子又大了一些。

他站在选手席看着舞台上的江湛说道："我没逆转之前是 C，现在是 F，你之前是 B，现在是 A，既然你怎么都比我强，我又不服气，你有能耐就和我比一下！"

其他练习生惊呼道："哇！"

才初评就这么刺激？

这个蒋大舟也太敢说了！

江湛心里意外，之前他特意补了最近的选秀综艺，一直知道会有互相比试这个环节。但一般不都是节目需要、导师点名才会比吗？直接站出来表示不服气申请比试，这跟当面撕有什么差别？

而不等江湛开口，柏天衡气定神闲地问了蒋大舟一句："谁准的？"

江湛一愣，转头看身边，全场再次安静。

柏天衡道："这个环节还没结束，我还没有宣布下面的比赛流程和规则，规则里有没有额外比试你都不知道，比什么？"

柏天衡气场半开，扫视面前说道："除了他，还有谁不服气？"

没人吭声。

蒋大舟终于还是没憋住，委屈得直瞪眼，气愤道："那我为什么从C掉到F？"

柏天衡看着他，不缓不慢地说："刚刚喊你到台上，我有问你，知不知道什么原因，你自己点头，我就没有说，原来你只是点头，根本不清楚自己有什么问题？"

蒋大舟哑然。

柏天衡不需要任何提示，连回忆的停顿都没有，直接就道："你是月上泛舟选送的练习生，组合五个人，你C位，唱跳曲目《兽人星球》，副歌第三句的合唱，你没有出声，只动了嘴巴，临近结尾，有两个拍子你没有跟上。"

蒋大舟脸色"唰"地变了。

柏天衡道："四位导师看的是现场，要一次给同一个组合所有人评定，目光在一个人身上停留的时间不会太多，难免会有疏漏。我注意到了你的问题，给你重新评定，刚刚也问了你，知道不知道自己身上的问题，你现在却站起来，问我你凭什么掉级？"

蒋大舟脸色铁青。

柏天衡毫不客气，但他和言词狠辣的童刃言不同，他不需要冷着脸批判谁，刚刚那番话，他说得沉着又自如，连眉头都没皱过。

蒋大舟被说得哑口无言。

柏天衡道："质疑别人之前，要先审视自己。"

因为这句话，全场又静了。

江湛转头，看向身边——他知道舞台上有镜头，镜头下不能总盯着谁看，但还是没忍住。

柏天衡也转头看他，以导师的口吻道："被人这么质疑，你也要审视自己。"

柏天衡神情淡然，回过头，注视着舞台前方，似是在点评，以随意的口吻道："多审视自己，长得又高又帅就算了，为什么还会唱歌跳舞，会唱歌跳舞就算了，怎么还是高考状元、A大学霸。"

当天的录制一直到凌晨两点多才结束。

江湛取回保存的包和手机，都准备走了，又被节目组临时叫去录了一个简单的问答访谈。

所谓问答访谈，是节目组就录制过程中选手的个人表现，提炼几个重要的点，节目组问，选手答，回答的多是个人体会和看法，届时这些问答会剪辑了插入正式播放的节目中，以增加节目的可看性。

显而易见，江湛今天的表现被节目组看中了，点还不少，导演把江湛拉进一个小房间，问了好几个问题，录制完毕，又过去半个小时。

江湛本来以为都这么久了，又是半夜，人应该差不多都走光了。

结果出来才发现，走廊里全是人。

有节目组的人正在和选手说话，有几个选手围在一起聊天，甚至还有到现在都没走的导师童刃言。

童刃言身边是几个节目组的工作人员，大家你一言我一语地聊着晚上的录制，气氛火热，没有一点儿录制结束准备收工休息的意思。

江湛一出来，童刃言就抬头看过来说："嘿！"

江湛回头。

童刃言胳膊抱在胸前，目光穿过人群，远远地冲他笑了笑，扬声道："别忘了微信。"

还玩？

江湛忍俊不禁，还有点儿无奈。

童刃言爽朗道："谁让这是我起的头，想加你的人那么多，我还不得对他们负责。"

江湛抬手挥了下，大大方方地说："我回去就注册。"

童刃言点头，远远地比了个赞。

江湛转身离开。

他借的韦光阔的车，是自己开车来的，深更半夜，韦光阔也不会特意来接他，当然还是自己开车回去。

江湛才上车，系上安全带，玻璃窗外"啪啪"响了两声。

江湛落下车窗，费海躬身凑在窗边，夜幕下笑出一口大白牙，脱口而出道："朋友，加个微信呗。"

江湛摸出手机道："朋友，我还没注册。"

费海眨巴着眼睛说："那就现在呗。"

江湛道："你稍等。"

注册微信很快，总有人催，还有催到车门外的，江湛也不好总和人说下次，索性当场就注册了一个，加上费海。

微信加完，费海还不走，站在车外，睁着一双惊奇的大眼睛说："亲，你真是Ａ大毕业的？"

江湛道："亲，节目要播的。"在几亿人眼皮子下面吹牛皮，再被扒出来撒谎？

费海道："没别的意思，就是好奇。"

江湛点点头，表示理解。

费海道："那就……明天见？"

江湛友善地笑笑道："明天见。"

费海退开两步，挥手。

暮色下，黑色的宝马驶离停车位，费海捏着手机站在原地，望着渐行渐远的车屁股，一时怔忪。

哇，这是款真男神啊，满身优点就算了，竟然还是个有钱人。

兼职司机的公司助理远远地叫了他一声，费海才回神，赶紧跑回去。

一上车，就被一起参加录制的同组合男生团团围住。

"怎么样！怎么样！加到了吗？"

费海道："当然加到了！学霸一看就是特好说话的人！"

围着他的几个男生立刻掏手机，着急道："快，快，微信号给我，我也加一下！"

费海道："别急、别急，我先看看他的微信ID。"

初评录制完，节目组又临时加了不少人的问答访谈。

柏天衡第一个被叫走，等问答结束，又临时开了二十分钟的会议。

会议没别的，就是节目组和导师一起复盘这一场评级，看哪些选手比较出挑，哪些练习生给人留下了深刻的印象。

会议结束，临近四点。

戎贝贝和单郝早熬不住了，一散会就走了。

童刃言是个夜猫子，时间越晚越兴奋，看时间已经四点，主动提议道："要不攒个牌局？玩两把刚好去吃早茶？"

节目组的工作人员熬不住，连连摆手，退出会议室。

童刃言看姚玉非还在，扬眉示意，姚玉非笑了笑说："我回去补觉了。"

童刃言只能吊着眉梢转头去看柏天衡。

柏天衡还靠在椅子上，懒懒的，人看着倒是精神，他把面前的选手资料夹随手合上，瞄了童刃言一眼，语调随意道："看我干什么，我像是会大清早跟你打牌、吃早饭的人？"

童刃言的眉梢吊得更高，抬手凶巴巴地指着柏天衡说："你说的是人话？"

这些事你没干过？

柏天衡道："13 号你没录制，没通告，我还有。"

童刃言露出一个见了鬼的表情说："说的好像是我这个老大哥带着你不学好一样。"

柏天衡慢悠悠站起来道："老大哥，早点儿回去睡吧，好好保护心肺肝肾，再让你的助理泡点儿枸杞。"

刚好居家谢推门进来。

童刃言喊住他："你老板出国一趟治好脑子了？"

居家谢反应很快，笑笑道："好像是。"

童刃言道："我说呢，怎么一回来就接了工作。"

柏天衡要息影转型并不是什么秘密，圈内很多人都知道。这一年多，他推了所有工作，商业问询都断了。

在正当红的时候做出这样的决定，大家普遍都不能理解，和柏天衡有点儿交情的童刃言自然也不能。

一年多前，童刃言还特意劝过：工作累了就休息休息，调整一下，不想拍戏就稍微挑一个两个本子，强度也不大，实在不行就放大假，回来认真工作，还是圈中顶流。

柏天衡是怎么做的？

直接出国，一走就是一年多。

童刃言和几个圈中友人聊起柏天衡，不免惋惜，又觉得这小子脑子怕是被驴踢了，三十不到的年纪，大好的事业，说息影就息影，简直任性到狂妄。

结果怎么着，大导师一走出，灯光一亮，舞台上赫然就是柏天衡本人，童刃言当时惊得下巴差点儿掉下来。

台下再一接触，得，工作那么认真，到四点还有精神，这是要息影转型幕后的节奏？

一看就不是嘛。

这就是为什么居家谢一进来，童刃言逮着他就问"柏天衡是不是治好了脑子"。

而自始至终，姚玉非都安静地待在一旁。

他没有说话，表情寡淡，看起来很累，沉默地干坐着。偶尔，他的目光会落在柏天衡脸上。他是真的想不通，柏天衡为什么会成为《极限偶像》的大导师，还在舞台上把最后一张逆转卡给了江湛。而想起江湛，想起江湛站在舞台上的样子、表现，以及他和柏天衡站在一起时的画面……

姚玉非蹙眉，他忽然有种奇怪的直觉。这个直觉具体是什么他根本说不上来，就是觉得……

不对，很不对。

一定有什么被自己忽略了，或者是他没有想到的。

一定有什么。

那边，柏天衡已经和居家谢、童刃言一起离开了会议室。

童刃言精神好得不行，坚持不肯让柏天衡先走，一定要拉他坐下来喝点儿东西，再去吃个早饭，顺便聊聊柏天衡这一年多来治好脑子的心路历程。

柏天衡和童刃言本来就是熟人，私下说话随意惯了，童刃言这么说，柏天衡就道："因为星光视频给的通告费多。"

童刃言道："屁。"

柏天衡道："因为我热爱选秀舞台。"

童刃言不想说话。

柏天衡道："并且致力于为娱乐圈选拔优秀的偶像。"

童刃言一脸无语地看居家谢说："你老板这个不说人话的毛病，在国外没有顺便治一治？"

居家谢道："这个治不好。"

柏天衡笑得没皮没脸道："新鲜血液还不够充足，我怎么能退休？"

童刃言捅他道："你还来劲了是吧？"

柏天衡转头看他，一脸认真地说："还喝茶、吃早饭吗？我可以具体地和你阐述一下，我为娱乐圈的人才选拔做出的规划。"

童刃言拔腿就跑，惊恐道："我怕了你了！我走，我现在就走！"

童刃言离开，柏天衡和居家谢径直往停车场去。清晨到来前的几个小时总是最安静的，一路无人，空旷。

居家谢没有废话，柏天衡也没有再不当人。到了室外停车场，居家谢才憋出一句："不过天衡，你回国之后，真的挺反常的，尤其是今天。"

柏天衡脚下不停。凌晨的月光带着几分凌厉，洒在他肩头。

柏天衡没有回头，语调依旧随意道："是吗？"

居家谢认真地分析道："姚玉非给你打电话，请你帮忙，你就接了《极限偶像》。我一开始也觉得你可能是因为他才接的节目，不过后来想想，你和他就算是老同学，关系应该也挺一般的，不可能为了他特意接个工作。

"后来我就想，可能和其他人没关系，是你暂时还不想彻底息影转幕后，《极限偶像》刚好是个继续台前工作的机会。

"你今天的工作状态也真的不错。很久没有带妆十几个小时这么熬着了，还熬了一个通宵。

"舞台表现也一如既往地扎实，稳住了全场。

"连童老师都看出来了，你现在的状态比一年多前都要好，那会儿真的是接个本子看几眼都觉得烦。

"虽然不知道你到底是怎么调整的，不过要是能一直保持这个状态，你就能继续在台前，继续拍戏。"

居家谢一句一句地掰扯，觉得自己这话既忠言又顺耳。结果才说完，走在前面的那位忽然转身。居家谢猛地刹住脚步，抬眸。

柏天衡两手插兜，侧着身，好笑地看着他，这副清高又懒散的表情，直接当场否决了居家谢不久前那一番既充分又严密的分析。

调整？柏天衡好笑地说："我这一年多都在为转型做准备，什么时候调整过心态了？"

居家谢愣了愣道："那你……"

柏天衡道："影视剧剧本，接不到合适的、有意思的、我想拍的。综艺舞台，尝试过，有过体验和经历，就差不多了。杂志，大大小小，能拍的、可以拍的都拍过了。商务接洽，国内国外很多都合作过，没有重复接洽的必要。一年多前我是什么心态，现在还是什么心态。"

居家谢震惊道："可你接了《极限偶像》。"

柏天衡纠正道："我只接了《极限偶像》。"

居家谢一脸困惑地说："既然还是这么想的，一点儿没调整过来，那你干吗接？"

"当然要接。"柏天衡的眼底沉淀着什么，被暮色与月光共同掩盖住。

为了一个人。

江湛开车回去，路程稍微远了一些，开到家的时候，将近四点。

四点，一个过去绝对不会有人找他的时间，这天的手机动静有点儿大，全是加微信的申请。他一个一个通过，发现都是今天一起录制节目的选手，从第一个费海开始，陆陆续续加了有十几个人。

加完微信，江湛去洗了个澡，出来的时候没碰手机，开了电脑。

不出意外，有王泡泡的留言。

王泡泡想开大飞机：P啊！我的柏！我的男神！好像要"营业"了！空窗一年，终于要有新工作了！

王泡泡：他终于想通决定不退休了！一定是他满满的事业心胜过了一切！一定是这样！！

王泡泡：我感觉我又活了！！肉体！灵魂！呼吸！全都活了！！我要包下你所有的档期，给我男神P图！！！

王泡泡：哦，忘了，你有事不在。

王泡泡：反正你空了就戳我，我要高价包下你，亲手送给我男神！！！

王泡泡：在？

王泡泡：还是不在吗？

最新一条消息已经是两天前的了。江湛看到消息，没回。

今天已经是 12 号了，13 号就要搬进节目组的集体宿舍，等于说明天就要走。他之前就跟王泡泡打过招呼，之后也没时间，就暂时先不回消息了。等节目录完，回来再说。

江湛关掉电脑，喝了口水，坐在书桌前，没有困意，也无事可做。回忆这十几个小时的录制，经历既新奇又新鲜，还出乎预料地在舞台上见到了柏天衡。老同学还给他尬吹了一堆彩虹屁。

江湛想想都觉得有意思。他兀自笑了下，起身回房补觉。

11 号的录制一直到 12 号凌晨才结束，13 号就要在宿舍集合，等于说，只剩下一天不到。

一天不到，做不了什么，也不用做什么。

江湛的行李早就收拾好了，两个大箱子，日用品衣物鞋帽都齐全，电脑不能带，包里就塞了个 iPad。

韦光阔特意来江湛这边，老妈子似的，一边往江湛包里塞东西，一边唠唠叨叨地叮嘱，活像一个送孩子去战场的老母亲。

"衣服多带点儿，到时候训练又跳又唱的，满身臭汗，别不够替换。你昨天录节目的时候我想想不对，特意去商场按照你的号给你又买了十几套，你都带上。

"护肤品你没有吧？我就知道你肯定不会准备。哪，我都帮你买好了，两套，够了，你可劲儿地用。

"还有面膜、眼罩、耳塞，你好多年没住集体宿舍了吧，别不适应，晚上一定要休息好。

"我还给你买了两个包，到时候你跑来跑去地录制、训练，还有包背着放放东西。

"钱够不够？虽然包吃包住，缺东西的时候还是要买的，哦，给我打电话我帮你送过去，实在不行还有齐萌，我让他拿给你。"

江湛哭笑不得道："够了够了，我要是首轮被刷掉，最多一个月就回来了，带那么多东西干什么。"

韦光阔道："别胡说八道！节目都参加了，什么首轮刷掉？你以前随便去学个民族舞还要跳男生里的第一呢，现在这么正儿八经地比赛，不说 C 位，前 20 总行吧？"

江湛从善如流，答道："好好好，前 11，前 11。"

韦光阔道："这还差不多。"

亲舅舅唠叨完了行李，又开始唠叨集体生活："练习生的小孩儿，尤其是小男生，年纪都不大，一直学跳舞、学唱歌，目标明确，很多也都比较单纯。你比他们都大，更懂事些，要好好相处。"

"到时候还有很多导演、摄像师，你客气一点儿，请他们帮个小忙，他们也都乐意的。

　　"选秀挺残酷的，首轮就要刷好几十，大家都是竞争关系，遇到个别处不来的也别当回事，离开节目，以后会不会再遇都说不定。"

　　江湛一字不落地承了这份关心，心里想道：舅舅还拿我当小孩子。

　　韦光阔说着说着，声音低下去，忽然道："你爸妈都不在了，就剩我这个舅舅，我能关心到的，当然都要关心到。"

　　江湛没有说话，看着韦光阔蹲在地上往箱子里塞东西的身影。换了其他人，感性一点儿，碰上这种场景，说不定就要哭了。

　　江湛没有。他反而开玩笑似的说："要是有个舅妈，再有个表弟表妹什么的，我还能多捞几份关心。现在就一个光棍儿，真不划算。"

　　韦光阔那点儿悲情没酝酿起来，瞬间就垮了。他站起来，抬腿踢了江湛一脚，说："臭小子！我单身关你屁事？"

　　江湛跳开后说："就算说到你心里的痛，你也不能动脚啊。"

　　韦光阔再踢一脚，接话道："踹不死你！"

第三章　现实与回忆

次日，江湛拎着两个大箱子，打车抵达宿舍区大楼。那是节目组临时租用的独栋公寓楼，从外面看去，十分高大上。

江湛按照约定的时间抵达，到了之后就有工作人员接应，验证身份。但暂时还不能进去，得等人齐了，摄像准备好，一边录制一边进，说是宿舍集合这段内容也会剪辑进节目里。

江湛便和其他已经到了的学员一起在大楼下。等的时候，周围又是半圈摄像头，工作人员还拿了领夹麦克风过来，让所有的学员都戴上。江湛心里清楚，之后的这段时间，镜头和领夹麦是少不了的。

没多久，选手都到齐了，熙熙攘攘一大群人，还有一堆花花绿绿的箱子。

像江湛这种只带了两个箱子、一个包的都算朴素的，有选手带了五六个箱子，自己搬不下车，全是助理、工作人员帮忙推过来。

人齐了，导演说了两句话，打板开拍。

江湛推着行李随人流往大楼门口走，有个手上架着摄像机的摄像师，一直不远不近地跟着他。

江湛还没搞懂套路，以为他这么走，摄像师这么拍就行了，直到身边两个男生忽然露出惊叹的神情，边仰视大楼边喊道："哇！宿舍看着好高级啊！"

身后又有人兴奋得直跳道："这宿舍太棒了吧！"

江湛心想：懂了，有些得演。

不过他也快走到大楼门口了，这部分就略过，先不演了。结果才拉着行李箱进大楼大厅，练习生们又是一阵惊呼。

这次不是演的，完全发自肺腑。"电梯坏了？爬上去？开玩笑吧？！"

这栋公寓楼刚刚建成，才投入使用就成为《极限偶像》的宿舍，本来这种意外不该发生，毕竟硬件、软件都是新的，偏偏大楼前几天电梯井维护，一直没弄好，电梯至今不能使用。

节目组接到通知，也想好了对策：坐不了电梯那就爬楼梯，让选手自己拉着行李爬，摄像跟在后面拍，就当给节目贡献素材。

但学员们普遍抵触这个流程。

节目组导演举着扩音器，示意大家跟着一起去楼梯间，很多人都是一脸的不愿意。开什么玩笑，又不是只有人爬上去，还有行李箱呢，还不止一个呢！

节目组开始动员大家说："加油！你们可都是要参加选秀的男人！楼梯都爬不上，还爬什么 C 位！"

一百号练习生只能推着箱子往楼梯间走。

可再是动员、再是激励，也要考虑实际情况。大家带来的基本都是 28 寸以上的大箱子，一个箱子少说也有十几公斤，扛着这么重的箱子上楼，宿舍还是在十楼以上，这怎么爬？

是男人没错，男人怎么样都比女人力气大，可问题是，练习生们普遍很瘦，身上没肉，平常练舞，练得更多的也是肢体的爆发力，胳膊的肌肉力量和耐久度都不怎么样，拽着个大箱子爬十楼以上，这不是要了大家的老命。

节目组于是换了说法，鼓励道："那没事，你们慢慢上去，能自己上去的自己上去，不能自己上去的，两个三个大家相互帮忙也可以，这段肯定会剪进节目里，别忘了还有花絮，好好表现，加油！"

参加选秀，对选手们来说，从录制的那一刻起，从镜头对准自己的那一刻起，节目就已经开始了。

大家都想要镜头，都想表现好，都想得到关注。爬楼梯这种事，心里再不愿意，也得当成是必须攻下的堡垒，尽力克服。于是练习生们能自己搬行李的都在自己搬，搬不动两个箱子就先搬一个，至少保证自己在镜头前的表现。搬不动了，大不了停下喘口气，休息一会儿再爬楼。一层层上去，十几层而已，总有尽头。

于是楼梯间自下而上都是选手、箱子和摄像师们。

楼层越高，爬楼越是辛苦，而在一楼的楼梯间大门口，还簇拥着一群拉着行李箱、往里缓步挪的男生。

没开始爬楼的人嘀咕道："前面怎么这么慢啊。"

"这都能堵路？"

"楼梯窄吧。"

"那么重的箱子，肯定是边爬边休息啊，楼梯上肯定都是人，速度快不起来的。"

"也是。"

这几个男生讨论着，江湛就在他们前面。

好不容易进入楼梯间，到楼梯口的人全部自觉地只留一个行李箱，剩下的箱子竖着推到楼梯拐角的空地。

到江湛的时候，他目测了楼梯的宽度，收起拉杆，横着拎起了箱子，往楼上走。一手一个，背后还有一个包。

一层，两层，三层，四层，除了绷紧垂直的手臂和偶尔需要侧身避让一下楼梯上搬行李的其他选手，他全程都在默不作声地爬楼，没喊累，没停步。

摄像师亦步亦趋地跟着他，摄像头始终追着他的背影。

前几层还好，最多就是有学员惊讶还有人能一手捞一个大箱子爬楼，到了六层之上，楼梯间里开始回荡着惊呼声。

"这都行？他那两个箱子那么大！"

"箱子是空的吧？"

"这是什么怪力咖！"

江湛无语。

这也值得惊叹？以前开学报到，不都是这么爬楼的吗？

江湛的初评等级是 A，比很多人的楼层还要高一点儿，在十四层。十四层，对他来说也不难，十层的时候放下箱子松了松手腕，喘了口气，继续爬。没一会儿，十四层就到了。

刚好第一批爬楼的某名学员也抵达了十四层，他看到江湛拎着两个箱子气不喘脚不停地上来，一脸惊讶。

江湛把行李箱放到平地上，抽出拉杆，改用推的，见那男生看自己，礼貌地回视，点了点头。

身后的摄像师立刻赶上来，转过身，镜头正对着江湛。

江湛下意识地看了眼镜头，抬手抹掉额头上的汗，本来没想要说什么，想到这是在录制节目，每个选手都必须有可用的素材，这才对着镜头轻轻挑了下眉头说："小意思。"

并不觉得这是小意思的摄像师愣了。

拽着个箱子死狗一样艰难地爬上十四层的男生愣了。

恰在这个时候，楼梯间自下而上回荡起一声大喊道："湛哥！救命！帮我！"

江湛一愣，回头。

他一下子分辨出来，这是费海的声音。

而费海只喊了这一声，从第二声开始，就是其他人的声音。

"湛哥！湛哥！"

"湛哥！帮我！"

"湛哥！我亲哥！"

"湛——哥——"

江湛挑眉，摄像师的摄像机立刻凑过来，他回眸，看向镜头说："新手村任务，请协助你的小伙伴搬箱上楼。"

江湛，一个在初评时受到公开质疑的选手，仅靠一点儿爬楼的力量值，就在宿舍集合的第一日斩获"湛哥"的美名。

等他暂时放下行李箱，返身下楼，出现在众人视线里，楼梯间的楼板差点儿被音炮掀翻。

一群大男孩儿瞎闹腾，异口同声地狂喊道："湛哥！湛哥！湛哥！"

江湛站在阶梯上费海身旁，居高临下地看楼梯上的一群男生说："我就一个人，两只手，你们喊我爷爷也没用，能帮的有限。"

江湛道："这样吧，你们一层一层往下面传话，让下面的人先别拖着行李箱上楼了。大家每一层站几个人，也别管那个行李箱是谁的，从下往上运，这样都出了力，也不累，行李箱还都运上楼了。可以吗？"

费海差点儿给江湛跪下，认同道："可可可，非常可。"

这办法又简单，又省力，又方便操作，得到了大家的一致认可。话被一层层传下去，没多久，各个楼层都站了人。因为总人数多，每层人都不少，这样一来，大家都轻松，效率也奇高无比，一堆箱子跟上了传送带似的，从一楼被送上十几层。

节目组都惊了，还有这种操作？这还没住进去呢，集体合作的意识都有了？

导演组那边立刻在耳麦里呼喊江湛的专用摄像师，问江湛现在在干什么。

摄像师答道："在分水。"

导演组问道："分水？"

摄像师说："楼梯间热，大家都在出汗，他就让几个男生上楼，把各个宿舍摆在桌上的水搜罗到一起，一瓶一瓶往下传着分掉。"

导演组道："呃。"

摄像师说："还没忘记匀一点儿给摄像师。"

导演组道："呃。"

就这样，箱子全部运送上楼，楼梯间的一群大小伙儿一身轻地飞奔上楼，找自己的箱子，找自己的宿舍。

江湛跟其他人一起回到十四层，在楼梯间门后取了自己的行李箱，走进宿舍区。

刚一进去，江湛就惊了。

不得不惊。

A 区的宿舍整个都是粉色的。地板是粉色的，墙是粉色的，连门板都是粉色的。找到贴了自己名字的宿舍，进门一看，地毯是粉色的，床是粉色的，连吊在天花板上的灯都是粉色的。

旁边还站了一个已经迫不及待换上队服的同寝舍友——也是粉色的。

江湛很无语。

他这辈子，从 0 岁开始，就没穿过粉色。

偏偏那个已经换上了粉色队服的舍友还格外热情，见江湛拉着箱子进门，立刻跑去拿了一件队服塞过来说："湛哥，这是你的。"

江湛低头一看，叠得整整齐齐的队服上，名帖都是粉色的。

这时候，有其他宿舍的人过来参观。

一进门就感慨道："哇，这个颜色太嫩了吧！""好宽敞啊，你们。""A 班的待遇就是不一样。"

江湛回头问他们："你们宿舍和队服是什么颜色？"

"蓝色啊。"

"我的是紫色。"

"绿色。"

"F 班我知道，是灰色。"

江湛有点儿难以消化这个粉。可等级是 A，A 就是粉色，没的选。他到卫生间试穿衣服，对着镜子，看着里面粉嫩嫩的自己——这可真是人生一大突破。江湛走出卫生间。一亮相，待在他们宿舍的一群男生又开始对着他大呼小叫。

"美的、美的、美的！"

"这颜色把人衬得太嫩了吧！"

这动静立刻把走廊里好几个摄像师惊动了过来。三个镜头进门，齐齐对准了江湛。其中一个镜头还把江湛从头扫到脚。

江湛刚好看到，哭笑不得，对镜头后的摄像师道："不带这么拍的。"

摄像师压着声音说："别害羞，好看的。"

江湛道："我没害羞。"

摄像师拿镜头又把他从头到脚扫了一遍。

寝室按初评等级，共分成 A、B、C、D、F 五类，初评等级越高，寝室条件越好，拿到 A 等级的学员才有资格入住 A 寝室，依此类推，各学员住哪种寝室，完全看初评等级是什么。

江湛的初评是 A，宿舍就是 A，和他同寝室的也都是 A。

能拿 A，水平都不低，江湛的三个 A 班舍友自然都很强——

魏小飞，训练一年多暂时还没有出道的练习生，白白净净的小男生，舞蹈特别有爆发力，初评舞台一不小心露了八块腹肌，被导师组四个 A 全票通过，年龄是寝室里最小的，今年才满十七。

丛宇，已经出道两年的某男团组合成员，说唱担当，综合实力极强，初评舞台上一脑袋橘红，台风炸裂，也才二十岁。

甄朝夕，二十一岁，是他自己所在组合里的队长，发挥均衡稳定，稳定到无可挑剔，还"护犊子"，初评舞台上童刃言差点儿把他们组合一个男生批哭，甄朝夕直接举起话筒，让童刃言别说了。

三个大男孩儿在舞台上表现优异，各有特色，舞台下的性格倒没那么张扬，性格都还不错。三人也都格外自觉，一声"湛哥"，又一声"湛哥"，从江湛进门开始，只要有人开口，称呼全是"湛哥"。

甄朝夕沉稳道："湛哥，我们四个一起商量一下，看谁睡上铺，谁睡下铺吧。"

丛宇在江湛试穿粉色队服的时候各种尖叫大喊道："湛哥，好帅啊，湛哥好帅，帅疯了！"

魏小飞白白净净，年纪最小，最腼腆，进了宿舍没怎么说话，江湛问他想睡上铺还是想睡下铺，小男生磕磕巴巴地说："都……都可以的，湛哥。"

真是久违的男寝集体生活。

这天的寝室楼注定会格外热闹。一群大男生串宿舍，聊天，整理行李，还有人带了特产和小礼物出来分。

江湛被分了 N 盒特产 N 把瓜子 N 把糖 N 片面膜 N 样东西，有自己宿舍人给的，还有很多都是其他宿舍人特意过来拿给他的。

大家寒暄打招呼，说说笑笑，像极了上学时候的男生寝室。江湛已经很久没经历这些热闹的场面了，总有种错觉，好像又回到了那个无忧无虑的学生时代，连心情都跟着轻松愉快起来。

快中午的时候，宿舍楼的广播里响起音乐。

大家安静下来。

江湛停下手里收拾行李的动作。

广播里的声音传出来："各位学员，早上好。

"今天是入住寝室楼的第一天，想必大家都已经找到自己的宿舍和床位，安置下来了。

"在这里，要先恭喜诸位，接下来的一段时间，你们将会得到系统和专业的唱跳训练，于所有人来说，这都是一次宝贵的经历。

"从今天晚上开始，一直到 20 号，你们将会有为期七天的封闭训练。封闭训练的内容，每天早上会由广播发布。

"封闭训练期间，所有通信工具上交，不得外出，不能请假。

"封闭训练只有一周，时间宝贵，也很紧促，请各位学员合理安排接下来的生活。"

这通广播无异于给正兴奋的学员们敲了一记警钟，这下大家都"鸡血"不起来了，老老实实收拾行李，整理床铺。

江湛正准备往柜子里挂衣服，费海跟两个 B 班的男生一起走了进来。

甄朝夕问他们："你们不收拾东西，又乱跑干吗？"

"加群啊。"

"什么群？"

"当然是微信群。"

费海拿着手机，走到江湛身旁，问："湛哥，这个群你加了吗？"

江湛一看，群名：极偶男孩冲冲冲（41）。

江湛道："没加。"反应过来，"这是选手群？"

费海道："是啊，所有练习生都在里面，我拉你进来吧。"

江湛道："好。"

费海拉群，江湛摸手机，滑屏解锁。

群名：极偶男孩冲冲冲（58）。

费海：@ 全员，大家修改备注，改成自己的名字。

费海：@ 江湛，这是湛哥，大家别认错。

"湛哥！"

"湛哥，你来啦！"

"湛哥！我加了你，通过一下。"

"湛哥，我也加你了。"

…………

江湛退出群聊，果然有不少验证消息，他一个个通过，知道是谁的修改一下备注，不知道是谁的也没关系，才第一天，以后总会知道。

费海拉完江湛，又加了他们宿舍其他三个人的微信，这才走了。

他一走，宿舍里四个人开始相互加微信。另外三人都在惊讶江湛的微信是个新号。

甄朝夕问道："你以前真没微信？"

江湛道："嗯，刚注册。"

丛宇问道："那贝贝老师的微信你加了吗？"

江湛反问道："那不是玩笑话吗？"

甄朝夕问道："还有单郝老师，不也说要加你的微信吗？"

"童刃言呢？柏天衡呢？"

江湛知道舍友们不是在揶揄他，是真的好奇，他回道："没有，导师的都没加。"

丛宇问道："都没加吗？柏导也没有？他可是站在舞台上，自己亲口问你要微信的。"

江湛耸耸肩。

甄朝夕道："男人都是大猪蹄子。"

魏小飞附和道："就是！"

江湛思索了一下，真的，半点儿不差，就跟当年的大学男生宿舍一个味道。

单纯又热闹。这感觉真好。

大家继续收拾行李，间或会有摄像师进来拍摄，门外的走廊总是很热闹，有说有笑，有吵有闹。

到了中午，广播里有工作人员提示食堂在九楼，一大群男生又一股脑儿地往楼梯间冲。

江湛他们寝室一起出来，遇到费海和他的两个 B 班舍友，七个人一起下楼。

江湛见费海他们宿舍只有三个人，还奇怪地问道："你们宿舍就三个？"

费海道："没啊，也是四个。"顿了顿，"嗨，别提了，有个不和我们一起，收拾好东西就去找他公司的队友了。"

甄朝夕问道："B 班的很多我都认识，你说的谁？"

费海道："楚闵。"

丛宇道："哦，我知道，第一个拿逆转卡，从 C 到 B 的那个。"

费海道："对，就他。"

魏小飞疑惑道："他不跟你们一起？"

费海撇撇嘴说："谁知道，午饭广播之前，他人就不在了。我分给他的面膜和零食，他全都没拿，还放在桌上，可能是不喜欢吧。"

七人说着，到了九楼。正要排队打饭，广播又响了起来。

工作人员道："电梯已经恢复，可以正常使用。"

"电梯已经恢复，可以正常使用。"

也不知道哪个爱起哄的瞎喊了句："要什么电梯，我们有湛哥！"

丛宇带头挥臂热情喊道："湛哥！湛哥！"

排队打饭的练习生们喊："湛哥！湛哥！湛哥！"

江湛一脸的问号。

本来练习生们下楼吃饭，并不作为剪辑素材，摄像师和导演助理也都没跟着，看样子不是去开会，就是去休息吃饭了。

结果大家才群情激奋地喊了两嗓子，摄像师们像凭空出现似的，撒丫子在食堂里跑起来。

其中有三个直接从江湛身边冒了出来，手持机器，从三个不同的角度对准了他。

这群魔鬼。

更魔性的是，柏天衡的声音突然从广播里传出："听说你们都不要电梯，只要'湛哥'？"

柏天衡道："节目组响应你们的号召，停掉了电梯，我现在上不来，你们就说怎么办吧。"

怎么办？

"湛哥！湛哥！湛哥！"

"湛哥！接一下！湛哥！接一下！"

问："一位艺人，开始对工作产生逆反心理，会有哪些表现？"

居家谢道："本子不接，商务问询不回应，不站台，无通告，天天人在公司，躺着，考虑转型，出国长达一年。"

问："一位艺人，如果逆反心理逐渐好转，会有哪些表现？"

居家谢道："就是你觉得他重新活过来了。"

居家谢真心觉得自家老板又活了。

11 号的节目一直录制到 12 号凌晨，13 号，也就是今天，柏天衡一大早就精神抖擞地起床了。先是在跑步机上跑了 20 分钟，接着洗漱，吃早饭，吃完早饭，化妆师刚好过来，弄头发，做造型。

居家谢在旁边全程围观，有种错觉：等等，老板这是活了吗？这精神面貌简直是要当场升天！

柏天衡穿了一件水蓝色的衬衫，搭配永远不会出错的黑色西裤，挺括的衣料质感十足，将男人长腿窄腰的身材优势完全凸显。

头发的造型干净利落，虽然没有带妆，镜前一站，也是常人眼中足够惊叹的容貌。尤其是和之前懒懒散散、对什么都提不起劲头的状态比起来，柏天衡今天的气质挺拔而凌厉。

他站在落地镜前看着镜子，单手扣一粒扣子，扣完后转身，从衣帽间的岛台柜里挑出一根皮带，接着是手表、一枚戒指。

居家谢看到柏天衡戴戒指的时候没多想，饰品而已，他老板虽然不怎么戴这些玩意儿，录节目有需要的时候，还是会戴。结果眼睛一瞥，忽然发现那是一枚尾戒。

尾戒？这是造型师给的建议？居家谢没有多想，只是奇怪了一下，目光重新落到柏天衡身上。

柏天衡从衣帽间走出来，身姿挺拔，气质卓然，他打了个响指，示意居家谢：走。

居家谢看到这样的老板，自己都来了精神，转身跟上。

路上，居家谢看了看自己的工作簿说："今天是练习生搬宿舍，所有练习生都会入住寝室，五位导师里今天只有你有流程，其他导师都没有来。"

居家谢说："节目组给的台本是，你作为大导师，需要在第一天到场鼓励练习生。内容大概有：查寝、一起吃午饭、聊天。需要你自由发挥。"

居家谢接着说："等会儿到了寝室大楼，节目组那边会根据现场情况先跟你沟通，当然，你如果有什么自己的想法，也可以告诉他们。"

居家谢说："总之，今天的行程类似综艺外景，要戴麦，全程会有摄像师跟着你，你自己发挥就好。"

居家谢已经很久没有做过经纪人该做的工作了，过去的一年里，恨不得有半年都跟着自家老板在国外游荡，现在重操旧业，本职的工作虽然有点儿生疏，但总的来说问题不大。

他心里也挺高兴的，本来嘛，艺人有士气，带起来才有劲儿，柏天衡一旦认真工作，他这个经纪人都觉得浑身是力。

那边，柏天衡静坐着听完了他的话，手指转了转小拇指上的尾戒问道："练习生今天什么流程？"

居家谢道："入住寝室，自由拍摄，晚上动员大会，可能到不了晚上，如果白天入住寝室的拍摄素材足够，下午可能就会开始封闭训练的动员。封闭训练的话，我之前问了下，也会有摄像师跟拍，寝室、训练室都有镜头，这部分内容不会剪辑进节目正片里，花絮里会有。"

柏天衡问道："四人一间？"

居家谢道："嗯，是的。"

柏天衡又问道："各等级的颜色呢？"

居家谢事无巨细道："粉、蓝、紫、绿、灰，从 A 到 F。"

柏天衡不知想到什么，扬了扬眉峰。

居家谢以为他有什么意见，问："怎么了？"又道："最近这些选秀的大体流程，都和你当初的《PICK C》很像，导师，初评，三角阶梯选手区，A、B、C、D、F 等级，宿舍颜色这些，基本都大差不差。"

柏天衡却道："我只是在想，男生穿粉色，会是什么样子。"

居家谢愣道："啊？"

柏天衡牵动了下唇角，眼尾透出几分意味深长。

柏天衡回眸道："没什么。"

居家谢总感觉有什么不对，好像这次回国之后，他经常跟不上自己老板的节奏，他纳闷地摸了摸鼻子，回神道："你还有什么要问的吗？"

柏天衡搁在座椅扶手上的手指轻轻敲了敲说："有个事。"

居家谢腿上摆着本子，手里拿着笔，神情认真地说："你说。"

柏天衡道："帮我想想看，我在寝室大楼附近有没有房子。"

居家谢愣道："房子？"

柏天衡道："要是没有，就租一套，越近越好。"

居家谢震惊了。怎么回事，他不就一年多没处理经纪事务嘛，怎么跟自己老板的工作节奏完全衔接不到一起？自己在说什么？柏天衡又在说什么？

居家谢刚要开口，柏天衡警告地看了他一眼道："别问。"

别问？居家谢扬眉道：这到底什么节奏？他怎么又开始跟不上了？

柏天衡道："这段时间我就住寝室大楼旁边了，工作我会和节目组直接沟通，你没事也不用特意跟着我，就当给你放个假，该干嘛干嘛去。"

等到了男生寝室楼下，柏天衡都没要居家谢跟着，甚至没让他下车。走前，柏天衡撑着车门，站在车外叮嘱道："这个假嘛，可短可长，到时候电话联系。"

又道："过段时间，你要是在网上看到了什么和我有关的、奇奇怪怪的东西，也别放在心上，更别打电话问我。"

居家谢问道："什么？"

柏天衡勾唇，笑着说："问就是真的。"说完拉上车门。

居家谢一脸的疑问。

柏天衡一到寝室大楼，节目组立刻有人接应。接应的不是别人，正是《极限偶像》的总导演。

总导演把柏天衡迎进一楼大厅，一面奇怪柏天衡今天怎么是一个人过来的，一面又歉然地说："电梯还在维护，暂时不能用，只能辛苦你走上去了。"

柏天衡跟着总导演去房间。

因为所有的寝室、练习教室都有摄像头，节目组直接在寝室楼这边安排了两层作为幕后人员工作的场地。这两层不高，就在二楼和三楼。柏天衡今天的拍摄还没开始，总导演先带他去了三楼。三楼有实时监控屏，还有剪辑间、会议室、器材存放室。

柏天衡到的时候学员们都已经上楼了，总导演调出实时监控器，给他看了这栋楼里的大概情况。

总导演介绍道："十二、十三、十四层都是寝室。这边是训练室，为了保证够用，总共十六间，分别在十、十一、十六层。九楼是餐厅，八楼作为备用，四到七层暂时都是空的，应该也用不上。"

柏天衡认真地看着屏幕。

总导演道："中午你要上楼和学员们一起吃饭，自由拍摄，摄像师和导演助理都会跟着你。"

总导演道："吃完饭，上楼查寝，还是自由拍摄，大概内容就是关心一下学员的入住情况，过程尽量轻松有趣一点儿，当然，你如果要表现出一部分大导师的威严也是可以的。这个你自己把握，我们不做限制。"

几排监控屏上切换着二十多个寝室和走廊的情况。从摄像监控上就能看出来，今天入住的气氛极好，有学员在寝室唱歌，有人在走廊打闹，还有人不停地串门，东奔西跑。

柏天衡耳朵听着总导演的话，眼睛看着屏幕。一个个寝室切换过去，他看到了某个熟悉的身影。那人就站在离镜头不远的地方，正在往柜子里挂衣服，旁边似乎有人说了什么，他转头回应，留给镜头一个不远不近的后脑勺儿。柏天衡看到这个熟悉的后脑勺儿，兀自笑了一下。

总导演道："怎么了？"看向屏幕，"哦，江湛，这个练习生我刚要跟你说。"

柏天衡收回视线，看向导演道："怎么了？"

总导演想到了什么，笑着说："太有特点了，太有意思了，难怪之前很多同事都看好他。就江湛，他今天一个人的素材能顶十个。"

说着，总导演把早上走楼梯搬行李的情况，大概描述了一遍。说完又忍不住夸道："表现太突出了，镜头里活灵活现的。"

柏天衡听到这通夸，勾起唇角说："这样，我再给你增加点儿素材。"

不久后的午饭时间，在电梯明明恢复、已经能用的情况下。柏天衡道："节目组响应你们的号召，停掉了电梯，我现在上不来，你们就说怎么办吧。"

怎么办？你个大猪蹄子自己爬上来啊。

以上，是江湛的心声。

现实情况是，食堂里整齐划一的"湛哥，湛哥，湛哥"，江湛莫名地被捧到了能够替代电梯功能的高度。

江湛也是纳闷，喊他干什么，难不成还指望他像拎行李箱一样把柏天衡拎上来？

一名导演助理冒出来，站在摄像师旁边，朝他比画，示意他下楼接人。

拍摄的过程就是这样，自由发挥的情况下，镜头直接对着拍，偶尔会有工作人员来提醒，控制一下流程。

既然节目组示意了，江湛从打饭的队伍里出来，走前不忘回头对费海说："饭。"

费海道："OK！"

江湛转身往食堂外走，摄像师和导演助理依旧跟着。出了食堂，进楼梯间，导演助理走在镜头外跟江湛交流道："导师在一楼，你直接去一楼大厅接人。"

江湛好歹也是跟着王泡泡这个资深"粉头"混过的，知道一档综艺节目的录制不可能脱离节目组的掌控。他只是没经验。

江湛问道："到了一楼，然后呢？"

导演助理道："自由发挥就行。"

江湛回眸，镜头下是一个疑惑的神情在说："没剧本？"

摄像师和导演助理差点儿笑出来。导演助理道："没有没有。"

江湛问道："让我下楼不是安排好的？"

导演助理道："不是提前安排的，摄像师本来在你们隔壁吃饭，听到你们起哄全跳起来了，有的嘴里还包着饭呢。"又解释："柏天衡说那两句话，谁能想到学员会集体起哄喊'湛哥'，我是看你没有下楼的意思，才提醒你。"

导演助理怕江湛不理解，进而道："综艺就是这样，临时情况、突发情况都很多，大家反应都要快，还要连贯，有梗、有趣最好。"

江湛懂了。导演助理刚刚的提示只是提示，并不是提前安排的剧本。只是一想到马上要见到柏天衡，江湛眼里闪过笑意。总要见的，今天不见，以后也会见，何况早就在舞台上见过了。虽然当着人前、对着镜头也不能老同学相认，还得避嫌装作不认识。不过这样的重逢，也挺有趣的。

从十四层下来很快，没多久，江湛就到了一楼。他拉开楼梯间的门，往大厅去，本来以为走两步就能看见柏天衡，结果视线绕过一个圆柱，定睛一看——

大厅里，面朝他出来的方向，整整齐齐一排摄像机。不仅有摄像机，还有摄像师、导演助理，肉眼可见的排场。

这么多人和机位，全部只为一人服务——

柏天衡。

理解的，大咖毕竟是大咖。

而江湛一出现，立刻就有镜头对向他。柏天衡对镜头非常敏感，镜头刚抬起，他就跟着回头。

江湛走过去，脚下不停，就当那些机器和人都不存在，径直走向柏天衡，以自如的口吻说："电梯修好了都不给用？"

柏天衡看着他，神情没有变化，眼底有光道："是啊。"

江湛走到他面前，正要说话，柏天衡突然扣住他的手腕。江湛也真的佩服自己，都这么多年了，高中那会儿一起逃课跑路的默契竟然还在，不但在，而且一点儿不生疏。柏天衡才一动，他就跟着转身，两人几乎没有任何停顿地拔腿就跑，留下一大厅还没有反应过来的摄像机和工作人员。

众人一片茫然。

这是什么情况？

江湛和柏天衡早就跑进了楼梯间。两人都是大长腿，跑得快，跨得远，进楼梯间没几秒就上了二层，再从二层接着往上跑，那速度就跟两人在玩《夺命狂奔》似的。一口气奔到五楼，也没被摄像师追上。

江湛差点儿笑出来。这又是个熟悉的配方。高一刚开学那会儿，他和柏天衡还不是一个班的，最开始谁也不认识谁。某天的午休时间，江湛偷溜出学校，在两条街外的一个网吧打游戏，点儿背，刚好遇到教务处老师在网吧搜人。他那张脸，刚进学校就是焦点，想不承认自己是三中的都难。被逮就算了，老师还领着他去网吧二楼，看有没有其他三中的学生，有就让他指认。

江湛不情不愿地跟着老师上二楼，一眼就看到了个穿着三中校服的男生，就坐在楼梯口，塞着耳机打游戏，又帅又拽。

老师上去拿人，那男生拔了一边的耳机，眼睛都没从屏幕上挪开，气定神闲道："我不是三中的。"

老师看了看男生身上的校服，瞪着眼说："你睁着眼睛说瞎话的吗？！穿着校服还不承认？"

男生这才侧头，瞄了眼身上的衣服，又回过头，继续打游戏道："哦，衣服不是我的，刚刚就在这个座位上放着，冷气太大，我有点儿凉，就借来套一下，我也不知道是谁的。"

江湛惊了，还有这种操作？他还没穿校服呢，要是刚刚在楼下，他有这男生三成定力和胡说八道死不认账的脸皮，对老师说一句"你认错人了"，说不定能逃过一劫？

这兄弟牛，佩服佩服。

佩服完，就见那男生当着他和老师的面把校服脱掉了，自始至终没抬过头，以无所谓的口气说："不是我的，你们要？你们拿去好了。"

说完继续打游戏。

江湛瞄了屏幕一眼，发现这兄弟是真的不慌，游戏里已经开始推对家的水晶了。

老师迟疑了一下，拿起衣服看了看，发现这件衣服是个 L 码，男生穿着明显有点儿小，以为是真的，不再怀疑，走开继续搜人。

江湛没走，他盯着老师，见老师没留神这边，飞快地凑到男生旁边说："你哪个班的？这么嚣张？"

男生斜乜了他一眼，继续推水晶。

江湛笑，眉梢、眼角都是外向的灵动，说："认识一下呗，我是高一（1）班的江湛。你哪个班的？"

男生看着电脑屏幕，勾了勾唇角说："（3）班，柏天衡。"

江湛揶揄道："你这演技，挺厉害的。"

柏天衡哼笑。

江湛瞄了一眼不远处的老师说："兄弟，请教一下，像我现在这个情况，要怎么跑路？"

屏幕上，对家的水晶被彻底推倒，柏天衡气定神闲地拔耳机，卷起来塞回口袋，站了起来。

刚站起来，老师突然抬手指着他说："不对，我明明在学校见过你。"

江湛吓了一跳，转头看老师，忽然手腕被人扣住，当机立断道："走。"

江湛反应极快，几乎同时转身，跟着柏天衡一起往楼下跑，全程没回头，更没管老师的呵斥，一路跑出网吧，跑上马路。

跑远了，江湛想想不对，质问道："跑了有什么用，回学校还要被逮，而且还是罪加一等。"

柏天衡转头看看他，笑着说："那你还跟着跑？"

江湛停下说："唉，算了算了，今天倒霉，伸头是一刀，缩头也是一刀，随便吧。"说着往路边一个小店走，"喝水吗？我请你。"

柏天衡跟着他往小店走，还是一副气定神闲的样子说："可乐。"

江湛回头道："你还真不跟我客气啊。"

柏天衡看了他一眼，眸光锐利，用带着点儿傲的神情说："你自己说要请的，客气什么。"

从前与现在，只隔了一层纱。

江湛止住脚步。柏天衡跟着停下。两人爬楼爬得猛，都有点儿喘，江湛天生爱出汗，动得有点儿猛，脖子全湿了。他们一个挨着楼梯扶手，一个隔了段距离站在几级阶梯上，胸口还别着收音用的领夹麦克风。楼道里回荡着工作人员奔跑的脚步声。有从楼上下来的，有从楼下追上来的。显然，这不是个聊私人话题的时机，更不可能像从前那样说说笑笑，停下来再去小卖部买瓶水。尤其两人在节目里还是导师和学员的关系，更要避嫌。

江湛站在楼梯拐角处，匀着气，抬眸看柏天衡，扬眉，用眼神无声地打了个招呼。柏天衡站在楼梯上看着他，神情带笑，眼底有敛起的深意。

江湛冲他做了个表情：有镜头呢，还玩？

柏天衡勾了勾唇角。

江湛胳膊肘靠着扶手示意：不跟你闹了。

柏天衡从楼梯上走下来。他没有说话，几步下来，站在江湛面前，手往扶手上一撑，搭在扶手的指尖就挨在江湛的胳膊旁边，尾戒泛着素净的光泽。

柏天衡居高临下，目光一动不动地看着眼前人，微微弯腰。

这个举动让江湛当场一愣。距离太近了，他能清晰地看到柏天衡的五官，尤其是那双眼睛，浩瀚星空般地幽深。江湛下意识地往后退，两人的距离却没被拉开，柏天衡的目光自始至终定定地落在他脸上。

忽然，楼梯间回荡的脚步声变得清晰起来。

"江湛！"

摄像师追了上来，镜头再次对上。

江湛立刻回头往下看，柏天衡直起身，气氛一散，好像刚刚什么都没发生。

又有几个摄像师追上来，楼上也下来好几个摄像师，被派来专门跟柏天衡的那名导演助理跑得气直喘。

"柏——柏导师，你们跑什么？"

江湛没说话，看看楼梯上，看看楼梯下，漆黑的镜头包抄了两人。

柏天衡面对镜头，神情自如道："没什么。"说着转身上楼。

江湛也是一脸什么都没发生的表情。

摄像师、导演助理们面面相觑。所以从大厅到七楼的这段时间就这么被快进掉了？

但没人问，拍摄还在继续，如无必要，幕后人员不会开口。于是一行人簇拥着柏天衡和江湛去九楼餐厅。

其间，柏天衡还和江湛进行了一番导师和学员之间的正经对话。

柏天衡问："吃了吗？"

江湛道："还没。"

柏天衡道："多吃点儿。"

江湛道："好的。"

节目组心想：这对话也是够没内容的。

到了九层餐厅，柏天衡立刻得到了学员们异常热烈的欢迎，不少人迎过来，围着柏天衡往餐厅里走。机位散开，江湛松了口气，知道自己任务完成了，去找费海吃饭。

刚好费海他们就坐在不远处，冲他招手。江湛过去，坐下就拿起筷子。几个男生一起看着他，目不转睛。

费海问道："怎么样，和大导师单独相处的感觉，是不是很刺激？"

江湛吃了口饭说："刺激？"

费海道："是啊，我听说柏天衡可严肃了，他之前的那个女团综艺，很多女生被他说哭过，节目都过去好久了，到现在都有观众说他脸太黑、心太狠。"

有吗？江湛之前补过综艺，可惜没补到《PICK C》，不知道柏天衡在里面的具体表现。

江湛道："还好，就专注爬楼了，没聊什么。"

魏小飞问道："真爬楼了？"

丛宇道："电梯都能用了，还让导师爬？太狠了吧。"

甄朝夕问道："柏天衡那边机位多，镜头多，好多人都过去了，我们要去吗？"

江湛道："我不去了，先吃饭。"

费海道："我也不去了，人多，挤不过去，不凑那个热闹了。"

丛宇道："那算了，我也不去了。"

魏小飞道："嗯嗯，还是先吃饭吧。"

江湛他们下楼吃饭的时候是七个人，打完饭离开一个，柏天衡来的时候跑了一个，如今剩下五个。五人都不去蹭镜头凑热闹，只顾吃饭。江湛吃着饭，想到刚刚在楼梯间的狂奔和无声的老同学认亲现场，心里就有点儿想笑。两个多大的人了，还在搞事情。

不过他和柏天衡凑在一起，当年搞过的事还真不少。比如两人那次从网吧一起跑路后，没多久就分别在各自的班级被教务处老师逮住了。老师气急败坏，问他们为什么要跑。

江湛当时是这么回答的："啊？我不知道啊，有人拉我，我就跟着跑了。"

柏天衡则是这么回答的："我跑路喜欢手里牵个什么，当时身边没别的，就有个人，我就顺手牵着跑了，纯属习惯。"

老师无言以对。

恰好费海宿舍的一个男生回来了。那男生刚刚去凑柏天衡那边的热闹，坐下后连连感叹道："我的天，太挤了，我努力了，就看剪辑的时候能不能在这段给我留半秒镜头了。"

费海示意男生看他们坐着吃饭的四个人，用筷子敲了敲餐盘说："看看湛哥他们寝室，看看我。不争不抢，从容优雅。"

男生道："要从容，要优雅，也要努力，机会都是自己争取来的。"

说着，男生指指柏天衡的方向说："看看人家楚闵，多会给自己争镜头，别人迎接导师都是两条腿走过去，他多打了一份饭菜，等导师走到旁边，请导师坐下一起吃。"

丛宇道："哇，太会了吧。"

男生道："我有预感，楚闵的镜头肯定不会少。"

费海道："那当然了，自己懂得争取，哪儿像我们几条咸鱼。"

江湛忽然起身。

众人抬眼，以为他也要去给自己争取镜头，费海说："你决定咸鱼翻身了？"

江湛道："没，我饭不够，再去打点儿。"

众人齐道："好一条认真吃饭的咸鱼。"

没人知道，这条认真吃饭的江咸鱼起身去打饭，不过是想刻意地再转移一下注意力。

因为他刚刚突然又想到一件事：为什么不能和柏天衡面对面靠那么近？

因为这么多年里，他不只隔着网络关注着柏天衡的动向，也不仅仅是接点儿站子的图单，帮柏天衡 P 个图、修个片子。他有段时间，或许是给柏天衡 P 图 P 得多了，也可能是过于频繁地听王泡泡给他"科普"柏天衡的动向和八卦，晚上睡觉，梦里都会梦到柏天衡。

江湛心想：多吃点儿饭吧，醒醒脑子！

午饭后，学员们上楼。

因为柏天衡会和节目组的工作人员一起从 F 班所在的十二楼开始查寝，十三层、十四层气氛依旧，大家该干嘛干嘛。

江湛还有点儿东西没收拾完，回寝室后接着弄。

甄朝夕和丛宇聊起了柏天衡。

"说真的，柏天衡过来当导师，太出人预料了吧，他都一年没出来过了。"

"对啊，之前不是有个热搜，说他年纪轻轻就准备退休吗？"

"不是退休吧，好像是转型幕后。"

"真奇怪，他年纪也不大，又是最当红的时候，什么资源没有，这个时候转型幕后？"

寝室的墙上都有固定好的摄像机，言行举止曝光在镜头下，要注意没错，但也不可能时时刻刻小心谨慎，闲聊的话题只要控制好度，该聊还是能聊的。

年轻的练习生们对柏天衡好奇，话题自然围绕着他。

丛宇道："你们注意了吗，柏导今天戴的表是积家的约会系列。"

甄朝夕问道："柏天衡不怎么戴表吧？"

丛宇道："啊，这你们都知道？"

甄朝夕道："知道啊，我团里有个小男生以前还进过他的粉丝群。"

丛宇问道："戴表怎么了？有什么说法？"

甄朝夕道："没怎么，就他家粉丝都知道啊，柏天衡不爱戴这些东西，除非为商家站台'营业'。他今天戴了，给人的感觉就……好像他还挺重视我们这个节目的。"

从头到尾，江湛都没说话。对柏天衡，他还真不方便说什么。

同在一个节目，应该是巧合，这巧合还挺戏剧化的，一个做导师，一个做学员。可惜就算是认识的老同学也不能叙旧，毕竟说话不方便，到处是镜头，身上还别着麦。江湛只要想到两人碰面两次，两次都是在镜头前，两次都要避嫌当作不认识，就有点儿好笑。

这年头，做个老同学也不容易。保不准节目期间，一句私下里的闲聊都没办法有，叙旧还得等节目结束之后。

江湛心想：行吧，谁让碰面重逢是在选秀节目里。

至于舍友们聊的有关柏天衡的某些细节。不爱戴配饰，戴表也很少？还好吧。

以前高二的时候，他和柏天衡一起在校篮球队，打市里的校际篮球赛，拿了个市第三名，奖品里就有块手表。

他那时候不是看柏天衡天天戴吗？

哦对，江湛又想起来，自己那会儿也戴。好像整个篮球队，就他和柏天衡在戴，其他人都嫌那手表太土。

当然，后来那块表两人都不戴了，还差点儿因为那块表吵起来。起因是姚玉非一直用的一块手表丢了，江湛看他考试的时候没表看时间，就把手腕上的表摘了，直接给了姚玉非。姚玉非没还，江湛也没当回事，就当那块表送给他了。

柏天衡知道后问他："一块篮球赛拿奖的表，你也要送他？"

江湛当时莫名其妙道："一块表而已，怎么了？"

柏天衡冷着脸，什么话都没说，直接摘了表甩手扔进了垃圾桶。

江湛被他这个举动弄得更加莫名其妙道："你干什么？"

柏天衡道："一块表而已，你送人，我送垃圾桶。"又道："有些人就配和垃圾桶凑一对。"

这话就难听了，分明是在内涵姚玉非。

江湛听了，火气"噌噌"地直冒，怒吼道："你到底对小姚有什么意见，他招你惹你了？"

柏天衡的眼神晦暗不明道："不是他，是你，你招我惹我了。"

江湛想起这段，想起他和柏天衡还差点儿为了姚玉非吵起来，心里就有点儿叹息。不得不承认，柏天衡当初看人的眼光比他好多了，他要早点儿认清姚玉非是个什么样的人，也就不会有后来那些事情了。

忽然，丛宇他们聊天的声音激动起来。

丛宇问道："你确定？"

甄朝夕疑惑道："真的假的？"

魏小飞坐在下铺自己的床位边，点头道："嗯，应该是。"

江湛回神道："怎么了？"

三人转头，丛宇道："刚刚小飞说，他有看到柏天衡戴尾戒。"

江湛问道："戴尾戒怎么了？"

丛宇道："怎么了？湛哥，你是真不懂还是假不懂？说明我们柏导至今单身！"

江湛有点儿意外：柏天衡原来还是单身。不过明星单身实在太正常了。何况王泡泡以前还曾经评价柏天衡"镜头前从来不和女艺人有亲密接触，是娱乐圈排行第一的'佛门杠把子'"。

那边，宿舍三人还在热火朝天地聊着——

丛宇道："柏导不是连项链、手环这种配饰都不爱戴的吗？以前站台都不爱戴，今天拍个查寝，都不一定剪进正片里，怎么还戴了枚尾戒？"

甄朝夕附和道："肯定不是随便戴的。"

魏小飞道："尾戒代表单身，柏导应该是想让大家知道他现在还是单身。"

江湛暗道：真的，就只是一枚尾戒而已，大家要不要讨论得这么真情实感。

等到柏天衡、摄像师、导演助理、寝室管理员姐姐等一行人浩浩荡荡地到了十四层，进了江湛他们寝室，四个男生包括江湛在内，默默地将视线整齐地瞥向了柏天衡的左手小拇指。

银白色，铂金质地，中间一圈黑纹。要多明显有多明显，要多扎眼有多扎眼。

丛宇转眸和江湛对视了一眼，挑了挑眉示意道：看，说得没错吧，尾戒，"单身狗"的象征。

江湛默默感慨，柏天衡厉害了，戴个尾戒都能成为议论的焦点，这要是哪天突然戴个婚戒，还不得直接炸了娱乐圈。

而他和柏天衡的这第三次老同学碰面，依旧在镜头前，依旧需要避嫌。柏天衡看了看他，没说什么，江湛也只当他是导师。

查寝过程也很常规，柏大导师更是威严到一进门就让所有人上交手机。

江湛的手机就捏在手里，闻言正要上交，柏天衡突然看向他说："江湛。"

江湛侧头。

柏天衡拿出自己的手机，问道："微信注册了吗？"

江湛一顿，点头道："注册了。"

柏天衡道："加一下。"

初评舞台上提过一嘴的事，现在加个微信，也没什么。正大光明地加，也不值得特意去避讳。

江湛滑屏解锁，点进微信，大大方方地说："你扫我，还是我扫你？"

柏天衡的左手拿着手机说："我来扫。"

自始至终，摄像的镜头都在，相关工作人员没有入镜，默默地站在一旁，甄朝夕、丛宇、魏小飞却都略带惊讶地看着江湛和柏天衡。

湛哥不愧是湛哥，也太淡定了，加个微信都这么淡定。

柏天衡！那可是气场两百米高的柏天衡！

江湛完全没觉得有什么，他又没在镜头前和柏天衡怎么样，正常地加个微信而已。何况加完微信手机就要上交，加了就只是加了。

江湛点开自己的二维码名片，递出去，柏天衡的手机跟着靠过来。扫码的短短两秒，江湛刚好看到了柏天衡左手小拇指上的尾戒。因为靠得近，看得特别清楚。窄窄的一枚，银白色，戒圈中央有一圈黑纹。

江湛很顺便地看到了，下意识地扫了一眼，柏天衡的余光从他脸上掠过。二维码刚好扫完。

柏天衡收回手机，加好友验证。

江湛低头看屏幕，看到柏天衡发来的验证消息："你长得很像我以前认识的一个人。"

江湛看着屏幕上的玩笑话，忍俊不禁，心里说道：长得像的这个人，是不是叫江湛啊。

他通过验证，加上好友。加完了，手机上交。

众人心想：这操作也是神了。

查寝很快结束，整个过程既简单又迅速，交完手机，柏天衡问了几句话，就完了，一行人怎么浩浩荡荡地进门的，又怎么浩浩荡荡地离开了。

江湛算是彻底知道了，这些男生也就私下里话多，真到了柏天衡面前，个个都是安静乖巧的"小鸡崽子"。

刚刚柏天衡查寝，别说一向话少的魏小飞、稳重大气的甄朝夕，连四人里话最多的丛宇也全程没吭几声，答话的时候还紧张到有点儿结巴。

江湛用玩笑的语气问他："你带头起哄喊'湛哥'的时候不是挺能的？"

丛宇道："那是你啊，柏导在，我当然不能了？"

江湛问道："怎么不能了？"

丛宇想了想说："你不觉得柏导身上的气场很强吗？就是那种你在他面前，就会很紧张，话都会变少的那种。"

江湛道："还好啊。"

丛宇瞪着眼睛说："还好？"说着转头看甄朝夕和魏小飞。

魏小飞立刻道："我也怕的。"

甄朝夕道："别看我，我更没好到哪里去。"刚刚站在柏导旁边，后背都出汗了。

江湛道："你们都怕他？那中午食堂吃饭的时候，不是挺多人主动凑过去？"

甄朝夕叹息道："那是因为柏导吗？那是为了镜头。"

丛宇赞同道："就是啊，要是没有镜头，你就看看，会有几个学员敢凑过去和柏天衡一起吃饭。"又跟着放狠话："我们这一百号人里，哪个学员敢私下里和柏导单独吃饭，还是边吃饭边聊边说笑的那种，我丛宇二话不说，从此之后见面就喊他爸爸！有这号人吗？有吗？！"

江湛当年和柏天衡单独两个吃了一顿又一顿高中食堂、高中小卖部，江湛心想：有的，儿子。

就在学员们入住寝室的当天晚上，有关柏天衡回国，并参与录制《极限偶像》的消息，得到了《极限偶像》节目方的官宣确认。

官博从晚上七点开始，连着发布了两条微博，全都和柏天衡有关。

@极限偶像：承载梦想，扬帆而归。#极限偶像#大导师就是@柏天衡，柏导。

"柏天衡！！！"

"柏天衡竟然真的回来了！！！"

"活的！！！活的！！！"

"不是在做梦！！！不是在做梦！！！"

评论区直接就疯了，完全没想到《极限偶像》的媒体发布会上个月就开了，最后那位始终没有敲定的大导师竟然会是柏天衡。

转发、评论、点赞量都以不可估量的速度疯狂增长。

"柏天衡！你竟然还知道回来？！"

"男神啊！"

"柏！柏！我们柏终于回来了！！！"

"×××对不起，我男神回来了，我要爬回去了。"

"柏！！你终于要和娱乐圈复婚了吗！"

"柏天衡，分居的这一年，你知道我是怎么过的吗！"

"所以这是延迟退休了？"

"星光视频，你能请回柏天衡，你是爸爸，星光爸爸！"

"柏天衡！站台啊！接通告啊！拍戏啊！代言啊！你不要赚钱不要养你那一车库的豪车的吗？你快给我回来"营业"啊！"

没多久，官博发布第二条微博。

@极限偶像：#极限偶像#官博君听说柏导@柏天衡今天去寝室看望学员们啦，跟学员们一起吃了饭（羡慕），还在学员寝室查寝啦（星星眼），快来看看今天查寝日常的动图吧。

六张动图，全部是柏天衡单人。

第一张：柏天衡黑裤蓝衣，从大楼大厅的门外走进，帅气又不失气场地亮相。

第二张：柏天衡站在监视器前，两条胳膊撑着桌子，看着屏幕。

第三张：柏天衡侧站着，微微抬着下巴，工作人员在帮他整理领口上的领夹麦，镜头凑近，柏天衡扫了一眼，勾唇轻轻地笑了一下。

第四张：柏天衡坐在餐桌前，面前摆着餐盒，正在说着什么，神情认真。

第五张：柏天衡手里拿着查寝记录册，迈着长腿，气场强大，由远及近地走来。

第六张：柏天衡边走边低头看手里的手机，不知看到什么，很浅地笑了一下，忽然抬眸，笑意凝在眼底，警惕地看向镜头。

评论区：

"啊啊啊啊啊啊啊！！！"

"柏天衡！柏天衡！！！"

"就是他！就是他！整个娱乐圈加起来的荷尔蒙都没他多的男人！"

"我要死了！！！"

"哥哥！！！哥哥！！我哥哥终于回来了！！！太好了！！"

"尾戒！尾戒！看到最后那个动图了吗?！是尾戒！没有隐婚更没有生孩子！！"

当天晚上，热搜前十，柏天衡一个人占了四个。

柏天衡复出

柏天衡参加极限偶像

柏天衡荷尔蒙男神

柏天衡尾戒

准备去度假的居家谢躺在家里，刷到前三条热搜，表示可以理解，柏天衡嘛，配得上这阵仗。直到居大经纪人纳闷地看到了最后一条热搜。

柏天衡尾戒

居家谢心想：嗯？尾戒怎么了？

居家谢搜索了这个热搜词条，在热搜广场看到了这条相关热搜微博。

@王泡泡与P神在线失联：来来来，小伙伴们，我给大家"科普"一下柏天衡手上这款尾戒。六年前，柏天衡做卡地亚亚洲区代言人，卡地亚打造全球唯一一款定制尾戒，送给柏天衡，这款银色中间带黑纹的尾戒，官方寓意：没有说出口的爱。柏天衡六年来从来没有戴过，任何场合都没有，这次回来却突然戴上了。大家可以大胆地猜一猜为什么。

附图：六张不同角度的尾戒细节照，动图里截取放大的柏天衡戴尾戒的照片，《极限偶像》发布的第六张动图。

而对于这些，身处寝室楼即将开始一周封闭内训的学员们，根本不清楚。他们在查寝的时候上交了一次通信工具，又在晚饭时间遭遇了一轮突击检查。所有人开箱开包，再检查一次，偷藏的手机、iPad等电子产品必须全部上交。自己不交还藏着没关系，有寝室管理人员拿着金属探测器一个寝室一个寝室地搜。整个寝室楼怨声载道，偏偏这又是必须遵守的规定。

江湛也是才知道，原来大家都带了不止一部手机，偷藏的电子设备更是一抓一大把。

用丛宇的话说：我带五部手机，为了什么？不就为了一部自己主动上交，另外四部藏着偷偷用吗，全收了还用个屁？

这年头没手机、没网怎么活？等到了晚上的动员大会，一百号学员至少有一半精神不振。训练室没有椅子，所有学员席地而坐，总导演亲自鼓舞士气道："都别垂头丧气了，你们想刷手机，以后能刷一辈子，但这个节目，这个舞台，你们最多也就待三四个月。几个月的时间，可能改变你们中有些人的一生，这样还不够你们暂时先放下手机吗？"

整个训练室，突然就静了。江湛坐在学员里，抬头看着总导演。

总导演道："你们这些孩子，还是太年轻，不知道人生需要抓紧，每一个机会都要抓住，还在这里嘻嘻哈哈，唉声叹气。"

总导演又道："都忘了吗？你们过来不只是唱歌、跳舞、表演、录节目的，你们来是要红的。"

谁都没有想到，动员大会的一开始，总导演就把话说得这么直白。全体学员鸦雀无声，静静地听着。

总导演道："行了，废话不多说，你们就给我记住一点，参加节目期间，没有什么是比你们自己的表现更重要的。刷手机，能让你们的表现更好吗？有了手机，就算你们知道了自己的点赞数，又怎么样？你们刷着手机能改变什么？"

总导演道："所以，都给我听好了，选秀期间，能不用手机就不用手机，把注意力都给我通通集中起来。需要你们了解的事，节目组自然会让你们知道。"

这场动员大会便在总导演威严又苦口婆心的劝解中开始。之后，分别是声乐组、舞蹈组、服化造型组、舞台组、摄像组各老师对相关部分的专业介绍。

最后，由一位制片人姐姐给大家总结打气道："总之，之后无论是日常拍摄、练舞、舞台公演，都会非常辛苦，因为时间非常紧凑，对你们很多人来说，都是一次挑战。

"不过不要怕，你们还有我们，还有很多的幕后工作人员，我们都会帮你们，你们有任何问题，都可以找我们沟通。

"而且说句实在话，你们能面试通过，上这个节目，真的非常非常幸运。

"我这么说，不是吹嘘我们这个节目多好，毕竟还没开播，具体情况很难讲。

"我是说你们搭上的平台很好，有星光视频给你们流量保证。又特别幸运，碰上柏天衡回来做导师。

"你们没手机，所以不知道，就今天晚上，就刚刚，你们柏导一个人上了四个热搜，还都排在前十。

"有柏导在，你们还愁没人关注这个节目吗？"

制片人姐姐这么说，整个练习室里哄声四起——

"哇，柏天衡就是柏天衡！"

"柏导太牛了吧！"

"跟着柏导喝酒吃肉！"

制片人姐姐："所以啊，都要有信心，都要加把劲儿，行不行？"

大男生们号起嗓子道："行！"

晚上回寝室。

丛宇又开始八卦地说："没手机，也不知道柏导晚上那四个热搜都是什么，真好奇。"

江湛道："还能有什么，猜都猜得出来啊，肯定是'柏天衡回归''柏天衡参加极限偶像'这种。"

丛宇感慨道："啊！我什么时候也能像柏导那样，一个晚上上四个热搜。"

魏小飞道："够红就行。"

丛宇道："也对。"

学员们终于迎来了为期七天的封闭训练。

这七天里，节目组明确禁止学员擅自离开，也禁止外来人员探访，所有学员必须听从安排。

封闭训练的内容也非常丰富。声乐、唱跳、形体、镜头感、舞台表现，甚至还有演播厅台前幕后的了解、舞台上发生意外的临场应对，以及体重的管理、饮食的控制，等等。

所有的一切，于江湛来说，都是陌生而新奇的。

不仅如此，江湛在封闭训练的第一天，见证了柏天衡的粉丝现场。

下午的声乐课程结束，有二十分钟休息时间，江湛本来想回寝室换双鞋，才走出训练室，就被费海拽住说："走走，凑热闹去。"

江湛问道："什么？"

费海道："走啊。"

费海带路，没去坐电梯，直接去了楼梯间，到了楼梯间，人还不少，江湛一看，一群大男生全趴在楼梯拐弯处的窗边。

江湛问道："怎么了？"

费海道："看就知道了。"

两人往楼上走了半层，到了拐弯处的窗边，费海示意江湛往楼下看。

江湛的视线穿过蓝玻璃，往下看，没看到什么。

费海道："你往外凑凑，再看。"

江湛靠近，视线贴着玻璃往楼下看，这一次，他终于看到了——

大楼楼下，全是人。

江湛收回视线，转头问费海："应援？"

费海有点儿意外道："哥，你连应援都知道？在国外没少上国内的网吧。"

江湛道："我不光知道应援，我还知道柏天衡的粉丝叫'MBJJ'。"

费海不是丛宇，知道得没那么多，听江湛说"MBJJ"，又愣了一下问道："什么？"

江湛道："木白柏，木白姐姐，MBJJ，就是柏天衡粉丝的称呼。"

费海道："我怎么感觉你比我知道得多。"

江湛当然比费海知道得多，毕竟王泡泡这个资深粉丝是他的图单业务经纪人。在粉圈，就没有王泡泡同学不知道的事。

可惜，就在此时此刻，就在这栋寝室大楼内外，江湛和王泡泡谁都不知道，他们这两位隔着网络的"好基友"，此刻的垂直距离也就只有十层楼左右。

江湛在楼上，王泡泡在楼下。

江湛腰上贴着名帖，刚刚上完声乐课；王泡泡手上拉着应援手幅，才跟着这群粉丝小姐妹喊完一轮新口号。

"柏天衡！你只戴尾戒！算什么男人！"

第四章　湛哥威武

《极限偶像》是个选秀节目，考虑到粉丝，所以早在节目策划之初，团队就在寝室大楼、演播厅外，规划好了专供粉丝应援的场地。

柏天衡参加《极限偶像》的行程一曝光，次日，寝室大楼楼下就围了一大群粉丝。

柏天衡的粉丝会来，预料之内，人家柏导流量摆在那儿，木白姐姐们憋了一年，终于寻回柏天衡这位正主，当然得扬眉吐气，好好应援，几百号人往大楼门外的空地儿一站，横幅、手幅、照片、手牌，一个都不能少，口号也要拉起来。

这道寝室大楼前的应援风景线，对关在大楼里内训的学员们来说，格外亮眼。

空的时候，总有学员趴在楼梯间窗户往外看，大家既好奇又惊羡。

各专业课的老师知道他们心里都羡慕柏天衡，羡慕他离开娱乐圈一年多，都还能有这么高的人气，趁机打气：好好努力，你们也可以的。

可以不可以，现在谁又知道。一百个学员里的每个人，都希望自己可以。江湛也一样。不过就内训第一天，各专业课上下来的情况来看，他的短板实在太明显了——嗓子好，唱歌却没有技巧，俗称不会唱歌。有一点儿舞蹈的底子，但选秀舞台上需要的现代舞功底完全没有。表情管理没有学过，舞台展现力不够，对镜头不够敏锐。几乎所有的专业课老师都说：你还需要加把劲。

江湛心里有数，他本来就没有多少底子，初评的 A 也并不能说明什么。短板都是事实，尤其和 A 班的其他人比起来，更是突出。现在急不来，也不用急，到这一步，就是该学学，该练练，眼前的这条路，能走多远走多远。

封闭训练第二天，一早。

才到起床时间，工作人员就在寝室楼的广播里通知，说今天要去距离大楼不远的一个演播厅大厦，今天所有的行程都在那边完成，让学员们准备一下，自己要带的东西都带好。

江湛寝室，赖在床上的两个，刚爬起来的一个，还有一个，也就是江湛自己，也才换好衣服。

广播结束，丛宇一下子从上铺翻身起来，惊讶道："今天要出门？！"

甄朝夕跟着爬起来，问了一句："柏导的粉丝今天还会来的吧？"

魏小飞道："肯定会来。"

丛宇打了一个响指道："准备'营业'！"

江湛的脑子一向特别好用，一听就反应过来是什么意思：节目虽然还没开播，但对所有的学员来说，公开亮相就是一次表现的机会，既然是机会，自然得想方设法抓住。尤其楼下都是追星粉丝，虽然目前都扒在柏天衡的"墙头"上，可谁知道这些小姐姐会从这么多学员里一眼看中哪个。看中了，拍下照片，回头粉圈里再小范围地流传一下，等节目开播了，说不定就能引来一点儿人气。这么好的机会，怎么能错过？这个道理，丛宇他们懂，江湛稍微想想，也能明白。

但显然江湛理解的"营业"和丛宇他们理解的完全不同。在江湛眼里，公开"营业"，是要表现好，给人留个好印象。在丛宇他们心里，对外"营业"首要是什么？

是表现吗？

不。是颜值，是化妆。

所以当江湛翻柜子，准备重新挑身衣服的时候，丛宇率先洗完了脸，坐在镜子前拍水乳，拍完水乳又从抽屉里拿出了一个化妆包。

江湛拿着两身衣服转头，正要在镜子前对着身上比一下，抬眼就看到丛宇抠着上下两个眼皮在戴美瞳。

江湛一脸的疑问。

甄朝夕和魏小飞洗漱完，一起从洗漱间出来。

路过江湛，两人同时看他手里的衣服。

甄朝夕道："不错哎。"

魏小飞道："挺好看的。"

对着镜子抠眼皮戴美瞳的丛宇说："那当然了，我们湛哥穿什么不好看？"

江湛走到镜子前，对着镜子比了比衣服，从镜子里看丛宇，问道："你近视？"

丛宇戴好了美瞳，对着镜子眨眨眼说："没度数。"

江湛道："啊？"

丛宇顿了顿，转头道："我这是美瞳。"

江湛挑了挑眉。

宿舍里静了。三秒后。

丛宇道："湛哥，你也太直男了！"

甄朝夕问道："湛哥，你知道'营业'第一步是什么吗？"

魏小飞道："我觉得湛哥可能真的不知道。"

丛宇一把抓起桌子上的化妆包问："哥，哥你看，看这是什么？"

甄朝夕问道："湛哥，你带了吗？"

魏小飞道："肯定没有。"

丛宇又从化妆包里摸出一块粉饼问："哥，你再看看，看这个扁的是什么？"

甄朝夕道："牌子可能都不认识。"

魏小飞道："也不会用。"

江湛无语："……"

化妆这种事，江湛当然不懂。他这辈子少数的几次化妆，还是很小的时候文艺会演，成年后唯一一次化妆，是在不久前的初评舞台。来之前，也根本没人提醒他需要自带化妆用品。而他以为的化妆，也一直是节目需要才化，化的时候他什么都不用管，只要提供一张脸安静地坐着，化妆师会弄好一切。

而现在……江湛看看丛宇，看看甄朝夕，又看看魏小飞，沉默了半天，在三人的一惊一乍中憋出一句："一定……要化？"

丛宇、甄朝夕和魏小飞齐声道："一定！"

江湛蹙了蹙眉心，缓缓地说："应该也可以不化……"

三个男生齐声道："不可以。"

江湛试图争辩道："我这张脸还行。"

丛宇道："再行也是素颜。"

甄朝夕道："素颜是不能'营业'的。"

魏小飞道："别忘了还有发型。"

江湛道："我没带化妆的东西。"

三个男生异口同声道："我们有。"

就这样，江湛被请到了镜子前坐下。丛宇、甄朝夕和魏小飞拿出了各自的"装备"，整齐地在江湛面前依次摆好。江湛其实非常抗拒，没办法，在他的眼里，这些东西都是女孩子用的。

丛宇一脸的怒其不争，拍他的后背说："请你对得起自己这张脸好吗？！"

甄朝夕循循善诱道："你就想想看，我们入住寝室第一天的早上，除了你，谁没化妆？"

江湛想了想说："你们那天化妆了吗？"

三个男生同时惊了。

丛宇道："我爬个楼眼线都晕分叉了，你也没看出来？"

江湛问道："你画了眼线？"

丛宇瞪了一眼说："我还涂了粉底！打了阴影！"

江湛道："我真没看出来。"

这不怪江湛，在他的成长路程中，无论是自己还是所处的圈子，从没有男性细致地关注外形和妆容，他看不出来一个人化没化妆实在太正常了。

魏小飞这个平常话少得几乎不开口的小男生，实在没憋住道："湛哥，你这样的，一定没有女朋友。"有女朋友的人，至少还知道口红是分色号的。

江湛道："没。"

甄朝夕道："看出来了。"

虽然有点儿抗拒舞台下化妆，但既然需要，江湛也认可。于是大清早的，江湛把自己的脸暂时交给了丛宇。

丛宇以他还算过得去的化妆手艺，给江湛非常迅速高效地化了一个带眼影的素颜妆，顺便弄了下头发。

妆容和头发都弄完了，丛宇又从抽屉里摸出一个塑料袋子，递给江湛说："先套这个，再穿衣服。"

等江湛换完衣服，彻底搞好今天出门的造型，寝室众人纷纷称赞。丛宇看着江湛，一直摇头道："湛哥太帅了。"

甄朝夕竖起大拇指，说："不愧是湛哥。"

江湛对着镜子照了照，以他铁直一般的眼光来说，实话，就看出来人精神了不少，穿搭也挺好看的，没看出脸上的妆容，更没看出来眼影的颜色。

他转头，看看三人，扬眉道："你们什么反应？"

丛宇立刻戏精一样地大喊道："不要对着我有任何表情！你出去！出去！"

甄朝夕直乐，魏小飞扭过视线。

江湛忍俊不禁，笑起来。他这人，还是外向惯了，给点儿阳光就灿烂。见舍友这个反应，笑着一挑眉，得寸进尺的口气，玩笑道："都说了不化呀，你们不听。"

甄朝夕连连点头道："是是是，我们的错，哥，我们错了，下次再也不敢了。"顿了顿，"您请，您先请，先去吃饭，出去祸害祸害别人，我们马上就下楼。"

男生寝室闹着玩儿就是这样。江湛都收拾完了，留在寝室没事干，索性拎上单肩包，先下楼吃饭。走廊里刚好遇到费海。费海一见他，倒抽气抽得整个人板儿一样直，一副就要蹬腿人寰的模样。

费海道："你你你你你……"

江湛道："别'你'了，我知道，太帅了是吧，我的错。"

费海憋了半天说："哎呀！"

江湛道："走啊，下楼吃早饭。"

费海还在看他的脸，边走边看，边看边道："我现在突然很能理解，为什么导师组给你 B，柏导又单独给你个 A 了。"

江湛抬手钩了下他的肩膀，带着他去电梯间："别吹彩虹屁了。"

费海道："我吹什么彩虹了，你自己长成这样，你还怪我吹屁？"

到九层，一上一下的两部电梯同时打开门，江湛和费海一出来，好巧不巧，遇到了刚刚上楼的柏天衡。

柏天衡从电梯出来，一眼看到江湛。

江湛主动打了个招呼，意外道："柏老师。"

柏天衡看着他，唇边噙了点若有若无的笑，一道往食堂走，用很随意的口气说："你们今天要去四方大厦。"

江湛道："嗯，早上广播说了。"

柏天衡问道："早饭吃什么？"

江湛道："随便啊，有什么吃什么。"

一直默默走在旁边的费海真的不能理解，他湛哥到底是怎么做到的，竟然可以私下里和柏导以这么轻松的口气寒暄聊天。他湛哥难道感觉不到柏天衡的气场吗？

但很快，费海的整个注意力全部转移——柏天衡今天的装束和昨天完全不同，白 T 恤、破洞牛仔裤，头发没有吹造型，干净清爽，五官棱角锐利，宽肩，大长腿，很有种大学学长的"苏感"。

江湛同样穿了白 T 恤、长裤，或许是妆容的关系，看起来完全就像个邻家弟弟。他和同行的柏天衡边走边说话，脸上带着自然的笑意，笑起来的时候眼尾微微下弯，眼神明亮而温柔。

费海忍不住心中感叹道：三人同走，就我最丑。

江湛和柏天衡，老同学之间的私话不能有，吃没吃、吃什么的闲谈还是可以有的。两人本来就认识，以前就熟，久别重逢都两三天了，碰面都好几次了，想尴尬也不可能。江湛看到柏天衡，觉得挺自在的，他相信柏天衡也一样。所以遇到了，就一起走，随便说两句。

去食堂的路上，他还问柏天衡："柏老师怎么来寝室大楼的食堂吃早饭了？"

柏天衡走在旁边，回答道："我住附近的酒店公寓，早餐厅的早饭七点半才有。"

江湛问道："你住附近？"

柏天衡道："嗯。"

江湛对寝室大楼这附近不太了解，问道："公寓远吗。"

柏天衡道："不远，我骑车过来。"

江湛惊讶道："骑车？"

柏天衡问道："有问题？"

江湛想到以前在网上看到的柏天衡的"营业路透"，好奇地问道："那保镖也跟着你后面骑车？"

费海没忍住："噗……"不怪他，这真的忍不住。

想象一下，柏天衡在前面帅帅地骑单车，五六个黑衣保镖戴着墨镜跟在后面，这画面也是有够喜感。

江湛听到"噗"的一声，转头看了眼费海，回过头，柏天衡边走边好笑地问他："带什么保镖？"

江湛问道："你来寝室大楼这边，不是算上工吗？"明星上工的时候，哪个不带保镖。

柏天衡道："你们封闭训练，跟拍都没有，算什么上工。"

江湛问道："不上工，你也起这么早？"

柏天衡道："我想起多早，就起多早。"

费海跟在江湛旁边，听着两人的对话，越听越胆寒：他湛哥也太自来熟了，这么跟柏导闲聊的？柏天衡最后那句"我想起多早，就起多早"，在费海听来，已经是柏导有点儿不高兴的前兆了。

湛哥！收一下！你收一下！

江湛没收，在他眼里，这样的对话太正常了，柏天衡那句口气有点儿冲的"我想××就××"，在他听来也根本没什么。柏天衡不就一直是个想怎么样就怎么样的人嘛。

三人进了食堂。一进门，就得到了食堂里稀稀拉拉坐着的十几号学员的注目礼。

大家默默地悄悄地盯着柏天衡，别说迎上去，连打招呼的声音都听起来格外乖巧、瑟缩。

江湛心想：果然，丛宇他们说对了，那天中午在食堂，大家都是为镜头在拼。

这会儿没镜头，连欢呼声都没了。不仅如此，整个食堂的温度体感下降了好几摄氏度。

江湛心里好笑，余光瞥了柏天衡一眼。恰在这个时候，费海溜了，溜得一声不吭，等江湛发现，他人都已经坐下，跟几个认识的学员会合了。

江湛心想：理解的，怕柏天衡。

这么一来，江湛和柏天衡终于有了一个单独的相处机会，没镜头，也没围着的人，如果说话声音不大，食堂里吃饭的其他学员也不会听见。

太难得了。

迟来好几天的"认亲"现场！

江湛立刻侧头，边走边低声道："这都能遇到你？！"

柏天衡看他这副迫不及待的样子，勾起唇角，压着声音说："我还要问你，什么时候回国的？"

江湛道："没多久，才回来就参加节目了。"顿了顿，"你呢？"

柏天衡道："我也差不多。"

江湛道："好巧啊。"

当然不巧。

两人说着走到打饭窗口前，江湛让柏天衡先，柏天衡看着他，好笑地说："现在知道让我先了？"

以前在高中食堂吃饭，江湛都是最猴急的那个，用江湛的话说：我饿呀，太饿了。那时候，江湛永远先打饭，柏天衡从来不跟他抢。此刻，换江湛让柏天衡，让的时候根本没多想，柏天衡一提醒，他才想起来似的说："哦对，以前都是我先打饭的。"

柏天衡以幽幽的口气说道："想起自己以前多霸道了？"

江湛对"霸道"这个词不太能苟同，故作思考的样子，皱眉，问："有吗？"

柏天衡轻"哼"了一声，眼里尽是笑意地说："嗯，没有。"说着侧身，让开窗口的位置。

江湛很自然地走到窗口前说："就说啊，没有。"接着笑着说："不是我霸道，是你每次都会让我。"

柏天衡看着江湛，眼神有点儿深。他一直以为，江湛什么都不懂。

突然，打饭窗口里站着的阿姨，操着一口浓厚的乡音，问道："哎呀，你们这两个小伙子，到底打饭不打饭啊，看你们在这里站了半天。有什么不能打完饭再说的吗？"

这声音被窗口的玻璃隔着，音调不高，食堂里吃饭的其他学员都没听到，只有站在窗口前的柏天衡和江湛听到了。

两人同时抬头看向阿姨，阿姨说："别看，快打饭，阿姨要不是看你们两个小伙子长得还蛮帅的，换了其他人，像你们这样站着聊天饭都不打的，阿姨才不等你们，早就走了。"

这位打饭阿姨，显然不懂什么明星不明星，更不认识柏天衡。她就是单纯朴素地提醒两名年轻帅小伙子：嘿！打饭！不打饭，别堵窗口！

江湛和柏天衡忍俊不禁地对视一眼。

江湛立刻道："好好，打饭了阿姨，让你久等了。给我来两个肉包、两个鸡蛋、一碗豆浆、一碗红豆粥、一碟榨菜。"

阿姨拿夹子夹了包子往食品袋里装，边装边嫌弃，又是一口浓厚的口音道："哎呀，你这个小伙子，是不是吃太多啦？

"阿姨不是不让你吃哦，反正你们吃饭不花钱，我也不收你们钱。我的意思是，你看看你其他同学，人家都吃得很少的，过来拿早饭，都是一个蛋、一个包子这么点，多吃碗粥都不要的。

"别人来，我都是劝多吃点儿，你这个小伙子，我还得劝你少吃点儿。

"少吃点儿，要胖的。他们都说的，你们要上电视的，电视机里看人，人都会变胖的。"

打饭阿姨话多又碎，但心是好的，江湛笑着回答道："阿姨，我一米八三，一百二十斤，算瘦的。"

阿姨打粥的手一顿，立刻把中号碗换成了大号，一大勺厚粥舀起来，盖进碗里说："那你这个太瘦了，我比你矮那么多，还有一百二呢，多吃点儿多吃点儿，阿姨刚刚说错了，你一定要多吃点儿。"

江湛看着那用来装面条的大号碗，心想：这粥也太多、太厚了。

江湛道："阿姨，我吃不了那么多。"

阿姨把粥推出窗口说："吃不了，跟你身边的小伙子分分嘛，你吃点儿，他吃点儿，不就吃掉了？"

江湛心里想说：很有道理的样子。

江湛点完早饭，没先走，端着餐盘挪开窗口的位置，站在一旁——没多想，下意识的习惯，就像当年高中时，他每次先打完饭都会等柏天衡一样。

柏天衡站在窗口说："跟他一样，不要粥。"

阿姨道："那是不要粥的，他那碗那么多，你们分分就吃完了。"

柏天衡唇角勾起道："分了也吃不完。"

阿姨道："那就努努力。"

柏天衡道："努力也吃不了那么多。"

阿姨问道："多吗？"

柏天衡反问道："不多吗？"

江湛站在旁边，感觉听了段相声，要不是食堂里还有其他学员，又得避嫌，差点儿就要当场笑成一只抖动的筛子。

打完饭，两人找了个空位，面对面坐下。刚坐下，距离他们最近的那桌学员立刻起身离场。这么一来，他们附近的餐桌连个人都没有。

江湛咬了口包子，笑着低声道："柏导师亲身演绎，什么叫让人'闻风丧胆'。"

柏天衡把江湛餐盘里的粥端到自己面前说："也没见你怕的。"

江湛好笑道："我怕你干什么。"

柏天衡用勺子舀着粥，随便喝了口，放下勺子，胳膊撑着桌沿说："怎么会来参加选秀？"

江湛没有隐瞒，边吃边道："我舅舅的朋友在节目组做制片人，介绍我来的，面试也顺利，就过来参加节目了。"

柏天衡问道："不是想当明星？"

江湛想了想说："说实话，没想那么多，走一步看一步。"又道："我刚回来，反正也没事干，就来参加选秀了，要是过段时间淘汰了，到时候再想后面干什么。"

柏天衡问道："你觉得你会被淘汰？"

江湛道："我说了'要是淘汰了'。"

柏天衡道："你应该想，要是 C 位出道。"

江湛对"C 位出道"四个字报以一个心态轻松的耸肩。后面的事，后面再说。而江湛和柏天衡这两个老熟人的距离，也在短短几句闲聊中拉近。

江湛品味了一番，觉得挺神奇的：他这会儿没拿柏天衡当导师，柏天衡也是。他不觉得生疏，柏天衡也是。他没有尴尬，柏天衡也是。两人就跟还在当年的三中一样，有什么说什么。这种久违的熟悉，让江湛觉得亲切，亦很放松。

人一放松，话又多了。江湛冲柏天衡扬了扬眉峰道："哎，听说你前天晚上上热搜了？一口气四个？"

柏天衡喝了口粥说："嗯。"抬眼，"怎么？"

江湛的声音压得更低道："我们学员的手机都被收了，上不了网，你跟我说说，你都上什么热搜了。"

柏天衡看着他说："你拿我当手机刷？"

江湛放下包子，背对着身后的学员，悄咪咪地在身前双手合十道："我就是好奇。"

说着竖起一根指头说："热搜词，柏天衡怎么怎么，嗯？"

柏天衡看着他。

江湛用眼神示意他：说呀。

柏天衡弯了弯唇角说："回归。"

江湛竖起第二根手指。

柏天衡说："参加极限偶像。"

江湛竖起第三根手指。

柏天衡说："荷尔蒙男神。"

哇哦。

江湛竖起第四根手指："最后一个。"

柏天衡幽幽地看着江湛，突然笑了下。

江湛不明所以，问道："笑什么？"

柏天衡问道："你真想知道？"

江湛更好奇那第四个热搜是什么了，道："说嘛。"

柏天衡注视着眼前的江湛道："单身。"

"热搜第四，柏天衡，单身。"

江湛一愣，下意识地问："你单身？"

柏天衡反问道："不行？"

江湛道："行，当然行。"

两人继续吃早饭。

没多久，食堂里进来一拨男生，挤在窗口打饭。人一多，两人就不能自如地聊天了。

江湛快速地吃完早饭，和柏天衡聊了最后一个话题并说道："我没和节目组说我们认识，你说了吗？"

柏天衡道："不说无所谓。"

江湛点头，觉得既然柏天衡这个大导师都没有说，应该还是得避嫌。

那就都避避嫌吧。

江湛并不知道，自己这边避着嫌，那边有人在感慨他胆子大。费海从进了食堂，就缩坐在几个学员中，身边的几个熟人闲聊着。

"湛哥不愧是湛哥。"

"湛哥胆子好大。"

"因为年纪大，比我们都成熟吧，所以稳重。"

"没错，关键还是稳重。"

几人见费海缩着脖子扒拉他们的早饭吃，纳闷道："你怎么了？不去打饭？"

费海道："你们打了那么多，分我一点儿不就行了？"

没多久，江湛寝室其他三个也到了食堂，一看江湛对面坐着柏天衡，立刻往费海这边凑。丛宇在费海身边坐下，小声嘀咕道："我的天，柏导怎么来我们食堂吃早饭？"

甄朝夕道："湛哥胆儿肥。"

魏小飞在一桌子的食品袋里认真搜寻早饭，问道："还有蛋吗？"

费海问道："你们怎么才下来？"

丛宇指了指自己的脸，又指了指自己身上的衣服。

费海突然反应过来，问道："湛哥今天的造型是你给弄的？"

丛宇眨了眨眼说："是啊。"顿了顿，嘚瑟地一扬眉，"怎么样，帅吧？是不是特别帅。"

费海道："帅，所以显得我丑。"

甄朝夕道："也不知道湛哥能有什么话跟柏导聊，还能边吃边聊。"

丛宇摇头道："不清楚。"顿了顿，"你想知道，等会儿直接问湛哥不就行了。"

魏小飞突然道："湛哥不怕柏导。"

众人齐齐转头看他，魏小飞愣了一下说："我说错了吗？"

甄朝夕道："不，小男孩，你没说错，你只是说了一件大家都已经知道的事情。"

魏小飞道："哦。"

等这边丛宇、费海一行人吃完早饭，那边江湛和柏天衡也吃完了。

两人没有一道，柏天衡径直离开食堂，先走了，江湛往丛宇他们这边过来。

刚走近，一群人就开始喊道："湛哥！湛哥！湛哥！"

江湛两手抄兜，问道："你们又干吗？"

丛宇一脸戏精的表情说："江爸爸，湛爹，和柏导一起吃早饭的感觉如何？"

江湛道："唉，儿子。还行吧，就正常吃饭。"

众人一脸纳闷地看丛宇，问道："你怎么喊他'爸'？"

甄朝夕解释道："丛宇说谁敢在没有镜头的时候跟柏导单独吃饭，谁就是爸爸。"

费海咋舌道："你们寝室的关系也是有够混乱的。"

丛宇拿胳膊肘撑他。

费海转头冲他挤眼。

江湛看丛宇、费海一直在挤眉弄眼，问道："你们干吗？"

丛宇道："哦，没干吗，我眼神问他'吃饱了没'。"

费海道："我说'还没'。"

丛宇道："然后我说'那你再吃点儿'。"

费海道："我说'好的'。"

江湛好笑地问："你们唱双簧呢？"

　

四方大厦是节目组的演播厅之一，大厦除了演播厅，还有训练室。

今天去四方大厦，除了熟悉舞台、幕后，还要拍摄学员的定妆照、宣传照。而四方大厦距离寝室大楼并不远，步行过去也就几分钟路程，节目组并没有安排大巴车，只让学员们自己走过去。

从一栋楼走到另一栋楼，迈开腿就行，多简单的事，可放在有些学员身上，却不行。大门外都是粉丝，手机、摄像头一个都不少，只是走这么简单，他们也就不用参加选秀了。所以吃完早饭，收拾完毕，学员们下楼是下楼了，很多却还在大厅里磨蹭。

工作人员让这些磨磨蹭蹭的学员别犹豫、别多想，心态摆正。话是这么说没错，可磨蹭的人要是够决断，就不会磨蹭了。于是节目组只能去找了一些口罩，跟他们说："你们实在有顾虑，就先别露脸。"

又催他们快点儿。有学员抱怨道："不露脸不好吧，已经出去的人，也没谁戴口罩啊。"

工作人员道："那就别戴了。"

某学员道："可是如果拍出来照片太丑，节目播出我会被骂死的吧。"

工作人员不想说话。

电梯门打开，江湛他们一行人走了出来。

工作人员看大厅里的学员越来越多，都聚在一起，不走也不是办法，立刻示意刚从电梯里出来的一群男生道："要戴口罩吗？不戴口罩的可以先走了，要口罩的来找我领。"

"口罩？"丛宇一脸莫名心里想道：戴口罩我还费劲儿化什么妆？

忽然，大楼外一阵嘈杂声。

大厅里的学员闻声，齐齐看向门口。

江湛也看过去，问道："刚刚是不是有人出去了？"

学员中有人道："楚闵，刚刚出去的是楚闵。"

江湛能理解，楚闵应该是本来就有些人气，被门外的粉丝认出来了，动静才会这么大。而这么一来，大厅里迟迟不动的其他学员，压力就有点儿大了。

甄朝夕道："节目还没播，对比就出来了，人家出去，都是尖叫，我们出去，可能一点儿动静都没有。"

丛宇叹气道："唉，残酷的现实，人间真相。"也有没什么顾虑的，直接就出去了，果然门外的粉丝群没什么动静。

费海不想等了，又不是走秀，要什么掌声和尖叫，转身说："我也走了，等会儿大厦一楼见。"

魏小飞道："哥，等等我。"

甄朝夕道："一起、一起。"

江湛换了个肩膀背包，示意丛宇一起。

丛宇把背包往身后一甩道："走了。"

一行五人走出大楼。

晴空下，大楼前，拉起的围栏后，几百号粉丝站着。

她们全部都是柏天衡的粉丝，为这次迟来一年的应援做足了准备，什么手幅、横幅全部都有，连柏天衡的帅照都印在几个硕大的牌子上。

女孩子们扎堆站着，不远不近，知道今天大楼里的练习生都要出来露脸，都在眼巴巴地望着。

这些学员里，有些认识，有些眼熟，有些从未见过。虽然都不是她们的"墙头"本尊柏天衡，但丝毫不妨碍她们的热情。

来啊，小伙子们，"预备役新墙头"走起！

在江湛他们五个露面之前，那么多走出大楼的学员里，得到女孩子们反馈最强烈的，正是楚闵。

不但因为楚闵之前就已经出道，也因为一年多前，楚闵就在某个选秀上有过不错的成绩。说白了，楚闵有粉丝基础，也有实力。

追星女孩们更是惊讶楚闵竟然也参加了《极限偶像》，难怪最近一点儿其他行程和动静都没有，他的公司瞒得够狠。

在楚闵之后，出来的练习生，都没人认识。

几个男孩子心态也不错，大大方方地挥手示意，有些还会特别礼貌谦虚地鞠躬。

追星女孩们便会喊道："加油！加油！"

直到，一行五人走了出来。

打头的是费海和甄朝夕，甄朝夕后面还跟着魏小飞。

女孩们看到这三人，立刻就来了反应——

"小海！小海！小海！"

"甄主任！甄主任你怎么也在这里！你不拍戏了吗！"

"飞飞！飞飞啊！你看看姐姐，姐姐在这里！"

三个大男生一起，边走边看向粉丝群，费海一个飞吻，甄朝夕抬手挥了下，魏小飞对着人群鞠了一躬。

引来更多的尖叫，不但有尖叫，还有不停快闪的摄像机。

"小海！答应妈妈，相信自己，你是最帅的！"

"甄主任，影视剧行业没了你，是他们的损失！"

"飞飞，你要照顾好自己，快点儿长大！"

费海、甄朝夕和魏小飞悄悄相互对视一眼，三人都在偷笑，边笑边用眼神相互揶揄。都是有粉的人，刚刚瞎谦虚什么？

这个时候，女孩子们忽然更大声地尖叫起来——

"丛宇啊！是丛宇！"

"酷宇酷宇！！！看这里看这里！！"

费海他们转头，丛宇戴着墨镜酷酷地走了出来，边走边嘻哈风地瘪嘴，做了个抬胳膊挡脸的帅气动作。

"酷宇！！酷宇！！"

"啊！"

费费海、甄朝夕和魏小飞有同感：这位才是真谦虚。

就在丛宇耍帅的时候，走在一旁的江湛对着追星女孩们大大方方地笑了一下。

他没有粉丝，现场也没有属于他的尖叫，但并不妨碍他喜欢这群素不相识的追星女孩儿。毕竟当年在国外，陪伴他的是粉圈，是以王泡泡为首的一群可爱的追星女孩儿。他也靠着粉圈，以"P图"的身份小有了一些名气，赚到了不少钱。所以他看到这群女孩儿，不觉得陌生，反而觉得亲切，没有属于他的尖叫和欢呼声也无所谓，简单地打个招呼，就当这群女孩子都是"想开飞机的王泡泡"。

江湛心道：王泡泡同学，你们好啊，辛苦了。

江湛在尖叫声中走出来，怕影响"站姐"和粉丝拍丛宇的单人照，特意没站在丛宇旁边，加快速度走了过去。其间能感觉到，也有镜头对准了他。江湛不习惯被人这么拍，但下意识地还是转头，露了正脸。

因为他想起王泡泡她们追星的时候，总苦恼拍不到"墙头"那清晰的正脸。既然追星女孩喜欢清晰的正脸，那转头让她们拍一下好了。

江湛大大方方转头，任由各种镜头对准自己。

走到前面和费海他们碰头。

费海示意他一起道："湛哥。"

江湛脚步顿了下，笑着说："我走开一点儿。"

甄朝夕问道："怎么了？"

江湛示意粉丝道："好让她们拍你们。"

魏小飞道："拍很多了，一起走吧。"

三人不想江湛落单，一定要跟他一起走，没一会儿，丛宇追了上来说："等等我。"

五人并排。

闪光灯、摄像头整齐地对准了他们。

江湛玩笑道："我今天蹭的尖叫有点儿多。"

费海道："都是丛宇的。"

丛宇道："屁，都是你的。"

甄朝夕道："小飞都没成年，都有一堆女粉丝？"

魏小飞道："甄主任，你也有的，我听到了。你还有主任办公室的员工粉。"

五个大男生边说边笑，在粉丝的注视、镜头中走了过去。

粉丝群的第一排中间，扛着"大炮"拍够照片的王泡泡同学放下相机。

挤在旁边的几个女生全在一惊一乍——

"那个男生是谁啊？和丛宇一起出来的那个？"

"不知道啊。"

"太帅了吧！他刚刚朝我这边看，我鸡皮疙瘩都起来了！"

"泡泡，你刚刚拍到了吗？"

王泡泡低头看相机里的相册，比了个"OK"道："放心，都拍到了。"又道："这'预备役墙头'太够意思了！走得不快，脸还对着我们这边，拍得一清二楚！"

"他是新人吗？以前没出道的那种？"

王泡泡道："估计是。"

"啊，星光视频这档综艺目测要火啊，丛宇、费海、魏小飞，还有这么一个顶级颜值。"

王泡泡道："你少了一个。"

"谁？"

王泡泡举起相机，身为前线，尽职尽责地重新把镜头抬起，对准了寝室大楼的门口，随时开拍，架势利落道："柏·屋里疑似有人·天衡。"

屋里疑似有人的柏天衡，此刻正在大楼三层的某间办公室，向一名负责寝室后勤的工作人员提了一点儿小建议。

柏天衡道："早饭味道还可以，重点表扬打饭阿姨。"

后勤负责人疑惑道："阿姨？"

柏天衡道："今天早上负责打饭的阿姨，人还不错，以后就让她专门负责窗口打饭吧。"

后勤人员反应不过来，疑惑道："因为那位阿姨……打饭效率高？"

柏天衡道："差不多吧，关键还是会说话，挺有趣的。"

有趣？

后勤负责人没听懂，还是说道："哦，好。"

柏天衡道："午饭、晚饭的种类太少。"

后勤负责人道："那再增加盖浇饭、炒饭、麻辣烫？够吗？"

柏天衡道："荷叶饭、瓦罐汤、木桶饭。"

后勤负责人戳着手机备忘录记下说："还有吗？"

柏天衡想了想说："再买两个冰柜，批点儿汽水饮料。"

后勤负责人一顿，有点儿不敢相信道："汽水？饮料？"

柏天衡瞄了他一眼，以不容置喙的口吻说："嗯。"又道："暂时就先这些吧。"

后勤负责人道："好的，都记下了，我马上就去安排。"

说完，他带着满头问号离开了办公室：怎么回事？！给要上选秀舞台的练习生搞这么多吃的，还汽水、饮料？怕他们不会在镜头里胖成一群猪？

后勤负责人心里的疑惑都快溢出来了，但还是什么都没有多问。没办法，柏天衡是节目组砸钱都未必能请得来的大咖，一回来就参加他们的节目，从节目组到公司领导，每一个都在叮嘱，要把这大咖全方位伺候好了。

既然是全方位，自然包括饮食。

现在柏天衡在食堂方面亲自开口提要求，后勤负责人当然没办法拒绝。用高层领导和总导演的话说：满足！必须满足。

后勤负责人心道：行吧，加饭加菜，瓦罐汤、荷叶饭，饮料、汽水。

但愿加餐归加餐，学员们自己能自觉，别吃到最后吃成一群极限胖偶。

那边后勤负责人刚离开，柏天衡拿起了盖在桌上的手机。

手机屏幕离桌，瞬间一亮，显示通话状态。电话那头不是别人，正是被老板强行放假的居家谢。

居家谢一早打电话过来，说了没两句，就被走进办公室的后勤负责人打断。于是隔着电话，全程听到了柏天衡和后勤负责人的对话。不听还好，一听真是下巴都恨不得砸地上。

等柏天衡重新拿起手机，居家谢终于憋不住了，质问道："你管学员食堂干什么？"

柏天衡的声音不高不低，带着几分懒散道："哦，没什么，就是之前录制的那天吃了一顿午饭，今天早上又去吃了一顿早饭，觉得他们这个食堂还有很多地方需要改善，就稍微向后勤提了一点儿小建议。"

居家谢道："然后呢？食堂大改，加餐，学员们吃吃吃，吃成猪，你柏导就能成为《极限偶像》舞台上最靓、最瘦的仔？"

柏天衡问道："还有这个逻辑？"

居家谢差点儿把自己绕晕了，顿了顿说："不是！你跟我聊什么食堂！"

柏天衡道："是你在和我聊。"

居家谢道："你不和后勤提加餐，又被我听到，我能和你提？"

柏天衡懒懒的口吻道："哦，怪我。"

一听这口气，居家谢心里想道：来了，来了，有些男的又要开始不做人了。

果然，柏天衡说完一句"哦，怪我"，跟着就道："我也是为了工作。

"目前来看，《极限偶像》和其他选秀比起来，并没有特别突出的地方，想要成为今年夏天的爆款综艺，当然要有特殊之处。

"我想了一下，可以从食堂入手，丰富菜品和种类，等过段时间，节目开播之前，可以先让《极限偶像》的食堂上个热搜，赚一拨眼球。"

说着，柏天衡打了个响指道："绝无仅有，角度刁钻。"

居家谢无语了。

老板，做个人吧。

居家谢心累，他已经不想管食堂了，随便吧，《极限偶像》哪怕最后变成一档美食综艺都随便，他管不了那么多了。

他现在就管柏天衡！

居家谢直接略过食堂的话题，开口道："还要再给我放假吗？我觉得我应该回来工作。你一口气四个热搜，前三个都没什么，就那个尾戒，到现在都在被粉丝热议。"

居家谢道："说什么的都有。甚至有人猜测，说你屋里搞不好已经有人了！"

柏天衡道："没人。"

居家谢道："我知道没人，我是说……"

柏天衡道："暂时没人。"

居家谢被打断，顿住。

柏天衡道："会有的。"

居家谢品味了一番，等等，这口气是怎么回事？

居家谢道："你……"

柏天衡道："虽然不知道是谁说的屋里有人，我就先借他的吉言了。"

四方大厦是个演播厅大楼。里面除了大大小小各种演播厅，还有配音室、录音间，等等。节目组除了在寝室楼安排了训练教室，也在四方大厦安排了训练教室。

根据节目流程的安排，在封闭训练结束之后，所有的舞蹈、声乐部分的练习，基本都会在四方大厦完成，届时训练部分的拍摄录制，也会在这里进行。

所以今天来四方大厦，除了定妆照、宣传照的拍摄，还有就是熟悉环境。

这边的训练室明显比寝室楼的大很多，教室坐北朝南，整面的落地窗，又亮又宽敞。学员们一个教室一个教室地参观，再熟悉舞台，熟悉幕后场地。节目组还特意带他们去演播厅，让他们站在台上，感受了一下。

对一部分学员来说，舞台是熟悉的，比如费海、丛宇他们，但对江湛这样的，舞台实在过于陌生。没有舞美、灯光，没有服化、观众，江湛就站在台上来回走了走，都觉得这种陌生感有些奇妙。想象了一下，自己登上舞台，灯光、视线汇聚，台下都是观众，自己在台上被镜头、被观众注视着……

江湛心道：还不错？

甄朝夕也问道："感觉如何？"

江湛如实道："虽然挺陌生的，不过我还挺好奇、挺期待的。"

甄朝夕笑道："那你真是天生适合舞台，适合被关注。我那会儿第一次上台，都要紧张死了，汗直流。"

丛宇道："人湛哥从小帅到大，上学的时候不知道被多少女孩子偷看偷瞄，当然早习惯被注视了。"

甄朝夕道："那能一样吗？舞台上不一样的。"

丛宇道："怎么不一样，你没看从寝室大楼出来，多少女孩子在下面喊'好帅好帅'，你见湛哥脸红了吗？"

甄朝夕一顿，想了想说："好像还真没有。"说着看向江湛，"你这么稳？"

江湛道："你们才稳，被人喊了照样该干吗干吗。"

甄朝夕道："等着吧，不用多久，就有一堆女孩子追着你喊'哥哥'了。"

丛宇捏起嗓子捂住嘴巴，星星眼朝向江湛，给他示范："像这样。哥哥！啊！哥哥！哥哥！"

江湛哭笑不得道："你快闭嘴吧。"

丛宇哈哈直笑，对甄朝夕道："人家湛哥禁不起你这么假设。"

103

下午，拍定妆照、宣传照。

服装总共三套，一套是各班不同颜色的短袖队服，一套是所有人统一的长袖长裤学院风制服，还有一套白衬衫。

百来号学员分五组，五个棚分开拍摄。江湛和三个舍友、费海在一起，一起化妆，一起候场准备拍摄。

而他们这组的摄影师风格略怪，基本不教什么，也没任何拍摄上的提示，就负责"咔咔咔"地拍。拍合适了，接着拍，拍不合适，就会放下相机，皱眉抬起视线，向学员问道："你会不会拍？你怎么这个表情？你的脸打过玻尿酸吗，这么僵？"

候场的其他学员听了，不免在心里打鼓。

不仅如此，这名摄影师还喜欢拿修图说事。每拍完一组，他就要把照片联网传上电脑，在修图软件里打开照片，示意学员过来看：我要修你哪里哪里，哪里哪里要修，特别不好修，特别费劲。

说得学员面红耳赤，恨不得回母胎，基因重塑。

这么拍下来，后面的学员压力不小，自然对这名摄影师客气得不行，又客气又恭维。

丛宇、费海他们暗暗唾弃，都明白这摄影师是个老油条，就是故意的，但又没办法。

甄朝夕还劝大家道："忍了吧，这些照片以后不是用来宣传，就是做点赞通道的头像，太丑真的影响成绩。"

丛宇道："忍他大爷。"

费海道："忍个腿毛。"

话虽如此，依旧没人说什么。

直到魏小飞被叫到背景布前拍照。

小男孩私下里腼腆，镜头下的表现却很有张力，让笑就笑，要什么眼神有什么眼神，几乎无可挑剔。

就这样，摄影师把照片传到电脑里，在P图软件里打开后，还是坐在电脑屏幕前，一脸嫌弃道："长得帅有什么用，五五分的腿，胳膊这么长，畸形啊。你看你这个胳膊，怎么P？"

畸形？

魏小飞约莫是从未被人这么说过，愣了好一下，都没反应过来，表情极其尴尬。

摄影师叹了口气道："烦死了。"又道："删掉重拍吧，你这样我怎么给你P？"

魏小飞顿了顿，没反应过来。

摄影师拿起桌上的相机，不耐烦地挥手示意，魏小飞才干巴巴地转身，走回背景幕布前。

江湛、丛宇他们都站在电脑前，看着软件里打开的魏小飞的几张照片，都不能理解到底哪里拍得不好，哪里畸形了？丛宇更是想想那摄影师的态度就来气，张口抬头要喷，被甄朝夕和费海同时拉住。费海皱眉，冲他摇摇头。

甄朝夕小心翼翼道："别，你这样，倒霉的不止你，还有小飞。"又道："有些人就是这样的，你没红，他就跟你摆谱，你红了，他就要捧着你了。"

丛宇恨恨地低声说："摆什么谱。"

忽然，江湛在电脑前坐了下来，左手握住了鼠标。

费海惊讶道："湛哥，你干吗？"

江湛面朝屏幕，背对着三人说："P照片。"

甄朝夕下意识地看了摄影师那边一眼，连忙凑过去，道："你别碰电脑，到时候他更有理由搞你。"

丛宇自己上火归上火，见江湛这么干，立刻跟着劝道："算了，忍忍吧，宣传照都在人家手里，能怎么办？"

江湛从坐下开始就很淡定，等握上鼠标，更是淡定中透出一股专注。

"别担心，P图我是专业的。"

江湛当年在国外，有很长一段时间靠修图赚钱养家，所以必须专业。这种专业程度别人不清楚，自己最知道。

四个字形容：手到擒来。

尤其他常修的，就是娱乐圈各路男女明星的照片，什么路透、生图、机场照，官方的、非官方的，他都熟悉。从一堆硬照里挑出几张合适的P，对他来说更加没难度。

至于摄影师口中的身材五五分和畸形，本身就不存在。魏小飞外形条件很好，皮肤光滑通透，脸小、人瘦、腿长，镜头里表现有张力，生图硬照已经很能打了，修都不用怎么修。

江湛坐在电脑前，鼠标一刻不停地点来点去，P图软件上的光标不停闪烁，图像放大再缩小，一层层滤过来，没一会儿，一张图就修好了。

全程没有几分钟。

丛宇他们下巴都要掉地上了，不是惊讶江湛会修图，而是全程目睹他修图的速度。

他刚刚点了什么？那个选项上的几个字是什么？他们连字都没看清，江湛就弄完了？这几分钟是被快进了吗？！

再看魏小飞的硬照成果图，非常精致，精致到无可挑剔。

他们湛哥是什么神一样的存在？这都可以？

这时，摄影助理发现不对，连忙过来制止道："哎哎，你们不能碰摄影老师的电脑啊。喂，你在干吗？"

江湛把图存在了一个新建的文档里，站起来，以轻松的语气说："没干什么，教你们摄影老师修图而已。"

教摄影老师修图？这口气也太嚣张了。

摄影助理觉得不对，握住鼠标查看电脑里的文件，等看到文档里的精修图时，愣了愣，问道："你修的？"

江湛挑了挑眉峰。

摄影助理道："你等着。"说着跑到正在拍照的摄影师旁边，耳语了两句话。

摄影师放下相机，直接把魏小飞晾在了一边，皱眉转头看过来。

看了几眼，慢慢转身，缓步走向江湛说："我说……"

摄影师没动怒，用着不温不火的语气，同时递出手里的相机，挑衅道："要不，"他挑了挑眉头，"你们自己来？嗯？"

摄影师表情不变，眼神凶狠道："自己拍，自己修图？嗯？"又道："回头上了舞台，你也自己化妆，自己伴奏，自己主持？自己当观众给自己拉票？嗯？"

众人心道：这摄影师果然不是善茬。

如果只是脾气差性格不好，这会儿应该已经炸了。但没有，非但没炸，还说出这样的话。可见不是脾气不好，是人有问题。他在威胁。

丛宇当场就炸毛了，迎向摄影师，生气道："你说我们？你好歹是个摄影师，你也好好拍啊！"

甄朝夕拉住他。

费海冒头，以不服气的口吻说："好好的胳膊，好好的腿，被你说畸形，不能修，要重拍。那为什么有人能修？"

甄朝夕再拉费海。

丛宇又冒了出去，生气道："你就说吧，到底能不能拍，能不能修？能拍就拍，能修就修，不能拍，不能修，我们就找节目组换摄影棚。"

甄朝夕来不及拉丛宇，费海又出头道："对，换摄影棚！"

甄朝夕心累。

摄影师好笑地说："换？行啊，换，你们去换。"抬下巴示意摄影棚大门，"换去吧，我就看看，其他人照片都拍好了，你们什么都没有，还参加什么比赛。"

魏小飞的声音忽然从他背后传来："我们凭实力面试进来参加选秀，又不是凭照片。今天就算没照片，明天节目组也会给我们补拍的，又不会因为没有照片，把我们都刷掉。"

魏小飞不吭声则已，一吭声真是要气死人。偏偏江湛又补了一句："照片拍不好，不会修，要换也是换摄影师吧。"

摄影师拿着相机，甩手走人也不是，让这一行人滚蛋也不行，自己憋了半天，面红

106

耳赤。

"行，我就给你们拍，你们不是能吗？你们自己修去吧。"

说着转身，大喝一声道："继续拍！"

魏小飞正要走回幕布前，被江湛拉住。

魏小飞问道："怎么？"

江湛道："你保持好状态，随便他怎么拍。别担心，有我。"

魏小飞咬唇，点点头。

其他十几个学员全程没敢吭声，都站在一旁默默围观。等摄影师再给魏小飞拍照，大家都明显看出来这男人的随意，简直就是端着相机随便按快门，咔咔咔咔咔，只求速度，不求质量。

其他学员哀叹：完了完了，要死了要死了。

楚闵走到费海身边，一脸无语地低声指责道："你们有没有问题啊？得罪摄影师有什么好处？他态度不好，忍忍不就行了，这个圈子踩高捧低不就这样吗？"

江湛能理解楚闵的立场，毕竟艺人工作，私下里多少受制于一系列的工作人员，并不如外界看起来的那样光鲜亮丽。

江湛耐心地说道："这个棚，所有学员的硬照，我来负责。"

楚闵转头看江湛，同样一脸的无语，用比刚才还冲的语气说："别说大话了好吗？你以为这里是初评舞台，有导师给你保驾护航，送你 A 一步登天？"

费海惊讶地瞪眼道："喂！"

丛宇道："姓楚的你不要太过分！"

楚闵一脸不服气地说："是我过分，还是你们太逞能？都敢出头得罪摄影师？"

甄朝夕道："行了行了，都别吵了，刚刚小飞不都说了吗，我们的流程，哪一步不是节目组把控，真的照片太丑，节目组也不会用，到时候还会安排重拍的，都别太担心。"心里对着楚闵翻了个白眼：我们有百万修图师湛哥好吗。

楚闵瞥了甄朝夕一眼，面朝江湛说："你真让人无语。"

江湛没有无语，他神色如常，问："所以，你到底要不要我修图？"

楚闵一副看不上的表情说："免了吧。"

江湛点头道："好。"

楚闵一走，有其他学员围上来。大家都看到摄影师敷衍的态度了，也看到楚闵刚刚过来吵架了，大家现在就想知道，到底该怎么办。

江湛还是那句话，回道："我负责。"

保证完，坐回电脑前。这次也没助理阻拦，随便这群练习生怎么摆弄，反正修不好硬照，最后还不是得回来求爷爷告奶奶。

他们并不知道，在摄影师"咔咔咔"按着快门敷衍了事的时候，江湛已经从一众照片里挑出了几张能用的。

他一只手握住鼠标，另一只手悬在键盘上，两只手就跟这群练习生私下打网游似的，配合默契。

一众学员都围在江湛身后，盯着屏幕，跟不久前丛宇他们看到的一样，还什么都没搞清楚，看明白，就见软件上的图标变大变小、变直变弯，图片一次次滤过、保存、滤过、保存、滤过、保存，各种选项和修图工具用到飞起。

所有人惊呆了。

这修个图能修出打游戏的手速？！人P合一？

众学员都惊了，安静乖巧地瞪着眼睛站在江湛背后。膝盖软，很想跪一跪。

而就在摄影师拍完魏小飞三组定妆的时候，江湛已经完成了制服、队服的两组硬照。

他手下不停，对背后道："过去个人，接着拍。我这边照片是同步的，可以边拍边修。"

丛宇举手说："我我我。"

丛宇替上魏小飞。

魏小飞一头热汗，从打光灯前走回来，挤到江湛背后说："哥？"

定睛一看，愣住了。

屏幕上是一张他的白衬衫硬照，这张照片有个严重的问题：光打得不对，脸色惨白。

因为摄影师乱拍，中途也不喊打光师重新调光，照片就拍成了这个鬼样。可这照片用修图软件打开后，到了江湛手里，鬼斧神工似的，被修成了一张看不出任何痕迹的、版面精确无误的硬照。照片里，男生五官俊朗，眼眸灵动带光，神情自信飞扬。

费海抓着魏小飞的胳膊，夸奖道："小男孩！你湛哥是神！是神！"

魏小飞满脸惊讶，屏息凝神，站在江湛身后，连呼吸都不敢大声，生怕吵到他湛哥。而江湛气定神闲地用他百万修图师才有的技术，快速高效地在线修完了一组又一组硬照。不仅如此，有时候修着修着，还会顺便和背后的一群人口头分析一下个别学员拍硬照时无法避免的身形缺陷。

"这张看起来头大，不是因为头大，是因为肩膀太窄，像这种就不适合单拍肩膀、脖子和头，会显得比例不对。

"这张，看，眉弓骨单薄，照片里会显得眼睛无神，眼妆就要特别注意。

"腿短这个不是问题，可以修，比例拉上去就行了，这方面男生其实比较吃亏，女生就好多了，穿裙子就能修饰，男生穿裤子，特别容易暴露。"

众人感慨：妈妈问我们为什么跪着听课。

修图期间，那名一气之下乱拍、拍了一阵终于有点儿回过味儿的摄影师，也默默地站在一旁，看江湛修图。

他原本是想先嘲弄一番，再给两边一个台阶下，这事儿就算了。何必呢，都是一个圈子的，以后说不定还要合作。可在看到屏幕上一直不停切换的修图工具后，他终于知道坐在电脑前的那个男生的底气到底从何而来了。

他真的会修。

摄影师顿时有点儿下不来台。

二十个人，一人三组定妆，总不能真让这小子全修了，回头传出去，接个活儿，活儿还都让艺人自己干了，他还要不要混了。于是摄影师使唤助理，让他去打断江湛，别修了。

江湛却道："别，修，我能一个人修一个摄影棚的，就能修两个、三个、四个、五个摄影棚的。回头让节目组给我结工钱，选秀的钱是选秀的钱，修图的另算。"

丛宇很懂地故意扯嗓子帮着搭话道："那江师父，你一张图多少钱？"

江湛道："还行，百万修图师的正常市场价。"

都是年轻男孩儿，愣头青，有点儿闹，有点儿莽撞，还容易被带节奏。江湛这口气、这神态，有点儿霸气还有点儿嚣张，完全像个领头狼，太引人热血。

一群男孩儿立刻跟着起哄道："节目组，给钱！修图另算！"

摄影助理看对方这么多男生，怕吃亏，不敢答话。摄影师看这群男生竟然在摄影棚里闹腾起来了，大声喊道："干什么干什么？当这里是自己家？"

男生们根本不理他。

摄影棚里的其他打光师、化妆师静站围观，完全不插手，摄影师左看看右看看，发现自己控制不住场，还没有帮手，一气之下拿着相机跑出了影棚。

江湛懒得在意，继续修图。他说了负责，就一定负责到底。他也不管其他，不看背后，眼睛只注视着屏幕和图片。其间身后围拢了更多的人，他不知道；摄像师提着设备跑了进来，他没注意；就连整个摄影棚因为某人的到来，突然悄无声息地安静下来，他都没多留神。

他修完一张算一张，修完一组算一组，修到后面，感觉前面有张还能再修一下，还会稍微返趟工。完全沉入式地工作，沉浸在自己的世界里。直到电脑同步相机，他在修图软件里打开了一张几分钟之前刚刚拍摄的照片原图。柏天衡，和早上见到时完全一样的装束。

江湛吓了一跳。照片都是同步的，他按照照片顺序修图修下来，才修到这张，看照片右下角的时间，明显是刚刚拍摄的——柏天衡什么时候在现场了？还拍了这张照？

江湛下意识地扭头。一转头，抬眸对上身侧柏天衡的视线。

江湛意外地道："呃，柏……老师？"

柏天衡高高地站在旁边，垂眸看他，好整以暇的神情，对他会修图这件事也十分好奇，开口就道："没想到你还有这种技能。"

江湛顿了顿，手从鼠标上挪开说："嗯，我自学的。"

柏天衡的唇边牵起若有若无的笑意道："修吧，帮我也修一张。"

江湛回头，看向屏幕上的原图。

朋友，不瞒你说，你的照片，我修过的何止一张。

柏天衡见他没动，疑问道："嗯？"

江湛想了想，回头，在摄像师的镜头、周围人无声的注目中，询问道："修哪儿？"

柏天衡道："想修哪儿就修哪儿。"

江湛又回头看了眼屏幕，过了一会儿，眨了眨眼睛，诚恳地抬头："可是柏老师，你的硬照原图一直都挺完美的，没什么可修的。"

柏天衡勾起唇角，低头垂眸道："'一直''都'？看来你私下挺关注我的。"

"看来你私下挺关注我的。"对江湛来说，这话真的没法反驳。一个字都反驳不了：修图、剪辑、关注动态，他什么没干过？

江湛于是转头坐回电脑前，假装没有听到这句话，继续修图。到这个时候，他的五感才从自己的世界里抽离出来，感觉到了外界。

他周围全是人。

全是人！

学员、摄影棚的工作人员、不知什么时候进来的摄像师、导演助理、其他工作人员。大家在他身后、身侧围成了一个半圆形，摄像师的镜头就在一米外，恨不得直接怼到他脸上，怼完脸，再怼屏幕。

今天怎么会有拍摄？正纳闷着，旁边压下一道身影。柏天衡突然站在江湛身后。江湛下意识地偏头，就看到身后的柏天衡弯腰盯着电脑屏幕。江湛一脸疑惑。

柏天衡问道："怎么不修了？"

江湛一向好用的脑子不知道为什么，突然卡了一下说："呃嗯……"顿了顿，"我在想怎么修。"

柏天衡意味深长道："因为'都挺完美'的？"

江湛还有点儿卡，顺着这话道："是吧。"

柏天衡弯了弯唇角，直起身。

不被注视，江湛的脑子立刻不卡了，他重新握住鼠标，看向屏幕，心说自己刚刚心虚什么？他又不怕柏天衡，更没做亏心事。至于现在是什么情况，江湛暂时没管，镜头既然在，先把手里的图修完再说。而对江湛来说，修柏天衡的原图比修刚刚所有学员加起来的都要简单。

没办法，修多了。柏天衡各种类型、各种姿态的原图，他基本全都修过。熟练到上手就来，边打瞌睡边修都没问题。外加这会儿的气氛明显和刚刚不同，江湛心态放松

110

下来，人都坐散了。他右手拿鼠标，左手撑在桌上抵着下巴，修图速度也放慢下来。他先把几张原图并列在软件里看了一遍，挑出一张，重点修，修轮廓、修细节。修完了，又从其他学员的照片里抠出学员专用的三角形名帖，给柏天衡腰上也来了一张，接着 P 掉学员的名字，模仿名帖的字体，P 上"柏天衡"三个字——

当当当当，第 101 名练习生：柏天衡。

江湛做这些的时候，没有先前那么沉静，神情放松许多，但一样认真、一样专注。或许是觉得自己正在干的事情有点儿皮，他神情放松又带着几分顽皮的愉悦，嘴唇抿着，唇角弯起。又或者是觉得在柏天衡这位正主的眼皮底下皮，皮得格外有趣，江湛的唇角越吊越高。

吊着吊着，柏天衡的身形又压了过来道："好玩吗？"

江湛"噗"地笑了下，憋回去。

柏天衡偏头看他，能看到江湛清澈的眸光里映着的屏幕光亮，还有他的笑意，和忍俊不禁。

江湛看柏天衡盯着自己，立刻正色道："我马上修完了。"

柏天衡回眸，看向屏幕。屏幕照片上的自己白衣黑裤，腰上贴着写了"柏天衡"三个字的名帖，因为造型足够清爽，也没有什么特殊的硬照内容，就是简简单单地站在那里，的确很有点儿"练习生"的意思。

关键是，P 得特别自然，毫无痕迹。

真百万修图师水准。柏天衡弯了弯唇角。

这个时候，摄像师走到江湛另一旁，把镜头对准了电脑屏幕。江湛转头看了看摄像师，眼熟，正是入住那天跟着他爬楼的那位。摄像师见江湛看自己，偏头笑了笑。

江湛点头打了个招呼，轻声问道："今天不是没有拍摄吗？"

摄像师示意柏天衡的方向，江湛懂了，估计是柏天衡有录制任务，跟着柏天衡来的。

的确是跟着柏天衡来的。但不是节目组安排的录制任务，是柏天衡下午要来四方大厦，节目组知道后，临时决定来一场"探班拍摄"。结果才过来，就撞上一个声称被学员挑衅的摄影师。

那名摄影师拍照的时候嫌这嫌那，到了节目组的工作人员面前，倒是脾气特别好的样子。边擦汗边摇头叹气，说他那个棚他今天搞不定，感慨一群男生太会闹了。

工作人员问他怎么闹了。

摄影师说："一个学员，帅是挺帅的，就是太爱显摆了。我现场拍的照片，随便修了两下给他们看，被嫌弃了，说我修得不好，要自己修，现在还拿我电脑修着呢。"

工作人员听了十分惊讶，正要去看看，走廊里遇到了柏天衡。

柏天衡听说后，问摄影师："修图的练习生叫什么？"

每个学员都有名帖，摄影师当即道："江湛。"

柏天衡领着工作人员、随行跟拍的摄像师、导演助理，直接就过来了。一进棚，什么动静都没有，就见一群学员围在一起，还有时不时传来的清脆的鼠标点动声和键盘声。

学员们见导师来了，既惊讶又咋舌，纷纷自觉让开位置。费海、丛宇他们立刻要提醒江湛，被柏天衡一个眼神定住。人群一分开，柏天衡便看见了江湛那熟悉的后脑勺儿，江湛却什么都不知道，还在专注地修图。

柏天衡走过去，站在江湛身后，没吭声。他不吭声，全场没人吭声。等看了一会儿那神乎其神的修图手速，柏天衡又从人堆里出来，示意刚刚那个摄影师给自己拍几张。

摄影师本以为导师到了，这学员就要倒霉了，业内谁不知道，柏天衡凶得不行，却没想到一伙儿人都进棚里了，什么也没发生。

这会儿还让他拍照？什么意思？

摄影师愣愣的，问道："还……让他修？"

柏天衡没什么表情地扫了他一眼。

摄影师立刻道："哦哦，好，我来拍。"

拍学员各种不耐烦，嫌这嫌那，拍柏天衡，既尽心又敬业。

拍完了，还低声恭维道："柏老师业务能力太厉害了。"

柏天衡就站着随便拍了两张，谈不上什么业务能力，也根本不吃拍马屁这套。

他不冷不热地回了摄影师一句："你拍学员的原图，和拍我的原图，自己对比一下，拿给节目组去看吧。"

摄影师冷汗都出来了，他这才反应过来，柏天衡过来，不是来看看情况斥责学员的，是来给学员撑腰的。之前随手拍的那些，真的都是随手，光圈和数据都不调，一个个快门按下来，原图基本都是废稿。再和柏天衡那几张对比？一对比，孰是孰非，不就清清楚楚明明白白了！

摄影师顿觉得自己今天踢到了铁板。脚肿，头疼。

摄影师在这边自顾哀叹倒霉，却已经没人关注他了。

学员们见柏导来了之后，都在心里默默祈祷道：别动怒，别凶我们，千万别！我们只是一群软弱无助、不畏强权的小可怜！

结果默默旁观一看——

嗯？柏导没生气？

嗯？还接着让湛哥修图？

嗯？还去拍了几张照片？

嗯？还让湛哥修自己的原图？

嗯？气氛竟然挺融洽美好的？

嗯？这就聊上了？

嗯？湛哥皮起来了？

嗯？湛哥皮了，柏导竟然还是没生气？不但没生气，还笑了？

那边，江湛修完图站起来，松了松肩膀，转了转脖子。

柏天衡既没有问他发生了什么，也没有就修图再展开话题，而是问道："你自己的照片拍了吗？"

江湛道："还没。"

柏天衡边示意幕布那边边说："过去吧。"

江湛道："好。"

江湛走到幕布前，立刻有化妆师过来补妆，灯光师也开始积极高效地重新调光，毕竟柏天衡在，谁都不敢消极怠工。

至于摄影师——已经没他什么事了。柏天衡朝他伸手，相机自觉被递过去，柏天衡接住。拿到相机，柏天衡低头调数据，又走到拍摄的位置，举起相机，镜头对着打光的幕布前，重新调光。

镜头光圈里，化妆师正在给江湛补妆，感觉到镜头，江湛抬眸看过去，带着笑意的眼尾弯了弯。柏天衡反应极快，也特别专业，"滴""咔嚓"两声，拍下了这张。拍完后，柏天衡放下相机，看了看相机屏幕里的照片，抬手朝江湛比了个"OK"。

江湛扬声，带着几分惊讶道："你拍吗？"

柏天衡重新举起相机，口吻坚定道："我拍。"

摄像师的镜头全程都在，旁观的学员们已经羡慕死了，发出整齐的惊叹声："哇！"

江湛转头，笑着说："你们也让柏老师给你们拍好了。"

甄朝夕道："我们的图都修完了，就不让柏导多费力了。"

柏天衡问道："还有谁没拍吗？"

镜头不在，都是一群老鹰面前的小鸡崽子；镜头在，一部分小鸡崽子大胆地迈出自己的小脚丫。

有学员道："柏导，我拍过了，也想让你再拍，可以吗？"

柏天衡道："不可以。"

嘘声四起："唉！"

又有学员问："为什么不行呀？"

柏天衡还在摆弄相机，谦虚道："水平有限。"

学员们齐声道："哦！"

还有学员道："没关系啊，有湛哥给我们修图。"

另外某个学员道："对啊对啊，柏导拍照，湛哥修图，师生档，多搭！"

学员们齐声道："对对对。"

一直在低头摆弄相机的柏天衡抬起视线，心情极好的样子，笑了下说："行吧，既然你们这么说。"

一众学员齐声道："哇！"

江湛哭笑不得地说："喂喂，我才给你们修完图好吗？"

学员们齐声道："湛哥！湛哥！湛哥！湛哥！"

江湛无奈地叹息摇头，但其实并不在意又要返工修图，大家高兴，他也高兴。

他于是扬声道："行吧。"

众人齐道："啊吼！"

整个摄影棚的气氛既活跃又欢愉。

导演助理拿笔默默在本子上记下这一部分，暗道：太有内容，内容也太有趣了。节目不火，天理难容！

那边，江湛一个人站在幕布前，注视着灯光设备后柏天衡手里的镜头。他第一次拍，没有经验，眼神不知道该往哪里放，干站着，肢体有点儿僵。

柏天衡给了他提示道："看镜头。想一下，这是点赞通道的头像图，你的照片每个粉丝和观众都能看到，她们选你，是因为喜欢你。

"再想象一下，粉丝不是用手机，而是当着你的面给你支持点赞，你看着她们选择了你，等她们给你点完赞，抬头看向你，你该用什么表情面对她们。"

江湛跟着提示，一点点调整状态：他的眼神变得坚定，站姿挺拔，精神状态饱满从容。他看着镜头的方向，想象粉丝就在眼前，给自己点赞投票，为自己加油。甚至，他想到了王泡泡。

顶着"我是王泡泡"头像的年轻女孩儿挤到面前，给自己投票，加油打气道："P神！冲呀！"

江湛笑起来，眉梢眼角展开，俊朗而明亮。

柏天衡看着镜头里的江湛道："可以。"

又道："再给我一点儿深情的目光，想象你看着的，是你喜欢的人。"

深情？喜欢的人？王泡泡的身影瞬间在脑海里消失。

江湛无奈：这还真的想象不出来。

江湛维持表情，看着镜头，神情和之前一样，并没有添上一丝半点的所谓深情。

柏天衡从镜头后挪开视线，抬眸看向他："想象不出来？没有喜欢的人吗？"

第五章　极限偶像与游戏机

这要是在私下里，柏天衡这么说，江湛得喷。但在镜头前、拍摄中，江湛的状态调整得不错，既没有笑场，也一直注视着镜头找感觉，摸索其中的诀窍。

他也是真的运气不错，因为修图修多了，对各种表情的把控都有心得体会，实在不会，就在脑海里回忆修过的那些照片，轮番扒表情神态，扒完照着学。摸索中，终于找到了点感觉。

相机快门的声音清脆响亮。

旁边围观的学员，包括丛宇、费海他们，都惊讶江湛拍摄状态进入得这么快，完全不像一个还没正式入行的素人。

甄朝夕抱着胳膊，低声感慨道："湛哥真的就是吃这行饭的。"

同样的白衬衫，穿在他们身上，一板一眼，实在不出挑。

像魏小飞这样的还好，年轻、身量还没完全长开，衣服套在身上，人会显得嫩。

甄朝夕穿，因为肩膀过宽，脖子还有点儿粗，完全就是办公室装束，把最上面那粒纽扣系上，妥妥的老干部。

甄朝夕穿这身衬衫的时候死也不敢多系一粒纽扣，轮到修图的时候，是眼睛一眨不眨地盯着江湛修的。

可江湛穿这身，要多亮眼有多亮眼，像所有青春剧里的邻家男孩，阳光、帅气、开朗。笑的时候再露一口白牙，倍显朝气。

周围的练习生全在讨论——

"太好看了吧。"

"太帅了。"

"这脸真是绝了。"

江湛那边找到感觉后，顺着感觉往下拍，就特别顺。欢快的、活泼的、比心的、开朗微笑的，一张又一张。

那边江湛越拍越顺，这边柏天衡当着摄影师也越来越顺。站着拍，弯腰拍，蹲着拍，身体后倾拍，各种拍。

边拍边说道："看我，再笑。""眼神再专注一点儿。""笑容放大，情绪再外放一些。"

柏导当个摄影师，入戏不是一般地深。

某些学员跟着开始做梦——

"等我们拍的时候，柏导也会这么提示我们吗？"

"我的妈呀，无法想象那个画面。"

"我鸡皮疙瘩起来了。"

"别了，还是别了。"

也有人说："柏导不愧是柏导。当导师就有当导师的样子，做摄影师就完全是个摄影师。"

甄朝夕、丛宇和魏小飞也在讨论——

甄朝夕道："我湛哥厉害，定力足，柏导要是对我说这些，我估计得笑场。"

丛宇道："算了，我受不了，我还是不要柏导帮我拍了，反正我的图早就修好了。"

魏小飞道："柏导不会对我们这么说吧。"

当天，江湛顺利拍完了三组服装的宣传照，拍完后他就坐到电脑前修图去了。

他修图的时候，其他学员站到幕布前接着拍。倒不至于三组衣服真的全部重拍，大家都只是说说，十来号人，真的一个个重拍，得把人累死。也就是闹着玩儿，三三两两的一起，让柏天衡随便拍拍，争取一点儿摄像师那边的镜头。

踊跃、欢快的气氛中，江湛看着修图软件里自己的照片。一张张看过去，说实话，有点儿意外。他真的没想到自己状态会这么好。

不但表情到位，神情和眼睛里能明显看出整个人饱满的精神状态。而这种状态，江湛心里清楚，回国前是绝对没有的。尤其是一年多前，母亲刚刚去世那会儿。那时候他每次照镜子，都觉得自己的表情空洞到没有灵魂。这么明显的对比，果然，当初决定回国是正确的。

江湛没沉浸在过去，就是对比了一下，惊讶自己现在的精神面貌。

仔细想想也不奇怪，他一个人散心也足足小一年了，回国的时候，精神气儿都恢复了七七八八。现在参加选秀，遇上的又是一群爱闹腾的男生，再与柏天衡重逢，更是调动了他性格里积极的那一面。涉足的又是全然陌生的行业，有挑战又新奇。种种因素、巧合、事件，结合到一起，可不就把人最积极的面貌调动了出来。江湛想想都觉得自己运气真的不错。

突然，有人从背后冒出来，胳膊搭着他的后背，弓身凑在一旁。

丛宇问道："怎么样？"

江湛道："嗯？还没修。"

丛宇盯着软件上的原图，问道："你这还用修？"

江湛边开始修边道："要修的。"

丛宇好奇地问道："修什么？"

江湛放大照片局部，边拿工具精修边说："比如这个眉毛，还能再修一下。"

丛宇沉默。

软件修个眉毛也能算修？那他们这些拉腿、缩肩、瘦脖子的算什么？平面整容吗！

人比人，气死人。

至此，宣传照的这点儿小风波悄无声息地过去了。江湛甚至没再见到那个摄影师，只是知道自己精修过的那些图全都被节目组拷走了，说是会找摄制组的负责人看看，能用就用，不能用需要重新拍摄。

江湛点点头，自然没有异议。

拷走照片的节目组小姐姐，用好奇的口吻低声问道："你修图学了很久吧？"

江湛顿了顿说："还好。"

"连学带练，两年有吗？"

江湛道："要两年？我就自学了两个月。"

柏天衡却在旁边不紧不慢道："他不管是学两年，还是学几个月，别忘了跟你们头儿说，今天的修图工钱，该结算还是得结算的。"

节目组小姐姐道："好，好的。"

柏天衡道："是百万修图师的平均市场价。"

节目组小姐姐迟疑道："百万修图师，不是一个梗吗？"

柏天衡看着她，强硬说："用上梗的时候，你们说'百万'修图师，用上人的时候，你们就说这只是个梗了？"

小姐姐："我错了。"

远在自己家蹲在电脑前奋力修图的王泡泡同学，如果知道了这么一段，大概会愤怒地掀桌：你当然错了！

站在你面前的，那是百万修图师吗？那是我们粉圈的"希望"！"希望"岂是一个梗一个市场价可以衡量的？那可是各大站子精修图的半壁江山！

半壁江山！

此时此刻修图修到崩溃的王泡泡：不能倒，P神不在，我王泡泡一定可以撑下去！

117

一定可以！

撑了没半分钟，王泡泡眼花头晕地关掉了软件，点开QQ，第八百次呼唤P神。

失去P不能苟活的王泡泡：P啊！图神！P神！你到底哪儿去了？

王泡泡：（大哭表情包）我们需要你好吗！各大站子都需要你！半个粉圈都需要你！

王泡泡：还有极偶，还有我们柏，还有我今天最新挖出的"预备役新墙头"！！

王泡泡：（图片）（图片）（图片）（图片）看！就是这个崽！帅不帅！靓不靓！

王泡泡：我有预感，这绝对会成为今年选秀舞台的一匹大黑马！还会成为我的"新墙头"！

王泡泡：我在"预备役新墙头"修图，真的，太帅了。

王泡泡：就是我好久不用软件了，现在都不怎么会修了。P！你快出现啊！修完我的"预备役新墙头"再神隐好吗！

没动静。发出去的消息石沉大海，没有半点儿回应。

王泡泡沮丧不已。

她重新打开软件，继续吭哧吭哧吭哧地修"预备役墙头"的照片，边修边吸口水。

太帅了，怎么能这么帅！

没一会儿，有人戳王泡泡。

SS敌敌畏：泡泡！已经有人发你新"墙头"的路透了！还发的生图！你快去微博看看！

失去P不能苟活的王泡泡：微博给我！

SS敌敌畏：@麻小麻中麻大。

SS敌敌畏：你还没联系上P吗？

失去P不能苟活的王泡泡：别提了。

和SS敌敌畏聊完，王泡泡去卫生间洗了把脸。她最近风尘仆仆，要召集小伙伴一起去寝室大楼下面给柏天衡应援，要负责应援物，要拍照，回来还要修图、抽空嗑"墙头"，忙得脚不沾地。今天早上应援结束回来，一整个下午，她都蹲在电脑前修图，修得两眼发花，口干头晕，深切地体会到没有P的日子太难受了。

凉水冲着脸，王泡泡才感觉舒服了一些，洗的时候发现满脸油光，又用洗面奶好好把脸洗了一遍，洗完后对着镜子敷了个面膜，同时打开卫生间的音响。舒缓的节奏和冰凉的面膜让人全身心放松，王泡泡也没急着出去，敷完面膜，直接往浴缸里一躺。

惬意。

王泡泡把手机举到眼前，点进自己的微博小号，搜索栏里搜索了@麻小麻中麻大。搜到ID点进去，是个关注一百多、粉丝几十的小号。简介：追星专用。

这个@麻小麻中麻大，总共只有三十几条微博，其中二十几条都是转发，而最新的两条微博，全部都与《极限偶像》相关。

一条是文字动态，说她今天在《极限偶像》的寝室大楼下应援，来晚了，没拍到早上柏天衡骑车来大楼的照片，有点儿遗憾。

另外一条，就是九宫格生图，全部都是那位"预备役新墙头"小哥哥的单人照。照片有点儿糊，一看就是手机拍的，但并不妨碍展现小哥哥那惊为天人的超高颜值。尤其是九宫格里唯一的那张加了些滤镜的动图，从侧颜到直面镜头微笑，简直有回眸秒杀的效果。

噢呜！

王泡泡冒着粉红泡泡，兴奋得直蹬脚，躺在浴缸里犯花痴。

怎么能这么帅，这么帅！

再一看，这条微博竟然已经有小五百的转发，超过两千的点赞了，评论里全是在喊帅，在问这是谁的。

博主回复了其中一条："我也不知道，就知道是这次《极限偶像》的练习生。"

有人问："小姐姐还有其他图吗？"

@麻小麻中麻大："差不多就这么多了，其他都高糊，可以等等看，我看到现场有'站姐'，说不定会发。"

@麻小麻中麻大："当时真的超多小姐姐在说好帅好帅，很多人都拍了照片，录了视频，真的超级超级超级帅！"

王泡泡：没错，就是超级超级超级帅！除了多用几个超级，根本没法儿形容！

被同好一带动，王泡泡立刻来了精神，撕掉面膜洗脸，草草地往脸上涂了点儿东西，奔回电脑前。

她决定了，自己修不来，那就找别人修，大不了花钱啊！追星小姐姐什么办法没有？！一切都是为了安利新"墙头"！

当天晚上，十点多，@王泡泡与P神在线失联，继上一次发布了一条登上热搜的分析尾戒的微博之后，再次有了新动静。

@王泡泡与P神在线失联：一定是被神明爱过的男孩。

九宫格：五张照片，四个动图。

第一张照片：男生单肩背包，低头看楼梯，大长腿，瘦腰。

第二张照片：男生侧头看某个方向，微笑，鼻梁挺直，眸底有光。

第三张照片：男生往镜头看过来，清澈的眼睛，五官立体分明。

第四张照片：同前一张，依旧看着镜头，微笑，爽朗明亮。

第五张照片：大跨步往前，身量颀长，姿态挺拔。

动图：男生从大厅里跑出来；男生看了某个方向，扯唇笑；男生看向镜头微笑；男生快步离开，跑向某个方向。

全都是一个人。

静态和动态多角度展示了这位"被神明爱过的男孩"——

个子高、很瘦，身形挺拔，黑发干净利落。眼睛大而长，眼尾微微上挑，又因为瞳孔颜色浅淡，眸光清澈，整个眼部明亮而含情，不仅如此，他的五官长得很开，面部线条格外流畅，笑起来的时候会显得格外爽朗。

尤其是动图里，露齿一笑，五官绽开，表情格外生动，气质都在这个笑容里展现。

满脸都是"英俊"二字。

而@王泡泡与P神在线失联是个什么样的微博账号？

粉圈公认小头头，知名"站姐"，粉丝38万。

这号还是她脱粉前"本命"之后才注册的新号，因为是新号，粉丝38万，如果她没有放弃前一个账号，她现在的粉丝量应该早就破百万了。

这样一个微博号，一个前不久刚刚登上热搜吸了一波流量的ID，发出这样的类似安利的微博，可想而知会有什么样的效果——

"泡泡你！！！你哪里找的新'墙头'？"

"这颜值真的绝了。"

"好帅啊！！！是素人吗？"

"王泡泡我给你三秒，告诉我他叫什么！"

"这谁？"

"绝世颜值！！"

"这颜我嗑了！"

"到底是谁啊？"

…………

转发、评论、点赞，肉眼可见不停地增长。

虽远远比不上之前那条尾戒热搜的微博，但一个粉圈大号能炸出这么多转发、点赞和评论，可想而知这颜值有多好嗑。

的确好嗑。

不仅因为帅，还因为整体的气质特别干净清爽，同时帅出一种朝气蓬勃，像所有女孩初中高中时偷瞄的校园男神。看到他，就能想到林荫道上穿着白T恤、捧着书、边走边听歌的男生，还有篮球场上奔跑、挥洒热汗的身影，教室走廊外快步走过的叫人挪不开视线的侧颜。

关键是什么？关键这颜值在娱乐圈没有同款。

活跃的大小生、顶流里，知名的那些男艺人里，大家嗑过的那些颜值，早已被熟悉。

都说娱乐圈新旧更迭迅速，大众的喜好又何尝不是如此。

"墙头"这种，当然是要代代出新。

王泡泡"安利"的这位，无论是静态还是动态，都戳在粉圈的审美点上，是个可以嗑、值得嗑、必须嗑的新面孔。

新面孔！新面孔啊！

追星小姐姐们爱"墙头"不错，更爱"爬墙"的过程！就是那种一个人"啊啊啊啊啊"地把神颜截图发到群里，然后一群人跟着"啊啊啊啊啊"的感觉。

试问哪个追星女孩不喜欢"安利"，哪个追星女孩不喜欢被"安利"之后再去"安利"别人？

追星，那必须是个动态过程。

动态的！

所以，粉圈大号一有动静，后面的追星小姐姐们马不停蹄地跟上，评论、点赞、转发。

而粉圈内部的"安利""转发"是一个发酵速度极快的过程，路人感觉不到，粉圈内部最能体会。没多久，很多追星女孩的首页，都出现了王泡泡这条微博的转发。

转发的同时，还有其他 ID 发布了小哥哥的照片——基本都是应援时拍的，内容和王泡泡的差不多，角度不同。

发照片的 ID 里，有人直接"艾特"极限偶像。大半夜的，晚上十二点，@ 极限偶像，一个节目还没播出、每天都没什么内容，却还要辛苦营业的官方账号，被轮了一遍一遍又一遍。

"把名字交出来。"

"到底叫什么呀啊——"

"告诉我，这是不是你们暑假对战果厂的王牌？"

"你们藏得好深啊，要不是木白家的小姐姐应援的时候拍到了，你们难道真的要等节目播出才把人放出来？"

"所以你们到底什么时候播？什么时候播？"

"星光，你变了，当年的你有什么都恨不得提前告诉我，现在的你竟然已经学会藏人了？"

…………

《极限偶像》的官博君没有半点儿动静。因为工作人员晚上十二点不值班。所以粉圈女孩们无论怎么转发热议，官博君也是一动不动。

就在深夜降临，大家准备洗洗去睡的时候，一个粉丝六七万的蓝 V 账号，回复了王泡泡的微博。

@A 大学生会：？？？这不是我们学校 ××级的校草男神江湛吗？

王泡泡是在临睡前喝她的大小姐专属燕窝的时候，刷到这条评论的。

第一反应：这仿号厉害，见过仿明星的，没见过仿名校学生会官博的。

点进账号，蓝V认证，简介：A大学生会官方微博。

再返回自己的评论区翻到学生会的评论，把评论的每一个字扒出来默念了一遍：这不是我们学校××级的校草男神江湛吗？

这不是……吗？

王泡泡一口燕窝直接喷了出来。她赶紧推开碗，握住鼠标，点进学生会ID。

没错，没有错，绝对没错，就是A大学生会的官博回复的！

A大！江湛！

王泡泡的脑子顿时一片清醒，绷直了背贴到电脑桌前，先截屏了A大学生会的回复，接着键盘上十指翻飞，噼里啪啦一通敲。

@王泡泡与P神在线失联：这大半夜的，谁都别想睡！别想睡！并附上两张截图。

第一张截图：A大学生会的回复。

第二张截图：A大学生会首页。

评论区——

"A大？校草？太让人窒息了！！！"

"不不不不，这一定不是真的！我有生之年第一次离A大这么近？"

"A大的？还是名校生？叫江湛？！我给你们三秒，我要他的全部信息！全部！！"

"@A大学生会，亲！你好好看清楚！务必看清楚！是不是，到底是不是！不要大半夜驴我们好吗？！"

"叫江湛是吗？A大的？我马上去问我前年考上A大的同学！"

就在以王泡泡为首的一群女孩各种兴奋的时候，远在寝室楼的某间寝室里，没有手机的四个男生，正在进行一场没什么营养的卧谈会。

男生的卧谈会，基本最开始只有一个：游戏。

聊着聊着，内容才会发散到别的。

比如甄朝夕提起白天出寝室楼时追星小姐姐们拍的照片，他担心照片上会暴露自己脖子太粗，祈祷有人给自己修个图。

比如丛宇说封闭训练结束之后，都要走去四方大厦训练，是不是意味着以后天天都要给自己搞造型，想想就心累。

比如魏小飞嘀咕食堂饭菜没有油水，种类还不多，他想吃麻辣烫。

江湛则道："我想刷手机。"

甄朝夕道："我也想。"

丛宇道："啊，我的机，我亲爱的机。"

魏小飞道："我已经在考虑收买工作人员小姐姐，让谁帮我买个回来了。"

江湛道："然后你们柏导再亲自拿着金属探测器，给你没收了。"

122

丛宇道："啊！"

甄朝夕道："是个狠人。"

丛宇突然道："这样的话，手机就一定要湛哥保管。"

魏小飞道："为什么？"

丛宇道："那还用说吗？手机你保管，柏导手一伸，让你交出来，你敢不交？"

魏小飞道："不敢。"

丛宇道："那不就结了。"

甄朝夕道："唉，丛宇说得有道理啊。"

江湛好笑道："我不交，他难道不会查？"

丛宇："……"

大半夜聊天的时候提起柏天衡，江湛下意识地就想起了白天。想起柏天衡突然出现在摄影棚，看着他修图，还给他们拍照。江湛心道：某些老同学拍照还挺会的。

七天封闭训练，已经过去两天。剩下的五天，对学员来说，是紧锣密鼓的"备战"。

所有的学员，目前没有一个人知道，微博上正有一条不断发酵的微博。这条微博的"始作俑者"，正是王泡泡。而给这条微博添柴加火的，除了 A 大学生会的官博回复，还有几年前发布在某知名论坛的一个帖子——《A 大校草江湛如果进娱乐圈，颜值能排第几》。

一时间，这个帖子和江湛 A 大学生时期流传在网络上的照片，在粉圈被轮了一次又一次。

挖坟帖的出现和整个发酵过程，都令人始料不及。《极限偶像》节目组在江湛成为学员的最开始，就预料到他的颜值和高学历会带来热议。但那好歹也得等到节目播出，完全没想到节目没播，一条微博而已，网上就已经小有反响了。

不仅如此，也没人想到 A 大学生会官博会亲自下场，更没想到还有挖坟发帖。

这意味着什么？意味着节目尚未播出、江湛还没有正式露脸，网络上就已经有不少关于他的"物料"了。

有了"物料"，"物料"里有关江湛的照片、信息、学生时代的小道传闻，乃至视频，都可能无形之中吸引到一些流量和粉丝，甚至成功圈粉。

而有了流量和关注，江湛就不是现在的江湛了。节目组为此召开了好几次会议，讨论江湛的情况。最终一致确认，江湛无论后续的情况如何，节目播出后，绝对会成为第一期的流量爆点。既然是爆点，他在第一期里所有的镜头，必须一帧一帧地确认清楚。

对此，江湛完全不知道。

他每天都被各种专业课程塞满，他周围的所有学员也一样。大家在寝室大楼的练习室里，两耳不闻窗外事，满心都扑在训练上，根本无暇顾及其他。一直到封闭训练的倒数第二天，节目组把他单独叫出去，问他有没有微博，节目期间需要用。

江湛心想当然有，可那是 P 神的号，节目里怎么用，索性道："没有。"

工作人员道："那你赶紧用手机去注册一个，明天官博会发布一个学员集合令，所有的学员都要在评论下面签到集合。"

江湛看了看训练室的方向问道："我一个人？"

工作人员道："当然啦，因为就你一个素人。其他人都有微博，也都有公司，节目组早就通知他们的公司，让公司暂时接管微博了。"

原来如此。

江湛跟着工作人员下到三楼，进了一间会议室，抬眼就看到位熟人——齐萌。

齐萌换了鸡冠颜色，金灿灿的，看着格外喜气。齐萌看到江湛，也格外喜气地笑了笑，招呼他在自己对面坐下。

江湛坐下打了个招呼，齐萌看看他，顿时有点儿感慨道："其实也没多久，现在看看你，真的和我第一次遇见你，感觉大不一样了。"

江湛问道："哪里不一样？"

齐萌道："以前你在圈外，我在圈内，我看你就是看素人。现在我们一个圈子，我看你，就像在看一颗冉冉升起的明日之星。"

江湛笑着说："有没有'明日'，'明日'能有多久，还不知道呢。"

齐萌以诚恳的口气说道："你会成功的。"

江湛道："谢谢。"

齐萌把装着江湛手机的盒子递过去，又给了他一个充电宝说："你注册吧，我等你。"

齐萌顿了顿道："不过，你可别趁机刷手机，我们先说好，就注册一个微博账号，按照节目组的要求改好名字，回头你手机就放我这里，需要你发布什么与节目相关的内容，我再把手机给你，行吧？"

江湛接过盒子打开，取出手机，连上充电宝，问道："这么严格？"

齐萌看着江湛说："相信我，暂时别看手机。"顿了顿，"我用人品向你担保，都是为了你好。你现在什么都不要多管，专心于舞台。"

齐萌是舅舅的好友，江湛当然相信他，点头道："好吧。"

齐萌欣慰地笑笑，完全就是长辈看晚辈的喜欢和怜爱。

次日早上十点，@ 极限偶像在微博发布学员召集令。

@ 极限偶像：所有学员，全体集合！

评论区——

"@极限偶像——丛宇：集合！"

"@极限偶像——×××：集合！"

"@极限偶像——魏小飞：集合！"

"@极限偶像——费海：集合！"

"@极限偶像——江湛：集合！"

"@极限偶像——甄朝夕：集合！"

…………

集合帖是个好东西，不但提前亮相了各学员，正式公布了所有学员的名单。这些学员里，只要有活粉、有流量的，看到"爱豆"的评论，都得来《极限偶像》官博看看。

一时间，召集令这条微博吸引了不少流量。

各家粉丝都在和自家"爱豆"互动，以此展现自家的"爱豆"具有很高的人气，生怕落了下风。

当然，这只是少数，毕竟学员里有粉丝基础的人不算多，大部分学员没什么粉，更没什么活粉，能在召集令下拉一点儿关注就不错了。

其中，却有一个初始粉丝为0、关注人为0的学员账号，备受瞩目。

这个账号正是@极限偶像——江湛。

而@极限偶像——江湛目前总共只发布了一条微博，正是集合令的转发。

就这么一条转发，评论分分钟过百。

"围观学霸校草。"

"围观。"

"到此一游，稳蹲'墙头'。"

"从今天开始，我可以一边爬着你的'墙'，一边叫你湛湛吗？"

"就是你！原来就是你！"

"已经关注了，我真的想知道你在镜头前到底能有多帅。"

"坐等节目开播。"

…………

召集令发布后的六个小时，江湛微博的关注人数，直接破万。

这个粉丝量完全没法跟其他学员比，很多学员本身没人气，没粉丝，公司买的僵尸粉都不止一万。

但没人敢小瞧这一万，不但因为这一万全是活粉，也因为召集令下集合的学员回复中，江湛的数据是最好的，远胜过人气、粉丝量最多的那名学员。

节目组感慨：我们果然没看走眼。

而就在当天晚上，柏天衡的一个举动，再次给《极限偶像》造势引流。

柏天衡的微博除了关注@极限偶像，还最新关注了参加《极限偶像》的一百名练习生学员。

木白姐姐们肉眼可见柏天衡的关注人数"噌噌噌"直涨，不多不少，刚好涨了101个。如果再点开关注人列表，就能一眼看到柏天衡的最新关注人，也就是极偶的一名学员：@极限偶像——江湛。

别人看，哪怕木白小姐姐们看，或许都看不出问题。关注人嘛，总有先来后到，一百个学员，有人第一个被关注，就有人第一百个被关注，最后一个被关注的，当然就会成为最新关注人。

不是江湛，也会是别人，既然不是别人，那就刚好是江湛了。可在居家谢眼里，事情根本没有这么简单。

居家谢在翻完柏天衡的关注人列表之后，几乎是心急火燎地拨通了柏天衡的电话。

居家谢道："我就一个问题！"

电话那头柏天衡以异常沉稳的声音说："忘了我之前和你说过的话吗？"

居家谢道："别打岔！"几乎凶狠地咆哮起来，"之前姚玉非打电话找你帮忙，我一直没当回事，刚刚我算想起来了，他让你帮的那个人是谁。江湛！是江湛！"

居家谢停都不停道："我之前一直以为姚玉非和你是同学，你们认识，他请你帮的那个人是他认识的，你不认识，你和那个人最多只能算校友。"

居家谢道："我刚刚看了你的关注人列表才反应过来，你和江湛本来就认识！你们也是同学！"

柏天衡不紧不慢地说："别急，喘口气再说。"

居家谢都快疯了，怒吼道："这还别急？老板！祖宗！你又是尾戒，又是导师，又是同班同学，又是把江湛关注在第一眼就能看到的地方！都这么明显了，我这个经纪人还能'喘口气再说'？我喘口气再去'哐哐哐'撞大墙才是真的！"

居家谢一口气喷完，胸口起伏不定，果真开始大喘气。

柏天衡在这个晚上格外好脾气，既没有直接撂电话，也没有说半句让人吐血的话。

他只是在居家谢喘气的时候，淡定道："都说了，别问。"

居家谢一口老血差点儿喷出来，他怎么也没想到这句话竟然是在这里等着自己。

他颤着嗓子道："你知道我要问什么？"

柏天衡道："知道。"

居家谢问道："什么？"

柏天衡道："你是想问我，回国是不是为了江湛，参加节目是不是为了江湛。"

居家谢问道："那……是吗？"

柏天衡道："是。"

三天后，周六晚八点二十分，星光视频自制综艺《极限偶像》，准点开播。

开播的前一个小时，寝室楼里，几乎大半的学员陷入焦虑。没有录制任务，没有流程，大家有的在寝室，有的在楼下训练室，有的躺在床上听歌，有的在聊天，有的在串寝室。封闭训练期间，持续了整整一周的紧促的集体生活，好像在这一刻突然垮了。很多人都流露出一种看似无所事事的悠闲，实则心不在焉，魂儿都不在身上，恨不得拿自己的脑回路连上 Wi-Fi，爬进星光视频的首页蹲着。

江湛他们寝室倒还好，毕竟是 A 班，都是有实力的，心态也正。丛宇趴在地上在做平板支撑，魏小飞在整理书桌，甄朝夕在叠衣服，江湛拿着药膏在擦跳舞时磕破的伤口。

丛宇绷着牙，看着眼前的地面说："湛哥，你那伤行不行？不行就去医院看看。"

江湛道："没事，就是破了点儿皮儿。"

甄朝夕问道："膝盖没扭到吧？"

江湛道："没有。"

魏小飞道："还好没扭到。"

江湛拿清创喷雾喷了一下，随口道："以前打球摔一下，伤口比这个重多了，也没去医院。"

丛宇道："那不一样，那个时候多年轻。"

江湛默默扭头，看向地上说："意思是现在老？"

丛宇赶紧改口道："不不不，现在也年轻，但年轻也要保养，你看看小飞，一桌子精华霜、防晒霜。"

丛宇是说错话，故意转移话题，魏小飞却特别实在，拿了两瓶没拆封的精华霜，问江湛："哥，你用吗？"

江湛毫不犹豫地拒绝道："不用。"

宿舍另外三人都习惯了，知道他们湛哥就这样，铁直的铁，铁直的直。但他们也都知道，江湛就是有不用的资本。那皮肤状态，要多水有多水，要多光滑有多光滑，什么二十五岁，说他二十岁都有人信。

丛宇做完平板支撑，直接一趴，脸贴着地降温，顺便吹起了"彩虹屁"，真诚道："别说湛哥这个人，光他的皮就能 C 位出道。"

江湛听了这"彩虹屁"，一脸淡定道："前几天训练，你才吹过我的腿。"

叠衣服的甄朝夕道："还有完美的身材比例。"

收桌子的魏小飞道："还有浓密的发际线。"

丛宇爬起来，盘腿往地上一坐，抠了抠耳朵，突然道："我也开始有点儿紧张了。"

甄朝夕道："你才开始？你没看我在这儿把归置好的衣服都拆开，叠了一遍又一遍吗？"

魏小飞道："还有我，不干点儿什么转移一下注意力，实在太难受了。"

江湛略显意外地转头道："我当你们多淡定，都是装的？"

丛宇抬头看他说："你不紧张？"

江湛笑了笑说："紧张节目开播？不啊，自己在节目里的表现，录制的时候不就都清楚了嘛。"

丛宇一脸"你不懂"的神情道："这可是星光视频的自制综艺，星光视频的大综艺！决定我们所有人能不能在这个暑假脱颖而出，甚至爆红！"

甄朝夕也道："而且自己感觉的，和观众看到的，真的有可能完全不同。我觉得自己表现好了，还不错，观众可能根本不吃我的表现，综艺感和镜头感这种东西，真的特别玄。"

魏小飞也道："听天由命吧。"

丛宇道："啊！好紧张！"

甄朝夕道："我感觉我今天晚上可能会睡不着。"

魏小飞胸口画十字，祈祷道："阿门。"

江湛没说话，走到自己的下铺，弯腰从床里拿了什么，攥在手里，飞快地背对固定在墙上的镜头，转身往洗漱间走。

丛宇他们都看到了，一脸纳闷，压着声音说："什么什么？"

江湛冲他们挑了挑眉头，示意他们都来。三人马上跟上，和江湛一起挤进洗漱间，还不忘把寝室门关上。到了洗漱间，合上门，江湛把手里的东西拿出来，是一个正方形的掌机。

丛宇一脸的震惊道："游戏机？你哪儿来的？"

江湛道："柏导给的。"

甄朝夕瞪眼道："不能吧？"

江湛一边开机一边淡定地说："怎么不能，我要的，他给的。"

魏小飞最实在，才不管这游戏机是谁给的，直接凑过去，看着游戏机的开机界面，问道："SUP 掌机？"

江湛道："嗯。"顿了顿，想到魏小飞年纪最小，掌机似乎不该是他童年用过的东西，于是问："打过吗？"

魏小飞道："打过打过，我以前买过好几个。"

江湛道："这个便宜，我看淘宝就几十块钱。"

甄朝夕的脑袋凑了过来说："你哪儿来的淘宝？"

江湛低头，边按键选游戏边说："我没淘宝，手机都没有，柏老师拿他的淘宝买的。"

丛宇的脑袋凑过来道："湛哥，你忒牛了！柏天衡的淘宝你都能用？"

江湛问道："打不打？"

三人小鸡啄米般直点头地说："打打打！"

SUP掌机总共也没多大，屏幕只有三寸，还是个彩屏，总共也只有八个按键。

这种游戏机，放在平常，谁都不会多看一眼，是"吃鸡"不好玩，还是"王者荣耀"不会下载？

可在寝室大楼，这绝对是个宝。

丛宇他们很长时间没碰过手机了，别说上网打游戏了，用手机发微信是什么感觉都快忘了。

江湛突然摸出一个掌机，简直是在救命。谁还管八点二十的开播？

开播前综合征？

全世界的男人：没有的，不存在的，我们心里只有游戏。

江湛握着掌机，还在选游戏，别说，虽然就几十块钱，可供选择的小游戏竟然有好几百个，任天堂最经典的基本全在里面。

丛宇道："坦克坦克。"

甄朝夕道："拳皇拳皇。"

魏小飞道："这个，马里奥。"

江湛道："我记得有个敲冰块。"也是个熟悉的经典款！

"敲冰块！那就敲冰块！"

江湛选"进游戏"，抬头道："你们谁先玩？"

丛宇翻转手腕道："来吧，江湖规矩，石头剪刀布。"

所以，当八点二十，《极限偶像》在星光视频放送播出的时候，江湛他们寝室完全沉浸在游戏中。并不知道整个第一期节目的开头，既不像《PICK C》那样把学员关于女团梦想的叙述作为开篇，也不像其他选秀综艺，来一场扬帆梦想的抒情序幕。

《极限偶像》，一个致力于成为今年暑期爆款的选秀综艺，真的非常会来事儿，直接把拍摄期间的一些有趣片段，剪辑集合在了开头，不知道的还以为这是个搞笑综艺。

节目开头包括且不限于：学员之间幽默的对话、学员之间的尬聊和冷场、学员之间的打闹玩笑、学员之间发生的糗事，等等。

而序章的最后一个片段，正片开始前，终于出现了一位导师的身影。

这位导师和一名学员站在走廊尽头的一个窗户前，似乎并不知道背后墙上的角落里安装了一个摄像头，两人肩膀挨着肩膀，头凑在一起。

画面里只有两人的背影和后脑勺儿，还有声音。

导师问道："买哪个？"

学员道："这个这个！哇，便宜啊，只要几十。"

导师道："不买。"

学员问道："为什么？"

129

导师道："我没钱吗？买不起 PSP，还是买不起贵的？"

学员道："就这个！我就要这个！"

导师问道："这个？"

学员道："嗯嗯，尺寸小啊，方便藏。"

导师道："好吧。"

学员道："哎，你怎么买了两个？我一个就够了。"

导师道："另外一个是我的。"

学员道："哈哈。"

片段末尾，一行硕大的"……"出现在屏幕正上方。

字幕君：我们拍到了。

字幕君：我们还给你们播出来了。

下一秒，屏幕转换成全黑。

在欢快过、温馨过、幽默过，甚至令人啼笑皆非过之后，序篇的结尾，是黑屏上出现的一行行字——

一年前，《极限偶像》项目确认。

半年前，团队组建成立。

五个月前，接收简历，开始第一批面试。

三个月前，主要公演舞台搭建完毕。

两个月前，团队内外依旧在艰难磨合。

一个月前，完整的练习生名单才被确定。

两周前，练习生集合完毕。

一周多前，练习生封闭训练。

两天前，练习生结束训练。

所有的汗水，都在等待今日的到来。

什么是选秀？

是点赞？是公演？是舞台？

今夏……请允许我们，重新定义"选秀"。

扬帆起航，极限偶像！

星光视频是个大平台，砸钱自制且放在暑期档的一个选秀节目注定制作精良。从第一期的开篇前五分钟就可见一斑，无论是镜头、画面、剪辑、节奏，甚至字幕，都是精益求精的。

而《极限偶像》的确与之前的选秀节目都大不相同，没有在开篇序幕抒情、谈论理想、起一个多高的调子，反而把学员私下里的幽默、有趣展现了出来，重点放在"有趣"和学员身上，可看性强，也足够吸引人，尤其是最后一个导师和学员偷偷买游戏机的片段。

观众道：只有个背影怎么了？谁还看不出来那是柏天衡？

不但知道那是柏天衡，还知道柏天衡在干什么：私下里拿自己的淘宝账号给学员买游戏机。

这要换了其他导师，观众或许不会多惊讶，不就是个有趣的师生互动嘛。可干这事儿的是柏天衡……

观众疑惑道：柏天衡转性了？什么时候这么好说话了？

而整个画面虽然只有两人不远不近的背影，镜头连正面都没拍到，只有对话，可这么多就足够了。

无他，对话的节奏感太强。

"为什么？"

"我没钱吗？买不起 PSP，还是买不起贵的？"

"就这个！我就要这个！"

"我没钱吗？"

"我没钱吗？"

"我没钱吗？"

"我就要这个！"

"我就要这个！"

"我就要这个！"

观众无语道：柏天衡，最后你不还是乖乖掏钱给他买了。

笑哭了。

有趣和好看，决定了一个综艺的开篇能够吸引多少观众。

《极限偶像》的开篇无疑是成功的，因为足够有趣，可看性极强，以学员为重点，以柏天衡引流。

开篇后，放完投资商们的广告，便是正片。正片的开头，镜头直接给了初评舞台一个大特写，接着是三角阶梯学员区和学员区最前方的导师席。

导师席和阶梯座位席安安静静，整个演播厅空荡荡的，一览无余。

字幕：没人。

突然，传来一个女孩子的声音。

"啊，我最早。"镜头拉向通道口，身着短裙、装扮亮眼的戎贝贝走了出来。

戎贝贝从通道口出来后就踏上了初评舞台，正前方便是导师席，以及导师席身后的阶梯座位区。

戎贝贝站在舞台上，像个选手一样，认真地扫视眼前。她感慨道："站在这里，就像自己在参加选秀。面对评委导师，面对其他学员。"看向镜头，微笑，"不过，我今天不是学员，我是导师，我得换个地方站。"

说着走下初评舞台，走向导师席。

刚走到导师席，通道里又走出来一人，那人装扮时尚、皮肤极白，还有着曾经红遍全网的脆弱感气质，正是姚玉非。

姚玉非进了演播厅，和戎贝贝视线对上，主动迎过来，打招呼。

"你好，我是姚玉非。"

"你好你好。"

戎贝贝问道："就我们两个吗？你见到其他导师了吗？"

姚玉非道："我今天有在后台见到童刃言老师。"

戎贝贝道："对，我知道，通告单里有他的名字。"

两人同时笑起来。

又寒暄了几句，童刃言和单郝一起从通道里走了出来。

童刃言一出来，就站在舞台中央向台下挥手道："谢谢大家，谢谢大家，今天出道我很高兴。"

单郝站在旁边说："他胡说的，我才是今天的C位。"

戎贝贝和姚玉非都站在导师席笑着看两个大顽童。

单郝拉了一下童刃言说："行了！走了！两个老黄瓜还想出道，做梦！"

童刃言道边跟着单郝走下台边说："我不服气，我觉得自己过了五十岁，一样能站C位。"

说着走向导师席，四位导师相互打招呼寒暄。

演播厅内静谧，初评尚未开始。四位导师坐下，聊了一会儿，聊到等会儿的初评。

童刃言道："其实初评这个舞台很小，舞美、灯光都没有，只是一个起点。慢慢地，就要从小的舞台，走向大的舞台。"

戎贝贝、姚玉非点头。

单郝道："等会儿应该会有一些熟悉的面孔。"

戎贝贝道："对，有一些参加过其他选秀的练习生，可能参加的选秀，还不止一个两个。"

单郝道："拭目以待。"

这个时候，插播了姚玉非的问答访谈。姚玉非面对镜头，就刚刚的"多次参加选秀"发表了自己的看法。

姚玉非道："我自己也参加过很多次，其实说实话，参加到后面，心态会有些崩，因为这个舞台——选秀舞台——和其他舞台不同，其他舞台可能就是走一个通告、录制个节目，结束了就收工了。但选秀舞台不是，是你一个月、两个月，一直在这个节目里，你赢了淘汰别人，也面临被淘汰。参加多了，每次被点评，听到一些自己被否认的评价的时候，就会很难过。"

姚玉非道："难过没有其他办法，只能自己消化，自己挺过去，然后就好了。"

节目画面回到初评舞台。四位导师坐在评委席，面前摆放着纸笔和评分表。

单郝看向通道口说："哦，好像有人来了。"

通道口里走出一群男生，一个团，总共六人，穿着统一的连帽衫，个头都差不多，一排六个在舞台中央站齐，鞠躬打招呼。

"各位导师好。我们是江蜀文化的 MOON 组合。"

镜头从六人脸上一一闪过，是六张年轻帅气的面孔。

导师们看着四人，单郝问道："你们是先介绍自己，还是先表演？"

组合队长，站在最中间的男生道："先表演吧。"

童刃言道："不错，挺自信的，开始吧。"

MOON 组合的六个男生在舞台中央重新站位，等待音乐响起。

画面切到 MOON 组合出场之前的几分钟。六个男生在等候区抖腿，一个抖得比一个凶。

"我们第一个出场？"

"我方了。"

"我也方。"

"我更方。"

"能别抖腿吗？你们一抖我更想抖。"

"怪腿，别怪队员。"

没一会儿，工作人员叫他们上场，六个男生站起来，屁股下面的凳子一阵噼里啪啦的动静。

六人相互推搡着进了候赛区。

候赛区很大，有一张桌子，桌子上摆了 A、B、C、D、F 五个等级的名帖。

六个男生各自选名帖贴上，贴的过程中，六个男生的表现各不相同。

有人紧张，有人一直在深呼吸，还有人贴完名帖就在一旁练习舞蹈动作。

其中有个男生贴名帖的时候，刚好面朝墙壁，墙壁是金属的，可以反光，男生抬头，下意识地照了照，边照边自言自语道："算了，颜值是爹妈给的，比不过，认命吧。"

旁边的队友问道："你嘀咕什么呢？"

男生道："刚刚化妆间，你看到了吗？特别帅的那个。"

队友问道："谁啊？我没注意啊。"

男生道："回头你就知道了，反正特别帅，我当时都看傻了。"

队友道："你收收心吧，要上场了。"

没过多久，候赛区大门打开，六个男生走进通道，走向舞台。

视频画面切回初评舞台现场。

音乐响起，MOON组合开始表演。是一首节奏感极强的歌，六个男生边唱边跳，其中还有一段说唱。

舞毕，男生们重新站成一排，等待点评。

童刃言拿起话筒，看向舞台说："你们这组全A啊？自评全是A？"

《极限偶像》的初评和时下大部分选秀类似，初评过程几乎都是一样的：学员先自评、登台表演，导师根据表现现场打分，重新确认等级，完毕之后，根据各自的等级坐到相应的座位区。

《极限偶像》首轮播出，视频时长总共两小时四十一分钟。

在这近三个小时的时间内，会播放完所有学员的初评过程，而初评过程中，学员的表演是要让观众看的，必须完整，这就意味着其他内容必须精练。

这么一来，无论是导师评点，还是台上台下学员、导师的互动，所有剪辑后保留的部分，都至少要是有趣的、好看的，或者能引起话题的。

比如魏小飞和他所在团队的评点。

单郝直接问魏小飞："为什么你那么强？我看资料，你好像还比他们小很多吧？"

魏小飞耿直地回道："啊？因为我们几个是临时组的团。"

单郝问道："你以前有团吗？"

魏小飞看了看身边的几个临时队友道："有。"

单郝问道："你在团里水平如何？"

魏小飞特别淡定，不是成熟的淡定，是一脸茫然的淡定，完全不明白导师为什么关心这些问题，还是回答道："最好的。"

单郝问道："还是最好的？"

魏小飞继续一脸天真地耿直道："哦，因为哥哥们后来都转行了，不来了，我一个人在舞蹈房练。"真是又好笑又心酸。

到了甄朝夕的时候，评点环节也很有料。

戎贝贝看着甄朝夕一脸惊讶地说："你怎么会在这儿？"

甄朝夕面露无奈。

童刃言问道："怎么了？怎么了？"

戎贝贝哭笑不得道："我前段时间才杀青的戏，这位甄朝夕学员是男三，我们还有挺多对手戏的。"

童刃言问台上的甄朝夕，以惊讶的表情说："你都能演男三了，你还来选秀？你台风倒真的特别好，舞蹈也很不错。"

甄朝夕沉稳地叹息了一声，道："公司安排的。"

童刃言道："公司安排，你就来？你可以拒绝啊，继续去拍戏。"

甄朝夕道："就……闲着也是闲着，反正下部戏四个月之后才进组，先把工作接上，钱还是要赚的。"

评委席哭笑不得。

戎贝贝直接在台下喊了"甄老师"，问道："甄老师，你不是说你下部戏男一吗？都已经男一了，真的不用这么辛苦。"

甄朝夕道："我吹牛的，其实是个男六。是男一，我今天就不来了。"

全场哄笑。

到了丛宇——

童刃言道："丛宇，我知道你，你挺红的，你的'DAB'，就是这个动作，到现在还是我微信里最常用的表情包。"

童刃言问道："你能再做一下这个动作吗，就这个'DAB'，特别酷。"

丛宇默默举起话筒，看评委席的眼神仿佛在看智障似的说："不能，我想当个人，不想当表情包。"

童刃言道："你这个表情包真的很火。"

丛宇一脸地生无可恋道："我知道。"

童刃言问道："你知道啊？"

丛宇道："我也用。"

全场爆笑。

至于费海——

单郝上来就道："费海，嗯，费海，我知道你，之前的节目里，嗑CP嗑到上热搜的那个。"

费海无语："……"

姚玉非问道："到了《极限偶像》还嗑吗？"

费海老老实实摇头道："不了不了。"

童刃言以好奇的口气问："你嗑CP，对CP会有什么要求吗？"

费海想了想说："帅？年轻？"

童刃言以嫌弃的表情道："肤浅！"

蹲点看节目的观众都要被这第一期的初评笑死了。很多学员都非常有个人特色，童刃言和单郝也是两个活宝。

在视频第五十多分钟的时候，《极限偶像》唯一的素人练习生江湛，正式出场。他的视频内容是从候赛区自评开始的，一亮相，节目组就给加了星星亮的后期，还加了慢镜头和舒缓的奏乐，仿佛王子闪亮登场。

视频和照片是不同的，照片可以修，视频更能看出一个人面部轮廓五官上的优缺

135

点，尤其是在摄制组的镜头前。江湛贴自评的时候就在一个镜头旁，镜头近距离下把他拍得一清二楚，满屏弹幕：

"我天！！！视频比照片还好看！照片都把他拍丑了！"

"这颜值绝了，难怪上学的时候就被挂上论坛讨论了几千层高楼。"

"是我的是我的是我的'墙头'！"

"绝世美颜！"

"太帅了吧！"

…………

等到江湛出场，站在舞台上清唱了一首《到不了》，唱到"不敢漏掉，一丝一毫，愿你看到……"的时候，弹幕区全在刷——

"看到了！我看到了！看到你的帅了！"

…………

再等江湛赤着脚跳一段民族舞，弹幕区又在疯狂刷新——

"看这脚就知道长得帅！"

"舞台太冷吧，江湛你过来，脚给我，我给你焐一下！"

"脸好看，脚也好看。"

…………

等江湛 A 大名校生的身份在初评舞台曝光，引起全场哄然的时候——

"给他 MVP！给他 SSS！"

"没错！就是这么强！"

"啊啊啊！为什么会有这么极品的男人！！我选你！我现在就选你！！！"

"名场面！名场面！"

"@A 大学生会！官博君！你看到了吗！看到了吗！！"

"学霸校草进军娱乐圈，就问你们怕不怕！怕不怕！"

…………

而当天晚上，这接近三个小时的首播视频里，点播流量开始冲高的节点，其实是最后三十分钟——

柏天衡手持逆转卡，以大导师的身份突然登场。这位销声匿迹许久的大咖，终于在时隔一年后，重登舞台。依旧是所有人记忆中的模样，半点儿没变。还是那个"苏到炸裂"的荷尔蒙男神。

"哦哦哦哦哦！柏天衡！"

"死男人你还知道回来！"

"你还知道回来！"

"快看！这里也戴尾戒了！！"

"网红地打卡！知名景点：没有说出口的爱！"

"打卡合影！"

…………

柏天衡的出现，意味着整场初评的节奏再次发生转变。不仅因为柏天衡本人强大到无可忽视的气场，也因为他手里的逆转卡。

"楚闵。"

柏天衡宣布了第一个拿到逆转卡的选手。

"楚闵、楚闵、楚闵！"

"宝贝加油！你行的！你一定可以的！"

"闵宝宝加油！！！"

…………

楚闵登台，接了逆转卡，柏天衡让他猜猜卡片上的等级，楚闵的表现完全就像个老师面前的乖宝宝。

"楚闵加油啊！！！"

…………

就在半个屏幕都在刷闵宝宝加油的时候，因为童刃言的一句玩笑，江湛莫名被提到加微信。柏天衡当场来了一句："我也没有江湛的微信，记得把我的微信一起加上。"

弹幕瞬间变幻——

"这里加微信，是为了方便后面买游戏机的时候，还你游戏机的几十块钱？"

"这里加微信，是为了方便后面买游戏机的时候，还你游戏机的几十块钱？"

"这里加微信，是为了方便后面买游戏机的时候，还你游戏机的几十块钱？"

"哈哈哈哈哈哈哈，我笑死了，你们怎么这么有才！"

…………

没错，已经有不少人认出来，节目最开始，让柏天衡代买游戏机的学员就是江湛。

本来大家就觉得柏天衡淘宝给学员买游戏机这件事，挺有梗，万万没想到一个梗还能前后文联系，再创新梗。

一时间弹幕区疯狂刷屏——

"柏天衡，你是有钱男人，那几十块我们就不要了吧！"

"柏天衡，你是有钱男人，那几十块我们就不要了吧！"

…………

这个小插曲很快过去，楚闵从 C 逆转为 B。这之后，柏天衡相继送出了十张逆转卡。每一张逆转卡都足够让人心惊肉跳。

最后一张，第十二张逆转卡——柏天衡抬眸，看向座位席："江湛。"

江湛走出来，走向舞台。

弹幕——

"别被骗了！喊你上台是想加你微信，方便以后你买游戏机的时候转账还钱。"

…………

而在江湛走到舞台上，和柏天衡面对面，接过逆转卡的时候，镜头给了两人一个近距离特写——

一张卡，一边江湛，一边柏天衡。

江湛伸出手，垂眸看着卡片，柏天衡捏着卡片，抬眸看向江湛。

"截屏！！！快截屏！！！这是整场初评最美的镜头！！！两个人同框竟然还能帅得各有千秋！！！"

"我的妈呀，江湛竟然能制住柏天衡？这颜值气质太绝了。"

"真的欸，江湛的气质真的超级好，颜值也够。"

"柏天衡可是出了名的不能轻易同框，谁跟他同框，谁就被比下去。江湛真的厉害了。"

…………

等江湛打开卡片，柏天衡宣布 B 逆转 A 的时候，视频里和弹幕区同步调哗然。

正哗然着，选手区突然有人站出来："凭什么！"

柏天衡抬眸看选手区："谁喊的？"

"我。"一个男生的声音憋着明显的不服气，"我们这里不是高考综艺，不用看谁是不是学霸来评级。"

戛然而止。

《极限偶像》第一期，结束。

当天晚上，《极限偶像》引发全网讨论，被众人热议。除了有讨论度的话题和学员，被讨论最多的，就是江湛和柏天衡。

本来视频结束在对江湛逆转 A 的质疑中，多少该有点儿讨论度，比如江湛到底值不值得 A 什么的，结果没有。大家的重点几乎全都在两个点上——游戏机和同框。

"李涛（理性讨论）：柏江同框，江是气场制住了柏，还是纯靠颜值？"

"极偶，柏江同框在娱乐圈算什么水平？"

"买游戏机肯定是在初评之后，柏是导师，江是学员，已经有这么熟了？"

"你圈有哪个明星用过柏天衡的淘宝？谁？？"

论坛帖子总是有很多讨论，扒细节，抠逻辑。

粉圈就大不相同。

@ 王泡泡与 P 在线失联，这位圈粉大佬，再次亮出了自己的本事——

她最新一条的微博就贴了两张图。

准确来说，是两个表情包。

一个是柏天衡的，一个是江湛的。

表情包上是各自的侧颜照片，柏天衡抬眸，江湛垂眸，刚好截取自交接逆转卡的同框画面。

柏天衡表情包：我没钱吗？

江湛表情包：我就要这个。

评论区差点儿没笑死——

"这两张图有声音！真的有声音！"

"我现在脑子里只有柏的那句：我没钱吗？我没钱吗？循环一万遍。"

"哈哈哈哈，这还能当情头！笑死我了！"

"泡泡你有毒！隔壁论坛在讨论柏江同框，你做这种表情包！以后让我怎么直视这两人！"

"柏天衡，你就给江湛买吧，真的，甭管多便宜，别嫌弃，你买就是了！"

…………

当天晚上，《极限偶像》当之无愧杀上热搜。热搜前三十，有学员，有柏天衡，有节选的有趣的节目片段，还有江湛。

而江湛的热搜画风跟其他所有《极限偶像》相关热搜都不同。

他的热搜词："江湛别给柏天衡省钱"。

相关热搜微博——

@×××××：不知道是@极限偶像这个节目太神奇，还是我的问题，看完之后，我脑子里只有两句话"我没钱吗？""我就要买这个！"我现在只想说一句：江湛！别给柏天衡省钱！买贵的！贵的！

热评第一：嗯……虽然可能不该说，但还是忍不住。博主你这口气，真的好像在劝人，千万别省钱。

而就在"江湛别给柏天衡省钱"成为热搜词没多久，粉丝突然发现，柏天衡换了微博头像，赫然正是王泡泡两张表情包里的那张"我没钱吗"。

某知名论坛问题：柏天衡把头像换成"我没钱吗"表情包图，什么水平？

帖子下整整齐齐地统一回复：谢邀，准备嗑了。

《极限偶像》播出的当天晚上，江湛寝室在洗漱间打掌机打到十一点半，四个大男生的精神世界得到了巨大的满足，都以为这只掌机会成为接下来一段时间的精神食粮。他们并不知道，节目组连人带掌机一起卖了，现在全国上下至少有几千万人知道江湛有一只掌机——红色的，淘宝爆款，89元包邮，柏天衡付款。

四人打完游戏，洗漱睡觉，江湛把掌机继续塞在床垫最角落。临睡前，丛宇的声音饱含着游戏后的饕足，这才关心起了他们本该关心的一件要事："节目播完了吧，点赞通道肯定也打开了，不知道会是什么情况。"

次日，早七点。

江湛醒最早，洗漱完，换好衣服，甄朝夕他们才起来。

魏小飞迷迷糊糊的，问江湛："哥，今天是要去四方大厦吗？"

江湛收拾着背包，说："对啊，这一周的训练和录制都是在四方，你们快起来吧，弄造型还要时间的。"

丛宇从上铺爬下来，看向江湛，一脸睡意地问："你怎么这么快？"

江湛已经飞速收拾完了背包，抓起桌上一只水壶说："我先走了。"

丛宇尔康手，阻拦道："哎哎，你造型不弄啊！节目都播了，今天楼下的追星小姐姐也不会少的！"

江湛已经走到了门口，拉开门，抬手一挥道："不弄了，一动出汗也带不住妆，走了。"

这个点，寝室楼层的走廊还很安静。学员们才起来，还在洗漱，又要弄造型，都没出门。江湛一个人拎着水壶、背着包，坐电梯下楼，看看时间，七点多，心道柏天衡应该已经到了。

进食堂，果然，柏天衡一身便装私服坐在餐桌前，扒拉面前的瓦罐汤。江湛看过去，笑着抬手一挥，柏天衡抬眸，示意他去打饭。

江湛去打饭，打饭阿姨依旧是之前那位。阿姨看着他笑眯眯地问："今天吃什么？要不要瓦罐汤？一大早才煲好的鸡汤。"

江湛站在窗口前，意外道："瓦罐汤？这么早就有？"

阿姨笑着说："是啊，这几天后勤这边给你们加餐了，什么吃的都有，随便点。"

江湛没客气道："那就先来份瓦罐汤，再帮我煮碗小馄饨。"

打完早饭，江湛端着餐盘坐到柏天衡对面。刚睡醒，精神足，江湛打开话匣子道："食堂竟然加餐了，不是说要控制体重，不能吃太多有油水的东西吗？"

柏天衡道："所以还加了减肥餐，想控制体重的吃那个，不需要控制体重的吃别的，窗口饭菜自己选。"

江湛拿勺子扒拉面前的瓦罐汤说："我没想到还有瓦罐汤，就跟我们以前在三中的一样。"

柏天衡没说话，看着他，江湛喝了口热汤，由衷地叹息道："是印象里那个味道。"

柏天衡依旧没说话，唇角微不可见地吊了吊。

封闭训练那段时间，柏天衡一直来学员食堂，一开始根本没人敢坐旁边，后来可能是看出柏导也没多凶，渐渐有人放大了胆子，端着餐盘凑过来。

每次这样，江湛就没法儿和柏天衡聊私话。几次后，柏天衡提早了来食堂的时间，江湛都不用他说，也提早来，两人趁着短暂的早饭时间，吃吃饭说说话。

这会儿的学员食堂只有他们，说话都不用刻意压声，江湛很自然地问起昨天晚上节目播出的效果。

柏天衡道："播放量很高，话题度也都不错，比节目组和星光视频那边预期的效果都要好。"

江湛喝着汤，揶揄道："你肯定又上热搜了。让我想想，话题是'柏天衡做导师很酷'，是吗？"

柏天衡最近都在控制体重，一份汤只能喝几口，今天也是特意尝一尝食堂这边新弄的瓦罐汤。江湛说得没错，的确是印象里的味道。

柏天衡不再碰汤，放下勺子说："又拿我当手机刷。"

江湛吃着汤里的鸡肉，想了想道："难道不是？或者，'柏天衡冷酷无情'？"

柏天衡好笑道："我怎么就'冷酷无情'了？"

江湛分析道："你发了逆转卡，十二张，超过一半都是降等级，现场又那么严肃，气场又那么强。让我猜嘛我就只能随便猜猜了。"

柏天衡道："你就不能说我点儿好的？"

江湛想都没想说："说你点儿好的那不是张口就来，你的热搜哪个不好？"随口提了几个曾经的热搜，"'柏天衡造型气质俱佳''柏天衡偶像级实力派男神'。"

刚说完，江湛一顿。

柏天衡幽幽地看过去，肯定道："我就说你私下里有关注我。"

这其实没什么不能承认的，江湛完全可以承认，何况柏天衡这么出名，热搜时不时来几个，看过记得几个，没什么稀奇的。但江湛对于自己私下里一直有关注柏天衡这件事，并不太想承认，更不想当着柏天衡的面承认。因为这段关注与他的人生低谷阶段密切挂钩，江湛骨子里骄傲，他的那部分骄傲，不容许他承认。

江湛当面否认道："才没特别关注你，你的热搜经常有，想不看到都难。"

柏天衡直接道："看？你以前在国外的时候就有微博？"

这个没什么不能承认的。

江湛道："有啊。"

柏天衡摸出手机，边滑亮屏幕边说："叫什么？我去看看，有没有关注我。"

江湛道："呃……"

叫 P 神，有关注，第一个关注人就是 @ 柏天衡。

柏天衡抬眸道："嗯？"

江湛道："呃……我那个，其实是个小号。名字还是注册的时候默认的一串字母数

141

字，都没改昵称，我自己都不记得叫什么。"

柏天衡看向江湛，勾了勾唇角，显然不信。

江湛道："是真的。"

柏天衡放下手机，点头道："你这么说，我就当你是真的。"

江湛抿唇，上牙尖咬了咬下嘴唇。

柏天衡突然道："你每次心虚的时候，都这个表情。"

江湛无语。

摞勺子了！

柏天衡好整以暇地看着他说："微博小号关注我了，是吧？"

江湛已经没有不承认的必要了，他拿勺子捣着瓦罐汤的罐底，用一脸被戳破真相的无语表情说："嗯！"

柏天衡抿着唇边的笑意，得寸进尺道："不会是才关注没多久吧。关注几年了？"

江湛道："我就是在你有次上热搜的时候，看到你了，随手点了关注。"

柏天衡点头道："好，随手。所以到底是几年？"

江湛叹道："唉！"

柏天衡道："不想说？那就是好几年，有四年吗？"

江湛是一个性格外向的人，从小到大真的很少被谁几句话弄得无奈。而这个"很少"的人里，就有柏天衡。

以前高中的时候就是，柏天衡反应快、逻辑清晰，还会绕话，总能把江湛绕进去。这会儿也是，没几句都已经挖出"微博账号关注好几年"的真相了。

江湛摞了勺子说："不吃了不吃了。"

柏天衡挖到了足够多的内容，没再继续得寸进尺。他伸手，把江湛扔在餐盘里的勺子拿起来，塞回江湛手里，嘱咐道："喜欢喝的东西，别浪费。"

江湛捏着勺子，没动，故意道："我不喜欢喝汤。"

柏天衡垂眸，看了眼江湛没喝几口就快见底儿的鸡汤，没再和江湛撑，反而问道："还要吗？"

江湛撇嘴道："要。"

柏天衡起身去拿汤，笑意在唇边绽开。

吃完早饭，柏天衡要去三楼，他今天有流程，等会儿也要去四方大厦，去之前得先开个小会。

进了电梯，柏天衡问江湛："掌机藏好了？"

江湛比了"OK"。

柏天衡抿着笑意，意味深长道："下次买个贵的吧，我真的有钱。"

江湛随口回道："行了你，知道你有钱。"

柏天衡突然用那天上淘宝买掌机时的语气，缓缓道："我没钱吗？"

江湛和他搭话搭久了，默契都在本能里，一下子反应过来，用凶巴巴的口气说："我就要买这个！"

柏天衡笑起来，笑的那表情江湛一时没看懂。

江湛不解道："你笑什么？"

柏天衡没答话。

电梯在三楼停下，梯门打开，柏天衡走了出去，顺势抬手在江湛头顶一揉。

江湛算是发现了，跟柏天衡完全不用客气，就得是以前高中时候的相处模式。

他撇开头，瞪电梯外道："摸狗呢你。"

柏天衡转身，面朝电梯，笑道："小狗。"

江湛凶了他一眼。

梯门合上。

江湛一个人站在电梯里，想想自己刚刚那句"摸狗呢你"就好笑。

傻了吧，哪儿有说自己是狗的。

三楼，柏天衡边往会议室走，边拿手机点进微博。

@柏天衡：早上揉了一只小狗，很可爱。

"啊啊啊啊！我们柏终于发工作外的动态了！"

"呜呜呜，我想做这只小狗。"

"男神养狗了吗？"

"是什么品种的狗啊？买的，还是收养的？"

"希望是只金毛，可以温柔地陪伴我们柏。"

第六章　真心话与大冒险

江湛到一楼大厅。

才出电梯，就有一名工作人员迎上来，问道："早啊江湛，你这么早？去四方大厦吗？"

江湛道："早啊。是，起早了，先过去。"

工作人员扫视江湛今天的装扮：规定的粉色队服，没妆容，头发梳得随意，脖子上挂了运动款的蓝牙耳机，很帅。

确认装扮无误之后，工作人员才道："可以了，走吧。"又道："今天外面粉丝很多，你一个人可以吗，要不要等等其他队员？"

江湛道："他们弄造型，还要挺久的，我先去吧，到了四楼还能上跑步机跑一会儿。"

工作人员道："行，你去吧。"

节目组早在封闭训练期间，便特意上过一节课，这堂课的主要内容，是介绍偶像应如何与粉丝相处。

节目组的意思：节目为重，所有学员必须注意言行，面对粉丝的时候，状态要好。

因为学员的人气不只在舞台上、节目中，也在幕后，幕后的关键，就是每天离开寝室楼的公开亮相。

尤其昨天晚上刚播出第一期，今天早上，所有的学员都必须非常注意言行。

江湛毕竟涉足过粉圈，多少有点儿概念，知道等会儿出去一定要注意。结果一出去才发现，寝室楼前的女粉丝，比之前多了几倍。

江湛刚出大楼，抬头一看，围栏后已经有了一些人。那些人也没想到第一个出来的会是江湛，顿时纷纷大喊：

"江湛！江湛！"

"湛湛！湛湛！"

江湛走下大楼门前的楼梯，朝女孩们抬手打招呼。再用眼神一目测，围栏离大楼这边明显远了不少，节目组安排在周围负责秩序和安全的安保人员也多了很多。江湛明白节目组的用心，都是为了安全，尤其是节目播出之后，粉丝比之前更多。

江湛走下楼梯，默默往前走了一段，靠近粉丝那边。

"过来了！江湛过来了！"

江湛边走边侧头看她们，又抬手打了几个招呼，抬眼一瞧，看到了写着自己名字的手幅。

他有粉了？

才走了没多远，忽然看到围栏后，第一排的追星女孩们拉开了两条说长不长、说短不短、红底白字的横幅。

第一条横幅，硕大的五个字——"江湛！买贵的！"

第二条横幅——"89元包邮淘宝爆款SUP掌机，你值得拥有！"

江湛心中茫然。

再往粉丝群后排看去，有人高高地举起一个应援牌，应援牌上是自己垂眸的侧颜照，照片正下方六个大字——"我就要买这个！"

江湛联系横幅内容和表情包，很快反应过来，不敢相信地一愣，脸色都变了。

粉丝怎么会知道这些？这不是他和柏天衡背地里偷鸡摸狗干的事情吗？

等等——

柏天衡刚刚特意提什么"我有钱""买贵的"，难道……

江湛暗想：不是没镜头吗？都播出去了？！

江湛一脸无法直视地抬手抚额，面露生无可恋。这个世界上，人和人之间还有信任吗？他背着节目组买游戏机，节目组背着他播了这段。

他这一系列的表情变化，尽数落在追星女孩们的镜头里、眼里。

小姐姐们都要笑死了。节目组你学什么不好学柏天衡不做人？看看江湛，可怜见的，现在才知道自己的掌机暴露了。

粉丝群中忽然有人大喊道："江湛！柏天衡有钱的！真的有钱的！"

江湛边走边侧头面朝粉丝，哭笑不得地说："我知道。"

有人再喊道："下次记得买贵的！"

江湛道："没有下次了！节目组不会让我买第二个掌机的。"

女孩们哄笑。

江湛缓缓地问道："都播了？是吗？"

女孩们点头。

江湛叹息：啊！怎么这样。

走着走着，又看到一个表情包，不，正确来说，是一个版面、两张图。那两张表情包分别是他和柏天衡，两人面对面，一个表情包写着"我没钱吗？"一个表情包写着"我就要买这个！"再联想不久前，柏天衡特意引导着，和他在电梯里重复过这两句话。

真人演绎表情包，柏天衡你什么恶趣味。是人吗？！

当天早上，学员们在四方大厦的训练室楼层集合。不出意外，所有学员都看到了柏天衡和江湛的表情包。也知道了那只掌机的存在。

其他学员——

"湛哥，你不够意思，你怎么能只买一个？"

"湛哥，你游戏机还在吗？节目组给你没收了吗？"

"湛哥，我也想玩。"

"湛哥，你越来越牛了，已经能问柏导要淘宝买游戏机了！"

"柏导真的只给你买了个 89 元包邮的？"

"湛哥，柏导都说他有钱了，你也不买个贵点儿的。"

"湛哥，粉丝都说了，让你下次买贵的。"

"湛哥，那掌机质量好吗。"

"湛哥，你游戏都通关了？"

江湛很无奈。

丛宇他们也无语死了，本以为那只掌机会成为他们接下来的精神食粮，结果现在全世界都知道他们有掌机了。

丛宇道："节目组，好狠啊。"

甄朝夕道："早知道了？现在也没没收？"

魏小飞道："那节目组岂不是连柏导都一起瞒了？一直瞒到昨天晚上节目播出的时候？"

丛宇道："厉害了。"

等学员集合后，没多久，柏天衡到了。柏天衡明显是工作状态，持妆、做了造型，摄像随行。

他一进门，盘腿坐在地上的学员们开始鼓掌。

江湛坐在人堆里，默默抬眼看着，也在鼓掌，但这个掌鼓得没有灵魂——姓柏的，你知道也不早说。

忽然，不知道谁带的头，全员狂喊道："买贵的！买贵的！买贵的！"

柏天衡站在众人面前，抬手下压，示意安静，随后才说："我知道你们要说什么。"顿了顿，"掌机每个人都有。"

男生们本来只是瞎起哄，完全没有想到柏天衡这么大方。

柏天衡道："已经订货了，下午会到，你们晚上回寝室就能拿到了。"

所有学员欢呼。

柏天衡沉稳地提醒道："都是小游戏，放松休息的时候随便玩玩，别玩疯了，影响训练。"

众人道："不会！"

柏天衡道："嗯。"顿了顿，抬眸看向男生堆里，"这也不知道算沾了谁的光？"

众学员道："湛哥！湛哥！湛哥！"

江湛坐在下面，看向柏天衡。他心里一跳，反应过来，柏天衡是在帮他。游戏机这事儿，说起来不大，但你有别人没有，还是导师亲自买的，就太过出头了。

江湛刚刚还想，那掌机不能留了，得上交，要不然其他学员心里还不知道怎么想，观感太差。结果柏天衡直接来个所有学员都送，既做到了公平，也不让他难做人。甚至引导学员，让大家觉得能有游戏机，都是他江湛打头阵的功劳。

游戏机的小插曲很快过去，柏天衡拍拍手，吸引众人的注意力，当场宣布道："初评已经结束了，你们也已经入住寝室，昨天晚上节目第一期也已经播出。我下面要宣布的，是你们今、明两天的任务。"

众人安静地听着。

柏天衡道："你们需要在今天，一天时间内，学会主题曲 Show Me。听清楚，一天，只有今天。"

柏天衡道："明天，导师组，除了我之外的四位导师，会根据你们表演的主题曲，现场打分。"

学员堆里开始骚动。一天？《PICK C》当初就是一天学主题曲，他们也来？

柏天衡道："一百位学员，打分之后，导师组会直接根据主题曲的表现情况，选出表现最差的二十人，或淘汰或待定。"

"淘汰"二字一出，下面坐着的都惊了。

第二期就要淘汰人？难道成绩差的连登上公演舞台的机会都没有？

柏天衡接着宣布道："或淘汰或待定的意思是，这末尾二十位学员，有可能会被淘汰。"

有学员举手，柏天衡示意他说。

学员问道："什么情况下一定淘汰？"

柏天衡道："四位导师选择的末尾二十人中，如果有谁的点赞排名在前八十，就不会被直接淘汰，而是待定。反之，如果导师觉得你不行，点赞通道的支持也不够，没有在前八十，就会直接被淘汰，无法参与后面的公演。"

谁都没有想到，《极限偶像》播出才一期，他们入住寝室也才一周多，竟然马上就要面临淘汰。这一百人里，注定有人登不上公演舞台。

后排F班的气势瞬间弱了。他们是实力最差的，一天时间学主题曲，又是唱又是跳，很可能学不好。到时候主题曲表演吊车尾，点赞通道的粉丝支持也在末尾，好了，掌机就是这次《极限偶像》之行的纪念品。

哭了！

柏天衡没有废话，宣布完接下来的任务和淘汰规则后站到了一边。

训练室一面宽屏显示器被工作人员打开，没多久，屏幕里开始播放戎贝贝领舞的主题曲 Show Me。

Show Me 才放到前奏，柏天衡突然道："听说贝贝老师学主题曲就学了一遍，一遍就能直接领舞了。"

众人服了。

Show Me 作为选秀节目的主题曲，节奏旋律欢快轻松，整个舞蹈的律动对男生来说算"软"的。

播放结束后，柏天衡便拍了拍手，示意众人道："总共六间训练室，不按等级，大家自行选择教室训练，每间教室都有显示器，方便你们扒舞蹈动作。"

顿了顿，问道："还有什么问题吗？"

有人举手问道："柏导，你不参与导师组的评定吗？"

柏天衡道："在初评舞台，我和你们面对面站。今天和明天，我和你们并肩站。"接着道："有任何问题，都可以找我。"

学员们纷纷站起来，有人鼓掌，有人鞠躬道："谢谢柏老师。"

柏天衡道："都加油。"

有些学员离开，去其他训练室，有些人留下，直接在这间。

费海他们寝室的人都走了，费海没走，选择跟江湛他们一起。丛宇在问江湛要不要他帮忙扒舞蹈动作，魏小飞已经跟着视频里的戎贝贝跳了起来。

甄朝夕边示意他们看魏小飞边说："小男孩平常是小男孩，关键时候就是高手。"

江湛看看魏小飞，惊叹他看一遍就能跟着跳，还半点儿不错。

丛宇问江湛："小飞肯定学得快，让他给你扒？"

费海道："对啊，扒一下吧，我也来扒，我学舞速度也挺快的。"

甄朝夕道："那就一人扒一部分，大家都教一点儿。"

江湛有种错觉，好像他是鸡窝里唯一一只嗷嗷待哺的小鸡崽子，而他的身边围了四个叼着食物，随时准备往他嘴里塞的鸡妈妈。

"鸡妈妈们"暂时扔下"小鸡崽子"，围到了电视机前，讨论分配扒舞任务。江湛看着四个男生的背影，心里十分感动。这群小男生，自己还没开始跳，就开始为他考虑。

忽然，江湛感觉有目光在看自己，下意识地转头。柏天衡站在门口的方向，看着他。

江湛用眼神示意：怎么了？

柏天衡无声地动了动嘴唇，说了只有江湛能明白的两个字：小鸡。

说完转身，离开训练室。

行吧，被他看出来了。

顿了顿，江湛突然无语地对着空气"哧"了一声。柏天衡怎么回事，早上喊他小狗，这会儿喊他小鸡？

三分钟后，微博——

@柏天衡：小鸡也可爱。

热评第一：养！都养！我们柏有的是钱！

节目组说 24 小时，就真的只给 24 小时，半点儿不掺假。

六间训练室，每间训练室都有播放舞蹈的电视机，以供学员扒舞，主题曲 *Show Me* 的 demo（样带）没多久也到了，节目组给每个学员都发了一个巴掌大的播放器，还有一份写好歌词的歌词本。

没有专业老师带路，从歌曲到舞蹈，都需要学员自力更生。江湛他们几个各自拿播放器把歌听了一遍，又盘腿围坐到一起，轮番对着歌词本，把歌唱了两遍，相互纠正音调和节奏。

丛宇打了个响指道："关键还是歌词，唱的时候尽量别错词。"

甄朝夕盯着歌词本说："听起来容易，其实没那么简单。"

费海道："想完美，就得一个字不差，还得边唱边跳。"

魏小飞抬头看了看周围，只有他们五个围在一起练歌，其他学员全在对着镜子照着视频扒舞。

大家的重点都很一致：先跳舞。谁让跳舞肉眼可见需要花费更多时间。

费海从裤子口袋里摸出一个有线耳机，塞到播放器上说："刚好，边跳边听，记歌词。"

旁边，江湛低头默读歌词本，看完把歌词本盖在地上。

江湛松了松肩膀，用一副准备好的表情说："好久没背过东西了，应该可以。"

丛宇没懂道："可以什么？"

江湛道："背歌词啊。"说完，垂眸，把歌词从头到尾背了一遍。

背完后，江湛抬眼看大家，问道："有没有哪个地方错了？"

甄朝夕手里的歌词本直接飘到了地板上，他不可思议地转头询问江湛道："这都可

149

以？你直接背字，不跟着旋律记的？"

论当练习生，肯定是面前四位更专业，江湛以为有什么问题，问道："一定要跟着旋律记？"

丛宇道："没有，但你是直接记？"

费海和魏小飞也看着江湛。

江湛点头道："是可以直接记。"

费海看看魏小飞，问道："你行吗？"

魏小飞摇头道："从来没试过，都是边唱边记的。"

四人异口同声地发出嘘声，嘘自己。忘了，差点儿忘了，他们湛哥是学霸，学霸记忆力都好，那么难的课本知识都能全部记下，记点儿歌词算什么。

甄朝夕带头，四人齐齐高举双手，对着江湛弯腰贴地板地拜了一拜，无比虔诚。

甄朝夕道："学神！保佑我们主题曲都过！"

丛宇道："保佑、保佑！"

练习室的其他学员原本都在练舞，被那边拜学神的架势吓了一跳，转头的转头，惊讶的惊讶。

"甄主任他们干吗？"

"拜学神？"

"拜什么学神？"

"湛哥啊，湛哥不是理科状元名校毕业生吗？你考试怕挂科的时候不拜文曲星？"

"天哪。"

"哎……你干吗去？"

"他们 A 班的'学霸'都拜，我一个 F 班的'学渣'，不拜不是傻了？"

结果那男生才溜过去，两腿一弯膝盖滑行了半米，就见江湛抬手指着他，喝了一声："别动！"

男生疑惑道："啊？"

江湛跪坐起来，膝盖在地板上挪挪挪，挪朝了东南方向，抬手示意费海他们，还有刚刚那个拿膝盖滑行过来的男生。

"不挂科一般都拜'文曲星'，文曲星五行属木，方位东南。"说着跪坐好，绷直后背，双手合十，"来，准备拜吧。"

几个男生无言以对。

哥，我们错了，我们闹着玩儿的。

等到了扒舞练舞阶段，费海他们四个，无论是谁，都比江湛强百倍。魏小飞更是中午前就熟练掌握，一直在旁边帮哥哥们纠正动作，同时单独给江湛开小灶。

"2234，5678"魏小飞拆解了一个动作，"然后一只手叉腰，一只手打开，身体往

150

左侧，像这样，脚的动作刚好是后面半个八拍，5678。这样。"

江湛重复动作。

魏小飞纠正他的手道："手这样，不是这样。"

江湛纠正动作。

魏小飞提醒道："腿。"

江湛停下，看着镜子里，觉得这样下去不行，效率太低了。

从宇已经学完了一半，捞水喝的时候在旁边看了下，见江湛停下，问道："觉得难吗？"

江湛没说难没说不难，想了想说："这样吧，我分开学。"

魏小飞问道："分开学？"

江湛指了指腰以上说："先学上面的动作。"再指了指腿，"再学下面。"

从宇一哽，把水咽下去，拧紧矿泉水瓶盖，用瓶子示意了腰到大腿根之间的部位，问道："你把这部分忘了？你是准备让这部分跟你的上半身，还是跟你的下半身学？父母离婚不要孩子的？"

旁边喝水的甄朝夕和费海同时呛了一口。坐在训练室墙边，手里端着摄像机的摄像师憋着笑要憋死了。江湛自己想想都要笑。

于是突然地，话题一个急拐弯，变了味儿。甄朝夕拍了从宇一下道："怎么可能不要，中间那么重要的部分。"

从宇反应过来道："哦，对对对。"压低声音，"关乎以后的……嗯，肯定得要。"说完，两人你懂我也懂地对视一眼，接着笑。

这话江湛当然听到了，见怪不怪，男生之间从来就没缺过这种话题。他还回头，示意摄像师："老师，这段不能播的。"

摄像师比了个"OK"。

这之后，江湛不再一个八拍一个八拍地学拆解的动作，直接分上半身、下半身动作。

午饭前和午饭后一段时间，他都在学上半身动作，学得果然比之前快很多。在费海他们从头跳整支舞的时候，江湛跟在旁边，基本上所有的上半身动作都是正确的，且能跟上拍子，不但跟得上拍子，节奏点也都压得很准。

从宇他们都惊了，心说还能有人这么学舞的？

魏小飞傻傻地来了一句："哥，你以前学民族舞也这么学的吗？"

江湛道："要是民族舞也只给我一天时间，我应该也这么学。"

下午，江湛开始学腿部动作。

学了没一会儿，柏天衡来了。柏天衡是午饭后，一个训练室一个训练室探过来的。探到江湛他们训练室之前，该发的火已经全部发过了。

没办法，有些学员进度实在太慢。

一个早上都过去了，还有人一首歌只会唱三四句。舞蹈更别提了，简直能用"一塌糊涂"来形容。

柏天衡在探过的每一间训练室，都说了同一句话——

"继续这样，你们中的有些人，不用等到明天，今天就可以直接走人。"

所以在进江湛他们练习室的时候，柏天衡的表情要多臭有多臭。臭到学员们一下子想起，评级当天被柏导师的气场支配的恐惧。

柏天衡进门，训练室瞬间安静，学员们自觉地站到一起，面朝导师。

柏天衡和早上派发掌机时的语气、神色截然相反，语气淡然道："来几个跳跳看，让我看看，又有谁想提前回家。"

众人沉默不语。

柏天衡的严肃凝在眉宇间，抱着胳膊，低头看了看腕表说："抓紧时间，谁先来。"

谁都不想来，更不想先来，尤其是到现在还练得一塌糊涂的那部分人。最后是魏小飞先举的手，从人堆里走出来，大家纷纷退让到一旁，小小地松了口气。

而就在魏小飞表演主题曲的时候，江湛被丛宇他们，从人堆靠前的位置，拉到了最里面的角落。

江湛问道："搞什么？"

丛宇压着声音说："柏导那么眼熟你，看到你，还不马上让你过去跳。"

刚说完，柏天衡的声音在教室另一侧响起："丛宇，你下一个跳。"

丛宇无语。

江湛示意道："上吧，弟弟。"

丛宇瞪眼反问："哥，弟弟我为了谁？"

柏天衡道："江湛再下一个。"

江湛道："呃……"

丛宇舒坦了：有难同当，果然是好兄弟。

魏小飞职业舞者，跳个主题曲不在话下，他只有一个问题，就是歌词还不熟练，唱错了好几段。

柏天衡还算满意，脸色稍霁。

丛宇跳，也大差不差，顺利过关。轮到江湛的时候，合着主题曲的伴奏，江湛跟两只腿钉在地板似的，全程腿不动，只动上半身。

柏天衡道："停。"

工作人员暂停伴奏。

柏天衡看着江湛，问道："你跳舞不动腿？"

江湛如实回道："还没学。"

柏天衡有些意外地说："你上面、下面分开学？"

江湛道："嗯。"

柏天衡问道："怎么学的？"

这还能怎么学，就学啊，分开学，和其他学员一起学。江湛眨眨眼，言简意赅道："先上面，再下面。"

柏天衡问道："因为下面容易？"

江湛道："差不多，上面下面，都挺累的。"

学员们开始默契地憋着笑，发出一种大家都能迅速理解的笑声。江湛秒懂，无语地看向他们道："我是说跳舞。"又回视柏天衡，重复了一遍，"跳舞。"

柏天衡唇角弯了弯道："嗯，跳舞。"

江湛道："我真的说的是跳舞。"

柏天衡道："我知道你真的说的是跳舞。"

学员们绷不住了，彻底笑开。从柏导进门开始就绷紧的气氛，一下子散了。

柏天衡身上的气场也跟着消散。他往身后的钢琴上一靠，单手插兜，眼神里还荡着没有散开的笑意，看了看江湛，然后才看向学员堆。

"我对你们怎么学，学上学下学左学右都随便，你们自己看着办。

"我就是想告诉你们，留给你们的时间不多了，现在是下午两点半，到晚饭时间，还有三个小时，晚饭之后，晚上，你们能练到几点？12点，还是1点、2点，又或者干脆整夜不睡？

"集中所有的注意力，心无旁骛地提高效率，累一点儿就累一点儿，别放松。明白了吗？"

众学员道："明白了。"

练习生们散开，继续练舞。

柏天衡和江湛还在原地，跟拍的摄像师也在。

柏天衡看看江湛道："累就休息一下。"

摄像师：等等，柏导，你刚刚对其他学员不是这么说的。

江湛却在想别的。他用清澈的目光回视柏天衡，闻言带着点儿犹豫的口气，问道："你说的累……是指跳舞吗？"

柏天衡用幽幽的表情说："不是跳舞的话，我还能说你什么累？"

摄像师秒懂，又开始憋着笑。

江湛转头道："哎，我听到了，别这样，老师。"说着转头，看了看柏天衡，"都纯洁一点儿，好吗？"

柏天衡哼笑，抬步准备离开训练室，和江湛擦肩而过的时候，侧头，用他惯有的漫不经心的语调，缓缓道："谁不纯洁了。"

江湛心头轻轻一跳。没办法不跳。因为这句话，一字不差，是江湛自己以前说过的。

那是高二升高三的暑假，他们一群男生白天约了出来打球，晚上在球馆附近的餐厅订了个包厢吃饭。

都是一群血气方刚的大小伙儿，没人管着，光吃光喝还不够，还得玩儿。说是玩"真心话大冒险"，餐桌转盘上那碟子白灼西蓝花，转到谁，算谁输，输了要罚半杯酒，再在真心话和大冒险里面挑一个。

大家都说"好"，就玩这个。

然后，所有人都玩得很开心，整个包间气氛爆棚。

江湛还有印象，他那天也玩得挺开心的，之所以记得清楚，是因为那次他拿错了饮料，不小心喝了口酒，整个人都晕晕乎乎的。

而那天，他输了好几轮，那碟白灼西蓝花跟爱上他一样，回回都转到他面前。

一群男生拍着桌子起哄，又要他赶紧"大冒险"。

江湛那天努力给自己争取"真心话"，免得被这群人"大冒险"死。

结果一群人竟然喊道："谁要听你的真心话，你又不是妹子，我又不是想知道你喜欢谁。"

江湛道："真心话！"

其他人道："大冒险！"

江湛道："行吧，大冒险就大冒险。"说完转头看身边，"柏天衡。"

众人起哄道："行行行，柏哥就柏哥！"

柏天衡懒懒地靠后倚着椅背，在江湛转头的时候，眯起了眼睛道："喊哥有用？"

江湛从善如流道："哥。"

柏天衡就坐着，没再说话。

江湛捞起袖子，在众人的注视下，起身弓着腰凑向柏天衡完成大冒险指定动作。

柏天衡从头到尾都靠着椅背，看了看江湛，哼了声："没人教过你吗，这样就不纯洁了。"

江湛回头，对他笑道："谁不纯洁了。"

那天的聚餐，是记忆中年少恣意的其中一段。

江湛想想都要感叹，那时候多轻狂、多会闹。现在让他喝酒，让他对着柏天衡"大冒险"，那是绝对不可能的。

"湛哥，你发什么愣？"旁边的丛宇突然抬手在他面前挥了挥。

江湛回神道："哦，没事。"

丛宇立刻嘻嘻哈哈地说："还是我们湛哥厉害，我算发现了，有你在，感觉柏导完全凶不起来。"

江湛道："不是我的关系，是柏老师人本来就不错。"

后面小半个下午，江湛都在练腿的动作。他练腿的时候就真的只练腿，完全不加之前学过的上半身的动作，整个学舞过程堪称奇葩。

练习室的很多人都当他是上半身和下半身无法协调，所以才这么练。大家虽然觉得奇怪，但也没人说什么，他们自己也要练舞，顾不上别人如何。

只有一个人，没忍住。

当时训练室已经没什么人了，晚饭时间，不少学员都去吃晚饭。江湛还没走，站在镜子前拆一个腿上的舞蹈动作。那动作不复杂，江湛拆得很细，就是想每个节点都力求完美。他这么拆，一遍一遍，看在别人眼里，会以为他不熟，特别不会跳。

江湛正跳得认真，想看看还有哪里能完善的，忽然有人道："你不会真的只想靠脸吧？"

又道："你知不知道你继续这样下去，等这段节目播到这里的时候，会有一堆人排队骂你没实力，还靠脸上Ａ？你自己就不能争气点儿吗？"

江湛动作一顿，抬头，从镜子里看向说话的那人。

蒋大舟，初评舞台上站出来质疑自己的那个男生。男生染了头蓝发，一身衣服半湿，脸色很臭，神情傲娇。

他也从镜子里看着江湛，一副被气得不轻的样子。

周围还有其他学员，都因为蒋大舟这一嗓子安静了下来。

练习室里静得出奇。

有人看蒋大舟，有人看江湛。

江湛看着蒋大舟，没说什么。虽然不知道蒋大舟看到后是怎么理解的，但江湛品了品这两句话里恨铁不成钢的口气……

好熟悉。

蒋大舟见江湛神情不变，以为他油盐不进，更生气了，大声喊道："你不会真以为拿了Ａ就有多了不起吧？前段时间封闭训练，有专业老师辅导，你不会对自己的实力还看不清吧？难道没人告诉你，你现在这样只能用'德不配位'来形容吗？"

封闭训练期间，大家一起接受专业老师的指导，谁强谁弱，那六七天早已有所展现。

实力强的自然有底气，实力弱的也基本心中有数。江湛什么样，大家在训练室也都看得清楚。但从未有人这么直白地揭露过。哪怕是专业老师，说得都很委婉。

蒋大舟突然号出这一嗓子，训练室里的人都吓了一跳，但也都没吭声，更没人圆场。

圆不了，怎么圆？

蒋大舟可是在初评舞台正面硬杠过江湛的，当时甚至提出了比试一下，这二人从一

155

开始就不对付，蒋大舟显然看江湛不爽，旁边人能怎么劝？

只有一两个人小声说道："蒋大舟，你别，稍微客气点儿。"虽然摄像师这会儿不在，但训练室的镜头一直都在。

蒋大舟才不管，他是个少爷脾气，其他班的人不清楚，F班和他接触过的人都知道。

要他客气？有什么可客气的。

蒋大舟隔着大半个教室的距离，直接对江湛喊道："我就是质疑你，怎么了？"

教室里更静了，空气都凝固了。

在场的所有人都想，完了，这怕是要杠起来了。

结果江湛根本不生气。

他转头看向蒋大舟，不但不生气，还笑了笑说："我怎么觉得，你不是在质疑我，是在关心我？"

蒋大舟一顿，表情都变了，直瞪眼道："谁关心你啊！我为什么要关心你啊！"

江湛看他这副炸毛的样子，笑了笑说："我以前有个朋友，关心我的时候就是你这个样子，每次被我戳破，也是你这个表情。"

蒋大舟还在瞪眼道："你朋友和我有什么关系啊。"又道："还什么'我以前有个朋友'，你这搭讪的话也太土了吧。"

江湛看他："我搭讪你？不是你先开口的吗？"

蒋大舟一愣，表情再次转变，这次直接炸了毛，说："哎！我可没搭讪你！我是提醒你！"

江湛笑着说："提醒我也是因为好心吧？我明白的，谢谢。"

蒋大少爷原本底气是很足的，毕竟他刚刚站在后面盯着江湛跳舞盯了有七八分钟。

他心里说道：这跳得都是什么乱七八糟的，哪儿有人跳舞只动两条腿的。就这样还拿A？是等着后面节目播出被撕吧？

蒋大舟忍无可忍，开口了。他觉得自己在嘲讽，没错，就是嘲讽。结果被江湛绕了一圈，莫名地成了好心和关心。

蒋大舟心道：少爷我是这种多管闲事外加同情心泛滥的人吗？我和你又不熟，我好心个屁？关心你个大爷。

蒋大舟瞪了江湛一眼，扭头走了，离开训练室。

蒋大舟走了，其他学员觉得尴尬，也去吃饭了，训练室很快就剩下江湛一个人。

江湛被蒋大舟打断，没再接着练，在地上捞了一瓶水喝。

喝水的时候，他又想起了聚餐那段。脑海中，那个带头出主意玩"大冒险"，每次他被罚都起哄的身影，渐渐清晰起来。

宋佑。

江湛很久没想起宋佑了，也是突然发现蒋大舟那说话的语气、神态，和曾经的好朋友如出一辙，才突然想起来。

而想起许久没有再见的宋佑，江湛轻轻叹了口气。

算了，不想了。

酒店公寓。

柏天衡接了一个电话。刚接通，听了两句，便道："哦，我当是谁，宋总。"

宋佑张口就骂道："姓柏的，少给我装蒜！"

柏天衡装蒜道："宋总找我有什么事吗？"

宋佑是个只要他愿意，就能立刻化身喷子的大少爷。

这个喷子大少爷几乎没有停顿，张口就来："姓柏的，你就说，是不是你威逼利诱，要江湛去参加选秀的，是不是！"

又喷道："你那点儿心思，别人不知道，我还不清楚！我早就看清你了！"

柏天衡一只手接电话，一只手用 iPad 刷微博，两边都不耽误，闻言沉稳地"嗯"了一声："看清什么了？"

宋少爷不知什么原因，一时语塞，只是简单地总结道："姓柏的，你不是人。"

柏天衡刷着 iPad 淡定如常道："我不是人，你是。"顿了顿，"宋总从昨天开始，没少点赞投票吧，给江湛投多少了？"

宋佑原来根本不关心娱乐圈的事。宋家偌大的家业等着他继承，他每天忙工作飞来飞去，哪有工夫关注这些。他生活中唯一和娱乐圈沾点儿边的，就是投钱给他堂弟宋小佐开了家娱乐公司。那家公司叫"外星人娱乐"，开成这样，宋佑也没多管。

没管过，当然不知道外星人娱乐也给星光视频的综艺推了自家的练习生，更加不知道，《极限偶像》的一百名练习生里，就有一个自己的老熟人。

宋少爷最后会知道《极限偶像》，知道江湛参加了选秀，还是亏了新来的秘书——那个秘书，颜好胸大，肤白貌美，唯一不好的就是除了脸和身材，其他屁用没有。

宋佑正奇怪谁给他安排了这种秘书，好嘛，新秘书泡茶不看水杯看他的脸，一小壶滚烫的开水全浇水杯旁边的手机上了。

宋佑不得不换了新手机，顺便换掉了秘书。等拿到新手机，装上各种软件，某 APP 的新闻推送"叮叮叮"地响。宋佑就是在删除新闻推送的时候，看到了一条娱乐快讯，点进去，赫然是柏天衡和江湛的表情包。

宋佑这才知道，江湛参加了《极限偶像》。

说起来，宋佑和江湛也有很多年没见了。

最后一次见面，是几年前在温哥华。两人因为一些矛盾，彻底闹僵，宋佑那次回国后，再没联系江湛，江湛也没有联系他。

一年多前，宋佑出差，无意中在机场遇到了江湛的舅舅韦光阔，两人坐在一起聊了会儿。

宋佑憋了半天，最后韦光阔要登机了，他才急忙道："江湛还在温哥华吗？阿姨最近还好吗？"

韦光阔有点儿意外，毕竟宋佑和江湛从小玩到大，不该不知道江湛最近的情况。

"你不知道吗？"韦光阔顿了顿，才道，"江湛他妈妈已经走了。"

宋佑惊讶道："什么时候？"

韦光阔道："有两个月了。"说着叹了口气，"你有段时间没和江湛联系了吧？我也是，最近都不怎么联系得上他，他妈妈走了之后，他一直在外面散心。"

宋佑那一天在机场候机室，手机拿起放下，放下又拿起，内心复杂，情绪翻涌。他没想到江母已经去世了，更没想到江湛连这个消息也不告诉他。他一面后悔自责，骂自己没有主动联系江湛，一面又生气，这么重要的事情，他竟然不知道。

宋佑最终还是没有勇气联系江湛，他说不出是什么感觉，就觉得，他和江湛，越来越远了。别说人在国外的江湛，就是国内和他同一个城市的曾经的死党，谁结婚了，婚宴的时候大家聚一聚，其他就没了，平时能微信聊三五分钟，就不错了。

宋佑本来以为，他应该不太能再见到江湛。少年时期的友情和恣意轻狂，最终都成了过往云烟。怎么也没想到江湛突然回国了。不但回国了，还参加了选秀，这选秀节目里的导师还是柏天衡。

柏天衡算个屁？还有，柏天衡有钱怎么了？老子没钱吗？江湛，你缺游戏机你说啊，89元包邮算什么，你要买断产品线都可以。

这才有了宋佑打给柏天衡的那通电话。

不仅如此，宋佑还打给了堂弟宋小佐。

宋小佐接到宋佑的电话，还挺高兴的，张口就喊道："哥！哥，你今天怎么有空给我打电话？"

宋佑道："你那家娱乐公司最近怎么样？"

宋小佐道："呃……虽然距离赚钱还远了一点儿，不过哥你放心，我有信心。"

宋佑道："光有信心怎么够，还得有知识，这样吧，我帮你安排，先出国找个商学院进修三个月。"

宋佑道："至于公司，我亲自帮你管。"

宋小佐讷讷地说："哥，你……吃错药了？我开的是娱乐公司，你不是不喜欢娱乐圈吗？"

宋佑舌头都不带打结地说："以前不喜欢，现在准备尝试喜欢看看。"

宋小佐问道："为什么？"

宋佑道："你知道'高山流水'，伯牙和钟子期吗？"

宋小佐没反应过来似的说："是最近新出的CP？"

宋小佐道："哦哦哦，我知道，牙，就是那个姜子牙，直钩钓鱼那个……"

宋佑道："滚！给我滚去念书！"

次日，导师组开工，录制主题曲评定。

单郝、童刃言、戎贝贝和姚玉非都是一早就到了。四人化好妆，做好造型，分坐一张桌子的两边。录制的房间里，面朝四位导师的方向，有一台连接镜头的显示器。等会儿学员们对着镜头一个一个地跳主题曲，导师现场打分评级。

单郝道："一天时间，一支舞，应该还好。"

戎贝贝道："如果有专业老师一步一步教，一天肯定够。不过让他们自己拆舞练，还要学主题曲，能到什么程度，真的全看他们了。"

童刃言道："小姚老师自己拆舞吗？一般一支舞自己拆，多久能练好？"

姚玉非道："看难易程度，容易的话，两遍，难的话，五六遍。"

四位导师闲聊了一会儿。

没多久，监视器屏幕上跳出画面。

童刃言道："哦，来了。"

录制主题曲的房间里，气氛比昨天晚上还要紧张。到这个时候，会就会，不会就是不会，也没有多余的时间让谁再去练习。

所有的学员带妆，穿着各自的队服，候场等待。上场顺序是节目组随机安排的，叫到谁，谁到镜头前跳，导师就在监控器这头，会边看边打分。

学员间的气氛有点儿沉闷，很多人都很紧张，能看得出来，不是装的，是真的觉得时间不够，练习不够充分。

费海他们几个都还好，包括江湛在内，心态都还算放松。

甄朝夕特意对江湛道："湛哥，你只要保持昨天晚上那个水准，肯定没问题。"

江湛点头道："我争取跳好。"

丛宇往某个方向瞥了一眼说："让有些人看看，我们不是只有脸的，实力也是有的。"

"喂！"侧后方的蒋大舟抬头看过来，"故意的吧，说给我听的吧？"

丛宇也抬头道："我说你了吗？"

蒋大舟瞪了丛宇一眼。

教室里都是镜头，谁都要注意言行，周围人见蒋大舟和丛宇两句话就要杠上，连忙劝和。

丛宇瞄了蒋大舟一眼，没再说什么。

蒋大舟被人拉远了，甄朝夕劝丛宇道："算了。"

丛宇哼哼唧唧地整理了下衣服道："昨天是他先挑事儿的。"

甄朝夕道："别那么激动，湛哥都没说什么呢。"

丛宇道："那是湛哥脾气好，我脾气不好。"

昨天晚饭那会儿，蒋大舟和江湛差点儿在训练室杠起来的事，镜头都拍下了，没多久，节目组就知道了。到了晚上，节目组还特意来人，问了当时的事，又劝了几句，丛宇他们这才知道发生了什么。

丛宇脾气如此，不太能藏心事，刚刚看蒋大舟就在附近，特意拿话刺他，蒋大舟也是个脾气暴的，一点就炸，又差点儿吵起来。

江湛拍了拍丛宇的肩膀说："我没事，你心静一点儿，等会儿跳舞呢。"

丛宇还有火气，瞄了眼刚刚蒋大舟的方向说道："又要较量啊，我跟你来比。"

江湛笑着说："行了，干正事儿呢。"

丛宇道："湛哥，我跟你说，这种人，你下次就直接答应他，你不用亲自上场，我、小飞、甄主任和费费，你随便点一个，我们帮你跟他比。"

其他几人在旁边点头。

江湛笑着说："知道了，下次主动迎战，OK？"

丛宇道："OK，OK。"

不远处，已经有人开始对着镜头跳主题曲了。前面还好，虽然不能和初评时自己准备的舞蹈比，好歹也能跳完整，可越到后面，跳得越崩，不仅如此，歌词记混了。那个男生跳到最后，自己都跳不下去了，干巴巴地对着镜头看了两眼之后，试图继续跳，却连拍子都记不住了，只能黯然退场。

用脚趾头想都知道，评分不会高。

江湛他们几人相互对视一眼，都有些意外。

魏小飞道："那是 C 班的尹均，昨天和我们一个训练室。"

江湛问道："他晚上的时候不就已经很熟了？"

费海附和道："对啊，怎么这样了？"

甄朝夕道："自己慌了，节奏全乱了。"

接在后面跳主题曲的几个男生，全都差不多，没有一个把整首曲子跳完，都是跳着跳着，突然一个地方卡了，卡完接着跳，不是动作错，就是歌词错。再接着有个男生，全程只哼歌，一句歌词不唱，舞倒是跳得不错。

这个时候，学员之间的差距逐渐凸显。就像导师组说的那样，一支舞曲，专业的老师教和自己扒，效果是不同的。尤其男生之间做事的时候不爱抱团，很多人自己练，不像江湛他们会你帮我，我帮你，最后的效果自然不好。

开头几个人的表现实在太打击学员整体的信心了，没人聊闲话了，都开始练习，就怕上场后露怯太多。

江湛也稍微练了练，不过还是老样子，要么上半身，要么下半身。

他这边练得好好的，突然，身边凑过来一个边跳舞边律动着的身影。蒋大舟没看江湛，自己跳着，边跳边用江湛听得到的声音小声问道："这样跳，再这样跳，好吗？你不会，你看我啊。"

江湛看向他。

蒋大舟道："跳啊。"

江湛停下。蒋大舟一边律动一边飘走了。

江湛看看他飘走的方向，心说真的，和当年的宋佑一模一样。

江湛继续动腿或者动胳膊。过了一会儿，蒋大舟又身体律动着飘了过来。

"这样，这样！"

江湛停下，看看他。蒋大舟又是一副"我什么都没做"的表情飘走了。

丛宇走过来，胳膊往江湛肩膀上一搭，也一脸无语地看着蒋大舟的方向说："他属'阿飘'的？我们这个舞有太空步吗，他能跳出太空步的效果。"

江湛想到刚刚蒋大舟的样子，笑起来。

丛宇道："他干吗？奇奇怪怪的。"

江湛道："就说了，他只是傲娇。"

终于，轮到江湛。

工作人员才报到江湛的名字，人堆里立刻有人伸长了脖子看过去。江湛用视线准确无误地锁定了那只"长颈鹿"，伸手打了个响指，冲对方展颜一笑。

名为蒋大舟的长颈鹿立刻缩回脖子，他周围的几个男生都在嘀咕道："江湛刚刚那个响指，好苏啊。"

有人看着蒋大舟道："大舟，恭喜你啊，你成功用你的'傲娇'和'蠢萌'，引起了湛哥的注意。"

江湛自从初级评定后，唱跳方面的实力肉眼可见不如 A 班其他人，大家嘴里不说，心里都清楚，只论唱跳，他不是 A 班水平。

此刻，轮到他上场，多少双眼睛都看着。看他能跳成什么样，看他的实力能不能够上他的 A 班等级，看他奇葩似的学舞方式，到底是在博镜头，还是真的有用。

江湛站定到镜头前，工作人员对他比了一个"OK"。

江湛面对镜头，简单地向镜头另一边的导师自我介绍，接着，便自己起调清唱，边唱边跳。跳主题曲前几句的时候，众人还没什么反应，开头几段，大家都会，然而随着主题曲的旋律，江湛越跳越顺，越跳节奏感越好。他真的一个拍子都不差，所有的动作都是到位的，且都落在节点上。不仅如此，他清唱的功力也很稳，听不出喘音，且记得所有歌词。关键是，江湛之前只在舞台上跳过一段民族舞，现代舞还是第一次，这首主题曲的舞蹈不够酷，对男生来说也不够"硬气"，整体质感偏"软"，这么一来，男生跳会显得比较……

用魏小飞他们的话来说，就是可爱。

之前的一些男生，舞都跳不全，歌词都记不牢，注意力不是在肢体上就是在主题曲上，哪儿会注意自己的表情演绎。

江湛不同，他歌词记得，舞蹈会跳，对着镜头表演的时候，虽然没有进行专业的表情管理，但是跳舞的整个过程都挺开心的，一边跳，一边笑，笑意全程挂在唇边，再搭配他一张帅得没边儿的脸，以及那双又长又细的腿——

其他学员："湛哥！我们给你'打call'！我们给你爆灯！"

有些学员直接就议论起来了——

"我的妈啊，湛哥也太会了吧。"

"他这个表情管理也太惊人了。"

"我是真的服了湛哥了，他真的什么都会。"

"我不是粉丝，我都想给他点赞。"

…………

等江湛跳完，才匀了口气，学员里有人带头"打call"。

"Pick！Pick！Pick U！（挺你！挺你！挺你！）"

江湛出了点儿汗，拿手在额头上抹了一把，看着周围挺自己的学员，笑着说："现在发现了吧？我们长得好看的人，真的不只是长得好看。"

江湛开了个玩笑，气氛轻松活跃，节目组的摄像师们立刻把镜头对准了他。

江湛擦着汗，转头朝向其中一个镜头，眨了眨眼。

众学员道："哦！"

江湛回头道："行了行了，你们也太会捧场了。"

某学员道："再来一个！再来一个！"

江湛故意装傻道："再来什么？"

那学员道："眨眼啊，湛哥，你试试，边眨眼边放电。来一个勾人的眼神，回头让节目组给你剪进去，保管迷死一堆小姐姐！"

江湛想了想那个表情，摇头。

学员道："做嘛做嘛。"

突然有人来了一嗓子，吼道："你迟早要舞台'营业'的，干吗不做？"

江湛抬眸看那人道："蒋大舟！"

蒋大舟瘪嘴。

江湛扬眉道："服不服？"

蒋大舟之前有多不服气，现在就有多服气，江湛点他的名字，他乖得屁都没放，连连点头："服服服，我服！"

服完了，蒋大舟继续说："那你也要'营业'的。"

162

其他学员道："'营业'！'营业'！湛哥！'营业'！"

江湛真的拿这群男生没办法，真是太会起哄了。

但要他对着谁眨眼放电，那还真做不到。

江湛扫了训练室一圈，突然看向了离自己最近的一扇窗户，边指边走过去，说："要不我对着窗户试试。"

刚说完，训练室里立刻有摄像师拔腿往外冲——显而易见是从窗户那头拍江湛的放电。

江湛走到窗户前，问学员们："行吧？"

其他学员道："行啊，你自由发挥。"

江湛就站到窗户前，不带放电地眨了左眼，再眨了眨右眼，来回眨了几下之后，突然，单面透视的窗户被人从一边推开。

柏天衡站在窗外。

众人和江湛愕然。

柏天衡和江湛就隔了一道窗户和小半米的距离，一个在外，一个在内。

这窗户大家都知道是单面透视，如果他们亲爱的柏天衡柏老师早就到了的话……

柏天衡看着江湛，弯了弯唇角说："刚刚的六个放电我接收到了，现在反馈告诉你，没有灵魂，没有感情，重新来。"

江湛心里捅回去：你这个魔鬼。

全场安静，陡然看到柏天衡，一群学员又变回了小鸡崽子。

柏天衡索性抬手，胳膊往窗框上高高地一靠，显出几分强势的气场。他先是扫了学员们一眼，接着看向江湛道："来吧，放电给我看看，看看这个'勾人'的'营业'，到底合格不合格。"

小鸡崽子们暗道：来了来了，气场来了！大家保持警惕！

江湛默默转头看众人，心里想道：说话，你们倒是说话啊。真拿他当鸡妈妈是吧？！

江·鸡妈妈·湛：心累，带不动这么多娃。

而这个时候，训练室不只有学员，还有很多的工作人员和摄像机，镜头拍着，总不能继续尴尬下去。

江湛想了想，看向柏天衡，隔着一道窗户和他沟通："对着真人我有点儿做不出来。"

柏天衡撑着胳膊在窗框上，姿态强势道："嗯。"

"我就……"江湛想了想，"我就直接做个'勾人'的表情吧。"

柏天衡点头道："可以。"

话音刚落，江湛的脸突然凑近，眼波雾似的流转开，眸光里瞬间多了几分飘忽的缱绻。

他盯着柏天衡的眼睛，静静地，过了一会儿，江湛的眼尾染出几分深意，头歪了歪，唇角若有若无地勾起。

小鸡崽子们惊叹：我的妈！我的妈！湛哥是什么神仙下凡！他怎么什么都会！什么都敢！那是柏天衡！那可是柏天衡！

果然——

江湛的唇角勾起来还没落下去，就听到柏天衡说："表演得很不错。"

江湛怔怔地后退两步，露出些许几不可见的茫然。

江湛回头看了看众人，再回头看向柏天衡。窗外，柏天衡神情一如既往，见江湛看他，还回眸直视过来，神情磊落。

当天，学员们都跳完主题曲后，节目组并没有直接公布成绩，负责打分的导师组甚至都没有露面。说是结果会在明天公布，届时需要所有人带妆在演播厅录制。到时候才会知道谁的评分在末尾二十名，谁又会被直接淘汰。

学员间的气氛变得紧张起来，尤其是"差生"最多的 D 班和 F 班。有几个没跳对也没唱对的男生，在节目组告知不当场公布成绩的时候，直接蹲下来抱住了脑袋。

回寝室后，江湛他们甚至听说，已经有人开始收拾行李了。从入住到今天，这是寝室大楼里第一次渲染开这样低落的情绪。而这种低落的情绪，影响了寝室楼里的每一个角落。

这天晚上，没人串寝室，楼道里安安静静的，有些寝室甚至早就熄灯睡觉了。淘汰，是每个练习生都要面对的最残酷的环节，没有之一。连江湛他们这种四个人都还跳得不错的寝室，气氛也跟着有点儿低落。

丛宇平常大大咧咧，今天晚上却直叹气，还说："早晚有一天，我们寝室也会有人走的。"

甄朝夕直接一个枕头扔过去，警告道："闭嘴吧你。"

魏小飞塞着耳机听歌，一点儿也不想面对这些情绪，更不想听丛宇的假设。至于江湛，或许是年龄大一些、成熟一些的关系，也可能是因为经历过更多事，他对"淘汰"看得开，也更容易接受。

倒不是说明确自己不会被淘汰，所以不管别人，高高挂起。他只是觉得，人生路这么长，今天淘汰，未来还有无限可能。

不必伤感。

次日，学员食堂。

江湛打好早饭坐到柏天衡对面，筷子才拿起来，就开始犯嘀咕："你说你，昨天那么突然地出现，我差点儿没反应过来被吓一跳。"柏天衡放下勺子，胳膊肘架在桌沿，看着对面。

江湛吃着早饭，愣道："怎么了？我说错了吗？"

柏天衡没说话重新拿起勺子，继续他刚刚没有结束的第一口汤。

因为早上都有录制任务，柏天衡喝完三口汤就走了，走前看了江湛一眼，单手从脖子上摘下一根链子，扔给江湛。

江湛愣道："给我？"

柏天衡用导师的口吻说："其他学员还会申请节目组安排理发师染发，我看你舍友没有哪次不是弄好造型出门的，怎么就你不知道戴点儿东西，你现在可是练习生。"

江湛从善如流道："这倒是。"

柏天衡没说一定要他戴，也没说这根链子是送的还是借的，直接走了。

江湛也很直接，直接把链子戴到了脖子上。以他和柏天衡的默契和熟悉程度，以前打球的时候护腕都是你戴戴我戴戴，一根链子，虽然价格上比护腕贵多了，不过价值上就和护腕差不多。

江湛并不知道，柏天衡早上骑车来寝室大楼的时候，早就连人带车再带这根铂金的链子，一起被前线"站姐"的"大炮"拍进了相机里。更加不知道，拍到这根链子后，应援的追星女孩们当场就议论了起来。

"柏天衡这根链子谁认识？以前代言过或者做过大使的哪个品牌？"

"不知道啊，不过应该不是吧，柏之前一年多没出来，商务早没了。"

"私服吧，自己搭的。"

"估计是。"

"那真难得，他回国之后，变化还挺大的。"

"就是啊，所以粉圈小姐姐都在怀疑他屋里有人。要是没人，他能又是喜欢小狗又是小鸡可爱？感情也太充沛了吧。"

"所以现在完全搞不清楚啊，我看她们有人一直在讨论这件事，有人说柏回来是搞事业的，有人说不是搞事业，要是搞事业，不会现在只有《极限偶像》一个行程，至少商务得开始了。"

"哇，柏天衡这点倒是一直没变，回国前、回国后、一年前、一年后，始终让人看不透。"

正聊着，应援队伍有了动静。

"来了来了，好像又是湛湛，他好早。"

各路相机、手机立刻准备就绪。

几秒后——

"江湛！湛湛！早啊！"

"江湛！江湛！"

江湛笑着和大家打招呼道："你们才是很早啊，都吃过了吗？"

追星女孩们说："吃过了，都吃了，节目组这边早上也发早饭的。"

江湛朝大家挥挥手说："辛苦了。"

女孩们道："我们不辛苦，湛湛辛苦了。加油啊。"

江湛道："谢谢，谢谢。"

人群中，刚刚还在议论柏天衡配饰的几个女生，面面相觑地露出惊愕。其中有个女孩放下她的"大炮"，相机屏幕上点开江湛的照片，放大放大再放大。几个脑袋跟着凑过来，全都盯着相机屏幕上的某处细节——

"这是……柏……的，那根链子？"

"像吗？"

"像吧。"

"是那根吗？"

"不清楚啊，柏戴的时候链子挂里面的，就露出一截。"

"江湛这根呢？是不是哪个牌子的大街款？"

"不知道啊，没看出来。反正看起来就像同一款。"

"别猜了，回去放大了图对比就知道了。"

于是当天，就在《极限偶像》录制主题曲评分和淘汰的时候，木白姐姐们正在进行一次小范围的"炸锅"。

"炸锅"的直接导火索，就是站姐拍到的柏天衡脖子上那根链子和江湛佩戴的链子的对比图。

前线"站姐"说什么放大，根本不用放大对比，直接把图传上电脑，不用任何软件工具，直接肉眼就能看出来，是同一款——

铂金，"回"字纹路，镂空，挂坠是个纯黑的十字。

这条十字铂金链一出现，她们立刻开始扒牌子，可扒遍大大小小所有品牌，根本没有同款。

一大票的追星女孩，足足扒了五个钟头，才有人认出了这根链子。

"是国外一个特别小众的牌子，就是我住的城市这边的，我因为有关注过这个牌子，也买过，所以能确定，百分之百确定。而且这款十字当时就没几根吧，是个圣诞限定款，一百根卖完就没了。"

国外小众？圣诞限定？就一百根？

一百根还能撞款？一百根撞款是什么概念？

在粉圈，明星撞机场私服都能被拿来做对比，要是近期有过同框，更容易被显微镜女孩们拿出来扒近期工作日程和私人行程做对比。

这一般扒的还是各种知名的大牌衣服、饰品，如果是小众牌子，别说近期撞了，隔了半年一年两年，都能被显微镜女孩们扒出细节来。

现在好了，柏天衡和江湛直接给这群戴着显微镜的粉圈女孩一根小众到总共只有一百根的圣诞限定链子。

这还需要用上显微镜吗？用显微镜直接撑穿眼珠子好吗！

粉圈立刻就开始讨论，这根全世界总共只有一百根的十字铂金链，为什么会有两根同时出现在《极限偶像》节目组。

是江湛和柏天衡碰巧刚好各自有一根，还在同一天戴了？还是说他们中有谁的那一根，是另外一方送的？

第一种情况，粉圈女孩表示：太巧了，巧到这种概率和可能根本不存在，谁信啊。

第二种情况，倒是有可能，也很有可能，毕竟柏天衡已经送过89元包邮的游戏机给过江湛了，再送条链子也不是没有可能。

但问题就在于，柏天衡对外的形象，根本不是这样好说话的导师。

柏天衡是谁？

是一年多前准备息影的时候，因为不耐烦访问时记者的追问，直接黑脸黑到被挂热搜一周的男艺人。是多年来没有和任何一个女艺人出现绯闻，更没有给任何女艺人蹭热度机会的"无缝鸡蛋"。是对外毫无人设，粉丝眼中虽然看不透，却依旧苏到炸裂的荷尔蒙男神。也是《PICK C》中威严到一众女孩看到他就怕的存在。

这种男人，一年多没有回来，一回来就参加《极限偶像》，却表现出了不少反常。比如换了表情包头像，简介修改成"买，买贵的"，一口气关注了所有学员，微博又是喜欢小狗又是小鸡可爱的。甚至在节目期间和学员有买游戏机的互动。如今，再曝出一根同款十字铂金链。

很快就有人做出了一份总结——

《细数柏天衡回归之后的"非同寻常"》

一、关注所有练习生学员，总共一百人，打开关注列表，可以看到的第一名学员：江湛。

二、《PICK C》阶段黑脸黑到频频上热搜，至今还是黑点之一，《极限偶像》阶段给学员买游戏机。该学员：江湛。

三、换掉用了至少三年的头像，换掉用了至少七年的简介。新头像、新简介都出自《极限偶像》中与江湛的对话衍生。

四、同天同款十字铂金链，另外一条由江湛佩戴。

总结：除尾戒不可考，目前总结的所有反常，全部和江湛有关。

这份总结出来，粉圈当然得炸锅，边炸锅边热议柏天衡对江湛是不是明晃晃地搞特殊。

有人认为不是，且每一点都能反驳：

一、学员一百人，有第一个关注，就有最后一个关注，关注的最后一个人当然就在最新关注人那里，不是江湛，也会是别人。

二、买游戏机可能只是节目组安排的一个剧情。

三、换头像、换简介，就是为了配合第一期节目造势，毕竟一年没回来，"营业"也需要抓紧。如果当时不是王泡泡的表情包火了，是其他的，柏天衡也会配合造势。

四、要么是巧合，要么是柏天衡送的，一条不值钱的小众项链而已，没人规定导师不能送学员。

也有人指出，江湛算同期里年纪比较大的，会比其他年龄小的学员更成熟，可能表现更符合柏导的眼光，所以赏识他，才会又是买游戏机又是送同款项链。

直到，当天晚上，某知名论坛挂出一个匿名帖子——

《木白姐姐扒一条项链扒了五个多小时，怎么就没人去扒一下江湛？》

帖子正文：

学历！学历！学历！

江湛本科，A 大。

江湛初中、高中，香山路第三中学。（这是当年江湛当高考状元时，新闻快讯上的资料，绝对不会错！有错怪新闻！）

划重点，这才是真正的重点：香山路第三中学！三中！

木白姐姐们眼熟不眼熟？

对！没错！就是柏天衡上了三年的高中！

所以现在问题来了，柏天衡和江湛，到底是在《极限偶像》里认识的，还是八九年前就已经认识了？

你们猜！

哦，我怕你们猜不到，特意提前去扒了两人高中三年的班级情况。

柏天衡：高一（3），高二（6），高三（1）。

年份：XX 年——XY 年。

江湛：高一（1），高二（6），高三（1）。

年份：XX 年——XY 年。

微笑，手动再见。

第七章　同学情

"什么情况？"

"两个人是同学？"

"是楼主你在和我开玩笑，还是节目组在和我开玩笑？"

"我是不是在做梦？"

"高中同学？同班两年？"

"是帖子瞎了还是我瞎了？我看到了什么？"

"楼主没有开玩笑！是真的！江湛是高考状元，高中信息新闻上全部都有！全部都有！就是高一（1），高二（6），高三（1），和柏天衡的百科资料全部对上了！就是高中同学！"

"天啊！"

"这么一来，之前扒皮的什么89元包邮游戏机，什么排在第一的最新关注人，什么换表情包、改简介，所有的细节全部对上了。"

"人家是老同学！高中认识至少两年！"

"89元包邮游戏机算什么？搞不好网吧通宵游戏都打过！"

"表情包头像怎么了？以前高中时候的QQ头像搞不好都共用！"

"改简介'买，买贵的'怎么了？柏天衡搞不好高中时候就给江湛花过钱，可能还不止89元！"

"至于最新扒出的同款铂金链……人家同款的何止项链，还有高中三年共用的教室、呼吸的同款空气、吃过的同一个食堂、跑过的同一条塑胶跑道！上过的厕所都是同一个！"

这消息简直是平地一声惊雷，直接炸了大半个粉圈。

柏天衡之前那条小鸡可爱的微博下，出现了无数的最新评论，统一只有一组标点符号——"？？？"

柏天衡、江湛的微博和《极限偶像》的官博，全部沦陷了。尤其是 @ 极限偶像，最新的微博下全是"？？？"。多到当天打理官博的工作人员，也是满头问号。

工作人员小姐姐努力了又努力，没搞懂突然冒出的一堆问号是什么意思，只能默默地、疑惑地在评论下询问：都怎么了？

这才有人回复官博君：柏天衡和江湛是高中同学，你们节目组事先知道还是不知道？

官博君：？？？

而粉圈小姐姐们的行动力十分果决，一挖出老同学关系，立刻有人再去细扒《极限偶像》第一期里江湛和柏天衡的所有同框剪辑。

这下更不得了。

凑在一起淘宝买游戏机——

粉圈小姐姐：这两人绝对熟！这就难怪柏天衡在《PICK C》里黑脸，在《极限偶像》里能给学员买游戏机了！那是给学员买吗？那是买给老同学的！

你们再想想，高中男生之间能干吗？打游戏啊！试想这两人高中时候就一起打各种电脑游戏，还不知道"氪金"氪了多少，现在 89 元包邮掌机，柏天衡能不嫌弃吗？！但江湛说了"我就要这个"，"我就要这个"，柏天衡能不乖乖掏钱吗！高中肯定就没少掏啊！

柏天衡出场，镜头扫向阶梯座位席的学员，江湛脸上的错愕一闪而过——

粉圈小姐姐：不知道！江湛不知道大导师是柏天衡！他不知道！

童刃言再次点江湛要微信，柏天衡说自己也没有，现场问江湛要微信——

粉圈小姐姐：如果真的没有，那就是柏和江这么多年都没联系，初评舞台才刚重逢。

柏天衡这个时候还要故意装作不认识的样子，还跟江湛公开要微信！真不愧是柏天衡！

宣布第十二个拿到逆转卡的学员是江湛，镜头拍到江湛愣了一下的表情——

粉圈小姐姐：江湛这个时候肯定在心里想，柏天衡你敢让我降级，你就不是人！

江湛走下阶梯座位区，走上初评舞台，伸手接过逆转卡。一张卡，一边是江湛，一边是柏天衡——

粉圈小姐姐：著名的"我没钱吗"和"我就要买这个"表情包出处。现在再看，这两人面对面，根本就是老同学重逢，还得同台装作不认识。真是辛苦两位了。

而扒出这一堆堆的细节之后，粉圈小姐姐们还没来得及出个总结，就被某个在粉圈探到消息的营销号截和了内容。

该营销号是个娱乐圈相关的微博认证用户，ID"娱圈挖萝卜"。

@娱圈挖萝卜：#柏天衡江湛高中同学# 刚刚曝出 @极限偶像中名为江湛（@极限偶像——江湛）的练习生，其实是导师 @柏天衡的高中同学。两人高二开始就在一个班，至少同学两年，极偶初评舞台还当作相互不认识，柏天衡更是把最后一张逆转卡发给了江湛，送他到A班。不过，不得不说，柏导的这位学霸老同学，真的很帅啊。

附几张江湛初评舞台的照片，再附上柏天衡把逆转卡递向江湛的动图，柏天衡的高中资料，江湛考上A大时新闻上的高中资料。

于是当天，那边主题曲评分、第一次淘汰还在录制，这边微博上，"柏天衡江湛高中同学"的话题直接爬上热搜前三十。

当然，@娱圈挖萝卜就算截了粉圈挖出的料，也不过是个搬运内容的营销号，根本不懂如何让一条消息引爆全场。

@与P持续失联的王泡泡，凭借自己一次次登上热搜的实力，亲自下场教 @娱圈挖萝卜做人。

@与P持续失联的王泡泡：你们扒出来江湛和柏天衡是同学，可能多年没联系，初评舞台刚刚重逢，怎么不知道换个角度挖一挖？

柏天衡一年多没回国，准备息影转型幕后都不是秘密了，为什么突然回国？大家记不记得江湛在《极限偶像》第一期说过，他说他没有微信，因为刚回国。都是刚回国！时间是江湛在先，柏天衡在后。

柏天衡早就参加过《PICK C》，为什么又参加了同类选秀《极限偶像》？他以前有重复参加同一类的综艺？电视剧、电影都不接同一种主角"人设"好吗。

《极限偶像》的媒体发布会上，导师名单根本没有柏天衡，网传的大导师一直是白寒，为什么突然临时变成了他？

柏天衡突然回国在机场被拍到，手上有戒指吗？那尾戒第一次出现是在什么时候？是《极限偶像》。

热评：王泡泡你是不是人！我们还在嗑老同学初评舞台重逢装作不认识，你在嗑"你回来我回来""你当学员我做导师""你在哪儿我在哪儿"！

王泡泡已经成了疯狂的微博输出机器。

@与P持续失联的王泡泡：我在他们学员寝室楼下面天天蹲，每天蹲，扛着"大炮"蹲！柏天衡基本上六点五十就来学员大楼吃早饭，比很多学员起床起得都早。江湛也是一连几天，每次都是学员里去四方大厦最早的那一个，没有之一，每次都是！

就问你们，两人都这么早，食堂吃饭遇不遇得到，是不是一起吃早饭？

柏天衡放着酒店公寓五星级的早饭不吃，六点多起来吃食堂？

评论——

"泡泡！无论事实是不是真的，你说的一定是真的。"

"王泡泡你这个逻辑链和剧情，厉害了！"

"啊啊啊啊啊！我还怎么看极偶，怎么看江湛和柏天衡同框！我现在满脑子都是柏天衡为了江湛回国，为了江湛参加极偶，为了江湛当导师，为了江湛天天七点不到去食堂陪吃早饭！"

"还有还有！柏天衡为了江湛换掉了用了两三年的头像，换掉了用了至少七年的简介，最新关注也是他，还给江湛买游戏机！"

"不光买游戏机，还嫌弃89元包邮游戏机便宜，不能体现他柏导师的亿万身家。你们自己再品品那句'我没钱吗？'是不是抖着钱包显摆的态度！是不是？！"

"还有项链！今天的项链！有'站姐'拍到柏天衡后来从寝室大楼里出来的照片了，没有戴，出来的时候没有戴！结合扒出两人一起吃早饭，现在都说那项链从头到尾只有一条！只有一条！江湛戴的就是吃早饭的时候柏天衡给他的！"

"都让开都让开！我要开始嗑了！都让开！"

…………

于是，就在第一次淘汰录制进行中，就在粉圈热火朝天扒着柏天衡和江湛细节的时候，节目组主创团队心急火燎地开了一个紧急会议。

总导演上来什么都不说，先问齐制片："你介绍的人，你不知道他和柏天衡是同学？"

齐萌一脸无辜道："导演，连我都是录制初评那天才知道大导师是柏天衡的，江湛怎么可能知道。"

总导演道："他后来知道了，也没吭声。"

齐萌眨着眼睛说："柏天衡也没吭声啊。"

会议室沉默了足足半分钟。

半分钟后，总导演把手里的会议册扔在桌上，由衷地从内心深处发出了一声叹息。

"准备准备吧……"

众人扭头，看总导演。总导演道："我们节目，命中注定是要做今年夏天的爆款了。"

有人默默举手道："那网上那些议论……"

总导演道："少看、少听不就行了，管粉丝说什么，我们就算要宣传，那也是宣传学霸名校生和三金影帝的同窗友情！"

又有人举手说："那柏老师那边……要叫来沟通一下吗？"

总导演想了想后说："暂时先不，你们别听网上粉丝乱说的，有些没有的事，都能被她们说成有的了。节目照做，网上的声音也要听，但不能因此受到影响。"

众人一想也是，网上的东西，的确不能太当真。

节目组没当真，粉圈已经开始有人当真了。

当天，知名网络问答社区出现了一个新问题——《如何看待三金影帝柏天衡和老同学 A 大名校生江湛的极偶重逢》。

同天晚上，也就是第一次淘汰录制完毕后，江湛被叫去了寝室楼三层的会议室。

齐萌手里攥着替江湛保管的手机和一个充电宝，一脸深沉。

江湛一脸莫名。

齐萌递出手机和充电宝，口气严肃道："现在有点儿情况，节目组商议了一下，觉得还是需要你自己心里有个数。"

江湛反应很快，边接过手机、充电宝，边问："难道我上热搜了？"

齐萌道："嗯。"

手机充着电，暂时还没开机，江湛好奇地问道："热搜词是什么？"

齐萌沉默着。

江湛问道："什么？"

齐萌一字一顿道："江湛，柏天衡……"

江湛意外道："怎么和柏老师一起上热搜了？"

齐萌百感交集地在心里想道：还装？现在全世界都知道你们是高中同学了好吗！

江湛目光清澈，接着问道："我和柏老师怎么了？"

齐萌道："江湛，柏天衡，柏江兄弟情。"

听到这五个字，江湛差点儿以为自己听岔了，齐萌重复了一遍，江湛愣愣地坐在那里，对着齐萌眨了眨眼睛，又眨了眨眼睛。

齐萌表情艰难地道："很不可思议，是吧？"

江湛不解道："怎么会有这种热搜词？"他也是接触粉圈接触王泡泡久了，下意识地就道："对家买的？"

齐萌一愣，问道："你连'对家'都知道？"

江湛很快反应过来，不对，他又不是娱乐圈当红流量，他有什么对家，《极限偶像》总共才播了一期，又能有几个人认识他？还什么对家，也太会往自己脸上贴金了。

江湛摇摇头道："我想岔了。我的意思是，是谁买的热搜？"

齐萌继续惊讶道："你连热搜能买都知道？"不是才回国，微信、微博都是才注册的吗？

江湛解释道："哦，我在国外的时候挺关注国内的，天天上网。"

齐萌没继续纠结这个问题，说道："应该不是谁买的，要买也不会买这种热搜，就是粉圈太狂热了，把你们一起送上去的。"顿了顿，"这个热搜词你懂吗？知道大概是什么意思吗？"

江湛还真懂。

齐萌听说江湛能理解，更惊讶了。

江湛心道：好吧，一不小心暴露了。

齐萌拿着手机来见江湛，本来就是节目组的安排，想着网络上事情的发酵有点儿脱轨，江湛又没公司，那就只能告诉他本人。考虑他可能不懂什么粉圈，还得安排个人给他解释解释，这么一来，还是齐萌最合适，毕竟两人认识。

齐萌也真的做好了给江湛好好"科普"一下的准备，再让他自己上网看看，最后好好安抚一下，给他解开心结，别被网络上粉丝的狂热言论影响。

江湛进会议室之前，齐萌反复斟酌，想了不少说辞，连安抚的话都想好了，尽量让江湛平静地接受网络上的言论。结果现在倒好，江湛不但知道 CP 是什么，连 V 站剪辑视频拉郎配都懂，不但懂，还表示能理解有些女粉的狂热。

怎么比他一个视频公司的制片人懂得都多？刚刚简直白操心了。

这么一想，齐萌心说也好，懂比不懂好，能接受比不能接受强，既然什么都明白，不用他多解释，也不用他费口舌了，直接刷手机看去吧。

齐萌示意江湛道："开机上微博看看吧。"顿了顿，"除了微博，你知道还有哪里可以看？应该知道吧？"

江湛开机，输入手机密码，张口就来："没出圈就小粉红、豆版，出圈就是某问答社区。"

齐萌心道：哥，湛哥，您请好嘞！

齐萌也不废话了，让江湛自己看去。他有预感，江湛懂这么多，能看到的，可能比他知道的都多。

的确如此。

江湛既不用上小粉红、豆版，更不用去某问答社区，粉圈有什么动静，去王泡泡的微博看看就知道了，甚至连微博都不用去，王泡泡有一个粉圈女孩聚集群，都是粉圈中高层以上的追星女孩，有什么动静，看群聊也一样。

于是江湛打开手机滑屏解锁后，第一件事就是登录自己的QQ，才点进去，一堆消息跳了出来，全是王泡泡戳他的消息。

江湛暂时没管，点开了名为"追光女孩最闪亮"的QQ群，才点进去，就看到这个三十人的小群里在热议——

"啊啊啊啊啊啊啊，我刚刚又把 V 站几个视频看了几遍！太强了太强了，史上最强的同学友谊！"

"（链接）看这个！你们看这个！有人剪辑了柏天衡以前和现在极偶阶段的对比，那时候的性格真是一点儿都不讨喜，极偶阶段明显好多啦，我感觉柏天衡就是只在熟悉的人面前才会变得温柔。"

"还有这个！（链接）柏天衡的私服穿搭以前和现在的对比！他以前穿衣服都是大

牌里面款式最稳重的那种吧，极偶阶段衣服真的'嫩'了好多！T恤、破洞裤、板鞋，真的好多！"

"哇！对对对！穿得年轻一点儿！"

"还有还有！柏天衡没有住节目组安排的酒店，之前就扒他住的是离寝室大楼最近的那栋酒店公寓，住这么近，每天还来学员食堂和湛湛一起吃早饭！"

"啊！太好嗑了！真的神的，每一个细节都这么好嗑！"

江湛默默放下手机，把手机屏幕扣在桌面，抬手低头，抹了一把脸。

齐萌说："你……还好吗？"

江湛抬头道："现在都知道我和柏天衡是同学了？"

齐萌点点头。

江湛吐了口气说："我们不是故意隐瞒节目组的，我一开始的确不知道他是导师。"

齐萌道："没事，别担心，没人怪你们，这本来也不是什么大事，反正现在节目组也都知道了，也还好，节目才播出一期，现在大家心里都有数了。"

节目组这边不介意就好，江湛重新拿起手机，继续看。

他现在基本懂了，差不多就是节目播出之后，他和柏天衡的老同学关系被人扒了出来。

江湛把群聊内容稍微翻了翻，看完之后退出QQ，上微博。

他没上@极限偶像——江湛那个微博号，用的是自己"P图"的小号，想也知道，热搜都上了，《极限偶像》的号肯定全是各种新消息。

结果登上"P图"的ID，这号上竟然也全是新消息，各种"艾特"、评论、转发、私信。

江湛随便点开几条——

"P！P！有人和你抢人了你知道吗！"

"万万没想到，柏江的出现，预示着P图跟柏天衡的终结。"

"摸摸P，图神不哭，实在不开心，我们以后大不了不接江湛的单子！对！不接！等以后江湛出道了，咱P遍他的对家，让他一个人丑去！"

"…………"

江湛再一次把手机盖在了桌面，一脸惨不忍睹。

齐萌再次说："你……还好吗？"

江湛摇头道："没事，我还能再坚持一下。"

齐萌攥起两只拳头说："加油！"

江湛再拿起手机。他没看新消息，用自己的号"爬"去了王泡泡那边。他觉得以自己和王泡泡的关系，王泡泡怎么也不能让自己再盖一次手机屏幕吧。结果，等翻完了王泡泡前后N条微博和微博下的评论，江湛终于后知后觉地明白了，王泡泡！

全是因为王泡泡！

这姑娘先扒柏天衡的戒指，再P两人的表情包，跟着分析柏天衡从回国开始一系列动静都是为了江湛。最后总结：啊，江湛和柏天衡，最强兄弟情！

直接送他和柏天衡登上热搜。

江湛这下不想盖手机屏幕了，他想直接掰断王泡泡。万万没想到，王泡泡同学嗑遍半个娱乐圈，有一天嗑到他头上来了。嗑就嗑了，还顺便修改了微博简介：P！你听我解释！

解释什么？解释你是如何送自己朋友和你的"墙头"一起上热搜的？

"惨不忍睹"都无法形容江湛此刻的心境。

整个事件的发酵过程他大概了解了一下，凭着对粉圈的了解，知道这又是一次粉圈女孩自发的八卦历程。

江湛没有看太多，甚至没登录《极限偶像》的账号，也没去柏天衡那边看看，了解完就放下手机。

齐萌看看他，问道："都清楚了？"

江湛点头。

齐萌问："你有……什么想法？"

江湛摇头。

齐萌又问："没想法？"

江湛道："我能有什么想法？我和柏导本来就是同学。"

齐萌点头道："是啊，不过粉丝不这么认为，你既然了解那么多，应该知道的。"

江湛强调道："我和柏导真的只是同学。"

齐萌道："我知道，我明白的。"又道："节目组的意思，也是先不管这些八卦，我们这个节目是选秀，该怎么样还怎么样。等后面节目再播出几期，让大家看到你的表现和实力，注意力跟着就会转移了。"

江湛点点头。

齐萌道："别太担心，网络上总是各种声音都有。"又以玩笑的口气道："等过段时间，你搞不好还会看到有人在网上骂你了。"

江湛再点头。

齐萌道："总之加油吧，把这些告诉你，好让你心里有个数。"

江湛想了想，问道："柏老师那边知道吗？"

齐萌笑着说："你私下还喊他'老师'吗？"

江湛道："习惯了，现在老师、导师、名字都叫。"

齐萌说起别的："柏天衡那边早就知道了，你们录制的时候，事情刚发酵起来，节目组就通知他了。他倒是很淡定，没什么反应，后来节目组和他商量，说要出个公告，解释一下你们的同学关系，他也同意了。"

提起柏天衡，江湛又想到一件事，问道："以后需要和柏导避嫌吗？"他也真是粉圈待久了，各种过来人经验，"需要减少镜头前的同框次数吗？"

齐萌哭笑不得道："你懂得未免太多了吧。"摆摆手，"不用，该怎么样就怎么样，到目前为止，节目组没有修改录制流程的意思，就算你们认识，一个是导师，一个是学员，也没影响，何况你们以后能不能出道，全看点赞通道的排名，不看和导师熟不熟。"

就像齐萌说的，节目组当天晚上出了一个公告声明。

声明《极限偶像》的导师柏天衡和学员江湛，的确是高中同学关系，又声明两人高中毕业后再无联系，选秀舞台重逢纯属意外，并不是有意安排。

这份公告《极限偶像》官博发了，星光视频官博转发了，柏天衡也转发了，只有江湛没有转发。

节目组也没有要求江湛转发。

因为网络上出现了另外一个声音：质疑江湛是不是在蹭柏天衡的热度。甚至有人认为江湛空有名校毕业生的身份，没有任何能力，否则为什么要靠脸进娱乐圈？进娱乐圈还要消费和柏天衡是高中同学？

江湛一旦转发，评论区势必会乌烟瘴气，节目组考虑再三，决定不让他出头，知道有这么一个事就好，安心接下来的选秀。

而主题曲的评定、第一次淘汰在当天，也就是周二，已经全部录制完毕。

所有人的等级依据主题曲重新评定，哪些人在末尾二十名，哪些人待定，哪些人直接淘汰，都已经一清二楚。

次日，周三，节目组给了所有学员半天假。

第一次淘汰后，就要开始各种舞台公演，届时除非有学员淘汰，或者节目组安排，否则任何人不能离开寝室大楼。

放这半天，可以出去透透气，可以回公司、见家人，可以买买买，或者做个头发，买点儿私服，再上网看看自己第一期之后网上的点赞和反响。

总之，回来之后，继续全封闭模式。

而这么多人中，所有人都是自由活动，只有江湛被节目组"强行"安排。节目组的意思，让他用这小半天时间，和柏天衡私下里好好商量，看如果同框，把握住一个什么样的尺度。

听到"尺度"这个词，江湛心里怪怪的。江湛义正词严道："导演，我跟他本来也没什么。"

总导演道:"我知道,我知道。"说着知道,又开始委婉地劝:"我的意思,可能你和柏天衡比较熟,相处的时候没那么多规矩,就比较放得开,你懂我的意思吧?"

懂,当然懂。

江湛试图解释道:"闹着玩儿的。"

总导演道:"我知道,我就是提醒一下,以后稍微把握一下分寸。"

江湛道:"真的,不知道前情的,听了还以为我和柏天衡构造了什么不能播的大尺度画面。"

这么一来,江湛比其他所有学员离开大楼的时间都要早。早上连食堂都没去,直接跟着工作人员去了一楼大厅。

工作人员告诉他:"节目组也通知了柏导,柏天衡说早上会来寝室楼接你。"

江湛想都没想,就说:"他接我?他接我被拍到不就又是八卦了?"

工作人员道:"等等,这位学员,你怎么这个口气,你这个说的内容,好像你比我们还懂的样子?"

江湛又道:"外面粉丝都在的吧。他开车吗?不会开的是自己的车吧?车玻璃贴膜了吗?其实我可以坐节目组的车出去,这样不引人注意,回头我再和他私下约个地方。"

工作人员道:"湛哥,你真不愧是整栋寝室楼的湛哥。"

结果江湛这边各种防被拍,柏天衡倒好,直接把车从大楼正门开了进来。江湛和陪在身边的工作人员都等在侧门,听说柏天衡是大摇大摆走的正门,都惊了。

工作人员看着过来通知他们的同事,问道:"不是说好了侧门,怎么走正门了?"

同事道:"不知道,就开到正门了,粉丝全疯了,都在拍。"

工作人员道:"那现在怎么办?让他再开到侧门这边吗?"

江湛很有经验地说道:"不能,已经暴露了。再开过来,粉丝会跟到侧门的。要么让他开走,我坐节目组的车出去,等出去了我再私下里约他。"

正说着,江湛的手机屏幕上亮起微信视频的界面,是柏天衡。

江湛接起来。

柏天衡问道:"下楼了吗?"

江湛道:"下了。你怎么去正门了?"

柏天衡说了一个让人不得不服的原因:"因为光明磊落。"

这才是哥!

大哥!

江湛心服口服,开玩笑道:"我在侧门。你这么一说,显得我特别不光明,特别不磊落,特别心虚。"

柏天衡的手机镜头视角偏低,江湛的屏幕上,柏天衡坐在车里,垂眸看过来,哼笑道："心虚什么？因为我们是同学？"

江湛看着屏幕上，顺着这话溜嘴道："是啊。"

柏天衡抬眸看了看车前，用一副随意的样子说："深情厚谊啊，现在好了，大家都知道了。"

江湛听到"深情厚谊"，翻了半个白眼，继续撑道："你要不现在开窗，对着外面的人喊？"

柏天衡抬手要去揿车窗按钮。

江湛道："行了吧你。"

柏天衡道："说，还是不说，你一句话。"

江湛笑着喷道："滚蛋。"

周围的工作人员虽然都已经知道这两人是高中老同学，但谁能想到熟到这个程度？你一句我一句张口就来？昨天晚上微博上怎么腥风血雨扒细节来着？这还用扒细节？这两人私下里随口一句就是热搜预定好吗？！这何止是熟，简直熟到不分你我。

他们更没想到两人私下对话这么随意亲近，当场石化。

直到电话里传来柏天衡的声音："出来吧，也没什么需要遮遮掩掩的。"

江湛想了想说："是这个道理。"

工作人员听话题正经起来了，正要建议江湛戴个口罩再出去，柏天衡突然说了一句："刚好今天直接公开了。"

工作人员疑惑道：公开啥？

江湛默契配合道："也行。"

工作人员没反应过来：什么？

江湛道："说完了？"

柏天衡点头，江湛挂了微信。

周围所有人都呆了。

江湛抬头，反应过来说："哦，我们瞎扯的，扯习惯了，到处放嘴炮，别理我们。"

这，你们瞎扯是这么瞎扯的？工作人员小姐姐很想一脸冷漠，奈何刚刚听得心潮澎湃，只能硬装出一脸冷漠道："戴、口、罩。"

江湛："哦，好。"

于是几个工作人员跟着江湛去大厅，亲自送他出门。等江湛一出门，整个寝室大楼外全是女孩儿的尖叫。江湛戴着口罩，大大方方地抬手挥了一下，无数镜头朝向他。

而就在江湛下楼梯的时候，停在大楼前的越野车门被推开，柏天衡从车上下来。

现场的尖叫直冲云霄——

"同框！同框！同框！"

尖叫声中，柏天衡下车，绕过车头，开了副驾门，江湛刚好走下阶梯，两人站在副驾旁，车身挡住了不少镜头和视野。

江湛有点儿无语，戴着口罩向柏天衡问道："你是真的很想公开是吧？"老老实实坐车里不就行了。

柏天衡拉着车门说："显而易见。"又道："你哪儿懂那么多粉圈的事，上车。"

江湛上副驾道："又不是多难理解的东西。"

柏天衡合上车门，绕过车头，上车。

一直陪在旁边的工作人员目送他们——您二位的对话，真的比微博热搜、粉丝八卦还精彩！

上了车的两人，一路在应援队伍的尖叫、目送、镜头里，离开了寝室大楼。

江湛拉好安全带，边刷手机边道："我早上搜到超话了。"

柏天衡开着车，也是同样神色如常，见怪不怪道："CP 超话叫什么？"

江湛道："就叫柏江。"

柏天衡问道："你小号关注了？"

提到小号，江湛心里"咯噔"一跳，默默把 @P 图账号切回 @ 极限偶像——江湛。

柏天衡问道："怎么不吭声，准备毁尸灭迹，注销小号？"

江湛瞎扯道："我只是忘记小号密码了。"

柏天衡瞥过来一眼，好笑地说："我信你？"

江湛故意转移话题道："去哪儿？"

柏天衡道："我家。"

江湛有点儿意外道："还用去你家聊？"

柏天衡问："聊什么？"

江湛想了想，笑着说道："这还真没什么聊的。"

节目组的用意，出发点在于柏天衡和江湛只是老同学，不生不熟，考虑遇到这种事容易尴尬，索性聊一下说开。却不知道柏天衡和江湛熟到私下里根本没避讳，甚至口无遮拦。这么一来，的确没什么可聊的。

江湛一路刷手机没停过，好巧不巧的，又刷到群里在讨论他和柏天衡。还是新鲜出炉的内容。

"啊啊啊啊啊啊啊！今天极偶放半天假，柏天衡一早就开车过来接江湛了！我柏天衡和江湛是同学，必须全世界知道！必须！附截图三张。"

"柏天衡今天开的他那辆 180 万的越野车！柏天衡：接自家兄弟怎么能用买菜车！"

江湛抬头看柏天衡，问道："你车这么贵？"

柏天衡瞄了眼他的手机说："又在看什么？"又道："没开贵的。"

江湛低头继续窥群，默默无声地回复群里的小姐姐：听到了吗，没开贵的，180 万

180

也一样是买菜车。

柏天衡有大大小小不少房子。带江湛去的那套，是晋南路的独栋大豪宅。三层，前后左右都是院子，还有泳池、球场、小花园，再带一个高尔夫草坪。

江湛好歹也是富过的，到了地方下车一看，都惊了。他问柏天衡："你一个人住这么大？"

柏天衡示意某个方向，问道："撒欢吗？"

江湛转头看过去，一眼看到个绿底白线的篮球场，顿时眼底一亮道："撒撒撒！"

打死《极限偶像》节目组可能都想不到，他们强行安排的聊天谈心说开，到了江湛和柏天衡这边，完全就是男生嗨翻天时间。

江湛来了柏天衡这边，门都没进，篮球先打起来了。而打篮球这种事对男生来说，真的是只要有个球、场地合适，什么衣服、鞋子，通通不是问题。江湛穿着T恤、长裤、板鞋照样打，带球、上篮、跳投，浑身都是活力。

柏天衡站在场地旁边看他打了一会儿，眼里只有那道高高瘦瘦的身影，看他带球小跑、投篮、上篮，看着阳光落在他发顶、面孔上，透出活力四射的朝气。

柏天衡突然觉得，好像现在还是高中那会儿，他和江湛还是同学，天天见面、说笑打闹、网吧包夜、球场打球。

柏天衡甚至能忆起当年站在场边看江湛打球的心境，和现在别无二致。

柏天衡往球场中央走。江湛已经完全活动开了，见柏天衡过来，立刻带着球转身，边拍着球边问道："打吗？"

柏天衡道："打。"

江湛往后退，自然拉开距离道："你这几年还打球吗？"

柏天衡示意球，江湛传给他，柏天衡接到球，回道："拍戏的时候不怎么动，之前一年在国外都有打球。"

江湛小跑到他面前，两腿分开，膝盖微屈，重心落在两脚之间，1对1，做出准备姿势说："我反正一直打。"

柏天衡瞄了眼篮筐的方向，拍着球，哼笑着断言道："一直打也打不过我的。"

江湛的余光盯着柏天衡的动作，眼神上抬，眸色在阳光下格外明亮干净："打了才知道。"

柏天衡运球进攻，江湛挡球，一次不成，第二次就被柏天衡直接带球过人。

从柏天衡开始运球，到带球过人，再到篮下投球，两人一直有肢体触碰，江湛没觉得怎么样，全身心都在打球上，柏天衡特意观察，有意放水，让他近身。

但就算这样，江湛也没从柏天衡手里抢到过几次球。才打了十分钟，江湛浑身是汗，后背全湿了，额头的汗一直流。江湛起先用T恤的领口、衣肩擦汗，擦着擦着，开始直接捞衣服下摆擦。

柏天衡拍着球站在不远处，默默地看着。

他想江湛这么多年真是一点儿没变，以前高中的时候就爱这么擦，不光拿自己的衣服擦，有时候还蹭他的。

可显然今时不同往日，这会儿江湛擦着，脸上汗没擦掉，糊在眼尾睫毛上，也不擦了，更没去找柏天衡，准备继续打球。

柏天衡看看他，示意他眼睛、眉毛周围，提醒道："汗。"

江湛抬胳膊、抬肩，衣服在脸上蹭了一把说："好了。"

柏天衡道："还有。"

江湛眼睛盯着球道："不擦了。"

后面，江湛打球归打球，汗就随便甩甩，实在要擦，就问柏天衡要毛巾。

"有水吗？"江湛问道。

柏天衡道："水在冰箱里，进去吧。"

江湛点点头。

柏天衡把滚落在地的球捡起来，问道："还打吗？"

江湛没去看柏天衡，抬眼看了看日头说："不了吧，太晒了。下次再打。"

柏天衡道："好。"

进屋后，江湛总算见识了这栋豪宅的真面目。

很大，宽敞，从硬装软装到家具摆设，全都干净利落，只看玄关的鞋柜就知道，这房子的主人是独居。

柏天衡去厨房拿了两瓶水，递给江湛一瓶，准备带他参观房子。江湛手里还拿着柏天衡的衣服，抬起来示意了一下，问道："你衣服不穿了？"

柏天衡："不穿了，太热了，都是汗。"

江湛道："好吧。"

柏天衡叫道："江湛。"

江湛喝着水，回头。

柏天衡道："走吧，带你上二楼看看。"

江湛跟上去。

柏天衡边带路边说："二楼其实没什么，我把房间都打通了，做了一个模型室。"

模型室？

江湛道："你玩模型？"

柏天衡回头看了他一眼说："我玩模型，不还是你带的吗？"

江湛惊讶道："你还在玩儿？"

柏天衡道："玩啊。"问："你不玩了？"

江湛道："我早不玩了。"

柏天衡不奇怪，江湛高中的时候兴趣爱好挺多的，喜欢什么，就沉入式地不停地玩，不喜欢了，就放手丢开，去玩别的。

用江湛当年的话：爱好这种东西，就是用来喜新厌旧的。不过江湛轻飘飘一句"我早不玩了"，柏天衡多少有点儿意外。毕竟江湛那时候玩模型非常痴迷，痴迷到每年期末考试拿第一，都是为了向家人要模型做奖励。

柏天衡道："不玩了就随便看看。"

江湛心里想道：模型怎么能是随便看看？那必须是认真仔细地看看！没办法，听到模型，他真的满脑子没剩下别的，只有模型。毕竟这是他从小喜欢到大的东西，就跟有些女孩痴迷动漫手办，有些男生心醉球鞋一样。江湛从小外向好动，大了才能安安静静地坐下来，而小时候唯一就能让他坐下来的，只有一个，就是模型。

模型，一度能在江湛认为的重要的人和事物中，排进前五。哪怕是后来上了大学，参加了一些社团，喜欢了其他东西，模型依旧是他的心头好。

直到家里出事。

江湛那时候放弃模型，放弃得心甘情愿，他那些模型后来大部分都挂二手卖了，剩下几个特别贵的，本来没舍得，后来因为需要钱不得已也转手了。

回国前的三四年，他没再碰过一次模型，回国的时候收拾行李，行李箱中更没有一件模型。

江湛本来以为，要重新拾起这个爱好，可能还需要过段时间，没想到柏天衡这边竟然有个模型室，还是整整一层。

等他到了二楼，跟着柏天衡进了模型室，眼睛都直了，什么都抛到了脑后，满眼满心全是柜子上、桌子上的各种模型。这些模型，大部分都是需要自己组装的，少部分是成品，江湛从小喜欢模型，兴趣爱好的大半精力都在这上面，柏天衡这些模型，他认识不少，有些几乎是天价。

江湛满脸的不可思议，眼睛里全是模型，问柏天衡："你这些，这么多，搜集了多久？"

柏天衡道："七八年。"

江湛惊叹道："厉害了。"

柏天衡看看他，问道："喜欢吗？"

江湛话都不会说了："喜欢喜欢，不走了，不走了。"

柏天衡依旧看着他，笑道："这就不走了？"

江湛现在满脑子只有模型，连柏天衡的话都没听见。他顺着模型室的陈列往里走，每一个模型都认真地看一遍，很多他都知道，有些同款或者同系列他也拥有过，遇到没见过的，就驻足多看几眼。柏天衡的这间模型室，对他来说，完全就是个宝库。

就在江湛一点点沉入这个模型世界的时候，有人倚在进门处看着他。柏天衡其实没想到，有天会带江湛来这间模型室。

要说他自己有多喜欢模型，还真不见得。当然，他身边人都以为他喜欢，毕竟一直在搜罗，多高的价格都会拿下。只有柏天衡自己知道，他搜集的不是模型，而是年少的时光。所以在这间模型室摆满模型的时候，柏天衡很少再来了，出国的这一年多，模型室里每一样模型都用防尘罩罩着，但他始终没多看一眼。

直到，他回国，直到，他在初评舞台，见到了江湛。

重进模型室，拆防尘罩的那天，柏天衡形容不出自己是什么样的心情，就是突然觉得，这一整层的模型，终于要等来它们真正的主人了。这也是为什么，有那么多房子，柏天衡今天一定要带江湛来这里。因为只有模型，能让江湛百分之百高兴。

这个时候，江湛已经走到了模型室最东面，停在了一个大展示台前。展示台一米多高，长足有两米，宽度也有半米多。这么大的展示台，陈列着一个造型独特的宇航太空堡。

这款太空堡江湛记得非常清楚，清楚到每一部分的零件有多少块，至今都能详细地说出来。因为他曾经有个一模一样的太空堡。是高考毕业的那年，江父托人从国外花高价买来，送给状元儿子的毕业礼物。江湛拼搭了整整一个暑假，都没有拼好，后来每次放假回家，都要熬夜拼个昏天黑地，可惜整个太空堡的结构太复杂，一直没有拼好。

江家破产的那一年，拼完三分之二的模型被江湛收了起来，后来陪母亲治病去国外，因为缺钱，那款太空堡又刚好被炒到高价，江湛没犹豫，直接把还没拼好的模型，连带着散落的部件一起转手卖了。

卖的时候中间人还说："兄弟，你这没拼好，卖也不能是最贵的价，多可惜，不如你拼好，我再帮你找买家，反正不愁卖，还能多赚钱。"

江湛哪有精力和时间，直接半成品卖了。卖给谁他也没多问，反正卖了换钱，东西就不是他的了。

如今，一模一样的太空堡就在眼前。

江湛看不出是不是自己搭了一半的那个，就算是也认不出了。毕竟无论是零件，还是拼好的成品，都不可能带上个人的印记，有印记或者破损，就不是能被炒到六位数的高价模型了。

"喜欢这个？"柏天衡走到身旁，也看着展示台上的太空堡。

江湛一顿，示意太空堡，问道："你买的是成品，还是自己搭的？"

柏天衡想了想说："一半一半吧。"

江湛霍然转头。

柏天衡道："应该是四年多前买的，当时这款正热，不太好买，有人转手了一个半成品，我就买下了。

"买回来的时候在拍戏，太忙了，也没多管。一年多前做什么都觉得烦，就每天什么都不干，在这里拼这个，出国之前拼完的。"

江湛一动不动地看着柏天衡，问道："你拼了哪几个部分？"

柏天衡指了指太空堡："堡垒四周的几个轮轴，几个飞机的机翼，还有这边几大块最好拼的部分。"

江湛心口直跳，越跳越快。是他的那个，就是他以前那个！

是柏天衡买了？

竟然是他买的？

江湛回头看太空堡，满眼的不可思议。

柏天衡察觉他神情有变，问道："怎么了？"

江湛回头看他。

柏天衡又问道："什么情况？"

江湛依旧看着他，不说话。

柏天衡问道："嗯？"

江湛没说话，摇摇头，心里笑叹：人和人的交集、际遇和缘分，还真是老天注定的。谁能想到，早在很多年之前，他开始修图之前，他和柏天衡就已经有过那么一次交集了。

而那一次，和此时此刻，隔了三四年。

三四年前，太空堡在他手里，半成品。

三四年后，太空堡在柏天衡的模型室，成品。

他们一人搭了一半。江湛光想想，都觉得奇妙。但江湛什么都没说，与过去的那几年有关的一丁点儿事，他都不想告诉任何人。

他只对柏天衡道："这么大一个，你能搭一半，很厉害了。"

柏天衡道："模型买来的时候，我也是这么想之前那个人的。"

江湛心道：客气。

说着，两人一起，继续往模型室里面走。

柏天衡问道："要不要拿几个小的给你，拆了拼拼看？"

江湛眼底瞬间一亮，问道："可以吗？"

柏天衡道："当然可以。"

模型室不光有陈列柜和模型，还有一个大工作台，工作台前面还有一个很大的懒人软沙发。

以前柏天衡会一个人窝在沙发里拼，现在江湛来了，就是两个人一起。江湛很久没碰模型，拿到一个基础版飞机，满眼都是光，注意力全在飞机模型上，拆了拼，拼了拆。

柏天衡去拿了点儿吃的上来，就坐在旁边看他拼。这样的光景，能与记忆里的画面完全重合。以前也是这样，江湛摸到模型就很专注。

柏天衡觉得很奇妙，无论是打篮球还是拼模型，江湛总给他一种感觉：好像他这么多年根本没有变，无论是时间还是人生经历，都没有在他身上留下一点儿痕迹。江湛，始终是江湛。

柏天衡一方面觉得人总会变，不该如此，一方面又想，江湛的这种纯粹，不就是他欣赏的吗？

等柏天衡开车送江湛回去，已经是晚上九点多。

江湛玩了一天，明显兴奋过头，一路刷着手机聊天说笑，等快到寝室大楼楼下的时候，才稍微收敛了一些。兴奋劲儿一收，想起什么，突然低头看身上说："完了！"

柏天衡问道："什么完了？"

江湛道："我刚才洗澡换下来的衣服还在你家洗衣机里。"

柏天衡道："回去拿也来不及了。"

江湛一巴掌拍在额头上说："唉，全忘了。"顿了顿，"要不，你走侧门？"

柏天衡沉着地回了他四个字："光明磊落。"

于是光明磊落的柏导师开着他的车，走正门，把江湛光明磊落地送回了寝室大楼。

当天晚上，江湛早上离开和晚上回来的照片被人发了出来，衣服不是同一件。不但不是同一件，晚上回来的衣服，明显看着大，型号、款式刚好是柏天衡以前被拍到的某件衣服！

江湛到宿舍的时候，已经快十点了。

他在一楼大厅交了手机，工作人员拐弯抹角地问他这一天过得怎么样，和柏老师是不是聊开了。

江湛想了想，说："聊开了。我觉得我和柏老师的同学友谊，更加深厚了。"

工作人员没说什么，陪他一起坐电梯上去，又提醒道："你要有个心理准备，今天白天，其他学员肯定都已经知道你和柏老师是同学的事了。"

江湛还算淡定，正在努力收拾白天过于兴奋的情绪，应道："嗯。"

工作人员又道："可能会有人因为你和柏老师的同学关系，觉得初评舞台给你 A，是人情，不是实力。如果有人说了什么，别太在意，选秀舞台上，大家本来也是竞争关系，有这种想法很正常。"

江湛点头道："我明白。"

回来的路上，江湛就想过了，他和柏天衡老同学的关系被扒出来，今天放半天假，学员们肯定都知道了。大家会怎么想，江湛不清楚，就像工作人员提醒的，有想法，太正常了。不过真要说那群男生会不会因此排挤他？江湛想了想，觉得还真不太会。就平常那副爱起哄瞎闹的样子，见了柏天衡各个跟小鸡崽子一样的男生，心眼儿还真没多少。就算有人有心眼儿，也是少数人，隐没在百来号学员里，根本不算什么。

果然，电梯门才一打开，江湛还没从电梯里出来，就有人站在十四层走廊里大喊道："湛哥回来了！"

江湛走出来，和他们打招呼道："这么闲，都在外面晃？"

男生们抻着脖子看他，说道："等你啊，你怎么这么晚才回来？"

江湛问道："等我干什么？"

男生道："等你回来，问问你和柏导到底是不是高中同学！"

江湛今天也是真的嗨翻了，整个人还在最兴奋的阶段。男生们没怎么闹，江湛自己反而嗨。

他一路回寝室，仿佛领导巡视，用一脸淡定加沉稳的表情说："不用问，是同学，认识三年，熟得很。"

男生们没想到江湛承认得这么淡定。

有个男生问道："那……那个，就是那个八卦，你也知道了？"

江湛一边走一边道："知道。"

一群男生又惊讶又意外。

江湛自如地摆摆手说："没什么，粉圈女孩闹着玩儿的。"

江湛没回来之前，一群男生其实早就议论过了，主要议论的，除了他们湛哥和柏导的同学关系，还有就是突然出现在网络上的柏江CP。脚趾头想想都知道，肯定是追星女孩们又开始闹腾了。本来大家还想，等湛哥回来了，是不是要尴尬。结果等人回来，要多淡定有多淡定。

正因为江湛表现得毫不在意，男生们这才没了顾虑，想到什么就说什么。

有人喊："湛哥，和柏导当同学什么感觉？"

有人问："湛哥，柏导以前什么样啊？好相处吗？"

有人道："湛哥，帮我问柏导要一打签名吧！"

江湛一路走回寝室，边走边回他们："没什么感觉，那时候又不知道他现在这么红。"

"什么样？和现在差不多吧，一直很好相处好吗。是你们都怕他，跟老鼠见了猫一样。

"签名自己去要啊，柏老师又不是老虎，不吃人的。"

…………

走着走着，A班寝室到了。江湛站在自家寝室门前，看着门框上贴着一副大红对联，太阳穴"突突突"直跳。

上联：三年同窗蜕变兄弟情谊

187

下联：极偶舞台终能 C 位出道

横批：是真的

旁边立刻有人道："费海，是费海。"

猜到了。

江湛看了看紧闭的宿舍门，问道："甄主任能让他贴？"

学员道："贴啊，甄主任提供的胶水，丛宇负责的横批，小飞、费海，一个贴，一个帮看。"

江湛心道：这群爱闹腾的死孩子！又欠鸡毛掸子了！

哪儿知道又有学员不打自招地说道："我们本来在楼下就交了手机，因为这副对联，又下楼找管理员姐姐要手机，拍完了再上交的。"

何止是学员拍了，节目组还安排了摄像师过来，正面、左侧、右侧拍了无数张。

对这些，江湛一概不知，毕竟那时候他还在柏天衡的豪宅里。

他只是不解道："寝室不是不准贴乱七八糟的东西吗？管理员姐姐怎么没让撕了？"

学员道："是要撕的，说是等你回来看到了再撕。"

江湛道："……好的，我看到了，现在可以撕了。"

丛宇、甄朝夕、费海、魏小飞，四个欠鸡毛掸子的死孩子，一起冲了出来，拉胳膊的拉胳膊，抬腿的抬腿，架猪一样架着江湛回寝室。

江湛瞪眼道："你们干吗？！"

四人异口同声边喊对联上的字边将江湛横着抬进了寝室，送到了寝室唯一的那张软沙发上。

他真没想到这四人能比自己都嗨，嗨就嗨了，还拿这个 CP 梗在嗨，真是想气都气不起来。

江湛从沙发上笑着坐起来，问道："有你们这样闹的？你们兴奋个什么劲儿？"

丛宇解释道："我们三个不兴奋，我们都是跟着费海。"

江湛闻言，默默转头看向角落里妄图溜走的某个人。

费海走了之后，丛宇把寝室门锁上，氛围终于恢复了正常。

江湛从沙发上起来，把包丢回桌上，感觉有视线落在自己身上，转过头。丛宇一脸崇拜地看着他说："哥，你真是哥，竟然是柏老师的高中同学。"

甄朝夕叹息道："隐藏得好深啊。"

魏小飞一脸天真地说："能帮忙要柏导签名吗？"

江湛哭笑不得道："就一个白天没见，翻天了，是吧。"

丛宇再次叹息道："难怪你都不怕柏导，还有胆子问他要游戏机，原来你们早就认识，还是同学。"

甄朝夕跟着道："也难怪你敢和柏导一起吃早饭，高中时候没少吃吧。"

魏小飞想了想，憋了半天，跟着两个哥哥憋出一句"难怪"："难怪你敢和柏导互动。"

不提没什么，一提这个，整个寝室突然又嗨了起来。

丛宇的食指指着江湛，不停地点道："对对对！那次！那次互动！"

江湛心道：我刀呢！

当天晚上，寝室熄灯后，江湛躺在床上，想起兴奋度过的整个白天，心情格外好。又想起学员们没有因为他和柏天衡的关系，对他有什么看法，更没有背后指指点点，心里十分触动，果然都是群简单纯粹的男孩。

突然，黑暗中，丛宇的声音小心翼翼地响起："哥，那次互动……"

江湛抬起他的大长腿，对着上铺的床板蹬了一脚说："睡觉！"

第八章　危机

次日，周四。

行程和录制不再是四方大厦，而是去了《极限偶像》专用的演播厅厂房。今天会在演播厅厂房带妆录制第一次公演的分组，分组录制完毕之后，坐车回四方大厦练舞练曲。

五位导师的行程基本与学员重合，大导师柏天衡会随行今天的分组录制，其余四位导师，或者今天，或者明天，会来给学员辅导声乐和舞蹈。

又因为节目才播了一期，主题曲评定、淘汰的第二期还没有开播，为了不让有心人提前扒出学员里到底有谁已经淘汰了，目前确定淘汰的八人，半天假放完后也一样回来了，同样随行今天的录制。

那八人基本都是 F 班的，被淘汰后，难过也难过了，伤心也伤心了，一天假放完都回来了，该缓也都缓过了。

八人穿着队服背着包随大部队同行，看起来完全没有不同。要说和其他学员比起来，唯一有什么不同的，就是他们的手机都没有再被没收。

其他学员到了地方，化妆准备录制，他们就一起窝在角落的沙发里，无所事事地刷手机，要么拿掌机出来玩儿。

江湛化完妆的时候，路过他们，打了个招呼，反正也没事，就坐下来陪他们打了会儿掌机。几个男生都有些意外，也很感动。

江湛很随意地问他们："周日走吗？"

周六晚上播完第一次淘汰环节，他们就没有继续留下的理由了。

几个男生点头道："嗯，周日早上。"

江湛想了想说："周日不知道有没有日程，到时候有时间，我送你们一程。"

几个男生感动得不行，迟疑道："那太麻烦了，湛哥。你们要训练，本来就很忙。"

江湛笑着说："没事啊，反正我正常都起得早。"

江湛和几个男生都认识，虽然不是太熟，但平常这些男孩对他很客气，一口一个"湛哥"叫着，江湛总觉得，自己是哥哥，这些男孩都是弟弟，应该关照一下。敲定送行之后，男生们见江湛有意和他们搭话，便也放开了，一起打游戏、聊天。

还有人刷着手机，悄悄和江湛分享网上的消息。

"哥，你昨天晚上，不是穿的自己的衣服回寝室的？"

江湛心里一顿道："不是，怎么了？"

男生低声道："我看论坛里有人发的照片……"

江湛无奈地叹息。他说什么来着！他说什么来着！

男生还没来得及刷帖子，才看了几楼道："这帖子的回复已经好多页了。"

江湛连忙道："别告诉我，我不想听。"

男生道："好的。"

江湛道："放心吧，我没当回事。"

几个男生议论了起来——

"不过我看这次粉圈嗑得好凶。"

"你懂吗？我都不太懂。"

"懂啊。"

"现在追星都这样追？"

"这就是你不懂了，这叫粉圈文化。你人在娱乐圈，这个必须懂。"

"看'大粉头'王泡泡啊，看她微博，你就都知道了。这次你们能够被关注，全是以王泡泡为首的那群'大粉头'的'功劳'。"

"对啊，就王泡泡那张嘴，没什么也能给说出有什么，真的，绝了。"

·············

江湛捏着掌机坐在旁边，提醒他们道："我还没走呢。"

几个男生都不好意思地笑起来。

"不过湛哥，你脾气是真的好，粉圈说成这样，我看你也没生气，还挺自在的。"

"对啊，要是我，被人这么议论，我得别扭死。"

江湛打着掌机，沉着声道："毕竟我和你们柏导，光明磊落。"

提到柏导，几个男生对视一眼，说了个不情之请。

江湛放下掌机，看向他们说："签名？"

男生们齐齐点头。

"我们想要，但是都不敢，又怕错过这两天，周日离开之后，以后都不会有机会要签名了。"

"是啊，我从初评开始就想要了。"

江湛问道："你们带笔、签名本了吗？要签在哪儿？"

一个男生道："衣服上！节目组说了队服我们可以带走，刚好签在衣服上，留个纪念。"

江湛道："可以啊，我帮你们问问柏老师。"

学员多，化妆过程总是很长，江湛本来想今天的录制结束之后去找柏天衡，看时间还早，很多学员还没化完妆，便起身离开了公共化妆间。

走廊里有工作人员，见他出来，问道："怎么了？"

江湛这才想起，就算他和柏天衡的同学关系大家都知道了，节目组里毕竟是导师和学员的身份，该避嫌还是得避嫌的。

他摇摇头，没说什么，准备回化妆间，等录制结束再去问。

工作人员反应飞快地问："找柏导是吗？"

江湛眨眨眼。

工作人员看他不否认，就知道猜对了，示意走廊左手边的方向说："右拐，第三间，柏导的化妆间，门口有贴纸，你过去就能看到了。"

江湛默默地站在原地。

工作人员道："去啊，怎么了？"

江湛想了想，直接问道："我这么去找方便吗？"

工作人员道："有什么不方便的，又没有镜头，又不在录制。"

等江湛敲开柏天衡专用的化妆间大门，开门的化妆助理发现是他，都没询问半个字，直接就放他进去了，还转头扬声道："柏老师，湛哥来了。"

江湛心道：你们这种我来得理所当然的口气又是怎么回事。江湛没多想，进了化妆间。

柏天衡的妆发弄了一半，还坐在镜子前，见江湛进来，从镜子里望过去，问道："你都弄完了？"

江湛走过去说："学员造型简单。"

柏天衡道："我还要一会儿，你自己找地方坐。"又示意桌上没有开封的几杯咖啡。

江湛随手拿了一杯，举到唇边，正要开口，突然看到给柏天衡做造型的梳化师手上一顿，犹豫地瞄过来一眼，又用询问的眼神看向镜子里。

柏天衡回道："没事，你继续弄。"

梳化师犹豫着说："我和小陈先出去一下好了。"

柏天衡看了江湛一眼，想了想说："也行。"

梳化师带着助理出去了，化妆间就剩下柏天衡和江湛。江湛一开始还奇怪：大咖的化妆间规矩这么多吗，来个人，梳化师和助理还要回避离开？直到助理合上门的时候，被他捕捉到一个熟悉的眼神。

江湛无语，把咖啡放回桌上，靠着化妆台说："我还说呢，为什么我一出来，工作人员就知道我要找你，我敲门为什么助理就直接让我进。"

柏天衡坐着看他，笑着问道："为什么？"

江湛道："八卦出圈的速度这么快吗？这才多久。"

柏天衡努力地牵制着唇角，才没有笑起来，解释道："八卦传播的速度，本来就快。"顿了顿，"工作人员不拦你，还示意你可以找我，是知道我们的同学关系。"

江湛思考了一下，决定道："还是像之前那样继续避嫌吧。"又说："别回头大家都觉得我背靠大山，无所顾忌。"

柏天衡道："随你。"问他："过来找我有什么事？"

江湛道："哦，对。"把几个被淘汰的学员想要签名的事说了。

柏天衡还以为是什么事，淡定道："衣服带了吗？让他们现在就过来吧。"

江湛毕竟是有经验的，想了想说："别，等录制结束吧，这么正大光明，回头传出去，不是说我工作时间'假公济私'，就得说我仗着柏老师怎么怎么样，有恃无恐了。"

柏天衡道："什么'怎么怎么样'？具体一点儿。"

江湛道："别具体了，具体不来。"

柏天衡喝了口咖啡说："教过你的，光明磊落。"

江湛想到刚刚走廊里的工作人员，还有回避离开的化妆师和助理，总觉得，光他和柏天衡光明磊落没用。

柏天衡不愧是混在娱乐圈的，分析道："怎么没用？你光明磊落，她们是在你的磊落里找八卦，事后你能解释，她们也能接受自己嗑的和事实不一样。你不光明、不磊落，她们只会觉得你是心虚，心虚的东西，都是真的。"

柏天衡这么一说，江湛恍然道："有道理。"

柏天衡进而道："已经这样了，你也不可能让已经存在的东西直接消失，只能消化接受。"

江湛点头，这也是为什么王泡泡在微博上带头嗑翻天了，江湛拿到手机后也没找这位好朋友说过什么。因为八卦已经存在了。对于已经存在的事物，自己单方面地否认、回避是没有用的。

江湛想想粉圈的追星女孩们，想想王泡泡，心里说道：算了，当年也是靠着粉圈赚钱、度过难熬的日子，现在就当他在还粉圈人情吧。

江湛想了想说："行吧，光明磊落就光明磊落。"说着感慨："柏老师不愧是柏老师。"

柏天衡抬起眼睛，看了看江湛，没说话。

于是没多久，江湛领着八个被淘汰掉的男生，进了柏天衡的化妆间。柏天衡当面给他们在队服上签了名字，签的时候，还说了一些鼓励的话。

几个男生里，有个胆大的，当面道："湛哥之前跟我们说，柏天衡其实挺好说话的，原来都是真的。"

江湛站在一旁，耸肩道："我说的吧。"

柏天衡盖上马克笔，瞄了江湛一眼，一贯的强气场。

他淡淡道："假的，没有好说话。"

江湛道："嗯？"

柏天衡一脸光明磊落地说："你们湛哥亲自来说，都是看在他的面子。"

江湛道："柏老师这么说也太给我面子了吧。"

八个男生道："哇，这两人关系也太好了吧。"

不久后，进录制厅。

大家戴好领夹麦，一排排镜头、工作人员就绪，等待导师入场、打板期间，男生们各自聊着。

江湛周围全是人。

"哥，我也想要签名，你能和柏导说说吗，我想我被淘汰的时候，能给我在胳膊上签一个。"

"我想多要几张签名，我家妹妹多，全是追星女孩，都喜欢柏导。"

"哥，我想你签一个，柏老师签一个，这样的来一打，可以吗？"

"哥，我想被淘汰的时候和柏老师拥抱一下，你能帮我说下吗，毕竟柏老师只给你面子。"

节目还没开始录制，靠墙的一排镜头，不少都对准了以江湛为圆心的那一圈。

导演组全在偷偷嘀咕——

"这段的梗哪儿来的？"

"好像是刚刚化妆的时候，江湛帮几个被淘汰的学员，去问柏老师要了签名。"

"那什么叫作'柏老师只给你面子'？"

"哦，这个我知道，说是拿到签名的学员里，有人感慨柏老师其实挺好说话的，被柏天衡当面否认了，说不是他好说话，是给江湛面子。"

"这段有摄像师跟拍了吗？"

"化妆间有镜头的。"

"那就好。"

"啊，江湛果然是个宝啊。"

…………

聊着聊着，总导演又问起了网络上最新的对柏天衡和江湛的热议。

助理道："他们两个的话题，最多的还是今天白天的。"

总导演毕竟是整个节目的领路人，对外界的声音自然会在意，问道："具体的？"

助理道："就今天白天。"

总导演问道："怎么了？"

助理犹豫了一下，掩唇低声道："今天不是从寝室大楼坐车来这边吗，柏老师因为也是一个人，没助理、团队跟，就也坐的大巴。"

总导演反应很快地问道："和江湛坐一起了？"

助理道："这倒没有。就是，有'站姐'拍到柏天衡没戴尾戒，然后现在粉圈都在掐……"

总导演一时没听懂，问道："不戴尾戒怎么了？"

助理道："这个吧，其实是要连着昨天晚上，和昨天白天一起看的。"

昨天白天，前线"站姐"拍到了江湛和柏天衡，晚上回来，两人又被拍到了，江湛因为穿了柏天衡的衣服，被粉圈热议，再接着，就是今天早上，柏天衡没再戴尾戒。

前后联系，不禁让人深思，江湛从早上离开寝室到晚上回来的十几个小时里，和柏天衡发生了什么。

助理用最简洁的话飞快地解释了一遍，跟着总结道："现在粉圈都在掐，说如果以后柏天衡还会戴，那就是他们多想了，要是一直到节目结束都不再戴，那就是……"

总导演根本不信这些，当场便摇头道："真是在凭着想象乱猜！"

助理道："可柏导今天的确没戴戒指。"

总导演道："一枚戒指，想戴就戴，想不戴就不戴。"

助理道："话是这么说没错，可柏导现在……一言一行，真的要特别注意，尤其是在节目期间。"

助理如果没提醒，总导演不会想到这么偏门的一个细节，可既然助理都这么说了，总导演思考了一下，觉得有道理，毕竟那枚戒指本身含义特殊，又被粉丝盯上了，谨慎些，还是一直戴着，别回头又被粉丝嗑上。

于是导演组派了人，准备在正式录制前，跟柏天衡本人亲自沟通一下。

就算今天没戴，以后节目里还是注意戴一下。

结果柏天衡回了句："可以，不过江湛那边，我得先和他说一下。"

负责沟通的工作人员卡壳道："这个……还要和……江湛……说？"

柏天衡道："当然。"

工作人员努力地转着脑子，问道："为什么？"

柏天衡背着江湛，再一次没有做人。他笑了笑，理所当然的口气道："因为友情更加深厚了。"

同一句话，不同的人说，不同的效果。江湛说工作人员不觉得怎么样。柏天衡说友情更加深厚了，节目组跟着就紧急开了个小会。齐萌不在演播厅厂房，硬是被拉过来，通过微信视频远程参加了这次的小会。

小会主题：柏导师和江学员，到底关系如何。

齐萌在微信里一再表示道："就是同学、朋友，我都打电话问过江湛他舅舅了，老韦虽然不记得江湛有柏天衡这么一个同学，不过可以肯定，两人绝对没什么。"

现场参与会议的同事一脸忧心地说："那柏导那句……"

齐萌道："是不是过去接洽的人理解错了？"

亲自和柏天衡接洽的同事接道："当时是我去的，反正柏老师一字不差，就是那么说的。"

齐萌直接道："那柏天衡也没说他和江湛怎么样啊，说了吗？"

那当然没说。总导演皱眉道："谁放江湛去和柏天衡单独见面的？"

视频里的齐萌、现场所有同事，齐刷刷抬头看向总导演：是你。

总导演道："呃……"

一个同事道："现在怎么办？两人参加同一个节目，还是导师和学员的身份……"

总导演还在坚持说："不可能。"

接触过江湛的同事跟着附和道："我也觉得不可能，江湛和柏老师相处的时候根本一点儿也不别扭，很自然，要是有什么，节目组这么多工作人员，早就发现端倪了。"

另外一个同事道："没有发现是不错，可柏天衡不是自己说了吗？他不能是逗我们玩儿的吧。"

最后，这场开了仅十多分钟的小会，以没有商量出结果而告终。大家贯彻基本原则：节目该怎么样还怎么样，不会受到任何影响。至于节目中江湛部分的内容，谨慎剪辑，尤其是和柏天衡的互动同框部分。不过好在，到目前为止，无论是镜头前还是镜头外，节目组都没觉得两人的接触有任何问题。

用柏天衡的话说：光明磊落。

齐萌也在视频里说："我和童刃言聊天的时候，听他提过，说柏天衡这人私下里经常不做人的，我虽然不清楚'不做人'是什么意思，不过我估计，就是说话、做事喜欢不按常理出牌。他搞不好真是随口逗我们玩儿。"

总导演道："要真是那样，就好了，这个柏天衡啊，真是……"

事实上，关于柏天衡的非议，这么多年，一直没有停过。

从出道拍第一部电影开始，他就被贴上靠关系户拿资源的标签，一直到后来三金满贯，实力才被真正看清。可即便如此，围绕在他身上的争论、非议也非常多。

比如他年纪不大，资源却好到爆，当年的顶流都得给他让路。

比如他"营业"极少，少就算了，接受采访的时候总不接梗，也不会主动抛梗，因为不够有趣，被人质疑拿架子。

再比如，一年多前，他在所有人都觉得他一定会蓄力再登事业高峰的时候，突然表现出对工作的抵触。本来该续约的商务全部中止，剧本一个不接，公开"营业"的时候，因为被娱记追着问问题，直接当场黑脸。那段时间，柏天衡恨不得一天三个黑料挂上热搜，一直到娱乐圈传出风声，说他准备息影转型了，热搜才画风猛转，让他不要这么早退休。

而如今，柏天衡回国，参加了《极限偶像》。

就在各路粉丝欢天喜地，以为他终于想明白了，会好好继续他的娱乐圈事业的时候——"砰"的一声，炸下来这么颗重磅炸弹。

柏江超话又有了新内容。

@SS敌敌畏：#柏江#柏导师三部曲：一、接人走；二、送人回来；三、不戴尾戒。

这下是真的炸了锅。

木白姐姐高层一面去联系柏天衡的公司要明确的说法和消息，一面由"大粉"牵头控场，否认超话和微博话题广场里的分析内容。

明说：我们柏和江湛明明只是同学关系，请有些营销号不要主动带节奏。

又直指：《极限偶像》现在才第一期，有些学员正路不走，想靠炒作C位出道？

更言明："三部曲"过于异想天开，不仅有损柏天衡的形象，对江湛本人也无益处，请有些"大粉"谨慎发言。

SS敌敌畏觉得自己冤死了：木白姐姐们，我圈地自萌都不行？

圈地自萌当然没问题，问题在于，很多柏天衡的粉丝认为三部曲炒作得太过火，出于对正主的维护，自然要否认，甚至控场。

于是很快，关于柏天衡的争论又开始了。

争论的点不在别的，就在那枚突然不戴的尾戒上——

"同学就是同学，别以为沾了点儿屁关系就能蹭我们柏的热度，想红想疯了吧？"

"是是是，戴是你们家戴的，不戴也是你们家不戴的，回头被骂的都是江湛呗。"

"不戴有问题？"

"现在否认？当初扒出来柏戴尾戒用左手给江湛递逆转卡的，不也是你家木白姐姐？现在说不认就不认了？"

"江湛是什么绝世大帅哥，同学而已，一个节目里重逢，就要拉着柏天衡强制捆绑？疯了吧你们？"

…………

"不是，木白姐姐怎么和CP粉吵起来？我记得木白家很多爬CP的啊。"

"江湛家的呢？状元姐姐呢？这么低调？没掺和？"

江湛的纯粉、状元姐姐们、低调吃瓜：我们为什么要掺和，柏天衡是有多优秀？太抬举自己了吧？

就这样，《极限偶像》播出第一期后，第二期开播前，随着江湛、柏天衡同学关系的曝光，随着王泡泡一骑绝尘领路 CP，吸粉无数，但也给木白姐姐和部分路人造成了些不太好的观感，其间各路粉丝吵了几个来回，没闹开，但也搅进来不少黑粉。

其中，黑江湛的最多，不是说他空有文凭只会考试，就是说他堂堂状元靠脸进娱乐圈蹭老同学热度，再难听点儿，就是主动倒贴柏天衡。

至于别的，比如年纪大、老男人，初评舞台故意装作没微信博关注，更是数不胜数。用王泡泡的话说：也是真的没什么黑料了，只能黑年龄了。

黑完年龄，还有人质疑江湛当年到底是不是本省理科状元。有些黑子脑抽了，还去省教育厅高考招生办的官方微博下面蹦跶，被招生办出了一份声明。

声明江湛那一年高考，理科第一，的确是一名叫"江湛"的考生，分数 ×××，排名第一，报考 A 大并被录取，特此声明。

那份声明被状元姐姐和 CP 超话转发，还有人特意"艾特"《极限偶像》官博，笑说第一次见到有哪个选秀，能同时惊动高考招生办和 A 大学生会。

@ 极限偶像回复：没错，是学习和知识的力量。

然后，@ 极限偶像在继关注 @A 大学生会之后，再次关注了 @× 省教育厅高考招生办，@× 省教育厅高考招生办没多久竟然双关了 @ 极限偶像和 @ 极限偶像——江湛，引来一大票粉丝路人哈哈哈哈地围观。

为此，江湛又吸了一拨路人和状元粉。

状元姐姐内部群嘲黑子：看到了吗，招生办关注了我家，可没有关注那位被我家倒贴的双非艺术类一本生哟。

居家谢把以上内容整理好，发给自家老板的时候，默默地点了一根烟，心里感慨道：太刺激了。这辈子没见过有哪家粉敢嘲柏天衡双非艺术类一本。

真的，也就江湛家的状元姐姐们了。

居家谢光想想，都爽得不行——自家老板不做人算什么，反正有人治他。发完最新整理好的网络上的内容，居家谢想了想，又给柏天衡那边发了条语音。

"有'大粉头'在接触我这边，觉得你之前的很多行为太反常了，才给了其他粉丝'嗑 CP'的机会。建议你把头像和简介都换回来，还说，不要被不相干的事情转移注意力，好好搞事业。"

这条发出去没多久，柏天衡回过来一条几秒的语音。

居家谢还没点开，用脚趾头想都知道，肯定不是什么人话。

果然——

柏天衡道："搞什么？'事业'是什么意思？"

居家谢很无语。

柏天衡其实不太会维系粉丝，这么多年，都是居家谢全权负责。

这次因为八卦爆发得实在太过突然，物料内容也过于真实猛烈，木白姐姐内部争议非常大。居家谢的意思，粉丝还是安抚一下，无论如何不能不顾粉丝感受。

柏天衡直接让居家谢去处理。居家谢思考了一阵，临时加进了一个"大粉"群。

一进群，就被疯狂"艾特"，问他："柏现在知道了吗？他到底是什么想法？头像、简介不能换回来吗？他和江湛只是同学吧，是同学的话，面对非议跟炒作也很尴尬吧？他自己也要特别注意，尽量减少不必要的同框吧？还有，尾戒又为什么突然不戴了？"

居家谢好一阵安抚，说了不少话，粉丝群才逐渐心定。

但关于柏天衡和江湛……

居家谢是这么说的："两人关系很好，没有任何嫌隙，他们也希望粉丝之间能友好。"

某"大粉头"道："友好归友好，光吃个早饭，就给八卦那边提供了多少素材？"

居家谢说了一句话："柏在国外一年多，没吃过几顿早饭。"

居家谢又道："大家出于爱护柏的立场，提出各种建议，我都是能理解的，因为同样的建议，我全都提过。但其实就我回国后看到的柏的状态，我觉得现在真的还不错，尤其是他整个人的状态。"

居家谢道："说实话，我其实是希望柏留在台前继续做演员的，但如果他不想，谁也劝不动，如果有个别的什么，能继续让他留下来，是不是还不错？"

居家谢道："大家少安毋躁，有些问题，换个角度看待，可能就想通了。"

某"大粉头"道："我现在不去纠结柏和湛了，应该就是关系很好的朋友。我只是想确定，柏现在，到底心思还在不在事业上？"

居家谢没有正面回答，委婉道："他才回国，《极限偶像》还在录制。"

"大粉头"道："根本没有是吗？还是可能随时离开息影对吗？"

"大粉头"道："那我们等了这么久，到底在等什么？看他回来了，看他参加了《极限偶像》，以为他想通了，事业重心又回到了这里，原来根本没有？我们担心他被人蹭热度引来黑粉，担心这个，担心那个，原来他自己根本不当回事？"

居家谢道："少安毋躁，有些情况我现在还不能……"

"大粉头"道："别说了蟹总，我已经明白了。柏根本不在意这些，也不在意粉丝，对吧。我自脱粉籍，一周内关站散群。"说完，那个名为"鱼尾Q"的"大粉头"直接退出群聊。

群里一片死寂。

居家谢没在群里吭声，现实里早就毛了。那个鱼尾 Q 是柏天衡最早的粉丝，至少粉了七八年，她个人拥有柏天衡在某论坛最大的粉丝站子，负责的微博个站更是关注度排在前三。鱼尾 Q 这个 ID，更是被各种论坛熟识，因为活跃度高，本人在粉圈内也小有名气。这种"大粉头"自脱粉籍，还要关站散群，粉圈还不得跟着腥风血雨？

　　居家谢赶紧私下联系鱼尾 Q，结果发现自己的微信被人家拉黑了。

　　事实上，鱼尾 Q 不仅拉黑了居家谢，退出了所有粉群，还把微信、QQ 上所有与柏天衡相关的人全部删除了。

　　本来是一个个删的，后来发现人数实在太多，索性几个大号都不要了，只保留了一个好友人数不多的小号，改名：P 家小鱼。

　　个性签名：已脱粉籍，非黑非路，回娘家等 P。

　　鱼尾 Q 做这些的时候，全程对着电脑在哭，哭得稀里哗啦，纸巾都不够擦。她大号都不要了，根本不知道该和谁去说，最后只能点开好友栏里的 P 图的头像。她知道 P 神已经很久没上线了，可除了 P，她真的不知道该和谁去说。

　　于是一边哭，一边给 P 发消息。

　　"呜呜呜呜呜，我脱粉了。

　　"柏天衡太让人失望了。

　　"他参加《极限偶像》就是心血来潮，他不在乎什么事业，我觉得自己是个笑话，超级大笑话！

　　"啊啊啊啊！我为什么要喜欢这种人！我是个笨蛋！笨蛋！

　　"我太生气了！

　　"我好生气喔！"

　　就在柏天衡的粉圈经历"大粉头"脱粉、关站、散群的这两天，《极限偶像》的第一次公演分组已经录制完毕。

　　因为八人正式被淘汰，只剩下九十二名学员，这九十二名学员里，又有十二名待定，等于说，正式学员只有八十人。

　　这么一来，八十名正式学员分十二组，其中八组七人，四组六人，十二名待定一组一人。

　　具体的分组情况，节目组做得很绝，既不是提前安排好的，也不是由导师决定，更不是网络点赞投票的排名，而是——

　　抽签。

　　学员们在录制现场，听柏天衡宣布是抽签的时候，都特别意外。这等于说，自己的组员是强是弱，合不合适，是擅长唱歌，还是跳舞，会不会说唱，全看天意。而如果不幸，抽签抽中的队友全是 D 水平以下……

　　简直不敢想。

当场就有学员提出疑义，如果手气差，就真的只能躺平认输？

柏天衡回了一句："难道你以为抽到 SSS，就能躺赢？"

也是。

于是直接抽签，决定分组。

江湛抽到数字"2"，与其他六名抽到"2"的学员，组成七人唱跳小组。

分组完毕后，大家和各自的组员站成一列，十二个小组面朝大导师柏天衡。

柏天衡身旁有一面大宽屏，大宽屏将十二支曲目的主要片段播放了一轮，由组员自行商定选择曲目。如果撞选，就比较各组所有组员到今天早上六点之前的点赞总和：点赞总和多的，优先选择；点赞总和少的，重新选择。

江湛他们组总共七个人，除了江湛，还有一个是 A 班的、两个 C 班、两个 D 班和剩下的一名待定。七个人，没有八人组沾光，毕竟少一个人，但他们组的点赞数绝对高光——

江湛：靠颜值和学历在第一期后猛吸一大拨支持。

楚闵：主题曲评定后等级变成 A，本身就很有人气。

蒋大舟：等级 C，公司目前力捧，点赞数一直很高。

彭星：第一期中被粉丝挖掘的超 A 型男，凭大总攻的气质点赞数一路杀入前三十。

两个 D 班练习生：点赞数也在前四十五。

待定成员祁宴，花瓶型练习生，同靠颜值吸粉，点赞数是待定组里人数最高的，目前排在前十五。

蒋大舟道："来来来，十二支曲目挑一个，也不用选备用的了，反正挑中哪个就能拿哪个。"

考虑成员里基本没有能独担主唱的，舞蹈平均下来都还可以，七人讨论后，选择了一支对唱功要求不高的曲目：*Living*。

别组也有选这支，因为江湛他们组点赞总和更高，顺利选中。

很快，各组曲目敲定。

这之后，学员们回到四方大厦，十二个小组，一组一个练习室，分开练习，为不久后的第一次公演做准备。

而当时"大粉头"鱼尾 Q，当着居家谢的面决定脱粉，就在周四晚上。

周五中午，鱼尾 Q 在自己的个人微博，以及负责的站子，各发布了一条同内容的微博，宣布正式脱粉，一周内关站散群。

到周六早上，事情已经发酵到了热搜词"柏天衡'大粉'脱粉"都出来的程度。

居家谢取消度假计划，紧急赶回来处理，在节目组这边找到柏天衡的时候，已经晚了。

居家谢急得要命，认为这事情无论有没有发酵起来，就鱼尾 Q 脱粉这件事本身来说，非常糟糕。他身为经纪人，多少了解这位"大粉头"，知道她这么多年有多死忠，在木白姐姐内部的威望有多高。死忠粉都脱掉粉籍了，其他粉丝会怎么想？事情往后又会发展到什么程度？

但柏天衡并不懂粉圈这些事，这么多年，他基本不接触粉丝圈子，很多需要和粉头对接的事，都是居家谢在做。对"大粉头"脱粉这事儿，柏天衡的理解显然不如居家谢深刻，自然认识不到其中的要害。

居家谢很急，但也不去多解释，只道："老板，你就发条私人微博，'营业'一下，安抚下粉丝吧！"

柏天衡道："今天周六，晚上《极限偶像》第二期，是要发

居家谢道："不是《极限偶像》的微博，是你自己的微博！啊！你怎么不能理解这件事呢！真的严重，不是开玩笑的！"

另外一边，一大早，江湛正和其他组员跟着舞蹈老师跳 Living 的舞曲，突然有工作人员过来，示意江湛出来一下。

江湛拿吸汗巾擦了一把汗，拎着一瓶水跟了出去，问道："怎么了？"

工作人员道："你手机上次上交的时候，没关机是吧？这两天你手机一直亮，一直有人给你发消息，因为装的袋子是透明的，负责手机的姐姐拿起来的时候，刚好看到了几句话。不知道是你家人还是你朋友，反正给你看一下，千万别出事。"

江湛顿了顿道："出事？"

工作人员道："我们也不清楚，反正就是几句不好的话，你自己去看吧，要是真的出事了，赶紧告诉我们，我们帮忙报警和叫 120。"

报警和叫 120 都出来了，江湛脸色瞬间一变，快步跟着工作人员去了一个小房间。另外一个工作人员把已经连上充电宝的手机递给了江湛，着急道："快看看。"

江湛接过手机，滑屏一看，果然首页提示了几条消息，全都是"我死了好了""我不活了"。

江湛立刻解锁，点开消息，聊天界面的新消息"唰啦唰啦"自动往前拉，一直拉到周四那天的消息。

"呜呜呜呜呜，我脱粉了，我真是恨死柏天衡了。

"太让人失望了。"

是鱼尾 Q，柏天衡的一个死忠"大粉"。江湛顿时松了口气。

这姑娘最显著的特点，就是咋咋呼呼的。但江湛也没敢放松警惕，一条条消息看了下去，才彻底放心下来。

他告诉工作人员："没事。"

工作人员道："真的吗？一定要确认清楚，别真的闹出什么事来。"

江湛解释道："不至于，是我一个朋友遇到点儿不开心的事。"又客气地道谢，感谢

工作人员发现后通知他。

工作人员没当场拿走手机，反正也不急这一时半会儿，便道："那你劝劝吧，别找你，你不回复，又想不开什么的。"

江湛点头道："谢谢。"

工作人员出去了，小房间里剩下江湛一人。江湛把鱼尾Q的消息从头又看了一遍，大概理清了是怎么回事。基本情况差不多就是柏天衡惯常冷漠，死忠粉也扛不住那架势，直接脱粉了。

江湛选秀期间，没和谁联系过，尤其是粉圈的人，如今难得拿到手机，工作人员又给了专门的时间，见鱼尾Q难过成这样，江湛想了想，发过去几个安慰的表情包。

P家小鱼：P，你竟然还活着?! 我不是在做梦吧?!

P图：你这死不死，活不活的，我再装死，我怕回头真要给你收尸。

P家小鱼：你最近到底去哪儿了，啊啊啊啊！怎么也找不到你！戳你，你一直不回！

P图：现在回了。

P图：怎么突然脱粉了？

P家小鱼：啊！这又是一个令人绝望的故事！听我从头给你说！！

鱼尾Q的"从头说"，其实就是几张群聊截图。

P家小鱼：你看看，你看看柏天衡经纪人的什么话！气死我了！还让我换个角度想！我不想！我直接脱粉了，爱谁谁！

P家小鱼：一年多前全网黑成狗，谁给他熬夜做辟谣物料，谁？是我和你好吗！他回国之后有好好工作吗?! 有吗？

P家小鱼：除了《极限偶像》，他现在还接屁的工作了？剧本看了吗？商务接洽了吗？其他新工作有吗？

P家小鱼：他只有他的高中同学！他要个狗屁的事业！糊去吧糊去吧，以后等他高中同学红了，再回头给他资源吧！

P家小鱼：啊！哭死我了，我昨天哭了一整天，难过死了。P，我要怎么办，我粉了他七八年，说脱粉就脱粉，我以后都不知道该干吗了，我都想直接退圈了，呜呜呜呜呜。

江湛看了手机屏幕上一行行带着情绪的字句，能体会出鱼尾Q有多绝望。

就像鱼尾Q自己说的，粉了七八年的死忠、熬夜做辟谣物料的她，脱粉了，都不知道该留在粉圈做什么了。

这么多年有多支持柏天衡，可想而知。

关键是早在江湛看到消息之前，鱼尾Q已经脱粉了。江湛一时不知该如何安慰，想了想回复：柏天衡都回国了，你为什么会觉得他心思不在事业上？

P 家小鱼：明显的呀，除了《极限偶像》，没有其他任何行程，商务、影视剧，哪怕是综艺、访谈、杂志，全部没有。

P 家小鱼：如果他有计划或者后面有规划，他经纪人加群的时候肯定会解释，但是没有，那就是毫无规划。

P 家小鱼：我真的不懂，他回国到底干什么来的？

P 家小鱼：哪怕说，他暂时不想接别的工作，微博上发点儿东西，让粉丝看看，安抚一下粉丝，也好啊。

P 家小鱼：可是真的，我感觉不出他有一点点在意粉丝的地方。他眼里根本没有粉丝。

江湛又安慰了鱼尾 Q 几句，上微博、几个论坛娱乐版块看了看，发现脱粉这事儿闹得还不小。柏天衡一年多前黑料铺天盖地的架势，似乎又有点儿卷土重来的意思。而这一次，没有鱼尾 Q 了，只有一个脱粉后伤心难过的 P 家小鱼。

江湛想了想，在手机上回复了她。

P 图：我觉得柏天衡，可能只是不接触、不懂粉圈，不是不在意。

P 家小鱼：我要求不高，只要柏今天微博有一条，就一条除了《极限偶像》外的微博，我就立刻诈尸回粉，被粉圈骂死也回粉。

P 家小鱼：但是他会吗？根本不会。

P 图：我最近有点儿事，得先闪人了，我和你赌，柏不会让粉丝失望的。

P 家小鱼：来来来，来赌。赌什么？

P 图：都可以。

P 家小鱼：我赢了，你就欠我 50 张精修图。

P 图：可以。

P 家小鱼：你赢了，你说怎么办？

P 图：我赢了，你就继续支持他吧。无论他做什么，都支持他。

江湛从小房间出来，把关机的手机和充电宝交给工作人员。

工作人员问道："好了吗？"

江湛道："好了。"又道："柏老师在哪儿？我想找他一下。"

工作人员道："应该在六楼。"

江湛找到柏天衡的时候，居家谢正处于焦头烂额的状态。一年多前，柏天衡一度热搜全网黑，这次以鱼尾 Q 脱粉为开头，又俨然有了一年多前的趋势。

居家谢正找人打听是不是又有哪个资本下场了，结果偏头一看，见到了活的江湛。他捏着手机，吓了一跳，虽说早隔着网络见识过江湛的颜值了，但本人比镜头里还要帅，气质也特别干净。居家谢愣了好一下，电话都忘记打了，直愣愣地看着。

江湛和他对视，礼貌地点了点头。

柏天衡刚挂掉一个电话，闻声转头道："怎么了？"

江湛问道："你现在方便吗？"

柏天衡扫了居家谢一眼，居家谢识相地闪人回避。门合上后，柏天衡示意江湛坐，江湛直奔主题道："我还得上去练舞，长话短说了，能请你做件事吗？"

柏天衡道："你说。"

江湛道："发条微博。"

柏天衡不解。

江湛笑了笑说："发吧，随便发什么，心疼一下粉丝。"

柏天衡更意外了。粉丝的话题，刚刚居家谢还在和他聊，这会儿江湛怎么又来了？

江湛道："我听说你有'大粉头'脱粉了，现在网上闹得不可开交。我虽然不知道你怎么看待粉丝的，其实说白了，粉丝就是群喜欢你、支持你的女孩子，发条微博让她们看看你，不难吧。"

的确不难。

江湛道："换位想想，要是你喜欢一个人，喜欢到他喜欢什么，你就跟着喜欢什么，你也会希望，从他那里得到哪怕一点点回应吧？"

柏天衡没有说话。他的确不懂粉圈，居家谢解释了半天，他都觉得脱粉并不是什么大不了的事。对艺人来说，有人喜欢，当然就有人不喜欢，有人今天喜欢，明天可能就会不喜欢，实属正常。而江湛一番话，直接戳进了柏天衡的心口。

他看着江湛回应道："好，发什么？"

江湛道："随便，都可以，你要是愿意，直播都行啊，现在不是流行明星直播固粉的吗，你的粉丝都没见过你私下直播吧？"

柏天衡道："直播？好。"

当天晚上七点，《极限偶像》第二期开播前一个多小时，柏天衡在微博破天荒地开了半个小时直播。

粉丝集体炸圈。这什么情况！柏天衡开直播？他还会开直播？！

柏天衡坐在镜头前道："听说，今天有人脱粉了？"

木白姐姐们：！！！ @鱼尾Q @鱼尾Q @鱼尾Q！你快回来！快诈尸！快啊！

@鱼尾Q：谢谢大家，诈尸回粉，穿回粉籍。欢迎辱骂踩踏，请随意。

P家小鱼：P！P！你太神了！你赢了！你赢了！柏天衡"营业"了！他竟然开直播了！开直播固粉了！他果然还是心疼粉丝的！

《极限偶像》节目组，嘴里说着我们这是正规选秀，节目该怎么录还怎么录，等发现柏天衡这边准备直播，有素材拍，立刻镜头安排上。

摄像师那魔鬼一样的步伐、神出鬼没般的身影，江湛看了都要怕了。

他正拿纸笔给柏天衡快速"科普"粉圈，一看有两个摄像师手持设备进门，走到墙边把镜头对着他们，立刻转头，问："这也要拍吗？"

摄像师不说话，点点头。

柏天衡隔着张一米宽的桌子，坐在他对面，淡定道："没事，让他们拍吧，你继续。"

柏天衡决定直播，让居家谢去安排之后，江湛已经十分迅速地给他大概"科普"了一遍如今的粉圈文化，包括不限于：粉丝对偶像的无条件支持，各种打投、集资、做数据，买买买，以及各大粉群、站子内部的粉丝管理，等等。

对这些，柏天衡几乎都不清楚，他一向靠作品在影视圈立足，在他的概念里，粉丝就是喜欢他的作品、角色，进而才会喜欢他的一群人。粉丝会买票看电影，会追星，会支持他，做到这些就差不多了，从未想过，粉圈对喜欢的艺人，会做到江湛说的那种程度。

何其狂热。

江湛笑道："不狂热怎么追星？我们以前打球、看 NBA 不是更疯？你那会儿喜欢的球星代言的运动品牌，你还不是衣服、鞋子、袜子一样不少，全部都买。"

这么一说，柏天衡就能理解粉圈的狂热了。

聊起这个话题，柏天衡回道："没你狂热，篮球球衣上的号码都要一模一样的。"

江湛道："是的啊，最爱的 8 号。"

柏天衡问道："我穿几号？"

江湛低头，拿着笔在纸上写写画画："24、3、16。16 吧，那件看你穿得最多。"

柏天衡看着他，弯了弯唇角道："记得这么清楚。"

江湛还在写，回得十分随意："那当然了，我还记得你有几条护肘，灰黑白红蓝。"提到这个，江湛的话就多了，"我还是最喜欢那条红的。"

柏天衡道："难怪老从我胳膊上扯下来自己戴。"

江湛道："好看啊，那条红的多好看，戴手肘上，来个跳投，多酷。"

说着，放下笔，把纸掉了个方向，推到柏天衡面前说："差不多了，你晚上直播，应该会用上。"

江湛道："我还要回去跳舞，就先走了。"

走之前，不忘提醒柏天衡道："别臭脸，要不然又得被黑了。"

江湛走后，摄像想凑过去拍江湛写的东西，没敢。柏天衡拿着纸看了一会儿，抬眸瞄了眼镜头，问道："要拍？"

摄像师用表情询问：可以吗？

柏天衡示意他们过来拍。两名摄像师立刻上前，镜头对着，其中有位拿肉眼扫了一下纸上的内容，愣住了。

江湛没写太多东西，但写到的，几乎都是直播里柏天衡可以用到的一些内容。比如江湛写："你直播，粉头应该会马上回粉。

"脱粉粉头回粉，也叫诈尸、仰卧起坐，因为有自炒嫌疑，会被其他粉丝骂，安抚一下粉丝，不让粉头难做人。

"可能还会有人质疑是你联合'大粉'一起炒作，不要理，也别生气。你开直播，粉丝就会很高兴，你的状态，会影响粉丝对直播的理解，尽量放轻松。"

摄像师都惊了，柏天衡这种咖位，就算真有什么不懂，多的是专业人士会帮忙搞定，还用江湛来指导？

江湛指导也说得通，毕竟是老同学，关系好，没什么顾虑。最让摄像师惊讶的点在于，江湛似乎很懂粉圈，不但懂，对粉圈的态度一看就很温和，连带着写给柏天衡的这些提示，都透着对追星女孩们的理解、包容。

摄像师心底感慨万千，心里说道：江湛真是座宝藏，内在可挖掘的东西实在太多了。

柏天衡则在摄像师拍完素材后，拿起那张纸，静静地看着。修图、粉圈，没有联系的这几年，江湛的生活，离他身处的这个圈子，原来也不算远吗？之前就问过，是不是有小号，是不是在一直关注他。江湛怎么都不肯承认。现在想想，应该是有小号的，还关注了，甚至有可能，一直都在关注他。

柏天衡心里哼笑道：身体诚实，就是嘴硬。

居家谢才不这么认为。他觉得江湛简直是他的大救星。粉头脱粉这件事，他自己难辞其咎，可能是太久不做经纪事务，和粉圈那边也太久没联系，这次没有安抚好鱼尾Q，他责任很大。本来他还想好好和柏天衡解释一下粉头脱粉的严重性，现在也不用了。因为活儿全让江湛做了。不但做了，效率还奇高，关键是，由江湛来说，柏天衡的耐心就特别足，全程静静地听，没插话，没质疑，更没否定。

居家谢刚刚就坐在不远处看着他们，也和摄像师一样，惊呆了。他心里说道：他老板平常也没见脾气性格多好，到了江湛面前，这耐心也太足了？！

等江湛走了，摄像师也走了，他愣愣地站起来，看着柏天衡说："老板，没看出来，你这么听江湛的话。"

柏天衡抬起眼皮子看了看他说："不错，度假玩了几天，总结能力提升了。"

居家谢顺势哄骗老板："那让你晚上直播，你可千万记得，第一次，我们就先播个……二十分钟？"

柏天衡明显心情不错的样子，应道："可。"

居家谢一拍巴掌道："那就这么定了。"

柏天衡看看他，好笑地说："你今天倒是不怕我直播的时候胡说八道了？"

居家谢指了指天花板，放肥了胆子道："我反正现在管不住你了，你敢不做人，我敢上楼找江湛。"

柏天衡问道："找他有用？找他，他能把我怎么样？"

居家谢看破不说破。而有些事，一旦有了一个开始，就像打开了一个神奇的宝盒，可挖掘无数惊喜。

居家谢本来还担心柏天衡第一次直播会没话说，结果却很意外，话还不少。

粉丝疯狂留言刷屏，柏天衡在镜头前主动聊起了粉圈，也说起最近脱粉的事，以及自己之前对粉丝的看法。

而直播镜头里，柏天衡没有开美颜的正脸，苏到屏幕炸裂。这个时候哪里还有人在意什么脱粉，全都嗷嗷嗷嗷地疯狂刷屏。

柏天衡口气随意地聊着："我因为不是偶像出身，一直对粉丝的理解比较有限，有人今天给我'科普'，我才知道，原来我和很多'爱豆'一样，是有专门的粉丝管理群和打投小组的。"

柏天衡道："倒不是说只管拍戏，不管粉丝，演员还是要靠作品立足，我之前一直以为，我不拍戏，没有作品，很多粉丝对我的热情会慢慢自然地散掉，去喜欢其他有作品的明星、演员。"

柏天衡道："存货？是指影视剧吗？目前没有了。最近在看一个本子，有个角色，不是主角那种，以前想演，一直没有机会。如果档期不和《极限偶像》这边冲突，应该会接。"

柏天衡道："谁说是回来玩玩的？我有正事。"

明星开直播也就这两年的事，柏天衡空窗一年多，之前也没直播过，周六这天的晚上，绝对是史无前例的一次。直播间人数"噌噌噌"地涨，留言刷屏到基本看不清评论区在说什么。

柏天衡对着镜头，很随意的姿势和神情，闲聊的口气说着话。

评论区啊啊啊啊地疯狂喊完，就是对柏天衡话里内容的回应——

"柏果然还是心疼我们的呜呜呜呜呜呜，他只是不懂粉圈而已。"

"你不拍戏，我也喜欢你啊！！"

"不会的！我们的热情不会散掉的！！你不在的一年多，我们超话签到都没停过！"

"啊啊啊啊！原来有在看剧本！有在准备接戏！只是我们不知道而已！"

"有戏吗？太好了！"

"果然之前不接戏，还是因为没有喜欢的角色吗。"

"对对对，不是玩儿，不是玩儿，是正事正事！"

"正事好吗？黑子把眼珠子扒出来好好看看，正事！"

…………

柏天衡镜头里的状态明显很好，很放松，虽然气场、气质还是一如既往，但说话的语气始终很自然。

他甚至主动、没有避讳地聊到脱粉这件事，提到如果粉丝回粉、仰卧起坐，大家不要有什么不好的看法。

"你还知道诈尸、仰卧起坐？！谁给你'科普'的！"

"不要提！不要提！黑子会以为你联合'大粉头'炒作这次直播的！"

"我们柏也太好了吧，主动帮回粉的粉头说话，要我是鱼尾Q，一定当场开心到爆。"

…………

柏天衡回答手机上的留言："仰卧起坐谁'科普'的？江湛。"

"江湛？"

"我的妈呀！柏天衡主动提起江湛了？"

"江湛懂什么是脱粉诈尸、仰卧起坐？他懂粉圈？"

…………

柏天衡道："嗯，还挺了解的，至少比我懂得多。"

柏天衡不是那种话多有梗的男艺人，因为是演员出身，私下直接接触粉丝的机会也非常少，所以他的直播，注定没什么可看性，更不够有趣。但粉丝管他什么够不够有趣，有没有可看性，有趣好看直接去看网红直播啊，粉丝想看的就是柏天衡本人。看到了，一边尖叫一边心满意足，感觉失落了一年多、渐渐凉透的真心都当场满血复活了。

木白姐姐：我们还能无条件支持柏一万年！不，一百万年！

鱼尾Q：我回粉了！木白姐姐万岁！

这二十分钟的直播，满足了所有粉丝，木白姐姐们仿佛找回了自己的主场，没让任何黑子在这破天荒的直播里乱蹦跶。

本来不出意外，直播结束，大家就能愉快地接着去看马上开播的《极限偶像》了。结果柏天衡在直播里，很自然地提到了江湛，还提到是江湛给他"科普"的粉圈文化。

木白姐姐全体惊讶。

CP粉全体意外。

与此同时，@星光视频在转发了今天晚上@极限偶像第二期的开播倒计时微博后，又发了一条视频微博，说是知道今天晚上柏天衡直播，给粉丝们一个小花絮福利。

这条福利视频，不是别的，正是今天直播前，江湛给柏天衡"科普"粉圈的剪辑视频。

视频里，江湛和柏天衡隔着一张桌子，面对面，江湛边科普边在纸上写写画画，柏天衡安静地坐在他对面。

江湛道："nsdd，你说得对。"

江湛道："dbq，对不起。"

江湛道："wsl，我死了。"

江湛道："xswl，笑死我了。"

江湛道："zqsg，真情实感。"

江湛道："xfxy，腥风血雨。"

…………

柏天衡看着江湛一组一组字母写下去，眉头微微地蹙起来，问道："是首字母缩写？不是英文缩写？"

江湛问道："你追星用英语？"

柏天衡点点头，表示自己明白了。

江湛道："NBCS，nobody cares。"

柏天衡道："这为什么又是英文缩写？不是没人在乎，mrzh？"

江湛斩钉截铁道："因为洋气。"

柏天衡默了片刻道："……好吧。"

柏天衡直播结束和这段花絮视频几乎就是前后脚。

视频一出来，评论"嚷嚷嚷"直冒。

"原来真是江湛'科普'的？我笑死好吗！"

"直播的时候就说江湛懂粉圈，我还不信，现在信了，他缩写真的全部都懂。"

"'因为洋气'，我感觉柏天衡听到这四个字的时候都蒙了。"

"哈哈哈哈，我笑死了好吗，柏天衡回归，第一件事，先进修粉圈用语，哈哈哈哈，江湛怎么这么能。"

"江湛是什么奇人，柏明明高贵冷傲离粉圈巨远，现在一'科普'，我感觉柏整个人都接地气了。"

"因为洋气，因为洋气，因为洋气，这四个字脑循环了，有毒！"

…………

木白姐姐们原先对江湛只是远远观望的态度，这下因为粉圈"科普"，拉足了好感度。

大家都不傻，尤其是粉圈高层，一讨论就能猜到，为什么从来不和粉圈接触的柏天衡，突然因为脱粉这件事，开了直播。

因为江湛给他"科普"了粉圈。

木白姐姐内部——

"江湛太棒了吧？他明显懂粉圈，搞不好还混过粉圈。"

"看了视频，感觉他和柏的相处真的很自然，也真的很熟。"

"对啊，就是很好的朋友吧，捧的那句'因为洋气'，真是要笑死我了。"

"我突然觉得江湛很好哎，以前都说柏不适合娱乐圈，不够圆滑，圈子里也都是虚情假意，现在有江湛，就感觉，柏身边多了一个很好的朋友。"

"对啊对啊，一年前全网黑的时候，柏都没公开说过自己的情况，这次脱粉，差点儿又有黑的趋势，柏主动直播，一下子就稳住粉丝了。我感觉直播可能也是江湛提议的。"

"我也觉得江湛很好，他真的很认真地在帮柏'科普'。"

"鱼尾Q这次得谢谢江湛，如果不是他'科普'，柏主动在直播的时候保她，仰卧起坐肯定要被骂死。"

"江湛明明就是很好的朋友啊，有颜又帅还是名校，脑子又好，关键还懂粉圈，会帮柏'科普'，会劝柏。"

"嗷嗷嗷嗷嗷！我突然好喜欢江湛！他和柏坐在一起的画面，真的让人觉得好舒服啊！！"

"湛湛超级棒！洋气！"

"那什么，话说，CP超话那边有人去看了吗？是不是又嗑CP嗑疯了？"

"我去看了，暂时没有，他们现在忙着嗑新表情包。"

"因为洋气！"

…………

没错，以王泡泡为首的粉丝们，在安静乖巧地看完柏天衡的直播，一帧不差地刷完星光视频的花絮后，回家就疯狂造起了"因为洋气"表情包。

尤其是王泡泡，边造边狂笑。

王泡泡：我现在觉得江湛是真的洋气，他怎么什么都懂！什么都会！他是不是也混过我们粉圈！小号会不会就在我们粉圈哪个群里。

SS敌敌畏：万万没想到，脱粉事件始于鱼尾Q，终于江湛。

王泡泡：鱼尾Q这次欠江湛的人情大了，要不是江湛"科普"仰卧起坐，柏怎么可能懂，我就看鱼尾Q以后怎么还这个人情。

SS敌敌畏：怎么还？点赞通道还啊！

SS敌敌畏：咦，奇怪，今天怎么没人嗑CP。

王泡泡一语道破：哪次嗑CP之前，不是先嗑表情包，上次不也是从"我没钱吗？""我就要买这个！"开始的？

SS敌敌畏：哈哈哈，对！

不久后，《极限偶像》第二期准点开播，开播还没五分钟，粉圈火速爆棚。

因为第一期近三个小时，结束在蒋大舟质疑柏天衡给江湛A，第二期开播，便是从这里开始的。

上来就是蒋大舟认为江湛不配拿 A，还说这里不是高考综艺，不用看谁是不是学霸来评级。接着又直面舞台，大胆放言，说要和江湛一对一比试，被柏天衡一句"谁准的"给直接否了。

否完，柏天衡气场全开地扫视全场，问"还有谁不服气"，蒋大舟第一个也是唯一不服气的，瞪眼就喊道："那我为什么从 C 掉到 F？"

柏天衡直接说出了问题所在，让蒋大舟哑口无言。而整个现场的气氛，也在柏天衡的威严和强势气场中，变得紧张起来。

柏天衡气场半开地训诫全场道："质疑别人之前，要先审视自己。"

全场安静。

柏天衡又看向江湛，一脸冷静地说："被人这么质疑，你也要审视自己。"

观众都跟着紧张起来，以为江湛第二期开头，就要被自家当导师的老同学训斥了。

结果——

柏天衡语气严肃不失超然道："多审视自己，长得又高又帅就算了，为什么还会唱歌跳舞，会唱歌跳舞就算了，怎么还是高考状元，A 大学霸。"

观众和粉丝：说什么大实话？！你这大实话的姿势也太另类了吧？！

于是《极限偶像》第二期开播还没多久，江湛又被预定了热搜。

柏天衡夸江湛

大家都要笑死了，说从没见过人这么夸人的，这么一个急拐弯，没反应过来的还以为是训人的。

结果有人行动力超强地做了一个剪辑，前半段，柏天衡说："长得又高又帅就算了，为什么还会唱歌跳舞？会唱歌跳舞就算了，怎么还是高考状元，A 大学霸？"

后半段，江湛："因为洋气。"

"哈哈哈哈哈，我笑死了，这剪辑真是神了。"

"哈哈哈，我还能不能好好看极偶了，选手没记住，光记住'我没钱吗''我就要买这个''因为洋气'。"

"我已经快笑成这两人的'沙雕粉'了，我为什么突然觉得好'沙雕'，哈哈哈。"

…………

于是神奇地，第二期《极限偶像》刚开播，网上一片哈哈哈哈哈，其乐融融。

初次评定阶段，也在开播没多久后结束，接着便是寝室入住。

对于没电梯让学员走楼梯这段，约莫是大家刚刚哈哈哈哈哈过，心情都还不错，也因为剪辑和字幕给人的感觉都很愉悦轻快，没人怪节目组连电梯都没安排好，让学员自己拎箱子。

等播到江湛直接拎两个箱子、气不带喘地走到十四层，还下楼组织学员一起传箱子上楼，视频弹幕全是——

"江湛太厉害了吧！"

"太害了！"

"太厉害了！"

…………

等播到午饭时间，江湛下楼去接柏天衡，弹幕又变成了——

"柏天衡，你做什么不好做行李箱？"

接着，江湛下楼到大厅，见到柏天衡，两人突然豹子似的一起冲了出去。

字幕君：录制的时候，我们全蒙了，没人知道发生了什么。

字幕君：后来才知道，两人是同学。

字幕君：再后来，我们节目组拼了老命，问柏天衡要到一张两人的同学旧照。

画面一切，是一张打篮球时的同框合影。

照片里，江湛穿着一身白色的8号篮球服，右手手肘上箍了一圈红色护肘，起跳投篮；柏天衡一身黑色的16号球服，单手叉腰站在不远处，看着他投球。

两人在照片里的模样和如今差别不大，面孔略稚嫩些许。而照片拍摄于一个大晴天，阳光落在两人身上、眼里。江湛起跳，看着篮筐，柏天衡看着江湛，眸光里映着江湛跳起投篮的身影。

画面切回正片。

本来这一段，只是在节目中用来回应两人同学关系的。结果就是这么巧，这张照片的内容，竟然和不久前，星光视频那条科普粉圈内容的花絮完全对上了。

科普粉圈的花絮视频，最后十几秒——

柏天衡道："没你狂热，篮球球衣上的号码都要一模一样。"

江湛道："是的啊，最爱的8号。"

柏天衡问："我穿几号？"

江湛道："24、3、16。16吧，那件看你穿得最多。"

柏天衡道："记得这么清楚。"

江湛道："那当然了，我还记得你有几条护肘，灰黑白红蓝。我还是最喜欢那条红的。"

柏天衡道："难怪老从我胳膊上扯下来自己戴。"

江湛道："好看啊，那条红的多好看，戴手肘上，来个跳投，多酷。"

江湛的8号球服，柏天衡的16号球服，红色护肘……

全部对上了。

而江湛记得柏天衡球服的号码，记得他有几种颜色的护肘，说最喜欢那条红色。

柏天衡则留着两人打篮球的同框照，照片里，江湛戴一条红色护肘。

过去与现在相触，对话与照片重叠。

第二期正片里，有一段柏天衡的问答访谈。

字幕君：你们多久没见过了？

柏天衡道："2516 天。"

第九章　受伤与醒悟

"2516天，按照两人高中毕业到极偶第一期录制的时间算，差不多就是高中毕业的暑假后，再没有见过。"

"太奇怪了吧，哪有人记时间按天算的？一般这种，不都是说大概几年没见吗，哪有这么精确的？"

"柏天衡肉眼可见的反常。"

王泡泡之前的微博被人翻出来了，2516天、尾戒、头像、简介、关注。粉丝纷纷评论：

"说不通啊，这2516天里，哪天不能联系，哪天不能约见面？即便没有对方的联系方式，同学群、朋友群总有吧，总能问到吧。"

"明明是因为工作意外重逢，花絮拍得那么清楚，两人就是做过同学而已。"

"男生一起打球，护腕护肘会相互戴戴，没什么的吧？"

"是没什么，有什么的明明是你们柏按天算日子，现在腥风血雨，还不都是2516的功劳？"

"极偶的剪辑也有问题，科普花絮提到篮球，正片里的照片也是打篮球？这么巧？还有2516天这个说法，不是星光剪了让你们看到的？星光主动操刀的腥风血雨好吗！"

"说真的，今天晚上，星光、极偶、柏、湛，四方里面，江湛绝对是最无辜的。他在极偶里的表现可圈可点，形象阳光正面，主题曲评定再拿A，也让大家看到了他的努力和实力，反正我只喜欢江湛。"

"江湛表现超级棒，学舞很快啊，他那个上下分开练舞的办法，我看了都惊呆了。"

"江湛学舞都能显露他的高智商，明显是时间不够，几个八拍的动作手脚协调差，会降低学舞的速度，他就直接上下分开学，扬长避短，提高效率，学霸不愧是学霸。"

"今天被淘汰的八个人，好可惜啊，连公演舞台的资格都没有。"

"还是实力太差了，那八个连副歌前的一部分舞蹈都跳不顺，歌也唱不好，不淘汰他们淘汰谁？"

"说是导师淘汰，最后还不是看点赞投票数？就不说别人了，就说祁宴，真是差到不能再差，最后还不是没有被淘汰，直接待定了？待定组十二个人里，他的票数最高，一百个人里前十五好吗，江湛都在他后面，所以要什么实力？会当花瓶就够了啊。"

"楼上神经病吧，你再不服气祁宴，他的票数也是粉丝一票一票投出来的。长得好看当花瓶怎么了？你家'爱豆'要是丑，你会粉你家？大家都是花瓶，分什么高低贵贱。"

…………

《极限偶像》第二期，播完了初评舞台，播出了寝室入住、主题曲评定、淘汰。时长整整三个半小时，内容丰富，节奏极快，热度持续攀升。

点赞通道在开播前一个小时关闭，在开播后的凌晨三点重新打开。除了已经被淘汰的那八人的点赞头像变灰，无法进行点赞投票，其他 92 名学员的点赞数据，一直在不停地刷新。其数据的增长量，远远超过第一期节目播出之后的点赞数据。

星光视频和节目组在后台观察数据的增长情况，能明显看出，有些学员的成绩，打投痕迹明显，不是自家公司在力捧，就是粉丝自发组织，在进行打投。

其中，以楚闵、祁宴、江湛三人为首。

楚闵的情况，就是本身有粉，公司在捧，自己业务也好，表现一直不错。

祁宴，公司一般，想捧有心无力，是在第一期后，靠着颜值，猛吸了一拨女友粉，粉丝里明显有土豪，砸了不少钱做数据，直接把人砸上前十五。

江湛，他的情况复杂得多，最开始颜值、学历都有吸粉，后来以王泡泡为首的 CP 粉砸票无数，等柏天衡一个直播结束，木白姐姐里"爬墙"的也非常多，第二期播完后，又吸了一批看中他实力的粉丝。

还不光如此。节目组通过后台数据，很快发现，江湛这边除了粉丝自发地打投做数据，似乎隐隐有哪家公司，在暗中力捧。

"就送你们到这里了，我就不出去了。"

周日，一大早，江湛和其他一些学员，把那八名被淘汰的学员送到一楼大厅。

八个男生穿着自己的衣服，身边全是箱子，就算早有心理准备，到了真的要离开的时候，还是有点儿遗憾、有点儿难过。

他们和送他们下楼的学员一一道别，最后又说了一些话。到江湛面前，八个男生都是一副乖巧的小鸡崽子的样子。

"湛哥，谢谢你送我们，我们准备走了。"

"湛哥，你加油，肯定能成团出道。"

江湛平常在寝室楼、练习室，和男生们同龄人似的打成一片，到了这个时候，便像个关心弟弟的兄长。

他拍拍几个男生的肩膀，鼓励他们说："都一副丧气的样子干吗，有精神一点儿，等会儿出去，外面都是粉丝，难道让大家见你们灰溜溜地离开吗？"

几个男生立刻挺直后背，整理精神面貌。

江湛赞道："对，就是这样。"

几个男生道："我们会看节目，给你们投票的。"

"你们加油。"

"湛哥加油。"

"我们走了。"

八个男生被工作人员护送着，走出一楼大厅，外面很快传来粉丝的支持和鼓励。江湛跟其他男生一起，在大厅目送他们，看不到身影了，才反身坐电梯回楼上。或许是送别的气氛使然，上电梯之后，大家都没说话。过了一会儿，才有人说道："其实早晚都要走的。"

"是啊，先走，晚走，都是走，成团出道了，也一样要走的。"

"唉，我这会儿突然特别伤感，感觉挺舍不得的，这种同吃同住一起训练的生活，过了《极限偶像》，除非再参加选秀，以后可能都不会再有了。"

"等我走的时候，也不知道会不会有人送我。"

"我送你。"

"为什么我先被淘汰？"

"那我先被淘汰，你送我。"

"我不送你，我怕我会哭出来。"

"哭什么？"

"哭岁月一去不回头。"

"咦，肉麻。"

…………

男生们没感性几秒，又说笑打闹了起来。

江湛站在其中，看着他们，笑了笑。有关岁月一去不回头，果然还是得到了年纪、有点儿经历，才能有些感悟。年轻小孩儿，尤其是没心没肺的男生，是没多少深刻体会的。

江湛以前也没有。

他的人生顺风顺水，一路顺到二十岁之后，才终于知道，什么叫一去不回头。

一去不回头，就是有些人，再也见不到了。

到食堂，刚在柏天衡面前坐下，江湛有感而发地叹息道："都不用等到节目结束，就各奔东西了。"

柏天衡边喝他今天第一口汤边说："都送走了？"

江湛点头道："嗯。"顿了顿，突然想起什么，抬头，"说起各奔东西，有个事，我一直没想明白。"

柏天衡继续喝他那第一口汤，神情淡定。

江湛道："哎，那会儿，就是高考暑假之后，为什么我找你，你都不怎么搭理我了？"

柏天衡抬起视线，明知故问道："有吗？"

江湛眨眨眼，眸光清澈，带着疑惑道："有啊，你不记得了？"

柏天衡放下喝汤的勺子，没说什么。

江湛本来也不太在意这个问题，毕竟都已经过去很多年了，只是突然想起就提了。

他自顾道："拍戏那么忙吗？我找你三四次，你才回我一次，每次还隔好久。"说着，撇撇嘴，"弄得我后来都不知道该不该找你了。"

这个话题，本来就是随口一提，也是今天送学员之后的衍生。江湛自己没当回事，说完就过了，继续吃早饭。

在他的印象里，高考之后的那年暑假，很开心，很愉快，也很忙碌。江父托人从国外买来的太空堡到了，江湛每天沉醉其中，拼起来饭都不吃，没日没夜。同学、好友邀着吃饭、打球、玩乐，每周都有约，频繁起来的时候，一周有四五天都在外面玩。还和宋佑西南旅游线上转了转，随父母亲戚欧美玩了一圈。后来考虑 A 大专业课程的难度问题，又埋头自学了两周金融、计算机基础。

和柏天衡见过几次？

很少。

就记得，柏天衡暑假有戏拍，人一直不在。难得回来，他自己这边不是出国，就是有事。

有一次，都约好了晚上出来一起吃饭，两人一个有事，得晚一个小时才能到，一个因为飞机晚点，根本不能准时赴约，饭约就这么直接黄了。

江湛倒是对他们最后一次见面，印象深刻。因为那一次，他感觉出来，两人之间的气氛不太对。

那天吃饭，柏天衡话很少，一直不说什么，只拿目光静静地看着他。

江湛以为自己又惹到他了，还先反思了一会儿，觉得问题不在自己身上之后，就以为柏天衡是因为别的事心情不好，便努力找话聊，想让气氛活跃一些。

结果柏天衡末了只说了一句："你过个暑假，比平时上学都忙。"

江湛当时已经"浪"了半个暑假，眉梢眼角全是恣意和风发，笑说："那当然了，上学只有课本课本课本，放假什么都能玩。球得打吧，模型得拼吧，吃饭、逛街、旅游、走亲戚，给我一天48小时，可能都不够。"

柏天衡喝了口水，神情比那口水还淡道："开心吗？"

江湛道："开心啊，"又道，"要是您老人家没那么忙，能经常约出来打球，去我家一起拼个模型，那就更开心了。"

柏天衡笑了笑。

江湛那时候年纪太小，就觉得他这笑不太对，却没品出那笑里的几分苦涩，还问道："你怎么了？谁惹你不高兴了？"

柏天衡隔着张餐桌，隔着一桌子饭菜，凝视着他说："除了你，还能有谁。"

江湛一脸无语地说："哥，你这话说的，我很冤好吗。我一个暑假也没见到你几次，想惹你，也没机会惹啊。"

柏天衡垂眸，拿筷子夹了口菜。这个话题就被自然地带过了。这之后，又聊了什么，江湛已经彻底没印象了。就记得吃完离开餐厅，两人在门口分别，柏天衡很随意地揉了他脑袋一下，然后便是很淡很轻的一句："走了。"说完，柏天衡转身离开。

江湛觉得当天吃饭整个气氛都不对，又被这一掌揉得莫名其妙，于是站在餐厅门口，奇怪地看着柏天衡离开的背影。

那时候，江湛根本没想到，那会是后来长达六七年的时间里，他最后一次见柏天衡。

那次饭约之后，柏天衡再没有主动联系过一次，一次都没有，江湛如果主动联系，柏天衡也不怎么回，偶尔回，一条消息也要隔很久之后，回也回不了几个字。

江湛问过他："你最近很忙吗？"

柏天衡每次都说："嗯，拍戏。"

再后来，到了九月，江湛去上大学，有课业压力，还参加了不少社团，认识了很多新朋友，柏天衡又从不与他主动联系，渐渐地，江湛也不太联系他了。两人的关系，在相互没有音信中，彻底断开。

江湛这会儿边吃早饭边回想以前，越想越觉得问题不在自己。

"你好像暑假之后，没联系过我吧，一次都没有。"

柏天衡第一口汤完毕，开始喝第二口汤，还是刚刚那副自如淡定的神情。

"嗯，是没联系你。"

江湛问道："为什么？就那么忙？"

柏天衡道："忙。"

江湛问道："忙什么？"

忙什么？柏天衡看着江湛，含糊地概括了当时的状态："在忙着迎接大学生活。"

江湛理解岔了道："上个大学而已，你需要这么紧张？"

柏天衡这第二口汤彻底咽不下去了，他放下勺子，把瓦罐汤推到一旁，看着对面的人。

江湛反应了一会儿，凭着那考上 A 大的智商，飞快地想到了什么。他恍然道："我知道了，我知道你那会儿一点儿都不联系我，是去干什么了。"

柏天衡好整以暇地看着他问道："干什么？"

江湛认真地想了想，确保自己的推测逻辑通顺、合情合理。

他压低声音道："你是不是，谈恋爱去了？"

柏天衡直接将瓦罐汤一推，站了起来。

江湛小声道："喂！"

碍于食堂还有其他学员，不好动静太大，江湛跟着站了起来，追出去。

"不是吗？"

柏天衡大步往外，气场半开，回都懒得回。

江湛的表情越发无语，一个字都不想说。自从参加《极限偶像》后，他第一次有这种情绪不好的时候，特别生气，还特别想跟人吵架。看着面前的柏天衡，更是越看越不顺眼。

江湛转身，重新面朝柏天衡，压着声音，已经有了要吵架的趋势。

江湛道："你什么毛病！当年明明是你不理我的！"

柏天衡有点儿意外江湛的反应，顺着他道："我的错。"又道："我今、明两天都不在，要去剧组。"

江湛语气很冲道："要去就去。"说完，直奔出食堂。

柏天衡没追，看着江湛跑开。

柏天衡很久没有接到合适的角色和剧本，这次也是巧，圈子里一个熟人导演给他递了个本子，被他一眼看中。不是主角，是个配角，演一个他从前一直想演却没机会演的反面角色：绑匪。

因为试戏和定妆的关系，他需要离开一天半时间，居家谢那边已经和《极限偶像》节目组请好了假。当天早饭之后，居家谢开车，带柏天衡赶赴剧组。

路上，柏天衡在微博上刷到了今天早上的《极限偶像》学员上班路透。柏天衡随便翻了翻，很快翻到了江湛的。和他往常面朝镜头、开朗微笑的照片不同，今天的江湛戴了口罩，挡去了大半张脸，只露出一双眼尾泛红的眼睛。

因为戴口罩，也似乎没有和寝室楼前的粉丝交流的意思，他今天的照片几乎全是口罩侧脸，只有很少的两张面朝镜头。

那两张照片里，可以看到江湛的眼尾眼角都有些红，眼神未带笑意，反而沉着一股被谁欺负似的茫然，配合本身眼睛的形状，奇妙地杂糅出一种干净的禁欲感，又混合着一点儿委屈、茫然，苏感中透出一丝破碎。

这两张照片的评论区全是尖叫——

"我的妈！湛湛今天的路透也太有感觉了吧！"

"太苏啦！之前他每天上工都开开心心地笑，完全就是个大男孩，今天这张真的超级欲！"

"对对对，就是欲！眼尾眼角红得太有感觉了！"

"是训练太辛苦了吧，听说这两天就已经很晚才回寝室了，睡眠太少，所以眼睛都熬红了吧，好心疼。"

"啊啊啊啊啊啊啊！今天为什么会是这种气质感觉！好像被人欺负过，又偏偏流露出这种又苏又欲的感觉！好喜欢，好心疼！"

柏天衡点开照片，把两张路透仔细看了一下，心里想道，自己早上那会儿，欺负江湛了？

那算欺负？

柏天衡觉得不算，以江湛的性格，他都不会归类到欺负里。可照片上看起来，江湛的确眼睛有点儿红……

江湛早饭没吃几口，肚子是饱的，全是气。自己都不知道在气什么。

因为情绪不好，下楼去四方大厦之前，他还特意问工作人员要了口罩。工作人员还奇怪道："怎么了？食物过敏了？"

江湛摇摇头，没说什么，戴上口罩，走出大厅。

外面粉丝一如既往地多，一如既往地热情，江湛心里烦，也知道自己状态不好，无法面对镜头，索性戴了口罩，远远打了个招呼，快步往四方大厦走。

其间有粉丝很大声、很激动地喊他的名字，他不想粉丝失望，特意转过头，让追星女孩们拍了几张正脸。

等到了四方大厦的练习室，江湛把包一扔，也没管练习室里已经在的那位摄像师和镜头，径直坐到角落里整理心情。

其实江湛也想到了，柏天衡可能是故意的，就像以前高中的时候，他和柏天衡一言不合斗嘴，你讽我，我嘲你，互相找不痛快。

虽然方式不同，大概的意思是相通的。

没多久，他们组其他六个人也到了。楚闵一如既往地和所有人保持距离，不亲近，也不算过分疏离。D班两个练习生抱团扎在一起，对其他组员都特别客气。彭星舞台上镜头前是个型男，私下里有些高冷，还有点儿说一不二的大男子主义。祁宴话很少，基本独处，存在感微弱得仿佛不存在。至于蒋大舟，他在初评舞台上公开质疑过江湛，也是如今七人小组天天黏着江湛的"狗腿子"。

他们组的表演曲目 Living，对唱功要求不高，舞台演绎全靠舞蹈。从上周四到今天周日，他们已经跟着舞蹈老师整整跳了三天，调整了好几次队形，却还是无法跟着音乐完整地把这支舞从头跳到尾。用舞蹈老师的话说：默契、配合度都太差了。

周日早上一来，舞蹈老师还没到，七人又根据最新调整的站位队形把舞跳了一遍，跳到一半，祁宴、蒋大舟相互走位的时候撞到，舞曲中断。

彭星隐隐地就有点儿火了。他之前三天在摄像师的镜头前没说过什么，只在私下里和组员沟通，虽然强势，但因为总能说到点上，说到问题所在，没人和他争辩过。

今天可能是蒋大舟和祁宴走位撞到的时候嘻嘻哈哈，彭星实在看不顺眼，当场就火了。他在练习室大声喝道："有什么好笑的？周二下午带妆彩排，周三录公演，现在跳成这样，你们还能笑得出来？"

众人都吓了一跳，纷纷转头看他。

彭星看着蒋大舟说："能别嘻嘻哈哈吗，你在舞台上走位撞人了，也嘻嘻哈哈笑？"

又看向祁宴道："你跳舞能全程没有表情？Living 都跳三天了，起码能领悟一点点舞蹈和歌曲的意境吧？"

被吼了，祁宴没说话，垂眸看了看地板，蒋大舟很不服气道："你喊什么？就你嗓门大？"

又道："这支舞跳了三天，大家基本都会了，剩下就是走位和配合的问题。周二下午才彩排，今天、明天、后天，至少还有两天半，你到底急什么？就算你着急，你吼什么？"

彭星问道："至少两天半？"

蒋大舟反问："不是吗？"

彭星轻哼道："我是该说你心大，还是该说你乐观？"

蒋大舟道："你这人？"

D班两个学员拉开两人道："算了，算了，重新跳吧，都消消火，天气热，别火气大了吵起来。"

彭星和蒋大舟，都是满脸的不服气。

祁宴没掺和，站到一旁，楚闵从头到尾不管，拿了水在喝。

江湛不意外会吵起来，刚组队的时候他就发现了，他们这七个人，各有脾气、性格，注定融不到一起。要不是江湛今天心情不好，他肯定会劝两句，可他这会儿根本不适合劝人。

他从墙边拿了擦汗巾擦脸，祁宴就站在一旁，看到他，想了想，低声问道："我是不是拖后腿了？"

江湛擦着汗说："没有的事，别多想。"

祁宴垂眸，敛去神情上的失落。

第二次跳，可能是刚刚才吵过，大家都憋着气，这一次算是勉强顺利跳完了整支舞，可气氛也彻底僵了。跳完后，都没人说话。江湛也没心情调动气氛，跳完就拿汗巾擦汗。

蒋大舟喝着水凑过来，低声道："湛哥，我怎么觉得你今天不对呢。"

江湛用汗巾擦着脖子问道："哪儿不对？"

蒋大舟道："哪儿都不对，早上过来，看你话都不说一句。"

江湛道："因为要专心跳舞。"

说到跳舞，蒋大舟就拿余光瞪了彭星那边一眼。江湛擦完脖子，开始擦脸，蒋大舟看他浑身是汗，还奇怪道："神人啊，你出个汗比我尿都多。"

江湛无语，笑着说："有你这么说的吗？"又道："个人体质好吧。"

蒋大舟啧啧道："你这毛孔是水龙头吗，出个汗哗啦啦地流。"

江湛道："喝你的水吧。"

蒋大舟道："不过说真的，你流汗这么厉害，小心汗掉在地板上踩到滑一跤，我以前就因为这个摔过。"

江湛道："所以我在认真擦汗。"

结果蒋大舟同学成功做了一次乌鸦嘴，江湛在第四次跳舞的时候，鞋底踩到汗，狠狠滑了一下，摔跪在地板上。

运气好，脚腕和腿都没扭到，膝盖砸的那一下着实不轻，"咚"的一声，没一会儿，直接红了，还有些肿。

练习中断，工作人员听到动静去叫随行医护，其他组员都围在旁边。

蒋大舟一脸紧张地说："哇，怎么肿成这样。"

祁宴皱眉道："疼吗？"

彭星道："你别动，得赶紧处理。"

D班两个学员道："还好还好，不是扭到筋或者韧带，那才是真麻烦。"

这么多人中，只有楚闵没说什么。没说归没说，当时江湛摔跪下去，第一个冲过来的就是他。这会儿江湛屈膝坐在地上，离那条受伤的膝盖最近的，也是楚闵。

江湛用余光不动声色地看着楚闵，心里有点儿好笑。之前费海和丛宇他们很不喜欢楚闵，就一直说楚闵装，会给自己争镜头，当时江湛还不能理解，这会儿算是深刻体会了。

楚闵在镜头前的确很会给自己争机会，也很会表现。平常和他没有一句闲话，到了这种时候，就第一个冲上来，一脸关切和紧张。

要不是江湛年龄摆在这里，也有点儿识人的阅历，可能自己都要相信楚闵是真的在关心他了。

没一会儿，医护人员带着医药箱过来，给江湛简单地处理了一下，又说："还好，没伤到骨头，就是撞得太厉害，都肿了。"

彭星下意识地问："还能跳吗？"

江湛本想说能跳，皮肉伤而已，结果不等他开口，身旁的楚闵先他一步，阻拦道："先别跳了，休息一下，都这么肿了，镇定喷雾才喷上去，消肿的膏药也没发挥作用，过一会儿吧。"

他这么说，彭星一顿，露出个见了鬼的表情，蒋大舟他们也都用奇怪的眼神看向楚闵——你这么贴心，好像你和湛哥很熟一样。彭星他们很快反应过来，这是在镜头前做样子摆"人设"呢。蒋大舟背过身去，小小地翻了一个白眼。

这个小插曲后，江湛便坐在角落里休息，其他六个人空出他的站位接着跳。

江湛无所事事，怕自己又开始因为早上的事烦躁，索性从包里摸出掌机玩，玩了没一会儿，楚闵突然道："江湛，你帮我们看看动作吧。"

江湛放下掌机说："也行。"余光一瞟，摄像师的镜头刚好扫过来。

江湛心里有数，楚闵是借机拉上他，丰富这段"剧情"。

江湛对楚闵的"人设"、剧情都没兴趣，他反正闲着，就帮大家看看姿势、动作、走位。

果然，摄像师暂时离开、没镜头的时候，楚闵的关心就跟着被狗吃了，一直凑过来关心这个关心那个的，反而变成了祁宴。蒋大舟大大咧咧，江湛说没事，他就不多问了，休息的时候旁边专注在玩掌机。只有祁宴每次都蹲在旁边，看江湛肿起来的那个膝盖，看得特别认真，好像能从那肿起来的部位看出一朵花儿似的。

江湛好笑地说："别看了，看也不能消肿。"

祁宴就点点头，也不多说什么，很乖的样子。

过了一会儿，他小声说："下次还是戴条护膝吧。"又道："我那儿有，你要吗？"

祁宴每次跳舞都戴护膝。黑色的护膝裹在膝盖上，反衬着两条细长的腿更加白皙。

江湛本来没多在意祁宴的长相，之前丛宇他们在宿舍讨论过祁宴，说祁宴男生女相，长相英气，太精致了，他一直没什么概念，这会儿近距离一看，才发现的确如此。

祁宴的脸特别小，五官精致，脸颊上还有点儿小雀斑，因为本人话少，气质偏弱，素颜的时候，看起来毫无攻击力，特别乖巧。

祁宴见江湛没回要不要护膝，也没接着问，直接转身拿了自己的包，从包里拿出自己戴的两条护膝里的一条，递给江湛。

江湛婉拒道："你自己还要用。"

祁宴道："没事啊，我就戴一条好了。"说着，解开束缚带，把护膝戴到了江湛那条没有受伤的膝盖上。

江湛有点儿惊讶，可看着祁宴这么乖巧地帮他戴上，也没有出言阻止。这毕竟是人家的好意。

戴上了，祁宴抬眸道："好了。"又问："会很紧吗？"

江湛动了动膝盖说："不紧，刚好，谢谢。"

祁宴笑了笑，眼神亮亮的。

当天下午，江湛回寝室，身边除了蒋大舟，还有祁宴。寝室大楼前的追星女孩们一看到他们就叫，见江湛和祁宴一起，边聊边走，赶紧"大炮"对上，疯狂按动快门。

王泡泡有两天没在《极限偶像》前线，本来今天没计划来，是被江湛早上那张戴着口罩的禁欲系路透给勾过来的。结果等到江湛回寝室，没肉眼看到江湛早上那副绝世气质，反而看到他和祁宴走在一起。

旁边的敌敌畏疯狂捏她的胳膊，喊道："祁宴！祁宴！快拍！快拍！"

王泡泡拍了。因为祁宴和江湛是一起的，所以拍祁宴的镜头里，都有江湛，拍江湛的镜头里，也都有祁宴。

王泡泡拍着拍着，放下"大炮"，突然觉得不对。她从相机相册里调出自己拍的几张江湛、祁宴同框，一张张翻看下去，越看越心惊肉跳。

她抬头"啊"一声，敌敌畏跟着她"啊"一声，两个女孩子一脸震惊地对视。

敌敌畏看着王泡泡道："你……别这样，别这样。"

王泡泡："我再看看，再看看。"

再看，就不是看照片了，只看真人。

抬头看去，江湛他们一行人还在往寝室大楼的方向走。蒋大舟在专心致志地玩他的掌机，旁边江湛和祁宴说着什么，聊着聊着，两人都笑起来。江湛抬眸笑，祁宴回视他笑。两人一个身高一米八三，一个身高一米八，都是大长腿，都长得好看。不同的是，江湛气质干净爽朗，笑起来是个大男孩；祁宴花瓶长相，私下素颜的时候，气质温和。

两人同框的感觉非常好。

王泡泡：不！没有！不是！不存在！我一定是瞎了。瞎了！

等王泡泡回家，把相机里的照片导出来，再对比电脑里柏天衡和江湛的同框后，总算松了口气。

还好，还好，单独看江湛和祁宴，会觉得有美感，但跟柏江一比，真的，什么都不是，毕竟柏天衡的气场，可不是盖的。

王泡泡：今天也是坚定不移的磕CP女孩！

她坚定，却不代表所有人的审美都和她一样。

今天祁宴和江湛同框，很多人都看到了，很多一线"站姐"也都拍到了，往微博、论坛、几个粉群一贴，议论两人的自然不少。

"祁宴带妆是个'花瓶'，不带妆的气质竟然这么温和？他和江湛站在一起，看起来真的好乖。"

"是江湛本来就有气场，都忘了他和柏天衡同框也没被比下去吗？你们仔细去看江湛的单人图，每一张都特别苏。"

"咦，我还以为江湛只和酷宇、小飞、小海他们很熟，原来还认识祁宴嘛。"

"这两人聊得好开心啊，祁宴在江湛这里真的好乖。"

"我觉得我完了，进可嗑柏江，退可嗑湛宴，我是不是疯了？"

"同疯好吗，我竟然觉得湛宴这种学霸校草和'花瓶'也特别带感。"

…………

本来CP这种事，就是各家圈地自萌，柏江是柏江，湛宴是湛宴，只要别跨圈在线对抗，就能相安无事。

结果总有黑子没事儿挑事儿。

白天木白姐姐那里刚刚传出了柏天衡的行程，确认今明两天，柏天衡离开《极限偶像》，进组定妆、试戏。

晚上，湛宴同框被小范围热议。没多久，好几个论坛上就出现了同一个主题的帖子。

《一个蹭老同学热度，一个只有脸的面瘫"花瓶"，湛宴请你们务必锁死！》

帖子内容：

看了江湛和祁宴的同框，确认他们才是绝配，一个进娱乐圈的名校学霸，一个只有脸的面瘫"花瓶"，一个强拉CP疯狂吸血，一个靠妆容疯狂吸赞，这两个不是绝配哪个是绝配？麻烦赶紧锁死好吗。然后让柏天衡好好拍戏！别再拉着他舞什么CP了！

这帖子太招捂了，没一会儿引来回复无数，高楼渐起。

王泡泡在一个粉群里看到这条帖子的链接，点进来看完了帖子，看得心梗。更让她无语的是，那楼主竟然又说：柏江？隔壁楼不是说今天江湛跳舞摔肿腿了吗？寝室大楼离影视城来回八个小时，有本事柏天衡今天开四个小时回《极限偶像》看受伤的江湛，明天再开四个小时回剧组定妆试戏啊！他敢开这来回八个小时，我就敢吃屎！要没有这八个小时，你们通通"爬墙"嗑湛宴去吧！

王泡泡心想：你有病？

这种黑帖，王泡泡理都懒得理。

结果当天深夜，一条新帖在论坛里炸开——

《隔壁那楼的楼主你看清楚了！》

帖子内容：

楼主娱乐圈人士，剧组内部有人，星光视频那边也认识人。刚刚问过了，柏天衡下午还在剧组，晚上已经不在了，刚刚极偶寝室大楼那边，有人拍到了柏天衡的车，也拍到了柏天衡本人，确认他已经回极偶那边了。差不多就是七点往回赶，十一点多到的，开了四个多小时！隔壁楼，我跟你赌，明天柏天衡绝对还要开四个小时回剧组继续试戏，你明天直播吃屎，可以吗？！

这帖子十分钟不到，回帖超过500楼。

"木白姐姐那边行程全部公开了，今天柏天衡的确就是进组了。什么事值得他开四个小时的车赶回来？就因为江湛受伤？"

"我本来根本不嗑CP好吗，上次那个2516天我就已经动摇了，今天晚上柏再开四个小时赶回来，我真的要去嗑了！"

"都说了柏江是真的！你们偏偏不信！"

"我要给柏天衡跪了，他来真的是吗，开四个小时回极偶？"

"别挣扎了，嗑吧。我向前线打听过了，柏天衡的车直接开到寝室大楼门口，粉丝是看着他上楼的，除了去看江湛，我真的想不出他大半夜开四个小时跑到寝室楼做什么。"

…………

谁都没想到，深更半夜还有这种猛料。

王泡泡发了一条微博。

@思念P海枯石烂的王泡泡：嗑别家，同框再美，都是假的，早晚悲剧。嗑柏江，2516天，驱车四小时，全是真的。

晚上十一点多，一辆黑色路虎从正门缓缓开进，灯光由远及近，照亮寝室楼前。

粉丝应援专用的场地上，最后还没走的几个女孩儿正在收拾东西，见有车过来，还觉得奇怪。

"谁来了？"

"不知道啊。"

车灯晃过去，车在大楼前停稳，几个女孩儿的视线追过去，还在嘀咕，这大半夜的，哪个领导来寝室楼了。等驾驶位的车门推开，车上下来一道身影，几个女孩儿错愕着面面相觑。

柏天衡！竟然是柏天衡？！不是说他今天去剧组了不在吗？不是说他今天回不来，明天也还要在剧组吗？再看过去，柏天衡已经快步走上寝室楼前的阶梯。

柏天衡进了大厅。

大厅里值班的工作人员看见他，吓了一跳，赶紧迎过来说："柏老师？这么晚了，你……"

柏天衡神情镇定，赶了四个多小时的路，也没见一点儿疲态。他朝工作人员点点头，道："寝室熄灯了吗？"

工作人员跟着他说："哦哦，还没有，最近学员回来都很晚，应该还都在洗漱。"

柏天衡道："嗯，我上去看看。"

工作人员不敢怠慢，以为柏导有什么事，一面手机通知三楼的领导，一面跟着进了电梯。

电梯上行期间，工作人员看了看亮着的十四楼按键，大着胆子问道："柏老师，你去十四楼，找……江湛吗？"

柏天衡的声音不高不低，敛着倦意道："嗯，不放心，回来看看。"

十四楼，A 班某寝室，灯光亮堂，大门敞开。

魏小飞在洗澡，丛宇在做俯卧撑，甄朝夕在刮眉毛，江湛半靠在床上，和坐在床边的费海一起打掌机游戏。

丛宇用憋大号似的语调，边做俯卧撑边道："湛哥，你的膝盖，还好吗？"

江湛看着掌机说："没什么事。"

甄朝夕看着镜子里自己的眉毛，回道："虽然医生看过了，还是得小心，别一开始没毛病，后面拖出毛病，那就麻烦了。"

江湛打着游戏说："说点儿好的。"

费海按着掌机按键接话道："那就祝你康复。"顿了顿，嘀咕道："柏导今天不在，也不知道他知不知道。"

丛宇道："知、道、怎、么、样？"

甄朝夕道："不知道怎么样？"

费海埋头对着掌机一顿疯狂操作说："不知道吗，就算了；知道了，可能要担心的。"

费海道："担心吗，说不定要回来看看。"

今天柏天衡不在，有学员问起，工作人员说了他的行程，大家都知道柏导去影视城了。

从寝室大楼到影视城，开车起码四个小时。

江湛看着掌机屏幕，手里也是一顿操作，想都没想，顺口就回道："四个小时回来，明天再四个小时赶回去，疯了吗？"

费海点点头，也是。

突然，寝室里响起一道众人都熟悉的嗓音："是疯了。"

228

江湛一顿，愕然抬眼，撞上柏天衡投射过来的平静的目光。

柏天衡道："腿怎么样了？"

费海坐在一躺一站的两人之间，面无表情地攥着手里的掌机，差点儿掰断，心里疯狂大喊道：要疯了要疯了要疯了要疯了！

寝室里，静得出奇。

做俯卧撑的丛宇趴在地上，蛤蟆似的抬着眼皮子；刮眉毛的甄朝夕一只手镜子，一只手刀片，眼珠子差点儿瞪出来；费海坐在江湛和柏天衡之间，面无表情地掰着手里的掌机。

整个寝室，只有合着门的洗漱间里，传出一点儿哗啦啦的水声。魏小飞平常就话少，在哥哥们眼中一点儿也不可爱，今天洗了个澡，却洗出了一身小可爱的气质。

柏天衡才进来，寝室里刚静下来，魏小飞在水声中，隔着门板喊了一嗓子："我沐浴露没拿，谁帮我拿一下。"

丛宇从地上爬起来，费海从椅子上站起来，甄朝夕扔开刮眉刀片和镜子，三人一阵手忙脚乱地从魏小飞桌上找到一瓶沐浴露，又相互推搡着、混乱着冲进了洗漱间，"嘭"的一声将门合上。

魏小飞一头泡沫地站在淋浴间，因为没拉帘子，光不溜秋地和三位哥哥来了一次面对面。

魏小飞默默拿毛巾，挡住了重点部位。

甄朝夕一脸严肃地把手里的沐浴露递给他。

魏小飞一只手挡重点部位，一只手接过沐浴露，十分迟疑道："你们——也要——一起——洗？"

丛宇道："不洗。"

甄朝夕道："你洗。"

费海道："我们就躲躲。"

躲什么？

三位哥哥没在意还在洗澡的小男孩，低声聊起来。

丛宇道："是去了影视城，我没记错吧？"

甄朝夕道："是四个小时，来回八小时吧？"

费海道："可能是……影视城那边已经结束了？刚好回来了？"

众人一致觉得如此。

突然，淋浴房里的水声没了。

三位哥哥立刻扭头道："开！"

魏小飞道："我……洗完了。"

三位哥哥道："再洗一遍！"

洗是不可能再洗了，魏小飞只是年纪比哥哥们小，又不是脑子比哥哥们小，他重新开了淋浴，从淋浴间出来，擦干，套上内裤衣服。

他刚刚冲澡的时候顺耳听了一下，大概明白外面发生了什么，等穿好衣服，立刻加入讨论。

"柏导开了四个小时回来看湛哥啊？"

三位哥哥：也是总结得非常准确了。

见三人没有否认，魏小飞惊讶道："柏导很紧张湛哥。"三位哥哥齐齐扭头看他。

丛宇道："你说得对。"

甄朝夕道："你说得对。"

费海道："你说得对。"

三人问道："你怎么看？"

魏小飞眨眨眼，理所当然道："那就不是一般朋友啊，是特别好的朋友。如果是特别好的朋友，知道受伤的话，开回来看看也正常吧？"

魏小飞道："就像我最早团里的哥哥，阑尾炎住院，我还飞了七八个小时回国看他。"

魏小飞这么一说，成功把哥哥们大拐弯的脑回路拉了回来。对啊，很重要的朋友的话，特意赶回来看看，不是也正常？

丛宇瞪了费海一眼说："都是你！嗑嗑嗑，嗑得我都以为真有什么了。"

费海瞪回去道："我自己嗑，又没拉着你一起！"

丛宇道："没拉我们一起？上次门口的对联谁贴的？"

费海狡辩道："我那是贴着玩儿的。"

甄朝夕道："行了，别吵，柏导还在外面呢。"

魏小飞眨巴眼睛问道："我们……不出去吗？"

三人道："不。"

魏小飞问道："为什么？"

三人：是啊，为什么。

可就是没人出去。

魏小飞也不纠结出不出去这个问题了，他年纪小，脑子里没那么多弯弯绕绕，既然不出去，就拿了费海手里的掌机，准备打两把。结果拿起来一看，掌机的屏幕已经碎了。

魏小飞欲哭无泪。

洗漱间外，寝室里，气氛反而很正常。

柏天衡开了四个小时车，也清楚江湛知道自己开了四个小时车，但表现得毫无倦意，神情上没有一点儿疲惫感，费海溜走后，便在费海刚刚的位子上坐下。

江湛惊讶归惊讶，好歹也不是愣头青，也是二十几岁的人了，掩饰神情十拿九稳。他见柏天衡坐下，很快敛起面色，如常地侧头，笑了笑说："你也知道自己疯了？四个小时高速夜路？"

柏天衡看了看他的腿，问道："肿得有点儿厉害，看来摔得不轻。"

江湛道："地板上踩到汗，滑了一下。"

柏天衡也猜到了，用揶揄的口气说："你那流汗的体质，真是一点儿没变。"

江湛笑着说："你开四个小时回来，挺累的吧，开回来就为了编派我的体质。"

柏天衡跟着吊起唇角道："我开四个小时回来，再累都不妨碍我编派你的体质。"

寝室都有固定机位的摄像头，柏天衡面朝床的方向，背对身后的镜头，挡住一些视野。

江湛不好直言直语，便朝着柏天衡无声地动了动嘴唇：去你的。

柏天衡哼笑。

两人默契地当早上的事没有发生过，没有差点儿吵起来，没有四个小时车程。都是成年人了，假装什么都没有发生过，对他们来说，都轻而易举。

江湛还坐起来，屈膝给柏天衡看了看自己肿起来的腿道："我膝盖不会毁容吧？"

柏天衡好笑道："你靠膝盖选秀？"

江湛道："哎，话不是这么说，如果留个疤，穿个中裤，膝盖露出来，舞台上很难看。"

柏天衡道："担心这个，白天怎么不去医院看看？"

江湛道："节目组的医生都说没什么了，我自己感觉也还好。"顿了顿，问："你今天这么晚回来，明天还要去影视城？"

柏天衡的目光落在江湛肿起来的膝盖上，确定的确是皮肉伤，淡定道："嗯，还没结束。"

江湛露出惊叹的神情说："那明天又是四个小时？"

柏天衡抬眸看他应道："嗯。"

江湛劝道："赶紧回去休息吧。"

柏天衡道："准备走了。"

江湛笑着说："谢谢柏老师关心，我明天一定好好管住自己流汗的体质，不让它继续坑害我的膝盖。"

柏天衡哼笑，慢慢站起来，顺手在江湛肿起来的那个地方轻按了一下。

江湛"嘶"了一声，直起背，瞪眼道："喂！疼的不是你是吧！"

柏天衡站了起来，居高临下，莞尔道："嗯，不是我。"

江湛怼道："有良心吗？"

柏天衡道："没有。"

江湛无语，摇了摇头说："被狗吃了，是吧。"

柏天衡道："走了。"

江湛道："嗯。"

两人恢复原本的相处模式，你一句，我一句，撑完就准备散了。

柏天衡怎么来的怎么走，刚转身，江湛在背后道："我真是怕了你说'走了'。"

柏天衡顿住，转身。

江湛坐靠在床上，手里抱着一个抱枕，神情依旧自如地说："上次你说'走了'，然后就没再见了。"

说完嫌弃似的挥手催他走般道："赶紧的，赶紧的，没看一群小鸡崽子见了你都跑了吗？"

柏天衡同样神情如常，听完江湛的话，边转身欲走边道："不说'走了'，那就'再见'。"

欲哭无泪。"您走好，柏老师再见。"

柏天衡已经走到了门口，从江湛的角度，看不到人了，只听到声音："明天我吃完早饭再走。"

江湛扬声，声音爽朗道："知道啦。"

大门原先敞开着，柏天衡走后，大门被合上了。另一边，柏天衡从寝室出来，都没注意到闻讯特意上楼的一名副导演，径直沉默着大步往电梯间走去。

心底有个声音，一直在耳边回荡：他记得，他还记得。

江湛记得，他们最后那次见面。

也一直记得，他对他说的最后那句话是"走了"。

柏天衡面色如常，金属电梯门映着他深邃的眸光。

副导演以为有什么事，问道："柏老师？"

柏天衡很轻地笑了笑说："没什么。"

当天晚上，江湛几乎没怎么睡。在此起彼伏的呼噜声中，掌机的屏幕光在黑暗中照着江湛的半张脸。

他没有困意，毫无倦容，一直在打游戏。中间有打得烦躁的时候，也有很兴奋的时候，但随着内心起伏翻涌之后逐渐平静，后半夜，游戏越打越沉着。

凌晨四点多，江湛才放下掌机，闭眼睡了。

早上六点半，不需要闹钟叫醒，江湛准点起床。

去洗漱的时候，刚好魏小飞迷迷糊糊地摸进来放水。魏小飞站到墙边，摸着裤子，背对江湛，打着哈欠说："哥，你今天还和柏导一起吃早饭？"

江湛道："嗯。"

江湛洗完脸，抬头，镜子里，他沾着水的面孔和眼神，格外地、异常地坚定。

他从架子上抽了纸巾擦干净脸，淡淡地轻声道："哥从来不纠结。"

魏小飞还迷迷糊糊的，没听明白，放水声中茫然地问："啊？"

江湛转身走出去道："别啊了，专心尿。"

魏小飞吸吸鼻子道："哦。"

江湛穿戴好，准备出门的时候，丛宇才艰难地爬起来。他顶着一脑袋杂毛茫然地看着江湛，反应了一会儿才说："哦对，昨天柏老师回来了。"

见江湛把什么往脖子上戴，眯着眼睛道："什么项链，怎么没看你戴过。"

江湛道："戴过。"说着拿起包，"我先下楼了。"

丛宇打了个哈欠道："好。"顿了顿，扬声道："哎，那你们今天不是三个人一起吃吗？我记得昨天祁宴和你约了今天一起的啊。"

江湛摆摆手，走出了寝室。

十二楼的电梯间，祁宴已经在等了，电梯门一开，他看到江湛，笑着走进电梯说："哥。"

江湛按下十四层，祁宴愣道："先上楼？"

江湛大大方方道："柏老师回来了，我得放你鸽子了。"

电梯上行，祁宴眨眨眼，没怎么反应过来。

江湛看着他说："我自作主张帮你安排一下，你今天和我寝室几个一起吃早饭，行吗？"

祁宴原本约了江湛，想一起吃早饭。主要也是因为他在这边都没什么认识的人，和谁都不熟，难得地觉得江湛很好相处，便想亲近一些。

这种本来约好了，第二天被临时放鸽子，换了谁都会不高兴。但或许祁宴本身对江湛印象好，也可能是江湛今天整个人流露出的气质气场，给人一种他有正事儿的感觉，祁宴没说什么，也没不高兴，同意了。

江湛带祁宴上楼，解释道："别紧张，我舍友几个人都很好相处。"

祁宴乖乖地跟着，点头道："好。"

江湛道："找个你自己觉得舒服的方式和他们相处，不用觉得一定要多说什么，或者强行融话题。"

祁宴认真地听着，应道："我明白了。"

江湛道："交朋友没那么难，你有诚意，别人都会感觉到的。你就算紧张，也没关系，他们会带着你。"

祁宴道："好的，我……尽量试试。"

两人边说边往江湛他们寝室去，快到门口的时候，江湛顿了顿脚步，转头，放慢速度道："哦，对了，还有个事。"

江湛爽朗地笑笑，用商量的口气说："柏老师在的时候，你尽量别和我单独一起，一群人的时候无所谓。"

祁宴不明所以道："啊？"

江湛没多解释，只概括性地含糊道："我和柏老师有个共同的朋友，和你有点儿像，后来我们和那个朋友闹得不太愉快。"

寝室门口到了，江湛面朝祁宴，抬手敲了敲敞开的大门说："进去吧。"

又扬声朝门内喊道："甄主任！"

甄朝夕的声音从寝室里传来："哎！"接着，"哎？湛哥，你怎么还没走？"

江湛道："回来给你们的小鸡崽子队伍添员。"

洗漱间门后立刻冒出一个的脑袋。丛宇一脸洗面奶泡沫，不解地看着大门外道："添谁？"

江湛示意祁宴。祁宴小步跨进门内，对丛宇腼腆地笑了笑。

丛宇有些惊讶。江湛示意丛宇道："带他一起，可以？"

丛宇用手指比了一个"OK"道："当然。"

江湛已经走进了电梯。

从十四层到九层，只需要十一秒。

这十一秒里，江湛很确定，自己把祁宴送回楼上，让他和丛宇他们在一起，是正确的。

多年前，他和柏天衡没少为了姚玉非翻脸吵架。

祁宴这男孩在江湛看来没什么问题，诚恳、热心、善良，唯一的问题，就是他和姚玉非以前的气质有点儿重合。

在姚玉非的问题上，江湛承认以前瞎，不仅承认还很清楚地知道，眼下是绝对不能再重蹈覆辙。

毕竟以前和柏天衡翻脸，翻完了还能继续做朋友，现在如果翻脸……

电梯"叮"的一声抵达九层，江湛从电梯里出来。电梯间墙上的一排镜子，映着他坚定、轻快的身影。

到了食堂，江湛看到已经在吃早饭的柏天衡，笑着抬手招了招，先去窗口打饭。

打饭阿姨道："今天吃什么？还是先来个瓦罐汤？"

江湛和阿姨打招呼，理所当然道："我哪天不喝瓦罐汤了？"

阿姨帮他取瓦罐，抬眼看看他，笑着说："昨天睡得早吧？你今天看起来特别有精神。"

江湛低声贫嘴道："阿姨，这叫'人逢喜事精神爽'。"

阿姨问道："什么喜事？"

江湛笑着说："秘密。"

打好早饭，在餐桌边坐下，和平时一样，他和柏天衡边吃边聊。

柏天衡也发现他今天的精神特别好，问道："天上掉金子，被你捡到了？"

江湛道："掉金子干什么，我又不缺金子，掉C位吧。"

柏天衡一愣，有点儿意外地看着对面。他之前还真没觉得江湛对C位有多在意。

柏天衡问道："现在想赢了？"

江湛嘴里含着一口汤，沉吟思考，转了转眼珠子，全然是一副外向灵动的神态。

他咽下汤，笑着说："之前没多想，觉得走一步看一步，现在会觉得，C位的话，算是近期一个小目标吧。"

柏天衡了解江湛，他有目标、有决心的时候，的确整个人的势头会大不一样。虽然不清楚他为什么之前不太在意C位，现在突然把C位当成目标，但此刻江湛表现出来的精神面貌，和眼神里绽放出来的光，完全就像高中时那个意气风发的男孩。而江湛早已不是少年人了，二十多岁成年后的样貌气质，再展露全然的自信和恣意，整个人的气场拔高到一个巅峰状态。

柏天衡静静地观察着，此刻的江湛，太令他惊讶了。就好像，一天时间，一夜之间，江湛完成了某个成长阶段的蜕变。

是什么？

柏天衡不知道是什么，也没观察出什么，但他注意到，江湛今天戴了那条他送的十字项链。

柏天衡看了看项链，问道："今天怎么想起来戴了？"

江湛回视他，眼神清澈明亮道："想起来就戴了，放着也是放着。"

柏天衡喝完第三口汤，哼笑道："不怕被粉丝拍到了？"

江湛耸肩，大大方方道："不是你说的吗，光明磊落。"

当天，吃完早饭，江湛径直下楼去四方大厦，柏天衡先去三楼坐了一会儿，才从侧门开车离开，回影视城。

两个小时后，柏天衡把车开进高速服务区，休息的时候，手机刷到了今天粉丝拍的江湛上工路透。

今天的照片，全是正脸，阳光落在他脸上、眸光里，如同镀了一层柔光，眉梢、眼角全是笑意。江湛之前在镜头前也笑，但笑得再开朗，也多少会有些克制，早没有了高中时那般恣意洒脱。柏天衡一直以为是成长和经历对他的影响，没有在意过。如今，终于又看到那极致明亮的微笑。

粉圈内部，也正在热议江湛今天早上的上工路透。

"江湛今天的状态也太好了吧！这是上工图？我以为这是在'营业'！"

"气质真的绝了，太绝了，笑起来整个人都在发光！"

"我不行了我不行了！我决定以后晚上嗑CP，白天嗑湛湛的颜，这颜和气质实在太对我的胃口了！"

"我已经舔完颜了！你们注意项链！项链！项链好吗！江湛今天戴了那条十字项链！"

"我申请今天的江湛和柏天衡同框！谁P一张好吗？你们就看看，湛湛一个人就能撑起'绝世美颜'四个字！"

"今天简直是江湛颜值的高光时刻！就他这个颜，C位、出圈，一点儿问题都没有。"

"昨天上工图又欲又苏，今天直接颜值高光，说星光视频捡了江湛这个宝，真的一点儿不错。之前黑子还说什么江湛配不上柏天衡，我就看后面江湛火了，有多少人被疯狂打脸。"

…………

而当天，江湛不仅颜值高光，他还主动找齐萌，沟通商量了一件事。

齐萌听完江湛的提议，格外惊讶道："你要自己给自己修图？"

江湛认真地分析道："就跟高考熬夜刷题考名校一样，选秀的话我自己修图，算是自己给自己开小灶铺路。"

齐萌想了想说："倒不是开小灶的问题，你自己的手艺和本事，想自己给自己争取，完全没问题。关键是，你平常要训练，马上还要公演，有精力搞这些吗？"

齐萌看在和江湛舅舅韦光阔的关系上，提了一句："或者这样，你就专心选秀，我帮你私下找人弄个站子，砸点儿钱好好搞一下，宣传宣传，争取出圈怎么样？"

江湛道："不了，还是我自己来吧。"又道："我自己的手艺本事，我还是有信心的。"

齐萌道："那你打算怎么做？电脑我可以悄悄帮你安排，也能找人混在应援队伍里给你拍照，你抽空到我这里修图就好，站子和宣传的话……"

江湛自信地说："放心，我认识粉圈的半壁江山。"

齐萌惊道："哈？"

江湛道："一个有点儿名气的修图'太太'。"

齐萌反应过来道："我就说你怎么会修图，还知道那么多粉圈的事，原来是认识人。"想了想道："行吧，那你现在要联系那个粉圈的修图'太太'吗？你手机刚好一直在我这里。"

江湛点头道："麻烦了。"

于是，不久后，与P失联N天、思念P成疾的王泡泡同学，在沉溺江湛今日的高光颜值不能自拔的时候，瞥见电脑右下角不停闪烁的某个眼熟的图标，差点儿震惊得掉下桌子。

王泡泡：P？！

P图：活着。

王泡泡：你也知道你活着？

P图：我有事请你帮忙，长话短说。

王泡泡：噢噢噢噢，好，你说。

P图：我要推江湛出圈，你帮我弄个江湛的个站。

王泡泡：江湛？

王泡泡：不是，你不是家里有事，三次元忙去了吗，怎么突然要推江湛？是有谁砸钱找你了？

P图：别问，以后告诉你。

王泡泡：？

P图：干不干？

王泡泡：干干干！哈哈哈哈，实在太巧了，我本来就准备弄个江湛的个站，实在太喜欢他了。

王泡泡：现在有你给他修图，我们双剑合璧，一定能把江湛捧红，红出宇宙！

王泡泡：对了，P，你还不知道柏江吧，我给你隆重地介绍一下最近刚出来的嗑死人不偿命的CP！

王泡泡：我跟你说……

P图：已经知道了，你回头将柏江同框一起给我，我顺便一起修了。

王泡泡：你怎么消失一阵，回来就什么都知道了？你最近到底干什么去了？

P图：没什么，就打了打篮球，玩了玩游戏，吃吃早饭，光明磊落地交朋友。

王泡泡：哇！是非常健康的成年人生活了。

江湛那一个晚上的游戏不是白打的。他想通了很多事：比如他为什么会烦躁，比如他为什么参加选秀，还有他现在的生活状态。

他之前参加《极限偶像》，没有特别想积极地拼什么，对C位也是抱着走一步看一步的心态，可在打了一夜掌机的那个晚上，他突然就想C位为什么不能是他。

是他的，一切都不一样了，至少和现在素人出道的练习生身份比起来，他有了一个全新的高度和崭新的开始。而这些，不正是他决定回国的那一刻想要的吗？

只是之前没那么积极，积极性也没有被激发出来，现在却很想拼一拼，就跟从前高中的时候，一直拿考名校当成目标一样。

江湛也已经很久没有从自己心底感受到那种想要争什么、搏一下的心态了。一旦被激发，就好像心底深处，有条沉睡了许久的潜龙一点点苏醒过来。又好像，心底被什么照亮了一大片。

"生龙活虎"都不足以形容他整个人调整之后的状态。不但如此，他心底还有什么

237

变沉了，像叶子轻轻地坠在湖面，被水裹挟，缓缓地落进湖底——

很轻，也很重。

他为此有些疑惑，没有具体地看清那是什么，但他隐约知道，和心绪有关，也和柏天衡有关。

而选秀本身对他来说过于陌生，唱歌、跳舞、台风、表情管理、镜头感，前25年，他从未接触过。

好在，他不只是江湛。别家练习生学员有资源，有公司，他都没有，但他有粉圈。王泡泡那边该联系自然要联系上，没资本推他，他就自己推自己。

江湛想得很明白，也很确定，C位，就是他近期的目标。

想清楚之后，江湛便第一时间行动起来。

反正个站的事有王泡泡，他不需要多操心，修图他亲自来。王泡泡也真没客气，大大小小各种原图丢过来，让江湛自己选片看着修。江湛也是这时候才知道，自己每天早上下楼的时候都是什么状态。

看多了照片，对比不同角度、不同神情，江湛也在迅速摸索自己硬照的大小问题。毕竟他不可能每天花一堆时间慢慢修，就像齐萌说的，要训练，要录制，还要公演，他的时间非常少，他既然要亲自修图，只能尽量高效。

江湛和齐萌商量修图的当天，齐萌便找机会给他安排了一台笔记本，又在四方大厦悄悄弄了一个小房间，晚饭的时间让江湛过去修图。

那房间其实是个杂物间，放的东西虽然不多，但也实在不是什么多好的环境。有灰就算了，还没空调，齐萌悄悄扛了一台小风扇过去，对着桌子的方向吹，一脸歉意道："这事儿不太好高调，你就委屈一下，改天我重新给你找间办公室，你先忍忍。"

江湛毫不在意，专心地坐到电脑前，还不忘感谢齐萌道："谢谢齐叔叔。"

齐萌听到这声"叔叔"特别受用，欣慰道："我终于能和你舅舅平起平坐了。"

江湛不解道："你们两个中年男人，至交好友，私下还不是平起平坐？"

齐萌讪讪地说："别提了，你舅舅老喊我孙子。"

江湛忍俊不禁。

杂物间小，又热，还有台不停散热的笔记本，齐萌没多待，见江湛开始修图就出去了。

风扇"嗡嗡嗡"，江湛打开软件登录QQ，满头是汗。他抬手擦了一下，看看自己满手的汗，笑说他这体质，柏天衡真是一点儿没吐槽错。

这第一次修图，江湛出图效率不高，没办法，他以前基本没修过自己的照片，不比修柏天衡的照片那么手到擒来。修完了，他发给王泡泡，让王泡泡自己去操作。

捧P在掌心的王泡泡：给半壁江山跪了，P就是P，修完全是神图。

P图：别瞎吹彩虹屁。

王泡泡：你要是能再给我修几张柏江同框，我给你把彩虹屁吹到天上。

江湛时间有限，回复王泡泡：两张。

王泡泡：可可可！

原图在软件上打开后，江湛握着鼠标的右手顿住了。《极限偶像》开播总共才两期，他和柏天衡私下见面都有限，"站姐"能拍到多少同框？

王泡泡发过来的根本不是"站姐""大炮"拍的照片，而是《极限偶像》第一期的同框截屏。

一张是柏天衡递逆转卡给他，两人面对面的同框。

另一张是柏天衡面朝阶梯座位席一脸严肃地说着什么，他侧过头，看着柏天衡。

第一张照片，江湛知道CP的时候就在网上看过了，是知名表情包"我没钱吗？""我就要买这个！"的出处。

第二张截图，江湛今天第一次见。

感觉还挺奇妙的。

因为截图上的场景是他和柏天衡重逢的第一天。他们以导师、学员的身份站在一起，而不是久别再见的老同学。

江湛当时在舞台上，或许是因为在录制的关系，并没有多少物是人非的恍惚感，此刻从旁观的角度看这张照片，心底多少有点儿唏嘘。

他和柏天衡，差得何止是七八年的人生鸿沟。

柏天衡的成长速度实在太快了，整个人的气场气质沉而锐，根本不是同龄人可比的。照片里一对比，江湛自己都觉得自己有点儿"嫩"。

王泡泡这时候戳他：你看第二张，我们群里都超爱这张的，感觉这张的湛湛在柏身边特别温柔。

P图：过分了。

王泡泡：才不是，就是我说的这样。

江湛原本没觉得修几张合照有什么，修什么图不是修，结果看王泡泡这么说自己，他实在有点儿不忍直视。

姑娘，脑补太多了。

女孩子才温柔，他一个男的，怎么能用"温柔"来形容，更何况还是站在柏天衡身边的时候。

江湛摇了摇头。

不久后，王泡泡的小群里，大家一边嗑着P神修过的神图，一边嗑着柏江。

"你们这些人，嗑新忘旧！他们才几天，柏天衡和P神组成的BP都忘了？"

"哈哈哈哈，真忘了，不说还真忘了。"

"也是哦，都开玩笑说柏江折了BP，现在你们又要P给柏江修同框，人性呢？"

"可 P 给江湛修图了啊，这又怎么说？"

"？？？"

"！！！"

"我理了理人物关系，好像是这么回事啊。"

"贵圈真乱？"

"少来了，嗑晕了是吧，BP 本来就是开玩笑说的，P 主动要推湛湛，肯定有理由，我们推就是了。"

"是啊，半壁江山 P 难得主动提要求，看好的又是我们都喜欢的潜力股，当然要推了。"

"我突然好怕。"

"怕什么？"

"怕江湛出圈太猛太快，别家气死。毕竟，我们这个群，全是粉圈巨巨。"

"别这样，低调点儿，说什么巨巨，明明都是大佬。"

"一群臭不要脸的。"

没错，王泡泡那个名叫"追星女孩最闪亮"的三十多人小群，里面全是当年混粉圈混得风生水起的"太太"。粉圈每一阶段的发展，都有这群巨巨的身影，也就这么两年低调了一些，"爬墙"都默默地爬，不怎么露面了，早几年前，基本都是管各种站子、粉群的"大粉头"。粉头们出于种种原因，扔下各自打拼下来的"江山"半退圈，集中在王泡泡的群里，养老、八卦、嗑糖。

要不是这次 P 神要捧江湛，还得继续苟下去。如今有了活儿，自然不能再苟了。

王泡泡在群里吆喝：来来来，大家把活儿分派一下，打投、反黑、控场、超话、广场、粉群、V 站、剪辑什么的，反正就这么多，一人负责一个吧。

王泡泡：P 已经修了一些图给我了，我今天整理一下，个站晚上就能开了，到时候大家帮忙转发、点赞，搞搞数据。

王泡泡：@SS 敌敌畏三百万大佬，麻烦自觉一点儿，准点转发。推广费就不给了，回头给你寄几箱辣条。

敌敌畏：我想要电动牙刷。

王泡泡：买买买，再给你两支牙膏。

敌敌畏：OK！

于是当天晚上，粉圈女孩们见证了江湛个站的迅速崛起。

不声不响，个站微博就出来了。江湛个人的路透照片，《极限偶像》里的单人视频剪辑，个站小组做的照片宣传、视频宣传，全部到位。

粉丝数三百万的娱乐圈八卦号 @YLQ 畏敌敌转发推广。粉圈不少销声匿迹有段时间的"大粉头"微博纷纷转发，留言点赞。V 站某"大触"级 UP 主，亲手制作剪辑的推广视频，粉圈半壁江山P图亲自帮忙修图。

反正一个站子，肉眼可见帮忙在推的，不是"大手"，就是"大粉"，要么就是"大触"。

惊呆了粉圈。

"江湛是什么神仙'墙头'？骨灰级粉头帮推？"

"当初某公司砸七位数都没让@YLQ畏敌敌撤掉一条丑闻真料，江湛竟然请动白富美敌？"

"我的妈，那UP主不是我知道的那个吧，大神好吗！"

"关注人列表有P图！图神！上次他修图还是柏天衡的机场图好吗！这次竟然给江湛修图了！"

"翻了翻站子的关注人列表，我已经跪了，都是各路粉圈大佬，别说控场、反黑拼不过，我怀疑集资打投都拼不过，某位'太太'当年一个人就砸了两百万给她'爱豆'过生日好吗。"

"我也跪了，这是什么神级站子。"

"站子再神，存在的意义也是用来吸粉固粉。"

江湛的个站也的确品质上乘，无论是照片还是视频都是专业手笔，没多久，除了吸引来本身喜欢江湛的粉丝，还引来了不少路人。

最新一条的微博下全在夸——

"湛湛冲呀！

"这是谁？太帅了吧！惊呆了我。"

"P神不愧是能做粉圈半壁江山的男人，这图修的，我服。"

"真的好帅啊，照片和剪辑都看了，帅到只剩尖叫。"

"终于有个站了吗！太棒了，状元姐姐们冲呀！"

"照片和宣传视频都超级棒，但我能不能小声哔哔，网投也一起加把油好吗，湛湛的点赞一直没进前十五，呜呜呜……"

…………

个站这事儿，别人不清楚，齐萌比谁都知道，幕后是江湛自己主动在推。个站一出来的时候，他就特意去看了，本来没什么概念，一看个站里的照片和宣传视频都那么专业，再看评论，说整个个站全是"大触"在推，直接惊了。

齐萌作为制片人，对粉圈多少还是了解一点儿的，看江湛的新个站弄得这么好，私下里特意问了江湛一下。

齐萌问道："你是花钱了，还是什么？"

江湛道："没花钱。"

齐萌不解道："没花钱？"

241

江湛玩笑道："想花钱也没有，我还指望 C 位出道，以后红遍宇宙日进斗金呢。"

江湛现在是真的没什么钱，江家公司债务的问题花了很大力气才解决，母亲看病又是一大笔钱，这些年要不是靠着商业修图补贴家用，能不能熬过来都是问题。

本来关于钱的问题，江湛已经不在意了，家破人亡都经历了，钱不钱的，又算什么。但现在江湛不这么想了。他有目标，有想法，想要站得更高一些，想要拥有更多，想要成为更好的自己。

因为定妆、试戏、讨论角色和剧本，柏天衡在剧组多待了一个晚上，周二早上才返程。

居家谢前一天晚上在剧组应酬，喝了点儿酒，不方便开长途，问剧组借了个司机帮忙开车。

回去的路上，居家谢坐在副驾刷手机，柏天衡坐在后排刷手机。相同的是，两人都在刷《极限偶像》学员的上工路透。不同的是，居家谢已经精准地摸到了江湛新开的个站，柏天衡还在《极限偶像》的话题广场到处翻。

居家谢看着手机屏幕，一声绵长的轻叹："不愧是集合了各种大势的神级站子。"

柏天衡翻着话题广场，突然发现今天江湛的上工路透没几张。

居家谢继续感叹道："还是江湛厉害，吸粉吸的都是'大触'。"

柏天衡还在翻。

居家谢声音朝后："哎，天衡，这张粉色队服上大巴车的你看到了吗？太帅了，我在娱乐圈见多了帅哥，都得说，真是贼帅。"

柏天衡翻微博的速度越来越快，可根本没看到什么江湛穿粉色队服上大巴的路透。

他看向前面道："哪里？"

居家谢道："个站啊。"

柏天衡问道："叫什么？"

居家谢反应过来，回过头道："你还不知道？新建的个站啊。"说着把手机递过去，"就这个。"

柏天衡扫了屏幕一眼。

居家谢道："昨天晚上才出来的，你可能没概念，我翻了一下，站子成员全是'大触'，弄得挺专业的。"

又道："昨天路透图还都是粉丝自己发的，今天就已经是站子专门在弄了，才一个晚上，吸了不少粉，好几个粉群都已经满了。"

柏天衡搜到了那个个站，居家谢顾自道："像他们选秀，要是没公司捧，还是得粉丝给力。我看江湛这个站子搞得不错，以后'大粉'组织起来帮忙投票点赞，只要不被故意压票，争个前十一还是很有希望的。"

柏天衡已经在看个站给江湛剪辑的照片和视频宣传了。居家谢本来还要再说什么，想到司机不是自己人，就没有开口。

其实他特别想问柏天衡，既然那么在意江湛，为什么自己不捧。以柏天衡现在在圈中的地位，只要他动动手，江湛别说前十一，C位都能毫无悬念。

反正捧人嘛，钱、资源都奉上，还怕捧不出来？这么想着，居家谢点开微信，直接问出这个问题。

过了一会儿，手机响起信息提示声。居家谢看向屏幕——

"都说了，我是在为娱乐圈选拔优秀人才。"

居家谢暗想：也是信了你的邪。

可仔细想想，后排不做人的那位，都这么久了，真的什么手段都没用过，更没试图插手节目组的录制。就是每天节目组里待着，有流程走流程，有录制走录制，其他干得最多、最频繁的，可能就是每天早上去寝室大楼吃早饭，每天刷广场看粉丝拍到的路透。嘴里说着不做人，行动上天天是个人。

寄居蟹：有你这样的？捧人不出钱也不出力？

木白柏：你的业务里有管老板私生活那一块的KPI？

寄居蟹：你不做人的时候我怕，你突然开始当人了，我更怕。

木白柏：谢谢。

寄居蟹：？？？

谁夸你了？！

柏天衡没再回微信。有些事，他自己明白，别人不懂，他也不需要多解释。对江湛，他当然可以又砸钱又砸资源，无论江湛自己想不想，他都能给他推到一个C位，甚至C位之上的高度。但事实上，无论是从前还是现在，柏天衡都知道，江湛不需要。

因为他是天之骄子，是想要什么就会去积极争取的人。班级第一，年级第一，考名校，打篮球，拼模型，任何需要花时间、花精力去做的事情，他都能做到极致。

不但能做到，还不需要别人帮忙。

有人帮了，他就不会觉得这件事是自己做成的，即便最终成功了，也远没有自己努力实现目标来得高兴。

好比以前他们一起打篮球，算几场下来的个人进球得分数，如果是有人故意给他多传球，让他拿了MVP，他就会觉得没什么意思。

再比如以前一群男生打完球去小卖部喝水，江湛永远是最爱掏钱的那个，柏天衡那时候看准了他这点，从来不和他争着付钱。

和江湛一起，砸钱、砸资源，都是没用的，弄不好甚至会适得其反。所以，钱、资源，放在江湛身上没有用。

要光明磊落。

这么想着，柏天衡拿小号关注了这个新建的微博个站。

小号ID：柏天衡的小号。

第十章　舞台新生

江湛他们组，磨合了很多天，默契一直不够。

彭星虽然不是舞蹈 C 位，但有意做组里的领头羊，想带领大家配合好，奈何气场不足，能力不够，还无法服众，甚至好几次差点儿和楚闵、蒋大舟吵起来。直到江湛顶了彭星的位置，和摄像师打了个招呼，避开镜头，公开、当面地和几个组员聊了一下。

"我知道我们这个组，大家不太合得来，各方面都不合。

"现在这种情况，大家也不用装，我们都心知肚明。

"现在就问你们，这个舞还能不能练下去，公演还能不能搞定？

"如果不能，今天周一，明天才彩排，现在去找节目组商量，到周三录制公演还有段时间，重新调整可能还来得及。

"如果能……哦，应该没有这个如果了，我看我们组就这样了。"

大家自然不服气。

江湛便更加挑明了说："大家现在一条船，共沉沦，配合不好，就一起完蛋。

"楚闵……"

忽然被点到，楚闵一愣。

江湛看着他，气场隐隐半开道："你是 C 位，是我们组跳得最好的，也是我们这里成绩最好的，公演搞砸，对你没有影响吗？"

楚闵心道自己跳得又不差，点他干吗，正要辩驳，被江湛打断道："你想说不是你的问题，别人跳不好也和你无关，对吧？"

244

楚闵沉默。

江湛看向彭星说："彭星，你最着急，因为你最有团队意识。"

彭星飞快道："光我一个人着急有什么用。"

江湛道："其他人也急，但都是急自己，不会盯别人。被你盯，其他人也难受，这么热的天，每天不干其他就跳这一支舞，换了谁都要和你吵架。"

江湛跟着看向 D 班那两个经常抱团的，质问对方道："你们有问题，就只你们自己商量讨论，就这么怕麻烦别人吗？明明很认真也很仔细地在找问题。"

江湛接着看向祁宴道："你是待定，不是谁的拖累，不用那么小心翼翼。"

团队里每个人都点到了名，除了江湛自己。大家看着他，有不服的，有茫然的，江湛落落大方地站在众人面前，任凭审视，笑了笑说："我也有问题。"

众人等着他给自己的"审判词"。江湛却说："这些问题，我都愿意放在团队组合里磨合、解决，你们愿意吗？"

"领头羊"不是那么好做的，需要足够有气场，足够有威严，还得能服众。江湛不是柏天衡，不具备太多"领袖"气质，但他天生是那种长得好看、吸引眼球的人。大家看到他，自觉地会瞩目他，关注他的一言一行，只要江湛愿意，招呼众人，带头策划，主动做决定，完全没问题。就这样，组内的不和谐，在江湛的强势下被压制了。

大家都憋着一口气，重新磨合、配合，终于，周二早上去演播厅厂房之前，他们组的舞曲没有一点儿问题了。

祁宴这下更乖了，安心地当着江湛的跟班，D 班两人心态放开，也愿意和其他组员多交流了，楚闵一如既往地不爱搭理人，但也总算知道一个人单打独斗干不成事。

至于彭星，这位直接成了江湛的彩虹屁吹。江湛之前真的没发现，这位舞台上的大型男内在竟然是个"沙雕"。私下里才混熟了一些，一起吃了两顿午饭而已，彭星已经能当着江湛的面说："湛哥，我手机里存了你和柏老师的表情包，就是'我没钱吗？'和那个'我就要买这个！'。"

彭星道："噢噢噢噢，还有一个，我花了两条巧克力，问节目组姐姐才知道的，你后来还有个表情包，叫'因为洋气'。"

彭星道："'我没钱吗？'——'因为洋气'。'我就要买这个！'——'因为洋气'。"

彭星道："哥，说实话，虽然大家都喜欢'我没钱吗？'那个表情包，我还是更喜欢'因为洋气'，真的，这表情包我虽然没看到，但配字光听听就特别洋气。"

彭星道："哥，我已经想好了，回头我被淘汰了，我出去就找淘宝店定制两身 T恤，就是可以把表情包印在上面的那种。你要吗，我到时候寄给你？"

江湛道："你怎么不问问要不要给柏老师也寄一件？"

彭星道："那，要吗？"

江湛道："不要，丑拒。"

彭星道："欸！为什么不要，不丑的呀，反正表情包是你和柏导的照片，怎么可能丑啊。"

江湛哭笑不得，心想这傻大个儿，还挺萌的。

等到了周二，大家早上在四方大厦练舞，中午吃过饭，一起坐大巴去演播厅厂房。

以前江湛下寝室楼去四方大厦，不怎么在意造型，反正长得不丑，穿得干净清爽就可以了。不过从他决心拿 C 位、自己推自己之后，形象问题自然也得跟着挂心——毕竟都自己给自己修图了，原图造型好看点儿，修的时候还能少骂自己两句。

他们寝室三个，第一时间发现了这点，纷纷惊奇。

丛宇道："哥，说好的直男不化妆呢？"

甄朝夕道："哥，你没事吧？"

魏小飞道："哥，你终于想通了？"

江湛照着镜子说："别光一口一个哥，过来帮我看看造型。"

在意造型了，"十万个为什么"的就是江湛了。

江湛道："这个眉刀怎么刮的？"

江湛道："这个定型喷雾喷了头发会结块吗？"

江湛道："不行不行，口红就算了，耳钉也不要，我没有耳洞。夹的？还能夹？"

其他三人暗道：突然开窍的湛哥，该铁直，还是铁直。

但就算稍微打扮一点点，颜值效果和纯素颜也是完全不同的。尤其是头发，弄跟不弄，做跟不做，完全是两个气质感觉。

江湛这下再露面，寝室楼前的应援女孩们疯了一样尖叫——

"啊啊啊！今天湛湛'营业'了！'营业'了！"

江湛个站小组：今天竟然连眉毛都刮了，帮 P 省了不少力。

等到了厂房那里，各组分开化妆做造型，为了错开时间，有个组已经先去舞台彩排走位了。

江湛他们组的舞曲是 *Living*，这首歌无论从歌词到整体意境，都没什么深奥内涵，就是节奏明快。编舞老师给他们编的舞蹈律动感十足，上了台配合舞美灯光，很容易把气氛带起来。于是基于歌曲、舞蹈本身，造型方面也得明快，不能沉闷。所以江湛他们这组的服装都很偏休闲，色彩也多，有内搭，有外套。

像彭星就是一身大红卫衣，配黄色短款外套，黑裤子。楚闵是红色外套，白色内衬，黑色裤子。整个组合的服装颜色不超过红、黄、白、黑四种，舞台视觉感统一，造型也相互呼应。江湛这边，则是一条黑长裤，内衬是白色 T 恤，外面一件黄色长外套。

早在敲定组合和曲目的时候，造型和衣服就已经拿给七个人看过、试过了，现在这一版，是根据他们身材尺寸改好的。

说实话，作为整个造型主色调的黄色，非常遭男生们排斥，因为那黄真的黄得太亮太亮太亮了。用彭星的话说：暴黄暴黄的，穿上全是小黄人。而他们六人再黄，也没江湛一个人黄，因为他的舞台服装是件长外套，衣服下摆整个拖到膝盖上方，大半个人都是黄的。用彭星的话说：黄得特别嫩。

江湛不接受"嫩"这个说法，问他："为什么不是小黄人？"

彭星道："长成你这样，身上再多黄，都不会是小黄人。就是嫩，好吗。"

江湛还是没接受彭星这句嫩，直到化完妆，弄好头发，换上了衣服。

镜子里，男生的五官经过妆容的修饰，爽朗的气质倍显，因为衣服色调的关系，皮肤被衬得更白，本身高、瘦，又是衣服架子，长款外套也很合适，高高地往人前一站，帅气而明亮。尤其是那双眼睛，眸光清澈，造型添加了几分少年感之后，完全就是副阳光校草的样子。看得他们组的几个男生都在倒抽气，连不爱搭理人的楚闵都禁不住回头看过来。

祁宴忍不住说："为什么都喊我花瓶啊，明明哥长得比我帅多了。"

彭星叹口气道："我还想第三期之后等表情包呢，帅成这样，唉。"

江湛不听他们吹屁，弄好造型，拿着掌机坐到一旁的高脚椅上。

D班男生道："快彩排了，还打？"

江湛低着头，边打边道："打游戏有助于醒脑子。"

彭星看了眼江湛的掌机，突然道："你游戏机是红的啊。"

江湛打着游戏，随口道："你们不也有？"

彭星道："我和我们寝室都不是红的，黑的或者白的吧。"顿了顿，问："柏老师那个是什么颜色？"

江湛道："不知道，没见过。"

没多久，工作人员通知他们组彩排。江湛和其他组员一起去演播大厅，走上舞台。有舞美，有灯光，有镜头，有麦克风，视野更开阔，站在台上跳舞和在训练室跳舞是完全不同的。

正因为不同，大家多少都有点儿紧张。

舞台导演安排好他们的站位，配乐响起，七人直接来了一遍。

结束了，导演走上台，和他们交流了需要调整的地方，七人自己也沟通了一下，第二遍音乐，再来。

第二遍刚开始没多久，柏天衡走进了演播厅。

他在台下，看到了台上的江湛。无法形容是什么感觉，就好像他至今形容不出，初评那天，他隔着监控屏幕，看江湛清唱那首《到不了》是什么感觉。

如果真要形容，就是"不可思议"。

高中一起上课、打球、泡网吧、玩模型，时间一晃到现在，那些都成了曾经，如今他们一起做的，是选秀、彩排。

江湛不再是记忆中固有的几个样子，是眼前台上闪亮夺目的那道身影。

柏天衡一直静静地看着，看完了整个表演彩排。

舞美灯光一灭，台上的学员也很快看到了柏天衡。几个学员都朝他打招呼："柏导。"

江湛刚跳完，匀了口气，叉着腰看台下，笑着招招手道："柏老师。"

柏天衡背着手，一只脚踩在台阶上，也没上去，就这么看着他们，评价非常直接地说："表情不够，再放开一些。"

楚闵他们都愣了愣，问："还不够？"

柏天衡淡淡道："站在舞台上，灯光一照，无论是现场还是镜头里，你们的面部表情都会非常清晰地展示出去，你们觉得够，观众不一定觉得够。"

彭星道："哦，好，那我们……再跳一遍？"

柏天衡点头道："跳吧。"

七个人重新调整表情，又跳了一遍，因为跳得次数多，也没之前刚上台那么紧张了，都放开了跳，本来整首歌气氛就嗨，跳着跳着，全组人都跳嗨了，整体舞台效果又升了两个层级。

导演挺满意的，让他们都记住刚刚舞台上跳的感觉，今天回去再按照这个感觉跳。

几个男生都有点儿哭笑不得道："那也太嗨了，会兴奋得睡不着吧。"

导演道："做艺人上台就是这样，情绪都是随时需要随时调动随时用，现在你们还不习惯，以后就好了，别说一支舞兴奋了，一整个晚上兴奋，回去照样睡大觉。"

换其他组彩排，几个男生从台上下来。祁宴第一个下台，走到柏天衡面前的时候垂眸叫了一声"柏导"，叫完转头就跑了。其他男生见他跑了，被带了节奏，一个两个三个打完招呼也跑了。

彭星本来也想跑，但他有个事得问问。

彭星道："柏导，印表情包的那种衣服，你要吗？"

江湛心里叹气，示意彭星道："行了，可以了，走吧，小萌仔。"

彭星有点儿无辜地说："别催啊。"

柏天衡一听就懂了，好笑道："印什么？是'我就要买这个！''我没钱吗？'，还是'因为洋气'？"

彭星一脸惊喜道："哦哦哦，柏导，你好懂啊。那你要吗？"

柏天衡道："印个别的吧。"

江湛暗想：这还聊起来带起货了是怎么回事。

彭星问道："印什么？"

柏天衡的余光不动声色地瞄了江湛一眼，朝彭星道："就印个'小狗可爱'。"

两人一起离开演播厅。

江湛闷出一后背的汗，脱了长外套，搭在胳膊上，和柏天衡边走边聊。

"你今天才回来？"

柏天衡："剧本讨论，延迟了半天，早上回来的。"

江湛问道："定下了吗？"

柏天衡道："嗯。"

江湛笑道："那我是不是该恭喜你的粉丝，柏老师终于接新工作了。"

柏天衡道："不先恭喜我？"

江湛道："当然要。那就先恭喜柏老师，接到自己喜欢的剧本和角色。"接着道："什么时候进组？"

柏天衡道："过段时间。"

江湛道："应该是《极限偶像》期间吧，等《极限偶像》结束，得很晚了。"

柏天衡道："一周到两周后，看剧组那边的拍摄进度。"

江湛道："选秀和拍戏两边跑，行程挤吗？"

柏天衡道："选秀以你们学员为主，剧组那边我不是主角，没什么可挤的，行程很好安排。"

江湛点点头。

柏天衡侧头看他。

江湛回眸问道："怎么了？"

柏天衡注意到他今天彩排也戴了那条十字项链。

"没什么，看你又是满头汗。"

江湛道："这个没办法，还好，到时候录制就上台跳一下，不用太担心脱妆。"边说边留神到，柏天衡的手机壳换了，之前是黑色磨砂的，现在是灰色的，手机壳的壳身印着一只蹲坐在地上的小狗。

江湛不动声色地挪开视线，突然想起什么说："对了，今天彭星问我，你掌机买的什么颜色？"

柏天衡问道："给学员的？"

江湛道："学员只买了黑的和白的？"

柏天衡道："嗯，应该是。我们两个买得早，你的是红的，我那个是蓝的。"

江湛"哦"了一声，面上淡定，心里却想：哦，蓝的、红的，挺好的。

当天晚上，江湛去四方大厦悄悄修图的时候，登录了自己 ID 为"P 图"的那个微博账号。

什么也没发，什么也没做，只是把微博头像换成了——

一只蹲坐的小狗。

"我送你离开，千里之外……"彩排完当天晚上，十一点多，江湛他们寝室还在狂欢。丛宇在洗漱间洗澡，边洗边号嗓子唱着《千里之外》。

甄朝夕在收拾明天需要用的东西，魏小飞在整理自己乱七八糟的床，两人在外面和着丛宇的歌声一起号嗓子：

我送你离开

千里之外

你无声黑白

沉默年代，或许不该

太遥远的相爱！

江湛回来后，一直支着腿靠在床头玩掌机。丛宇他们早发现了，最近这两天，江湛游戏打得格外频繁，一有空就把掌机拿出来，一闲就玩儿，有事没事手里都是掌机。问起来，江湛就说，打游戏醒脑子。

丛宇他们完全不能理解打游戏怎么还能醒脑子，在这群男生看来，打游戏只会越打越兴奋，越兴奋脑子越糊，打得时间太久，结束的时候，整个人就会跟抽空了似的，不知道自己在哪里，不知道自己做了什么。

但江湛不同，他打的是游戏，脑子里转的完全是另外一些事。这些事，全是以前高中时候发生的。

比如最早的时候，他和柏天衡关系其实没那么好。他在高一（1）班，柏天衡在高一（3）班，两个班正常没什么交集，除了体育课。两个班体育课一起上，也是同一个体育老师，老师不怎么管他们，男生们就聚在一起打篮球。

一开始是两个班各打各的，场地也分开，后来不知道谁先提议的，两个班就各出五个人对干。江湛那会儿喜欢打前锋，冲得特别猛，他们班男生也爱给他传球，基本上只要对手没特别强的，江湛总能拿分。结果遇到柏天衡，他就歇菜了，歇得特别彻底。

江湛每次都能被柏天衡截走球，投篮的时候还被他盖过帽儿，抢篮板球还抢不过。这些就算了，反过来，江湛却截不走柏天衡的球，盖帽更是不可能。柏天衡比他会跑，比他会跳，反应比他快，还特别会投篮。

江湛起先还被激起昂扬斗志，可怎么打都打不过，好胜心那么强的他，直接被气到在心里呕血。

后来再上体育课，两班对干，江湛就不上了，一个人拿个球站在篮筐下投着玩儿。

有次柏天衡去小卖部买水出来，刚好经过，偏头看了他一眼，好笑地问道："你赢不到，就干脆不打了？"

江湛拍着球，"呵"了一声："赢不了，我还不能跟自己怄怄气？"

柏天衡拧开汽水的瓶盖，仰头喝了一口，打量道："输不起？"

江湛耸肩，一脸无所谓道："对，输不起。"

柏天衡好笑地看着他，抬手示意道："球给我。"

"干吗？"江湛把球传给他。

柏天衡单手接球，都没拍，用掌心虚虚地托着，另一只手拿着汽水，又仰头喝了一口，十分随意的样子盯着篮筐，翻转手腕，抬手一抛。

篮球在空中划过一道很慢的弧线，被投进了篮筐。

柏天衡扬眉示意江湛，问道："投球不就这么简单吗？"又道："继续怄吧，现在应该更气了吧。"

柏天衡喝着汽水，转身走了。

江湛那次被气得不轻，暗暗发誓再搭理柏天衡他是狗。

到了高一下学期，再遇上，柏天衡问他要不要1对1，江湛想了想，做狗了。做完还挺高兴的，因为柏天衡教了他好几个截球的办法和投篮的技巧，指导他如何带球过人。

江湛那时候对事、对人都没什么记性，更没记恨心，发现和柏天衡打球能打到一起去，就主动要了手机号码，私下约了一起打球，想到两人都去网吧打游戏，又约了一起包夜。

等到高二，分到一个班，两人的关系则应了那句远香近臭。

江湛很快发现柏天衡这人脸特别臭，脾气也没那么好，有时候两人一言不合就会翻脸，一翻脸，能有一周谁都不理谁。

大部分和好，都是柏天衡主动发个消息约一起吃饭，或者打球、去网吧，江湛才会再理他。当时没觉得，现在回想起来，两人一翻脸就冷战，结束冷战都是柏天衡主动，这种"钩钩手指，他就回头"的模式，跟吹口哨招呼小狗有什么不同。

江湛了然：原来自己以前就挺狗的。

被叫小狗，实在不算什么多好的称呼，可江湛现在想到小狗小狗，就觉得特别顺耳。

江湛胡乱想了一会儿，注意力重新集中到游戏上，手里的游戏通关后，掌机往枕头旁一扔，站起来。

他看看甄朝夕和魏小飞说："这么嗨？"

甄朝夕道："公演啊，上舞台啊，当然要嗨。"

江湛道："别兴奋过头了。"

魏小飞道："哥，你这会儿不嗨，明天也要嗨的。"

次日，魏小飞的话得到了完美印证。

彩排和录制完全不同，彩排的时候学员们还嘻嘻哈哈，录制当天，整个后台都是高效运转，紧张的气氛中渲染着兴奋。

江湛第一次上正式舞台，难免有点儿小紧张，为了确保万无一失，他没再分神打游戏。结果他们组另外六个人，在化妆的，已经化完的，在做发型的，一个个全捧着掌机。

蒋大舟边打边疯狂抖腿，抖得又快，频率又高。

江湛化妆的时候问他们："你们干吗？"

平常连人都不搭理的楚闵率先开口说："紧张。"

彭星飞快道："我不紧张！"

蒋大舟道："我也不紧张！"然后抖腿的频率更高。

祁宴深呼吸道："我感觉有点儿喘不过气了。"

D班的两个男生自己给自己打气道："没问题，行的，行的，我们完全可以的。"

江湛弄好妆容造型，觉得这样不行，就在化妆间里拿播放器功放了一遍 *Living*。

"来来来，气氛重新调动一下。"

几个男生或站或坐，开始跟着音乐扭动身体。

彭星道："不行啊，怎么没有台上的感觉。"

楚闵道："不够嗨。"

祁宴道："上台应该就好了。"

江湛道："现在就先热身吧，大家把情绪调动起来，你们也带带我，我怕我第一次上舞台会怯场，表现不好。"

众人这才反应过来，今天是江湛的第一次正式舞台。

彭星一边跟着音乐扭一边带头鼓掌道："哦！湛哥加油！你行的！你是宇宙第一帅！"

蒋大舟道："第一次舞台，秒杀全场！"

祁宴道："加油！加油！"

楚闵给了个诚恳的建议道："第一次上台，别去看台下，把注意力全部留在舞台上。"

D班两个男生道："你就想，爱谁谁，老子天下第一，全世界都要给老子投票。"

演播厅，现场观众正在依照次序排队入场，后台，造型完毕的学员们成群结队一起去候场间。

也是巧，长廊里刚好遇到了导师组。

男生们嘴甜地喊戎贝贝："贝贝姐。"

戎贝贝道："今天都要加油哦。"

童刃言故作凶样，开玩笑道："跳不好可不要在舞台上哭。"

单郝道："别听童老师的，童老师自己在台上哭过，以为全世界的小年轻都和他以前一样。"

姚玉非淡淡笑着鼓励道："都加油。"

江湛他们组拐出来，看到了几位导师，礼貌地打招呼。

童刃言立刻眼前一亮道："江湛！"

江湛看过去，笑着点头道："童老师。"

童刃言开玩笑道："叫什么老师，喊哥，柏天衡私下里就是这么喊的。"

"别吹牛。"柏天衡从后面跟上来。

都化了妆，都做了舞台造型，一走廊帅哥，万绿丛中，只有戎贝贝这一点红。

柏天衡做了造型，衣服还没换，江湛那件黄色长外套搭在胳膊上。两人一碰头，就是谁也不输谁的绝世美颜现场。

费海在前面特意回过头抻长了脖子看，差点儿把身边组员的胳膊掐断。

费海吃惊道：我的妈！我的妈！两个人同框帅到无法呼吸！无法呼吸！

就在费海嗑现场嗑到无法呼吸的时候，原本走在江湛身边的祁宴一看到柏天衡，立刻挪挪挪，挪远了，挪远一点儿后，看准了方向，往前飞奔而去。

费海正好扭过头看江湛的方向，见祁宴撒丫子奔过来，一把拉住他说："你跑什么？"

祁宴道："呃……我那什么……"听湛哥的话，避一避。

那边，江湛打量到柏天衡今天的带妆造型，眼底有些惊艳。

柏天衡好笑地问："看什么？"

江湛铁直地问："妆是不是有点儿浓了。"

童刃言他们听了都要笑死。

单郝忍俊不禁道："不愧是老同学，也只有江湛敢这么说我们柏导了。"

童刃言笑着问柏天衡："你为什么不翻脸？以前有谁这么说过你吗，快点儿翻脸，我们想看昔日同学刀刃相向。"

柏天衡看童刃言，气定神闲地吐出两个字："滚吧。"

戎贝贝一直在笑，看看江湛，笑，看看柏天衡，笑，笑得嘴巴完全咧开，收都收不拢来。

姚玉非站在最边上，淡淡地看着眼前——从头到尾，江湛没看他一眼。

玩笑后，导师组去开会，学员下楼去候场间。

其他导师都走了，柏天衡没跟上，还和江湛站在一起。

他问江湛："第一次上正式舞台，紧张吗？"

江湛故意抖了几下说："特别紧张。"

柏天衡道："教你一个不紧张的小秘诀。"

江湛道："嗯？"

柏天衡口气很轻，理所当然道："多看我。"

江湛笑，因为已经热身兴奋起来了，情绪在高点，没客气地说："滚你吧。"

柏天衡也没客气，以前江湛让他滚，他就得把人收拾一下，现在当然也要继续从前的"老传统"。他伸手到江湛脖子后面，捏住了他脖子说："让谁滚。"

江湛缩着肩膀，玩闹着求饶道："柏老师，我错了。"

柏天衡道："看我，知道吗？"

江湛道："知道了，看你，看你。"

柏天衡放开胳膊，收手的时候，顺势在江湛脑后揉了一下，转身离开道："再见。"

江湛道："再见。"

彭星他们几个一直在旁边，看到江湛和柏天衡的互动，心里暗暗咋舌——这关系是真的好。

往候场间走，蒋大舟问了江湛一个切入点刁钻的问题："你和柏老师关系这么好，相互还说'再见'？"

江湛反问道："道别不说'再见'说什么？"

蒋大舟想了想说："比如'走了'什么的，不是挺顺口的吗？说'再见'，太正式了吧。"

江湛一听"走了"，眼皮子就是一跳，他拿手扇了扇风，随口道："别，还是'再见'吧。"

他不喜欢"走了"，他喜欢"再见"。

身后走廊的动静渐远，姚玉非突然有种熟悉的恍惚感。

好像回到了以前。

那时候在三中，也是这样，一群人围着说笑，江湛永远是中心，是焦点，和谁都能玩笑打闹，什么都感兴趣，什么都会玩儿，还有一群朋友、兄弟围在身边。

当时常和江湛打闹，一起成为焦点和中心的，还不是柏天衡，是宋佑。这两人都是天之骄子，同样的家境好、成绩好，什么都能玩，一起呼朋引伴。而那个时候，姚玉非深深地明白，自己什么都不是。他只是江湛小学班主任的儿子，因为母亲病逝，父亲远走，跟着外婆相依为命，家里条件不好，被同情，被可怜，所以倍受江湛照顾。

江湛总帮他，总带着他，生活上、物质上、学习上，甚至是交友上。姚玉非当年无时无刻不在自卑，不在羡慕江湛，也无时无刻不在想办法跟在江湛身边。他本能里的求生欲告诉他，有江湛在，他的日子会好过很多。也确实如他想的那样，有江湛，他高中三年过得非常舒服。

不，何止那三年，他后来考上艺术学院，也是因为江湛的舅舅在那里做教授。

他签了籍籍无名的小公司，从练习生做起，没钱的时候，也是江湛时时刻刻在物质上补贴。

姚玉非哪怕现在想起，都觉得自己特别幸运，上了三中，遇到了江湛。但他从来不觉得这些是他本该拥有的。他很清楚，如果不是因为他乖，不是因为他看起来柔弱，不是因为他足够惨，不是因为他总在人前流露不知所措，江湛不会这么帮他。

哪怕是现在，他已经是足够红的流量小生了，也还是明白，可以不够聪明，可以不会说话，可以很蠢，该乖的时候一定要乖。

他足够乖，乖到哪怕在一个节目里做了导师，大部分时候都很低调，也只在必要的时候显露一些让人眼前一亮的实力。

节目从录制到开播，这么久了，在柏天衡面前，他甚至没主动说过一句话。

不仅因为他足够乖，也因为他有点儿怕柏天衡。

柏天衡和江湛不一样，脸臭，脾气让人捉摸不透，且从不多看他一眼。江湛身边的人，因为江湛的关系，多少关照他一些，但柏天衡从不。柏天衡懒得搭理他，永远高高在上，不多看他一眼。

后来《极限偶像》录制、训练室走导师的录制流程，无论是遇到柏天衡，还是遇到江湛，姚玉非都刻意拉开距离。他还是一如既往地"乖"。

一方面因为他知道，以前的柏天衡他惹不起，现在的柏天衡他更惹不起；另一方面也因为，这么多年，在江湛那边，他的信用早就彻底破产，江湛从前能帮他、护他，现在就敢伸手撕了他。

姚玉非心里有愧，更多的是在考虑现实和实际。他想无论是柏天衡还是江湛，无论这两人想在《极限偶像》这个节目里做什么，都和他无关。他做好自己就行。

姚玉非是这么想的，可惜，想法和做法之间，总是差那么几步。

江湛红的速度太快了，超出了所有人的预料。

姚玉非看了很多江湛的物料，粉丝路透、视频、剪辑，甚至是摄像师拍下没用的那些素材，江湛以一种超乎寻常的速度在适应选秀，更以无法估摸的速度在飞快成长。

节目播出才两期，他已经懂得怎么"营业"了，路透照状态越来越好，舞也越跳越顺，连表情管理都没有落下。姚玉非惊觉，节目这么一期期地播下去，不用多久，仅靠星光视频这一个选秀综艺，江湛就能红了。

姚玉非问自己：你用了几年，他用了多久？凭什么？

都不用别人来回答他，姚玉非自己就有答案：凭他是江湛，凭他生来就是天之骄子。哪怕一朝落魄，滚落在泥潭里，迟早都能一跃翻身。

姚玉非形容不出自己心里到底是什么感觉。有理应如此，有羡慕嫉妒，还有一点点酸楚。

那天刷微博，看到江湛跳舞受伤，柏天衡都进组了，还开四个多小时车回来，姚玉非心底一直很模糊的那个声音，突然清晰了起来——

为什么？为什么这些人不是比他过得好，就是比他幸运？江湛、柏天衡，还有宋佑，家境、出身、体格、性格、能力、智商、情商，全部比他强！其他两个就算了，为什么江湛家都已经破产了，欠了大笔债务，父亲死了，母亲一边生病一边疯，恨不得熬干江湛的人生，逼他去死，他一样能回国就翻身？

那一刻，姚玉非清晰地感觉到了心底的嫉妒和憎恶。那些嫉妒和憎恶，是他心底最肮脏的面目。

他甚至想，江湛为什么没有被毁了？他不是早该被家破人亡毁了吗？！

就算回国，参加选秀，进入一个从未涉足的行业，他凭什么又能像从前那样再次做起那个被人瞩目的焦点？

姚玉非无论怎么想，都觉得，江湛有无数个重新跌落回泥潭里的理由。而这些肮脏的念头，也只是一闪而过。他不会动手去干预什么，他自认没这个胆子，也没这个能力。他只是冒出几个不想让那些天之骄子太过舒服的念头。

会议室，姚玉非的胳膊往桌上一放，舞台服装的袖子往上，露出了腕表——一块无论是牌子、设计、价格都非常拿不出手的金属链子的普通手表。

旁边单郝看到，随口道："你这块什么表？"

姚玉非垂眸看了一眼，笑了笑说："家里随手拿的一块，就普通手表，没牌子。"

单郝问道："你自己买的？"

姚玉非道："不太记得了，可能是别人送的，一直放在家里，没怎么戴过，今天刚好翻出来，就戴了。"

单郝喜欢收藏表，也爱和人聊表，闻言看向另一边的柏天衡说："小姚这表还挺好看的。"

柏天衡转眸看过去。那块被他一眼就认出来的表，戴在姚玉非的手腕上，格外刺眼。

那是高中时候，他和江湛一起打校际篮球赛的奖励。江湛一块，他一块。因为江湛一直戴，他也戴了。戴了有一段时间，某天，江湛把那块表送给了姚玉非，说是他常用的手表坏了，没表看时间考试，就给他了。

柏天衡为此差点儿和江湛吵起来，二话不说，把自己手腕上那块一样的表摘了，当着江湛的面扔进了垃圾桶。

柏天衡那块表早没了，同样的一块，属于江湛的那块表，正戴在姚玉非手腕上。姚玉非还说他不记得了，"可能"是别人送的？

柏天衡漫不经心地扫了眼姚玉非，没再看他和那块表第二眼。至于姚玉非到底是不是故意的，是不是打算戴着那块表录制公演，柏天衡也毫不关心。他从来没把姚玉非放在眼里。只是他显然低估了姚玉非。

周六。

对追星女孩和喜欢看选秀综艺的观众来说，今天太值得期待了。因为今天晚上，将会是《极限偶像》开播后的第一次公演。大家凭本事捧起来的练习生学员们，将会登台，呈上正式演出。嗑各种帅哥、各种颜、各种异彩纷呈的时刻，再次到来了。又因为今天晚上点赞投票通道不会关闭，会一直开启，各家粉丝更是做好准备，一旦开播，铆足劲儿搞数据。微博、各个论坛，更是提早讨论起晚上的公演、备受关注的部分练习生。

王泡泡特别忙，感觉自己要分裂了。在CP群里，她通知大家：

"绝对！绝对！绝对！不要去弹幕嗑CP！今天是极偶公演，场子是各家练习生粉丝的，绝对不能现场嗑！要讨论来内部群，微博上最好也不要讨论。我们今天也是火眼金睛，冲呀！"

在江湛的粉丝群，她又分析着说：

"我们江湛有能力，也有实力！公演舞台无论出来的是什么效果，都是他的努力！他的点赞排名全靠他的实力，什么CP、蹭热度，不存在的，CP粉就是我们湛通向成功道路的唯一绊脚石。状元姐姐们今天也要努力搞数据，冲呀！"

SS敌敌畏：泡儿，裂了吗？

与P同墙的王泡泡：（笑哭）我觉得我还行。

SS敌敌畏：我不要你觉得，我要我觉得，我觉得你已经裂了，一半属于CP，一半属于"墙头"。晚上的极偶你还能看吗，不能看就别看了，小心看完人格分裂。

王泡泡：看！分裂就分裂！

而这第三期《极限偶像》，注定要引爆整个夏天的流量。

公演现场几百号观众，舞美、灯光、配乐全是顶级水准。

柏天衡时隔一年，以大导师和公演主持人的身份，再次登上正式舞台。他今天的妆容造型极具侵略性，苏感爆棚，一身休闲款的高奢西服衬得人又高又帅，气场极强。

四位导师同样盛装出席，坐在与主舞台正对的副舞台上。台下，有几百号热情似火的现场观众。

节目一开始，柏天衡控场，先业务娴熟地抛了一点儿梗，将舞台气氛活络起来。接着，便是四位导师商量决定，由哪一组先开始表演。

童刃言道："要不这样，我们一人提一个，看哪组倒霉，被两个以上的导师惦记着。好不好？"

戎贝贝道："被导师记得，说明印象深刻，怎么会是倒霉？"

单郝笑道："因为要先来热场子啊。"

姚玉非表示同意。

于是节目组拿了纸笔给他们，四位导师各自在纸上写下自己希望的第一个出场的团队。

导师在写的时候，镜头切到学员所在的候场间。

一群学员全紧张地盯着大屏里的舞台现场。

有人祈祷道："不要不要，不要是我们组。"

有人吐气道："来吧来吧，看看是哪组。"

还有人在讨论。

"我觉得会是湛哥他们组。"

"为什么？"

"童老师一直喜欢点他。"

"那湛哥要倒霉了。"

镜头再一切，江湛入镜。

跟平常从容的表现不同，江湛今天一直盯着候场间的大屏幕，安静地看着现场，有镜头转向他，他才回眸。

字幕君：紧张吗？

江湛笑着吐了口气说："是有点儿。"

字幕君：加油！

镜头再一切，回到舞台现场。

童刃言他们已经写完了，展开纸上各自提名的舞曲。

童刃言：《以爱之名》。

单郝：《So》。

戎贝贝：《相互的恋曲》。

姚玉非：《So》。

导师们看各自提名的舞曲，发现《So》喜提第一。

童刃言笑着说："那就《So》了，丛宇他们那组吧。"

单郝道："他们组我印象太深了。"

画面转换，不再是公演舞台，也不再是学员的候场区，而是公演之前的训练。

第三期节目整体就是这样：舞台加幕后。有台上完整而异彩纷呈的表演，也有台下的辛苦、汗水和眼泪。

比如丛宇他们组，待定的学员是F班的，实力很差，也不太跟得上丛宇他们练舞的速度，几个人于是带着待定的学员一直练，一直练，练到深更半夜，练到凌晨三四点。

很辛苦、很累，被待定的男生觉得自己拖后腿，还很自责。深夜一起回去的路上，男生在暮色下流眼泪，蹲在地上抱着腿哭。

大家都去安慰他，丛宇却被哭毛了。脾气上来，丛宇直接就道："哭有什么用？哭要是有用，你就会发现了，你连哭都哭不过其他人！"

几个组员劝他说："别这样，大家都有压力，他一直跳不好，压力比我们都大。"

丛宇反问道："谁没压力？他有压力他哭，我有压力我哭了吗？"说完开始哭。

那天晚上，丛宇就和待定组的男生一起，蹲在地上哭，哭完了，其他学员陪着他们，一行八个男生坐在地上，看天。

城市的天空没有星星，浓重的夜色里，只有个缺了口的月亮。

丛宇呆呆地仰头看天，问道："那一口谁咬的？"

旁边的男生道："吴刚吧。"

"为什么不是嫦娥？"

"嫦娥嘴巴没那么大。"

"可能是兔子。"

"兔子吃什么月亮，当然吃草。"

"我们好无聊哦，什么都能联想到吃。"

"兔子也能吃。"

"严格来说，嫦娥也可以吃。"

"吴刚呢？男人肉糙，是不是要煮久一点儿？"

"那就炖啊，或者高压锅，闷一个多小时，肉肯定酥了。"

字幕君：……

到了第二天，几个男生抖擞精神，继续练舞。

丛宇和待定的那个男生互喷。

"你哭得丑。"

"你才哭得丑，我鼻涕都没流。"

"我也没流，我眼泪都没几滴，我是干号。"

"我也没有眼泪好吗，我都没号，我是假哭的。"

"我也是假哭的！我做给镜头看的！"

镜头再一转换，是丛宇和待定组男生相互穿插着的问答访谈。

丛宇素颜坐在镜头前，安静得不像平常那个聒噪的男生。

丛宇道："我其实不喜欢看到别人哭，因为看到有人哭，我就想到我以前。"

丛宇道："我以前是组合里最爱哭的，我每次哭，所有人都安慰我，陪我聊天，开导我。可是后来我发现，哭没有用，你哭了，浪费所有人的时间，大家明明都很辛苦、很累，还要花时间、精力去哄你，你自己哭完了，什么也没有收获，所以后来我就不哭了。"

字幕君：想哭的时候，怎么办？

丛宇道："想哭就去练舞。"

待定男生道："对，宇哥说得对，想哭就去练舞，所以到了后面，我想哭，我就忍着，我去跳舞。"

字幕君：觉得辛苦吗？

男生笑道："大家都辛苦，又不是只有我一个人。"

男生道："比如吃吴刚那天晚上，我们都是四点多才到寝室，基本都没睡，早上八点又去练舞了。"

男生道："我一个人辛苦？根本不是啊，大家都累，累的是所有人，大家一起。"

画面转换，回到公演现场，八个男生微笑着整齐地站在台上。

丛宇拿起话筒说："大家好，我们是……"

八人齐声："想吃月亮、想吃兔子、想吃嫦娥、想吃吴刚的，吃货组合！"

所有的泪水，都在台下。

所有的微笑，都在台上。

柏天衡举起话筒道："现在，舞台交给你们。"

台下掌声雷动。柏天衡放下话筒，从舞台一侧走下去。

一条弹幕在视频正上方飘过：柏天衡今天戴的十字手链。

《So》的前奏响起，画面再一切，是候场间里学员们通过大屏幕，安静地看着现场画面的镜头。

镜头扫过不少学员，也扫过了江湛。江湛的黄色外套放在一旁，身上穿着白色内搭的短袖，脖子上是那条早已在路透中被粉丝拍到过无数次的十字架项链。

粉丝群。

"是我瞎了？十字手链？十字项链？"

"没瞎没瞎！视频里那么明显！"

"项链是回形链条！手链也是啊！！看十字架大小和款型，一模一样好吗！"

"不用讨论了！上次就扒出牌子了，我刚刚去官网问客服了，是一个系列一套里的，不分开卖，项链和手链是一起的，限定款，早就没的卖了。附上聊天截图。"

"！！！"

"！！！"

"我从来没嗑得这么疯狂！别家都是戴着显微镜在嗑，我们近视800度都能嗑！"

…………

王泡泡看着这边 CP 的群聊。

王泡泡：啊啊啊啊啊啊啊啊！

再点开江湛的个人粉丝群。

王泡泡：注意了，手链、项链配套这个太招人嗑了，要是有黑子拿这个在论坛或者微博"舞"，说江湛故意倒贴蹭柏天衡热度，注意措辞谨慎回帖，有情况来群里报！

王泡泡：今天播出的公演，无论被人截图多少同框，我们状元姐姐一定要坚信：就

260

是老同学！只是老同学！手链、项链只是撞了，只是巧合，没有任何可延展深意！

再去 CP 群。

王泡泡：谁截了柏天衡手链的图，给我一张！

王泡泡：除了手链这个，大家继续盯啊，说不定还有别的细节！

王泡泡：今天有同台同框！说不定还有幕后互动，台上互动！我们冲鸭！

《So》原本是首节奏舒缓的情歌，经过改编，再加上副歌一段说唱，整首歌风格大逆转。

配合歌词和曲风，整首歌的舞蹈意境便是一段"我喜欢你，所以，你的要求我全部满足"。

你要什么，我给什么。

你喜欢什么，我买什么。

你要往东，我跟着往东。

你要去西，我立刻扭头。

没有什么我做不到，没有什么我满足不了。

所以，也请你好好看看我。

看看我的真心，看看我的真情。

看看我为了你如痴如狂。

可你却什么都看不到。

所以，我要把你牢牢抓在掌心。

让你除了我，谁都看不到。

所以，你只能爱我。

舞美灯光炫目，歌曲律动感强，整个表演带着一点点暗黑系，讲述一段"我爱你，所以你必须爱我"的故事。

舞者们的情绪、眼神、演绎，从宠爱、痴迷，一步步走向自我沦陷，进而走向痴狂的毁灭。

男生们的表情随之变幻，一开始是微笑，后来是痴迷，进而在神情中拉开一道网，捕捉"心爱的猎物"。

最后，他们的眼神中仿佛有一只钩子，牢牢钩住心爱的人。

才发现吗？想走吗？

晚了。现在开始，你是我的。

曲毕，男生们摆出各自的结尾定格动作，镜头切换每个人的表情，最终落在楚闵神情痴迷、唇边含笑，眼底却没有笑意的面孔上。

全场沸腾，鼓掌、尖叫。

这是第一场公演的第一首曲目，舞蹈配合度高、演绎完美，没有让任何人失望，热场的作用也带动得非常好。

戒贝贝点评，说她鸡皮疙瘩都起来了，特别怕自己成为这些男生的猎物。

可她最后又说："如果真的有这种男生，这么疯狂地爱我，我最后可能还是会沦陷。"

单郝笑着说："那是年轻男孩，才会这么疯狂，比如小姚老师这种，我和童老师就不行。"

童刃言举起话筒说："没错，我和单老师去买花，都会还价要求打折。"

戒贝贝露出一个问号表情。

姚玉非接着这个话题说："玫瑰很少打折的。"

副舞台上的其他三位导师都看向他。

单郝道："哎哟，小姚老师这么懂？"

童刃言笑着问道："是不是平常没少买花？"

戒贝贝问道："都送谁了？"

台下有粉丝尖叫。

视频里，姚玉非装扮时尚靓丽，着装时髦，还戴了耳钉，是时下追星女孩最喜欢的"爱豆"装扮。外加他本身白，五官精致，气质偏柔，又会跳舞、足够努力，人设近乎完美，很得粉丝和一些路人的喜爱。一听他买花送谁，现场的追星女孩全在叫。

姚玉非被前辈导师揶揄了一下，举起话筒，笑着说道："没有，没有，没买花。"

又耐心地解释道："就是我以前回家的路上，有一家花店，门口会有一个小黑板，写着今日什么什么花打折，什么什么花促销，基本上每天一种或者几种花，什么种类的花都有，但是从来没有玫瑰花。"

镜头切过主舞台，八个男生站成一排，认真地听着。

最边上，柏天衡的表情浅淡。

镜头切回副舞台。

姚玉非说完，坐在他旁边的戒贝贝很认真地看着他，问道："你是一直想买花，送给谁对吗？要不然我觉得你们男生，一般也不会特别注意花店打不打折。"

姚玉非被点破似的，带着几分回忆的神情，笑容绽开，承认道："嗯，那时候，很早之前了，特别想买，就是没什么钱，买不起。"

童刃言顺着问道："后来买了吗？"

姚玉非摇摇头道："没有。"

几位导师都发出惋惜的声音，想买，就是有喜欢的人，没有买，就是没有送，没有送，很可能意味着没有后续。

姚玉非这个时候突然举起话筒，接着道："我没买，因为不用我买了。"

戒贝贝道："嗯？什么？"

童刃言道："不用你买？谁买？什么意思？"

262

姚玉非笑了笑道："我是收到花的那个。"

全场包括主副舞台、后台候场间，都发出了"哦"的叹声。

单郝笑着说："小姚老师今天不得了，自爆了。"

戎贝贝示意姚玉非，劝道："别说了，快别说了，有什么我们回头私下八卦。"

童刃言摇头叹息道："同样是花店'剧情'，为什么我的是打折那么接地气的，人家就是这种小浪漫，唉，不同人，不同命啊。"

一段导师间的谈笑结束，画面拉回主舞台。

柏天衡神情依旧浅淡，似乎对刚刚副舞台那一段根本没兴趣。而这两秒不到的一个镜头，没人留意到，不仅因为时间短，也因为谁都不会多想，大家都以为柏天衡主持控节奏，特意不把过多的话题放在副舞台，更多地专注主舞台。

柏天衡也果然继续控场主持，把更多的机会给学员，让台上八个男生给自己拉拉票。

毕竟现场的得票数也非常重要，得票数目不仅对学员排名有影响，也决定了待定的学员能不能重新回归正式赛道。而一旦无法回归正式赛道，待定学员将会在下轮开始前，直接淘汰。

投票开始，配乐中，现场气氛变得紧促起来。

丛宇等一众男生站在台上，神情也越发紧张。

因为是先录制再播放，视频里，镜头切过台下投票的观众后，没多久，统计好的成绩便一一出现在视频正下方。

柏天衡一个一个报出了八名学员的现场得票数。

最低的一名学员，只有 21 票。

之后分别是 53 票、71 票、98 票、102 票、118 票。

再接着，是丛宇的得票。

柏天衡缓缓说出手中统计卡片上的数字："丛宇，311 票。"

现场惊呼，丛宇本人也很意外，他的票数竟然这么高。

最后，柏天衡念出了那名待定学员的得票。

"秦弈，34 票。"

秦弈的表情定住了，一瞬间，眼眶红透。其他七个男生全在看他，站在秦弈身边的丛宇抬手搭在他背上，安抚地拍了拍。

柏天衡看着秦弈，问道："秦弈，有什么想说的吗？"

秦弈深呼吸，把眼底酸涩压下，举起手里的话筒，抬眼，忽然大声喊道："我想说，我不会哭了，我会继续努力的，以后想哭就去跳舞！"

丛宇侧头看他，伸手在秦弈后背上拍了一下，两人笑着对视。紧促的气氛一瞬间化解。

秦弈，那个跳舞跳不好就哭的男生，半夜里蹲在马路上哭的男生，他在舞台上坦然接受了这个结果，不会再哭了。

因为想哭，就去跳舞。

这是丛宇告诉他的。

也是秦弈在舞台上说出来的话。

而秦弈没说的是，在他蹲在马路上瞎哭的那个凌晨，回寝室大楼后，还有个人对他说了别的。

当时丛宇不放心他，反正都凌晨三四点了，也睡不了多久了，觉得有必要再好好开导一番，于是直接把他拉去了寝室。

秦弈至今都觉得不可思议，丛宇他们寝室是什么神仙宿舍，丛宇没回来，大家都在睡觉，丛宇一回来，睡觉的三个男生都醒了，一句抱怨都没有，寝室里亮着大灯，大家凑在一起，帮忙开解。

甄朝夕说："跳舞跳不好哭不算什么，想想看，以后去拍戏，N 个机位对着你，那么多工作人员等着你，需要你哭，你一滴眼泪都哭不出来，才是真的惨。"

魏小飞道："跳舞跳不好就练啊，一直跳一直跳就好了。"

江湛道："男人流汗都别流眼泪，你流汗，关心你的人只是担心你会不会太辛苦；你流泪，关心的人会在心里跟着你一起哭。"

你流泪，会有人跟着你一起哭。

所以，站在舞台上，可以流汗，绝不流眼泪。

所以，当知道得票很低，可能就要被淘汰的时候，也不会想哭了。

想跳舞，想下了台继续努力，想挥洒汗水。

秦弈说完，放下话筒，对着台下，深深地鞠躬。

台下，现场观众大喊："秦弈！"

候场间，男生们对着屏幕里的秦弈喊："弈哥加油——"

公演继续，丛宇、秦弈这组下台，导师宣布第二个上台表演的组。

单郝道："现在的气氛，我觉得很需要另一首歌来缓解一下。"

单郝道："《昨天 bye》。"

童刃言道："byebye 就 byebye，明天会更 high。"

候场间，曲目是《昨天 bye》的那组学员匆匆忙忙站起来。

周围男生道："飞哥，加油。"

魏小飞脚下踩到什么，绊了一下，趔趄着站稳，赶紧跟着其他组员离开候场间。

画面一切，从公演现场，回到了训练室。魏小飞站在镜子前，其他组员坐在一旁，看着他跳舞，时间往前，回到录制公演的周三当天。

在前四组的公演录制完毕之后，导演上台打板，中场休息，该补妆补妆，该去卫生间去卫生间，一刻钟后，录制继续。

主舞台上没人了，副舞台的四位导师也下场了，候场间刚刚还跟着台上嗨，录制一暂停，气氛直接散了。

有人打哈欠，有人起身去卫生间，有人去找喝水，聊天的、发呆的，各种各样。

《极限偶像》毕竟是先录制再播，为了节目效果，有些东西不做安排，有些不可能不安排。

前四组公演录制完毕，没一会儿，就有工作人员来候场间通知，直接说了接下来上台的四组，其中就有江湛他们组。

彭星一屁股站起来，结巴道："我我我我，我去卫生间。"

蒋大舟道："我也去。"

楚闵、祁宴和两个 D 组男生怎么可能坐得住，全跟着站了起来。江湛自然也去。而卫生间只分观众用的和节目组专用的，不分学员用、导师用，一群男生涌过去，遇到了也来放水的三位男导师。

众学员一进卫生间，对着正放水的童刃言、单郝道："老师好。"

面朝墙放水的童刃言说："当然好，尿不出来不是完了。"

单郝拉上拉链道："前列腺 byebye。"

童刃言道："滚蛋！"

演播厅这边的卫生间很大，男生们各找墙位，童刃言拉拉链的时候，刚好看到隔着几个墙位的江湛。

童刃言道："江湛，柏老师刚走，刚刚也来了。"

江湛站好，裤子都没摸上，听了童刃言这句，哭笑不得地回头道："他上他的，我上我的，男生上厕所不用约。"

童刃言去洗手，旁边姚玉非刚洗完，垂眸敛目抽了张纸巾擦手。

童刃言洗着手，笑着问道："小姚，你刚刚台上说的，真的假的？后来真的收到花了？然后呢？"

姚玉非细致地擦着手上的水，因为白，纤细的骨节在光下剔透精致。他边擦边抬眸，余光通过眼前镜子，看向了身后墙边某个身影。

收回目光，姚玉非道："然后我跟送我花的那个人说，别送了，浪费钱。"

童刃言洗好，两只手在水池上甩了甩，抽纸巾，笑着问道："学生时候的事吧，也是，上学的时候大家口袋里都没几个钱，让我买花，我也一样买不起，还是得打折。"

两人洗好手，一起往外走，姚玉非笑着回道："不是钱的问题，也不是花的问题，关键还是心意。"边说边走了出去。

他们走出去后，没多久，江湛站到水池前洗手。镜子里，江湛没什么表情，旁边祁宴在和彭星八卦姚玉非刚刚提的那段。

江湛甩甩手，一脸无趣。

他想如果不是他记错了，就是姚玉非脑子进水了。

以前上学的时候，他们同路回家，的确会遇到一个经常鲜花打折做活动的花店。

店主时不时促销，卖的花很新鲜，江母刚好喜欢在家里摆点儿鲜花装点，江湛每周会过去挑一束。

有一次，姚玉非突然说，发现这家店什么花都打折，只有玫瑰不打折，还用很认真的目光打量店里的玫瑰。江湛见了，便很随意地从散装的玫瑰花束里抽了一支递给他。

江湛自认，如果姚玉非不是在台上编故事，如果提到的那个人就是他，那他真的挺冤的。随意的一个举动，根本没有任何深意。在他高中的那个阶段，满脑子都是玩、学习、篮球、模型，女孩子都离得很远，哪儿还有别的。

旁边的彭星还在聊："都送玫瑰花了，肯定是女生倒追啊。倒追的话，很容易追到吧。"

祁宴道："偶像不是不能有恋情吗？"

彭星道："这你就不懂了，进行时不能有，旧爱无所谓啊，何况出道前十几岁有个初恋，太正常了吧，粉丝这点还是能理解的，不至于严格到这都不行。"

彭星说着说着，还说到了江湛身上："比如我们湛哥，如果有个初恋，粉丝肯定也能理解的。再想想湛哥送花的那个场景画面，粉丝都要被苏死了。"

江湛甩甩手，无语地看着彭星说："别扯我。"

彭星道："哎，哥，那你给谁送过花吗？特别是小姚老师刚刚说的那种，女孩子喜欢玫瑰，玫瑰从来不打折，然后你知道了，就送了一支给她。"

江湛当时抽玫瑰那只手就该剁了。

还没等他回应，有人从卫生间隔间推门走了出来。镜子里看清那人是谁，祁宴手都不擦直接开跑。

彭星扭头道："哎？"又跑什么？

彭星看向隔间走出来那位道："柏导。"

柏天衡走到刚刚祁宴的位置，站在江湛和彭星之间，垂眸洗手道："嗯。"

彭星犹不自知，刹车不踩，还加油门，笑呵呵地问身边人："柏导，你以前学生的时候，收过花吗？"

柏天衡洗着手，铂金尾戒在流水和灯下熠熠发光。

他回彭星："没有。"

彭星继续踩油门道："没有吗？柏老师上学的时候，不该是一堆人追吗？"

柏天衡敛着神情，抽纸巾擦手说："没人追，送花也没我的份儿。打球、网吧包夜倒是有。"

彭星点点头，表示理解道："一样，都一样。"正常的男生校园生活。

说着，彭星继续踩油门，这次他看向江湛说："哥，你呢？收花还是送花了？"

江湛一脸浩然正气道："什么花，没有的事，我那时候只有学习。"

"是吗？"柏天衡转头，看向他。

彭星终于察觉到不对，猛踩刹车。他凭着本能觉得这个场合不该有他，默默地遁了。

卫生间里，其他学员解决完问题洗完手也都走了。

周围一下变静。

柏天衡神情依旧敛着，没人知道他在想什么，他也没有流露出什么。他只是临时地、突然地，选择了不做人——

他将手腕上的十字手链摘下，戴到了江湛手上道："好好戴着。"同时，摘掉了尾戒。

江湛安静地站着，任由柏天衡给他戴上了手链。看到他摘戒指的时候，江湛眨眨眼，抬起清澈的眸光，眼里带着些茫然道："就这样？"

柏天衡回视他。

江湛蹙了蹙眉心，沉思着想了想，不确定道："我以为你会把戒指一起给我。"

柏天衡神情顿住，看着他。

江湛收起不确定的表情，爽朗地笑了笑，目光垂落，扫了眼柏天衡放戒指的口袋，抬起时，眼神很认真、很坚定，也很清澈，是他惯常的自信。

"给我吧。"江湛眼神坦荡，凝视柏天衡。柏天衡看着他，眼尾微微眯起，眼神越来越沉："有些东西，不能乱要。知道是什么吗，就敢说？"

江湛很轻地笑了笑，也兜着弯子道："我是不太清楚，也不怎么确定，但我胆子大。"接着道："我敢要，你敢给吗？"

（未完待续）

番外　选择

"去不成，你活该！"

"个人英雄主义害死人！"

"你就配在家里蹲着提前写完你的暑假作业。"

"少爷我去了，拜拜了您嘞。"

高一暑假，宋佑在电话里损完江湛，一张机票飞出国，"浪"去了。

江湛拿父母奖励的机票钱贴补了姚玉非下半年的生活费，国是出不成了，度假也泡汤了，只能化无聊为效率，三天时间写完了暑假作业。

第四天，江少爷在家憋得慌。

他想找人打球，不打球，游泳也行，不游泳，滑冰也可以，结果联系遍了手机里所有的朋友、同学，没一个人有空，有空的也得等两天。

江湛心想：我孤独。

孤独的江湛只能去网吧打游戏，才打了半个小时，遇到个熟人。那熟人和他一样形单影只，独自上了网吧二楼，目不斜视，找的位置就在几米开外。

很巧啊。

江湛顿时眼珠子发亮，冲对方"哧哧"两声。柏天衡转头，看到了江湛。

江湛游戏都不打了，靠着椅子倾身朝柏天衡的方向，低声道："同是天涯沦落人。"

柏天衡平静地看了他一眼，收回视线。

江湛摘了耳机挪到他旁边的空位，感叹道："朋友。"

柏天衡的视线落在电脑屏幕上，半刻都不耽误地点开了游戏软件，声音比表情还平淡，开口却是："我不带菜鸡。"

江湛道："我不是让你带我打游戏。"顿了顿，像是才反应过来似的，撑道："你才菜鸡。"

柏天衡转过头道："干什么？"

江湛从小到大鲜有落单的时候，干什么都是一群人咋咋呼呼的，这个暑假意外的孤独令他不适，好不容易遇到个认识的，当然不会放过，喊道："不干什么，我一个人，你也一个人，不如一起啊。"

柏天衡问道："一起干什么？"

江湛道："打游戏啊。"

柏天衡问到了重点："你菜吗？"

江湛撇撇嘴道："没你菜！"

柏天衡爽快道："来。"

江湛换了机子，坐到柏天衡旁边，两人开了账号打同一个游戏，第一次组队就非常默契，一路打下去，酣畅淋漓。

江湛挺高兴的，一边操作一边对旁边道："玩得挺好啊。"

柏天衡道："一般。"

江湛转头道："谦虚。"

柏天衡道："没你菜。"

江湛笑了，心服口服地改口道："我菜，刚刚说错了，没你强才对。"

柏天衡弯了弯唇角。

两人这天下午在网吧一起泡了三个小时，一直到江湛接了个电话。

柏天衡不是故意偷听，只是离得近，刚好听到了。

电话那头是个男生，结结巴巴地求助着什么，江湛连游戏都不打了，一边摘掉游戏耳机一边掩唇低声安抚，说："我马上过来。"

柏天衡退出了正在加载的副本。

果然，电话一挂，江湛起身，说他有事要走，柏天衡示意无妨。

江湛都要走了，又退回来，站在柏天衡身后，弓身靠近，手里拿着手机，问道："朋友，我加过你号码吗？"

柏天衡回头，刚好看到江湛敛眸时的长睫，睫毛一动，抬起，那双润亮的眼睛近在眼前。

柏天衡的声音比脑子快，没有犹豫地报了号码，等他反应过来，江湛已经把号码记好了，还拍了拍他的肩膀，笑着说："回头找你打球，先走了。"

柏天衡的视线抬起，江湛的背影风似的消失在楼梯口，他留在耳畔的话反倒鲜活地回荡着。

"回头找你打球。"

柏天衡轻"咻"道：回头，这个回头是哪年哪月。

柏天衡显然没把这种随口话当回事，转头就忘了，可事实证明他错了。

次日，柏天衡接到了江湛的电话："空吗？出来打球。"

柏天衡愣了下道："这么快？"

江湛笑着说："不都说了回头找你吗，这都一个晚上过去了，不算快啊。"

柏天衡第一次遇到这样的人，说到做到，主动积极，有无限的活力和精力，性格也非常开朗。

这一个暑假，江湛经常主动约他，有时候会提早几天约，有时候临时兴起提前一个晚上约，有时候干脆一个电话过来问"空不空"。柏天衡有种自己的生活节奏被突然打破的感觉，这感觉意外地不赖，甚至还很不错，仿佛被那些不属于自己的活力感染，连精力都跟着沸腾起来。

唯一不好的，就是总被中途打断。

大半个暑假过去，柏天衡已经记不清江湛临时接过多少次电话，又有多少次打个招呼就要离开了。

江湛打招呼打多了，自己也很无语，也问过柏天衡："我这样是不是显得特别没品？"

柏天衡回道："您忙吧。"

江湛耸肩道："唉，没办法，个人英雄主义作祟。"

柏天衡起初以为是江湛家里有事，等高二开学和江湛分到一个班，他才知道，这个世界上，还有一个叫"姚玉非"的男生。

一个存在感微弱、被人同情照顾的贫困生。

他并不起眼，性格、成绩都很一般，柏天衡和他只是同班，并不认识。但姚玉非总在江湛身边，江湛也总带着姚玉非，就像江湛用他的主动和开朗感染了身边人一样，江湛也用他的善良和真心关照着姚玉非。

姚玉非的生活费都是江湛的零花钱，小到一支笔，大到学校要缴的各种费用，全都是江湛一声不响帮忙垫付的。为此，柏天衡见过宋佑开口讽刺江湛："你怎么不把家产送给他呢？"

江湛回道："我这不是还没继承嘛。"

宋佑道："圣父心泛滥！"

柏天衡起初只是旁观，江湛用自己的钱帮同学，钱和他无关，同学也和他无关，他更不是宋佑，没必要褒贬评议。

直到有天，姚玉非因为一些事冲江湛发脾气，江湛那一整天心情都欠佳，难得地流露出了一点儿负面情绪，眉头还总皱着。

柏天衡默默地烦躁起来。

那天之后，再看姚玉非，怎么看怎么不爽，比宋佑还不爽。这种不爽一直延续到高中毕业，随着高考后的各奔东西戛然而止，又在多年之后，因为一档名为《青春赛道》的选秀综艺重新而来。

节目里，姚玉非实力欠佳，人气也不及同在待定区的另一名选手，柏天衡作为嘉宾，手里的复活票节目组没有做特定安排，这么一来，复活票给谁可想而知。

但录制前，柏天衡突然想起了沉在记忆中的一幕。

那是高中的某天下午，红霞染了半边天幕，随手丢下的篮球滚到场边，在空旷的球场上传来规律的"咚咚咚"声。

江湛一身湿汗，抱着腿懒懒地坐在球场边的地上，临时起意，聊起为什么要帮姚玉非。

江湛道："也不光因为他是我以前老师的孩子吧，有时候我也想，我会帮他，我能帮他，是因为我家境好，我有的选，所以我才能做选择，去选择帮他。"

说着，他抬手擦了把汗，绷直的胳膊撑在身后，仰头看天说："等以后他能做选择的时候，我就不用再帮他了。"顿了顿，"应该很快吧，不用多久了。"说着玩笑似的大叹，"我也不想老被宋大爷损圣父。谁要当圣父啊！我要自由自在。"

能做选择的时候……

而现在，能做选择的人，手里拿着复活票的人，不是江湛，是他。

也显然，签了小公司当个练习生，出道连名气都没有的姚玉非，还是很需要人帮的。

谁帮？江湛吗？

从高中到现在，说了不想被损不想当圣父的人，还在继续填这个无底洞吗？

录制当天，柏天衡坐在和主舞台相对的嘉宾席。

身后观众的喧嚣、舞台的表演、主持人的控场，仿佛都隔在意识之外，虚无缥缈，意识之内，只有江湛那句"我就不用再帮他了""我要自由自在"，还有那天晚霞映天的傍晚，江湛仰头时开朗微笑的身影。

柏天衡心道：我有的选，我来选吧。

舞台上，流程进行到关键一步，支持人宣布嘉宾投票，复活待定区一名选手。

柏天衡座席前的屏幕上出现待定选手的名字。

台上台下、嘉宾学员导师观众，所有人的目光全都汇聚在他身上。

柏天衡抬起手，没有悬念地落在了选项屏的某个方向。

柏天衡道："我选姚玉非。"

我选江湛。